唐王城文化

（第一卷）

第三师图木舒克市文联 编

中国书籍出版社

图书在版编目（CIP）数据

唐王城文化. 第一卷 / 第三师图木舒克市文联编.
-- 北京：中国书籍出版社，2023.12
ISBN 978-7-5068-9677-1

Ⅰ. ①唐… Ⅱ. ①第… Ⅲ. ①中国文学-当代文学-作品综合集 Ⅳ. ①I217.1

中国国家版本馆 CIP 数据核字（2023）第 231053 号

唐王城文化·第一卷

第三师图木舒克市文联　编

图书策划	许甜甜　成晓春
责任编辑	杨铠瑞
装帧设计	书香力扬
责任印制	孙马飞　马　芝
出版发行	中国书籍出版社
地　　址	北京市丰台区三路居路 97 号（邮编：100073）
电　　话	（010）52257143（总编室）（010）52257140（发行部）
电子邮箱	eo@chinabp.com.cn
经　　销	全国新华书店
印　　刷	四川科德彩色数码科技有限公司
开　　本	710 毫米×1000 毫米　1/16
字　　数	300 千字
印　　张	15.375
版　　次	2023 年 12 月第 1 版
印　　次	2023 年 12 月第 1 次印刷
书　　号	ISBN 978-7-5068-9677-1
定　　价	38.00 元

版权所有　翻印必究

唐王城文化 第一卷

编委会

主　　任：刘伟林

主　　编：刘伟林

执行编委：张利农

编　　委：杨　蕾　唐志文　雷佩玲　唐　云

主管单位：第三师图木舒克市文学艺术界联合会

主办单位：第三师图木舒克市作家协会

卷首语

百花妆点新征程 凯歌响彻新时代
——第三师图木舒克市文联五届三次全委会胜利召开

◇ 张三里 / 文

春风化雨千山翠，叶河两岸歌声飞。3月28日，第三师图木舒克市文联五届三次全委会胜利召开，大会是以习近平新时代中国特色社会主义思想为指导，全面贯彻落实党的二十大精神，全面贯彻落实习近平总书记关于文化文艺工作的重要论述和重要指示批示精神，全面落实兵团文联、师市党委重要决策部署的大会，是认真总结过去两年工作、研究部署今年文联各项工作的大会，大会承前启后、继往开来，是引领师市文化文艺工作新发展、产生新动力、充满新希望的大会。

大会对过去两年进行了深刻总结。师市第五次文代会、五届二次全委会召开以来，广大文艺工作者在师市党委的领导下，坚持以习近平新时代中国特色社会主义思想为指导，深入贯彻党的十九届历次全会精神，深入学习贯彻习近平总书记对文联文艺工作的系列重要论述和重要指示批示精神，坚持"二为"方向和"双百"方针，围绕师市改革、发展、稳定大局，解放思想，勇于探索，创作了一批富有思想性、艺术性和观赏性的文艺作品。2022年师市文艺工作者获国家级奖励7个，省级奖励7个，开展了一系列有规模、有影响、有成效的艺术活动，涌现出了一批文学艺术创作人才，展示了"文化师市"品牌的风采，陶冶了各族职工群众道德情操，丰富了群众精神生活，凝聚了人民群众力量，对推进和谐社会发挥了重要作用，作出了重要贡献。

PROLOGUE

　　大会对2023年工作提出了明确要求。2023年是全面贯彻落实党的二十大精神的开局之年，继续坚定坚决贯彻执行师市党委决策部署，坚持以习近平新时代中国特色社会主义思想为指导，深入学习贯彻党的二十大精神和习近平总书记对文化文艺工作的系列讲话精神，贯彻落实中国文联十一大和十一届二中全委会精神、中国作协十大和中国文联文化润疆专题工作会议精神，贯彻落实兵团党委八届三次、四次全会精神和师市党委八届三次、四次、五次全会精神，按照围绕中心、服务大局，壮大队伍、履新尽职，创新创作出精品的工作思路，围绕一个主题，抓好一个阵地，带好两支队伍，落实三项任务，推动六项活动，完成一套丛书，参与两个计划，实施一项工程，出作品、出精品、出人才，推动发展好文学文艺事业，为文化师市建设发挥更大作用。

　　百花妆点新征程，凯歌响彻新时代。党的二十大吹响了全面建设社会主义现代化国家、全面推进中华民族伟大复兴的奋进号角。师市文联五届三次全委会的胜利召开，为推动师市文化文艺事业的繁荣发展展现新作为、推动师市文艺人才做出新贡献，为建设文明富强和谐美丽的第三师图木舒克市注入了引领文艺奋进的力量。

Contents
目 录

1　诗歌卷
Shi Ge Juan

002　这是历尽所有颜色之后选定的蓝　刘跃儒
007　塞上辞（组诗）　赵香城
011　把甘露搓成春雷和闪电（组诗）　李皓
015　牧马少年　唐志文
025　化着轻风拂过你温柔的琴弦（组诗）　谭少彪
029　春之恋　马兰
030　向南已是我不得不选的理由（组诗）　秦一
033　我是农民的儿子　陈玉民
034　烈焰红唇　陈艳
035　图木舒克：梦想在闪光　许登彦
036　进新疆（外一首）　赵成路
037　我想再被春风吹一次（组诗）　王恩贵
039　我们用微笑迎接图木舒克的春天　张三里

2　散文卷
San Wen Juan

048　走近图木舒克　刘菊
056　为您讲述我的兵团故事：家在兵团　刘菊
062　请为我留在图木舒克　刘菊
064　风过天地间　张永刚
066　永安湖赋　赵君伟
068　"最土"的土陶馆　赵君伟
071　神往喀什噶尔　马谊春

诗歌卷

唐王城文化
第一卷
TANGWANGCHENG
WENHUA

这是历尽所有颜色之后选定的蓝

◇ 刘跃儒 / 文

永安湖

永安湖的名字很吉祥
它的意义超越其本身
站在湖边的时候
我没告诉它我来干什么
岸边和湖中聚集的无数栖鸟
包括天鹅还有鹰
也都没有要问
"我来干什么"的动因
这里的一切都呈现出
一种"相安无事"的温馨

其实 许多事物是无须深究的
就像永安湖的水

为什么这么蓝这么清
为什么这片水土
这么美这么静
你问 它是这么蓝这么清
不问 它也是这么美这么静

其实我懂得
这是历尽所有颜色之后选定的蓝
是过滤了所有混浊最终的清
是见证了所有丑恶才选择的美
是经过所有热闹之后而保持的静

从永安湖的禅意中回过神
才发现这首诗的许多文字
跑去了作家刘伟林的美食故事里

不肯现身
全鱼宴　炒河虾……
还有只属于这里的绝味煎饼
我突然觉得
他应该请我的诗歌
在永安湖边好好撮一顿

图木舒克山

图木舒克山
是由神话垒成的
它的崇山峻岭都是传说
而且这些传说
一直铭记在
《山海经·大荒经》心底

一条龙从时光的起点飞出
最后落在西北的大荒中
它睁开眼　天下一片光明
闭上眼　天就黑了……
因此叫"烛九阴"又叫烛龙

翻阅远古的开篇
这里的水患漫延无边
百姓向苍天祈祷九天九夜
雷电大作之中
一条巨龙腾空而起
瞬间化为石山隔断洪流
"铁吉尔塔合"由此得名

汉语即"龙山"

夕阳如金脊似鳞
化石谷　化石沟
石英矿石洞　小瑶池
站在图木舒克山巅上
"峰高红日近　洞阔白云深"

马蹄山

据传　天下最神奇的山
莫过于马蹄山
因此　它理所当然地
成了图木舒克人心中的圣山

马蹄山的神奇
不仅仅是大自然在地壳运动时
把山的身子
刻上了无数"马蹄印"印章
同时还有唐僧取经时
白马一跃而起的神话
"前蹄已落在图木舒克
而后蹄还在一千多公里的吐鲁番盆地"

这里还有宋朝士兵宋贵
拿着一方宝印
从《宋书》中潇洒走出
当他在梦中
把宝印献给神宗皇帝后

"王安石变法"的曲章
便铿锵奏响

这里迎风飘扬着
蕴涵美好的各色绸带
许多优秀儿女
从这里走向世界
美若鼓点的"嘚嘚"声
常常从时间的缝隙里传出
那一定是谁纵马奔驰在
朝圣的路上

塔里木河

中国第一大内陆河
世界五大内陆河之一
其实塔里木河的意义
与其大小没关系
因为她是抽象的
也是宏观的

她最大的价值所在
是把古印度文明
古希腊文明 古波斯文明
和古中华文明融会贯通
然后推陈出新
并让两个英国人亲口承认
塔里木河孕育的这片土壤
才是人类文明

最"诗意的栖居地"

一个是人类学家摩尔根
一个是史学家
阿诺德·约瑟夫·汤因比
不同的学术研究领域
两人的成就都非常巨大
但两人的出生却相隔整整70年
没见过面 也都没到过这里
却以穿越时空的高度一致
碰撞出惊世骇俗的心灵共鸣

仅从这一点上
我们就可以断定
塔里木河流淌的不仅仅的水
而是使命 是传承
是远见是胸襟
是阳刚也是柔情
如果巍巍昆仑
是照耀世界文明的航灯
那么 塔里木河流淌的
一定是比燃油更珍贵的
精神图腾

叶尔羌河

作为组成塔里木河的
四大主流河之一
叶尔羌河无疑是一条

实力强劲的河
华夏大地的"第三大灌溉河流"
就是实证
它从喀喇昆仑山口出发
一路抚慰和描绘出
宽广无比的沙漠平原与绿洲

据说 神仙去天庭
要从它的源头
——昆仑山峰上才能上去
如来每次去天上
也要在山顶上歇歇脚
传说 最初的佛祖与道祖
都是喝着这条河里的水
才找到属于自己心灵的"净土"
因此 叶尔羌河流淌的
不仅有佛的慈悲
更有道的智慧

"昆仑道人"和"昆仑仙人"
饮用这里的水得道成仙
"昆仑大侠"饮了这里的水
武功天下第一
这里的水长出了"昆仑神药"
这里的水就是"昆仑圣水"

这里的水
丰富了"刀郎木卡姆"
丰满了莎车王国
丰膺了图木舒克北胥鞬屯田

丰梭了唐王城
丰美了叶尔羌汗国的文明

这里的水
同样见证了张骞
出使大月氏国的坚韧与信心
记录着班超率三十六骑
出征的热血沸腾……
这里还有一代女王离世前
嘱咐"一定要取一块昆仑石"
给自己做碑的"一往情深"
更有当今"中国十大园林城市"
图木舒克

小海子水库

小海子水库并不小
它是西北最大的平原水库
位于图木舒克西部的麻扎山下
1959 年 9 月始建
小海子水库是英俊的
也是威武的
因为刚开始是由清一色的
复员军人参与修建
后来支边人员和其他人加入
历时整整五年才竣工

小海子水库盛满了
第一代兵团人的苦和累

也装满了兵团人不畏艰苦的奋斗精神
那时缺乏现代化劳动工具
他们硬是用一种红柳编织的
"抬把子"抬石运土
以一种不可想象的坚韧与毅力
终于把小海子水库建成

小海子水库后来又增添了
二期和三期工程
直到1983年才最后完工
许多美好的生命在此长眠
所以说 堆筑在小海子水库的
每一粒土里都埋藏着感人的故事
每一块石头
都见证了奋斗者的艰辛与决心

这是一座兵团人
用血汗和生命换来的水库
如今 水库里鱼欢水清
但它们是否还记得
在寒风凛冽 滴水成冰的日子里
那些拼命苦干的身影
各色鸟儿在小海子水库上空
快乐地盘旋 啼鸣
它们是否在呼唤着
那些住"地窝子"啃窝窝头
最后献出生命的姓与名

图木舒克是故乡

你的理想发芽了
就来图木舒克
这里的希望很饱满
阳光很强壮
就算你是一颗被遗弃的种子
也会疯长成
繁华的都市模样

你的流浪开始膨胀
就来图木舒克
这里的日子像牧场一样宽敞
时光就是那金色的胡杨
当你的向往像风筝一样
守护你的永安河
就会愈加安详

如果你的爱情卡消磁了
就来图木舒克
这里的玛瑙红 宝石蓝
春风的柔 风沙的刚
都会争着给你当红娘

假如你从梦里醒来
发现用你这一生的时光
也无法治愈内心的痛伤
就一个人伏在塔克拉玛干沙漠上
尽情地哭一场
这里就是你永久的故乡

塞上辞（组诗）

◇ 赵香城 / 文

天山神木园

只因沾了托木尔峰的神光，这座
六百余亩的园子，才聚集了树的精灵

银白杨，胡杨，山柳和小叶腊
挨挨挤挤，私语着往昔的秘密
野蔷薇，沙枣树和骆驼刺牵起小手，贪玩着
只有它们自己才能解惑的游戏

马头树的故事令女诗人着迷
一棵古柳，根上长出了根，拱出地面
想听听阳光的声音
看看大地的表情
即使又一次被雷电击倒

也要把手臂伸得更远

树的家族。聚集了绿色的时间
一片绿叶，或许就是一个时辰的凝固
一棵树，或许是一千年时光瀑布的化身
无论树木与灌木
它们只把绿色的时间握在手中
绝不让荒凉悄然走近

神木园不大，小得像漠野里绿色的纽扣
神木园不远，近得像飘在眼前的一朵绿云
游客们的赞美和诗人的咏叹
生长成一阵澎湃的林涛
传送给
赐福的托木尔峰

克孜尔石窟

静静坐落在明屋塔格山悬崖上
悬在半空的圣地，屏退红尘的喧嚣

时间在你的洞窟里
被凝固成欲飞的静物
镀亮一批又一批游人的畅想
五千米壁画，让人回到画中
好像听见鸠摩罗什清澈地说法讲经
西域龟兹的丝竹管弦
仿佛仍然氤氲着乐舞的天香
让飞天的仙女曼舞至今

哦，是谁在洞中打坐，一坐
就是千年。我要细数你的往事
这一刻，我的思绪在远年的旧时光中
盘桓，流连
我痴想着飞天破壁而出与我共舞
定睛细看
飞天仍在天上，舞动云山

静静的洞窟。静静的人流
一颗颗来时或许焦虑的心
此刻变得澄澈
还有那些干涩的目光，此时也显得
波光粼粼。不知是谁，留下了一声祝福
——石窟平安！壁画平安！飞天平安

走出大峡谷

自后羿射落了九个太阳
自九个太阳的溶液，在这里翻腾、冷却、凝固
或呼啸为峭壁，或怒吼为峰峦，或嘶叫为猛兽
从此，一条大峡谷的神话
被星辰暗记在册，等待人间精灵的阅览

库车天山大峡谷，走进你
一万种红色的想象也难以描述你的姿容
诗人们的才思，在你的惊险神秘中走失
画家们的灵感之河，在你的峰回路转间顿时干涸
而俊男靓女们的相机
把你的神姿仙态摄入镜头，随后
向远方展示你红色的石林石兽和奇异的生殖象征物
展示深广荒野中壮伟、蓬勃的生殖力

四处尽是燃烧的色调、火焰的色调
红色的山体造型似乎霎时复活，演奏一支红色交响
一个个红色的隘口，划伤我的思绪
返回途中，我盼着快些走出峡谷的入口
去拥抱世界单调后的丰富

库车大峡谷，你丰富的红色，赐予我
一个独异的圣宫。走出大峡谷

红石林背后的库车
你馈赠我一个丰富、斑斓的宇宙

风雨苏巴什

在西域，故城像上苍遗落的一枚枚石子
龟兹的苏巴什，你的内核，藏着
一颗玲珑剔透的女儿心
距库车城区二十三公里，确尔达格山
迷蒙的眼睛，储存了多少火光交织的微视频

在充满氤氲之息的城池中盘桓
时光好像静止不动，塔影好像时间的背影
高大的城垣比肩而立
时常会在炽烈的日头下
翻晒一页页护佑城内老小的历程
当掀起衣襟指认旧日伤痕时
那一份自信，仍然显得坚定而从容

时间的雨，滴穿了一座座烽燧
却淹没不了女儿国花娇叶艳的传奇
城外的猛士争相"嫁"入城中
挽晨风夕雨，守山河旖旎
多少刀光剑影被女儿柔掌一一击回

我一次次面对那佛塔、烽燧、城池的雄姿
直到傍晚披上金色
不知为什么，返程之前
我渴望用梦想的手

把它们一一抚摸

托木尔

在如此庞大壮阔的天山
即使是最高峰，也不知自己为群峰之冠

托木尔峰，人迹罕至的绝域
素有"铁山"之称。千古不化的冰雪
赋予了你永恒的白铁时代
海拔7443米的高度，只是你的外貌
你内心的广度与高度，即便是太阳的长尺
也无法丈量

有一个人，用鹰隼般的目光
丈量了你
在木扎尔特山口，他抖落两肩风尘
溪水照亮他风扑沙打的面容
你望着这大汉的使者笑了
遣一山松涛护卫他蹈雪而行
去踏响"凿空"的开创之声

还有一人，用慧心慧眼丈量了你
木扎尔特山口以特殊的礼仪迎接了他
他身披的袈裟耀红了雪峰的氤氲
擦亮了夏特古道上的雪
他把风的狂语雪的吉言
——录进《大唐西域记》

在天山的十万峰峦中，没有谁比你更有见识
托木尔峰。没有人迹的山峰
哪有你这般的殊荣
你的幸运，正是你赐予了开拓者冲天之力
并在暗中，做人间巨子的保护神

慕萨莱思

豪饮之时，举起酒瓶验证标志
——慕萨莱思
四个大字赫然入目。一饮，再饮
金色的葡萄园在杯中舞蹈。酿酒师傅的
歌儿在杯里荡漾

未醉之时，我猛地发问——什么是慕萨莱思
诗友王国纯迷着眼睛回答：就是
三公斤葡萄酿造一公斤美酒，就是三分之一
出自哪一种语言，暂无定论。哟嗬
这分明是上帝的语言，凡间怎会翻译

慕萨莱思。刀郎人酿制的天浆

秘密绝不示人
它是从刀郎艾介克琴弦上滴下来的
它是从卡龙琴的琴箱里淌出来的
它是从刀郎人滚烫的喉咙里发酵而来的
一支歌，就是一间敞亮的作坊
酿造一滴滴酒
也酿造一句句比酒更燃烧
更浓烈的歌词
你那比慕萨莱思更香的红唇
我吻行不行

刀郎人，喜欢跪地而歌，也喜欢跪地而饮
跪地，就是跪敬母亲
当一盅盅
红色玉液灌进他们的胸腔
他们也痛饮伤心的忘怀

当月亮从敲响的手鼓上升起
当月色在酒杯中亮着
当刀郎人在浩大的空旷里旋舞
圆月的大碗里，盛满了慕萨莱思
渐渐漫溢

把甘露搓成春雷和闪电（组诗）

◇ 李皓 / 文

雨水计

水从天上流下来的时候
天就是一个水龙头
没有人，苛求我们上同一条船
在雨水中等候，只不过需要大海
给一个雁过留声的开示

把水搓进身体里
成为一根苏醒的木头，一根枝条
把黄梅搓出花来，舌根生津
把花冠搓成尘埃
把甘露搓成春雷和闪电

被风雨、冰雹和雷电雕刻的

就是诺亚方舟抬头的模样
龙须一样的长江，此岸到彼岸
只需一节腹中空空的
芦苇

除 夕

除不掉的一场宿醉
酒肉在翌日清晨成为
一个西北女子不断翻炒的诗歌

没有人能看到我悔青了的肠子
我竭力回忆
在与那些初相识的人

推杯换盏之际
都说了些什么不该说的

今夕何夕
那些旧符一样的老相识
我越用力越
握不住你们
新桃显然是靠不住的
酒精比糨糊更容易挥发

肠子越来越青
鬓角越来越白
年龄的算法
都是一些不可靠的科学根据
它只是老中医手里
用来针灸的针

它此刻深深扎进了我的死穴
为了刷存在感
它又被捻着，转了几下

嗯，疼
一副春联
我的手上只剩下联

秋分日再上黄山

汤口的雨堪称分水，它把徽派建筑
白墙洗得更白，黑瓦洗得更黑

从今往后，暗物质将卷土重来
对于一些人来说
浑水摸鱼是一项伟大的事业，莫衷一是
石头和云彩互为表里，雾敲边鼓
唯有竹子，倔强地把牙关咬得
嘎嘣嘎嘣脆响，爱恨只在一念之间
石头里的铁，从而立之年到今日不惑
紧绷着的钢，不及雾里的迎客松
那样神不守舍，台阶有些歇斯底里
凡间多少事，不敢高声语
一梦廿载，谁又有谁能分清黄山与黄粱

凤凰城早上的电钻声

一只雏凤啄击着蛋壳，一丝光线
露进藏匿已久的散淡人心，与旧途
做着优柔的切割。第一声鸣叫
多么清澈，从混沌和醉中分离开来
那堪比老凤声的昨夜
不见山水，更见山水
从明月中取来炭火
酒杯与酒杯，在碰撞声中熟络起来
清风翻书，江山的册页次第打开
我赠他以徽墨，你赠我以瓷杯
各有分寸，美好从来都无从预谋

秋夜在湖州与吴艺小酌

他给我带来的秋雨,于我是一场意外
而对于守株待兔的他来讲
无疑是预谋的
对于始终琢磨不透的江南
我只是卑微的一滴雨

他带我在街头打的
一辆辆车,漠然擦过我们的身影
那溅起的雨水
既不认得我,也不识得他
他讪讪地告诉我湖州街头有两种树
一种是香樟,一种是法国梧桐

他用一盆地道的酸菜鱼
堵住我的东北口音
用六斤德国啤酒
洗劫了绵绵秋雨带来的寒凉
深夜的卤味餐馆,让路灯眼角一热

君子之交,就是你经过时想停下来
你停下来想喝一杯,你喝一杯
觉得远远不够,不醉不足以表达心情
一醉就胡言乱语,无非爱恨情仇
那些水一样的女人,都宿命般走失

这个年月,能两个人对坐
在一个小酒馆四目相对,狠狠地互相瓦解
把眼泪从雨水中分离出来

留下惺惺相惜的寡淡
用一根鱼刺,挑唆麻木的味觉

霅溪辞

当我隔窗,望向清晨烟雨蒙蒙的湖州
霅溪还在睡眼蒙眬之中
不承想一个外乡人,昨夜
就睡在她的身旁,相安无事

她是湖州的女儿,或是太湖的女儿
她贪睡的样子,多么像我那个
时差总也倒不过来的女儿
早餐已经摆上餐桌
但我不敢吵醒她

在江南的秋雨里,我只是路过了霅溪
就像那只灰白的水鸟,偶然站在
一群拥挤的铜钱草中间,远远地
像是溶解在水草的群体意识里,被同化

她不敢遗世独立,不敢像我的固执
不向方言低头,潮音桥黑着脸
即使有些小草沾亲带故,也不视为己出
各香其香,在霅溪,银桂不输金桂

我必须在霅溪醒来之前
一个人独自离开
貌似自己从没来过那样

那一截短短的廊桥
让记忆短暂休眠
一个知情的男人不足为虑

当高铁停在普湾站

天气预报说将要大风降温
我草草从沈阳往回赶

列车一步步靠近你大连的生日
而昨夜我给另外一个人
过生日

在两个生日之间
我看见故乡越来越颓废
这时候
高铁恰好停在普湾站

前不着车家村
后不着普兰店

我坐在左侧的车窗边
一些光从十一点钟的乌云之间
漏了下来

在岛上遇到大风天气

人生的剧本怎么写

我没办法偷看

而在岛上遭遇到大风
天气预报曾给过我足够的暗示

我低估了风的来势汹汹
它把航路的时间

从一个小时抻长为
一个白天加上一个黑夜

一大早我在海边兴叹
像一只善于后悔的困兽

我不能随波逐流,大海啊
请赠我以鲲鹏

我要乘风,与鱼们一起归去
对于生活偶尔的波澜

尽管杯盘狼藉,但仍然有利可图
一粒盐甚至摸到了奇迹的命门

牧马少年

TANG ZHI WEN

◇ 唐志文 / 文

回　家

太阳从脚底爬上了头
达芬奇老先生
看透了太阳的心事

赶在我回家前
铺上画板
用我的身躯
绘一幅
最后的晚餐

其实达芬奇老先生
想留住太阳
我回到家的时候

我已留住了太阳

太阳回家了
达芬奇的最后的晚餐告诉我
头顶的太阳
打一个颤，大地进入了梦乡
也会梦见回家

墓　碑

父亲，请你原谅
你活着的时候
没有跟我享过一天福
死后给你立不起一块墓碑

那时，你的儿穷得叮当响
唯一富足的只有两行热泪

父亲，你是否闭上了眼睛
我有一桩心事，想和你
商量——
不管我走到哪里
我站直的身子
就是我给你立的墓碑

有一些事情

衣服破了
女人可以缝补
生活破了
有谁来缝补

墙角的毛利
顶着白天的太阳
发出难受的感叹

涂炭的黑影里
一颗祸心又燃起来
迸发出无情的光
但，黑不透我的心

有一些事情
一说出来就算错
比爱更错

思辨之旅

日子淡了又淡，天空高了又高
秋日来了。时光人生轴线
总似一辆装上了红灯的救护车
拼尽全力地向前冲

它是那样的平淡无奇
却没有什么可以阻挡它的脚步
它就那么静静地、悄悄地
带走了我们十余年的光阴

站在大学门前，望着来时路
似能从那陌生中看到自己
十余年茫茫路途，中规中矩
却有着我敏感的喜怒哀乐

而在那平凡普通之下
又有我深刻的波涛汹涌
它是我对世界认知的艰苦道路
是我向往前行的思辨之旅

童　年

童年总是无忧无虑的
我们带着纯真来到这个世界
以一腔真心去拥抱这个世界
无知地在我们小小的世界中碰撞

我们没有忧愁
不需惆怅，不需担忧
只需关心眼前的问题
开心便笑，伤心便哭

敢于真言，无须顾忌
不怕失去，只是纯粹地
去做自己想做的事
不懂得什么是光阴虚度

我们可以在我们的世界中
变成任何人，经历任何的故事
我们是我们自己的主宰
做自己故事的导演

我们可以用一个下午的时间
看蚂蚁搬家，等石头开花
我们可以放纵地大哭
然后，挂着泪水开怀地大笑

漫漫时光长河中
似乎只有这一段快乐
是最真实的存在
不寄托于他人的美好光影

多愁善感的青春期

时间流逝，增长了我的年龄
扩大了我世界的疆域

并未长大的我
却来到一个又一个陌生的地方

见到一个个不熟悉的脸庞
我想缩回安全的小壳
却无数次被推着前行
仿佛置身于遍布迷雾的沙漠之中

慌张的寻找，不断地碰撞
为了寻找方向，我愈加沉默寡言
自卑使我害怕他人的眼光
为了他人对我的看法，而产生担忧

害怕孤独，因而
渴望成为大众的一员
为此而不断地强迫自己努力
渴望用一身汗水洗礼、改变自己

我如同一个胆怯的小孩
小心翼翼地接触，小心翼翼地交往
从他人身上汲取温暖
内心滋生无限感恩

青春生活总是在不断地失去什么
并且闹出许许多多啼笑皆非的笑话
失去的部分，又似乎给了我另一种稳重
伴我度过了一个过分多愁善感的青春期

一个人慢慢地成长

在人群中碰碰撞撞
竭尽全力地拉扯过后
终于在失去中渐渐地明白
一个人慢慢地成长

在人生这路途中
没有人可以陪伴我们长长久久
也没有人可以
无时无刻地站在我们身旁

我们总是要学会
一个人去面对各种各样的事情
只有懂得一个人慢慢地成长
才会珍惜路途中的风景

我们在这一路上
不断地与他人相遇
短暂地陪伴,留下美好的记忆
而后分别,各自经营自己的生活

生命中大部分的时光是属于孤独的
努力成长是孤独里进行的最好的游戏
但在这无尽的孤独中,我仍旧希望
用单纯的心去相信人与人之间的交往

心怀感恩,赤诚善良
以一腔温柔去拥抱这个世界
保持对生活的爱与热忱

真正地享受:辽阔山河,人间烟火

岁月童话

1
这一年刚刚入春,你出生了
迎着春风,听着雨
饱含着我的爱与祝福
上一秒你还在我的怀里呢喃
下一秒你就熟睡了
我看着你的睡颜
亲亲你的脸颊
吻吻你的小指头
那时你的世界里,只有我

2
三岁时,不再用我的腿带着你看世界
小小的你总是趴在窗户边看楼下
转过身来抱住我向我撒娇
灵动可爱的表情总是能够融化我的心
看你很快融入小朋友们的游戏中
我微笑着感叹友情的奇妙
我的目光一直锁定你
你笑着向前奔跑
我提着水壶跟在你身后
你却一直向前,不曾回头
我终于明白,我不再是你的唯一

3

七岁时，上小学
开学报到那天
你没有像幼儿园时那样的哭闹
我反而有点失落
但又觉得你已经长大
能够适应环境中的变化
看着你的背影离去
你不再需要紧抓住我的手
去看都市的车水马龙
内心产生失落又快乐的欣慰

4

十三岁时，上初中
开始进入青春期
你有了许多的小秘密
有些放在心里，有些和朋友诉说
而不再与我有关
你也更想独立
很多事情想要自己做决定
周末你也要去学习
你不再对我以童年的那种依赖
我挺失落的，以前那个
向我撒娇的孩子我有些留恋
尽管我知道这是成长必然

5

十九岁这年，你考上了大学
我们都很高兴
但是高兴的同时

我知道这回你是真的要离我远去了
我的心里满不是滋味
大学报到那一天，我送你进站
我啰啰嗦嗦说了许多
你只回答了一句"嗯"
你检票进站，我的目光
就这样所至你的每一处
你向前行，不曾回头
你啊，终究是要离开我
去到一个满是月亮的森林了

6

你三十五岁这一年
我也已经年迈
我坐在小区斑驳的木椅上
看着孩子的背影，听着孩子的笑声
仿佛许多年前我跟在你身后
小心呵护着，关爱着……
或许岁月就是一个轮回
这些孩子就像那时的你
初见新奇，眼中满是光彩

7

该爱的时候，好好爱
该分离的时候，轻轻放手
人的这一辈子又何尝不都是在分离呢
你是这样，而我也是
在所谓的"长大"这一刻
我也逐渐把我的背影展现给父母
而总有一天，你会如我这般

深切地凝望着自己的孩子
你也终将会懂得我的心情
也许你我，本就不是渐行渐远
而是更加相近了

8
有一天，你会发现，生活很难
每个人身上都有大大的责任
有一天，你会坐在床头
给自己的孩子穿衣服
有一天，你会站在车站外
看孩子离去的背影
有一天，你会在庄严神圣的教堂里
给他们爱的祝福
有一天，很久以后的一天
你的头发会在太阳底下闪着银光
我想，这时候的你
我亲爱的宝贝，你会想念我

9
上一秒，你还在我身旁撒娇
下一秒，你就已经搀扶着我前行了
岁月就是这样
也正如童话一般妙趣横生

一封永恒"情书"

如果说秋天落叶的潇潇洒洒
是树的不愿挽留

那么被晕染的红色晚霞
这丝丝心动的浪漫
牵引离魂
又是谁在向上帝祷告

几多欢欣，几多离愁
几多甜蜜，几多苦涩
岁月像是一封永恒"情书"
直接跨过一些既定的思想
创作出一些奇特的事情
带给每一个人别样的精彩

牧马少年

风沙，胡杨，大漠月
我意气风发的年少模样
今夜，把爱情藏进星光

我要用永远不眠的双手
拥你入梦。纵然曾经彷徨
却从不愿意放下燃烧的心

点一堆篝火，让我为你
燃起烈焰雄壮的歌
响彻图木舒克的夜空

燃尽所有梦的碎片
和永远不甘坠落的泪珠
向夜空远方，策马前行

玻璃娃娃

梦中曾有这样一个玻璃娃娃
它会将爱心和快乐为我无限放大
它一直在听,虽然它不说话
它一直在笑,虽然它模样很傻

梦中曾有这样一个玻璃娃娃
它给我阳光和勇气,不怕风吹雨打
我慢慢长大感情却像手中的沙
握紧的不愿放下

梦中曾有这样一个玻璃娃娃
一天,它说,你也是一样的傻
一朵云的轻,一朵花的轻
一个梦的天长地久

带着无奈和渴望
透明的娃娃。我没有回答
因为我已不是娃娃
我已懂得成长意味着啥

夏 天

当生命的河水
泛滥成火的姿态
我便把你那柔嫩的身体
深深藏进我的森林

我的每一片叶子
都在舞成醉的姿态
而那靠近你的每一步
都在吞吐亲吻你的热量

你如风般的身体
爱火激发梦想的温度
你炽热的目光一出炉
便激活了我一生无悔的热情

一股热浪驱赶着我的季节
奔跑的狂热围住你的赤诚打转
那凌空的身体
如蝴蝶般旋舞成危险的降落

我命运深处的恋人
你把百花的芬芳集于梦的旋涡
难道是在等采撷的晨露悄然滴落
而你用饱满欲绽的红唇,轻轻接住

小水滴

微不足道的小水滴
你曾不被人注意
你那弱小的身躯
怎抵挡风沙的吞噬

晶莹灵透的小水滴
把你融入江海里

你有无限的创造力
奇迹发生，效能无比

缤纷的世界离不开你
万物生灵靠你滋育
生命的延续少不了你
大地复苏你居头功

人类社会发展到今天
冲锋在前的总是你
你是工业的血，农业的脉
各行各业赖以生存的源泉

神通广大的小水滴
我们不会轻视你
你的无私与奉献
博得芸芸众生的赞誉

让我为你打开一扇沙海的门

沙海是浪涛
是心中的风景
沙海之中有一扇门
一直等待有人来临

其实，并不是所有的门
风可以刮进来
雪可以飘进来
胡杨树可以长进来的

风可以在门外徘徊
雪可以在门外徘徊
爱情，同样可以在门外徘徊
只有勇气才敢打开那扇门

让我为你打开
那一扇沙海的门吧
那里面没有世态炎凉
只有流沙和大雪纷飞的风景

回 音

麻扎塔格秋色
被我写进诗里

屋外的清晨
充满柔和的光

有一种忧伤
落叶，又厚了

一只孤独的灰雀
叼来命运的回音

山顶的月亮

麻扎塔格山如水的夜
月亮爬上山顶的夜

月光如天鹅的羽毛
月光是圣洁雪山的光

月光中的麻扎塔格山
如天上宫阙，如琼楼玉宇

月光激发我所有的灵感
月光放飞我所有的想象

苍穹，大地，山石，草木
浸满无尽相思与眷恋

山顶的月亮，越来越远
却在我的心里越来越透明

风中的雪花

风中的雪花
是一场童话
讲述一个
浩大的春天

她是无与伦比的
爱神和天使
指引我们
与春天有个约会

雪花之中
有青山绿水
有花红柳绿
有莺歌燕舞

从雪花之中
拆一枝柳丝
作为长鞭
驱赶想象的烈马

沿着风中的雪花
去天涯海角
赴一场
跟春天的约会

图木舒克的光

图木舒克的光
绝不仅仅是美丽
她从遥远走过
穿越原始

叶尔羌河
穿越图木舒克
河上漂流着
许多优美的传说

图木舒克的光
是丝路之光
闪耀历史
闪耀足迹

图木舒克的光中
有牧场、有羊群
有云朵、有歌声
有我奋斗的人生

恋雨江南

少年江南，听雨是一种诗意浪漫
是一种寻常生活
蒙蒙细雨，沙沙地下
像一根根透明心扉的银针

从天空扎向大地

装点千山万壑
又似璀璨的珍珠
纷纷而落，镶嵌着墨绿森林

有雨山戴帽，无雨山没腰
远远地望着那云雾缭绕的山峰
像雾似的雨，像雨似的雾
丝丝缕缕，缠绵不断，淅淅沥沥

接近傍晚，天色渐暗，炊烟袅袅
山峦人家的屋顶上，云雾缭绕
透过老木屋的柴火焰在不断跳跃
如同神笔绘就一幅水墨画

化着轻风拂过你温柔的琴弦（组诗）

◇ 谭少彪 / 文

梦中的叶尔羌

长河流向落日
那一世期许
任由岁月
温婉地穿越百年辽阔

孤烟散作天际
一路蜿蜒曲折
晚霞映红古老传说的妆容
又怎舍得用世俗之眼
去惊扰神秘西域美人

我在每一个秋天倾听落叶萧萧
古丽指间划过的琴弦

在叶尔羌河两岸
留下多少不眠的思念

翻开尘封的往事
沿着丝路长长的驼铃
我又曾去寻找过
那些遗落在人间的历史印痕
故城古堡　雪山草原
还有刀郎人和十二木卡姆
那些经久不息传唱的经典

对于我来说这些平凡的日子正在老去
所以总会在不经意间
徒增许多断断续续的回忆
所以总是想起

艾德莱丝和夕阳手鼓
在溢满枣花飘香的季节
在乡情民俗里的重逢
想起
那芦苇红柳和田野村庄
那牧人牛羊和团场月亮

我在团场生活多年
如果你还记得那一次相见
不管来世还是今生
梦中的叶尔羌
又将为你开启
一场满目金黄的视听盛宴

来一回西部

一路向西
在大漠的母腹
我永远像个孩子

依稀沧海桑田
塔克拉玛干静静地诉说着往事
任由岁月蹉跎

我曾在古丝路的每个驿站
问过夕阳
是哪一队驼铃让黄昏成为最遥远的牵念

我也曾在茫茫人海

试图独自穿越整个天山
为你找寻那一朵圣洁的雪莲

晚霞映红了西部云天
古丽转身
楚楚动人

牧人把传说带到了草原
古丽回眸
令人心碎

也许佳期太长
月亮守着故乡
守着胡杨村庄

也许时光太浅
这一生不够
再来一回边疆

遥想戈壁之旷远
假如青春无悔
就只管风雨兼程
像搏击长空的雄鹰

再望那辽阔之高原
假如选择来过
就只管策马奔腾
像西部一样的男人

南　疆

辞去人间繁华
走向冷月如纱
闻道远方驼铃声声
望不尽似水流连

昨夜长空漫漫
邀天涯私语缠绵
心愿在轮回中深情相视
假如为如花美眷修行续缘

作别远山
这一世晚霞
留在暮云身边
化着尘烟飘散在彼此眼前

挥手草原
这一世夕阳
怎能少了黄昏
化着轻风拂过你温柔的琴弦

毡房外升起的炊烟
在每个宁静的早晨
斟满奶香四溢的回味
和心旷神驰的流连

在南疆
古丽都是善良的美人
多得数也数不清

像和田河的玉
温婉如水

行遍南疆
无数秋天无数的胡杨
无数的日子无数的你
再没见到那年的古丽

咫尺天涯致大漠

梦花朝露
难寻人间彩练
望不尽烟云远去
等不到雨雪迟暮

万里疆场任征程
当年刀光剑影
鼓角争鸣

烽火连城越边关
当年铁马金戈
征战百回

故国不堪明月中
古道传说今犹在
回首多沧桑

悠悠长河
唯有英雄壮歌

才能穿越大漠辽阔

浩瀚历史
唯有百年孤独
才能酿成厚重寂寞

流沙闻风语幻化
相依起伏之玲珑
宠辱不惊

霞光与夕阳映照
温柔曲线之恬静
富贵不淫

胡杨红柳
守着一世忠贞
守着沧海桑田

芦苇骆驼刺
在最不起眼的角落
书写平凡信念

沙枣树独白

不确定
她是不是梦中走来的美人

很扭捏
平心而论这应该是初恋

假如在一场偶然的邂逅中
为一时冲动而盟定终身
那你还会不会
在后来的后来坚守童真

正如当年的你我
从乡村到城镇
从身边到天边
一个人诵读自己这一生的经文

醉过一场后才发现
在人间
还有多少真真假假的问道修炼
和假假真真的前缘今生

因此无论春夏还是秋冬
都不如在霞光和夕阳的云天
借一把艾介克
邀明月清风
在草原
对酒当歌

春之恋

◇ 马兰 / 文

春风拂面、绿草如茵
虽今日未能赶上阳光明媚
倒也不冷不热、温度宜人
恰逢"女王节"如期而至
风一样的人儿奔向原野
寻找春的气息与清新

不远处发现一排排草莓采摘园
甚喜,入园开启挑"红美人"

不一会儿的工夫
一筐红彤彤、鲜美美的"果儿们"
被我们满心欢喜地捧在手心里。

体验采摘的乐趣
同时为节日抒写一份甜蜜的回忆
正如草莓般的味道
酸酸甜甜好滋味

向南已是我不得不选的理由（组诗）

◇ 秦一 / 文

在南疆

沙石开展圈地运动
一群牦牛
判断与外部世界的约定
有历史的地方一定在南疆

大漠里的一个标签
褐黄色一直
把我引向无法预知的世界

绿洲如同一只蜥蜴
回头瞥见一座更大的峰峦
慕士塔格峰
在清晨的雨水中格外清晰

在大地阳光是无私的
抽穗发芽的时候
南疆总是连同沙土被一起记住

喀什之春

雪山的酮体与阳光的羽毛　重叠在一起时
换届中的桃花并未止步
总能望见雪山
致使我已经无法分辨
惊喜来自内心　还是源由一种奢望

在四月与泥土与早晨有关的春天
握手的感觉是心跳

习惯于眼眶之外的想象

诸如上位的阳光　天气晴朗
有一种身份　在和煦里传诵
河谷上的向日葵
兑现诺言时　总是热泪盈眶

只要栽种　幸福在哪都可以成活
落地的果实假以时日
麦浪起伏之后
太阳和金黄便是使用最多的字眼
一缕曙光
近似我对光辉的渴求

在谷物栽种后的兴奋里
白昼以膨胀的速度灿亮

从远处游来的太阳
抵近蔚蓝　履雪的额头
始终撮合一地不变质的热忱

慕士塔格峰

让我猜测天地间的一种启示
慕士塔格峰蹲在一块岩石上
向一种沉默不语的力量靠拢
多芒的太阳
是使用频率最高的一种语言

五月攀过我的眉峰
翘首慕士塔格峰许下的诺言
突兀中
对一片花海从没有动摇
白杨树下从不想遗漏什么
除了死亡

近距离地端详一只鹰
大抵在春天
沿山坡有爱情的地方
被一片盘旋的雪峰相中
大雨中
更容易记住一块绿洲的心跳

在疏勒

春天的到来　已经没有烦琐的手续
抽样结果表明——
石榴花看中的一块土地
漫不经心地爬上葡萄藤

在岩石上磨砺语言　一百道河水奔流
桃树和梨树组建的云朵
沿着山坡和有篝火的地方
阳光给每一件事物以感动

等待一场细雨
摆渡身体内的欣欣然
不想关闭俯冲时隐痛里的隐痛

更不想变节自由的精神

在旋风里　默许一只鸟急于求证
一种离巢的滋味并说服我
在明亮的刹那
接受一片草地回到摇篮的原样

石头城

太阳垂下云朵　被授意为一副
使劲摇动的旗幡
与整夜的大雪较力
回声四起
多少次像海浪
爬满突兀的城堡

石头的封皮　已过千年
不旧不新
匆忙交集中
却能引经据典
印证古堡大小不一的规格

向南已是我不得不选的理由

穿越天山
请求把沉重的面纱掀开
从根须上
展现另一种身份

赶路的河水
独自留下一片彤红的张望
有风的地方
没有理由反对绽放
结伴成长的杏花
之后便使劲疯长

在一片戈壁之上
金色的胡杨
拾起风或雪的讯息
与我的命运极为相似
久违的亮色
把我的心落满油绿

我是农民的儿子

◇ 陈玉民 / 文

我是农民的儿子
渴望摘到沉甸甸的果实
别人可以踩在板凳上
轻巧地摘到果实
而我只能一次又一次地跳跃
跳得汗流浃背
跳得精疲力竭
只有当幸运之神垂青时
才能有幸摘到一颗
还显青涩的果子

我是农民的儿子
渴望达到成功的彼岸
别人可以乘坐汽艇
一帆风顺地到达
而我只能乘坐小舟
一桨一桨地划行
划得满头大汗
划得心力交瘁
只有春风到来时候
才能有幸触到成功的彼岸

我是农民的儿子
只要有一线希望
就会不停地跳跃
只要有一丝风
就会不停地划桨

烈焰红唇

◇ 陈艳 / 文

胸中有烈焰焚烧：干裂
一袭红衣，一支口红
熄灭又点燃，像你忽远又忽近

湖畔，秋天用浓墨重彩调了色
那些挡不住的诱惑
昙花一现

我听到了
现实与梦想的较量
撕裂的声音

夕阳西下，一抹抹血红
刺穿天空，开成了
朵朵烈焰红唇

图木舒克：梦想在闪光

◇ 许登彦 / 文

图木舒克，不断刷新着梦想的高度
建设者与它的魂灵相守。永世的长生天
在额际闪耀佛光，脚下是生机勃发的热土
众多铿锵的誓言汇聚成春天的河流
滋养着内心的鸟鸣、花朵和灯盏

悠悠岁月！是长鬃猎猎的骏马
我打马走过，穿越你辽阔的胸襟
阳光、轻风、草叶、树木、露珠……
我看见，众生万物积聚起生命所有的渴望
它们都在相爱，眼睛里燃烧着明亮的火焰

星辰般闪烁的梦想，高擎阳光

我听见，地底下传来幸福的胎动
它们捧出金色的果实
多么像襁褓中熟睡的婴儿，神态安详

我们与神灵共同居住在蔚蓝色的天空下
我的祈福先于一缕轻风抵达你的梦境
如此广博的生命颂辞，在体内喧哗流淌

日月轮回，你的目光是温暖的慈航
图木舒克，我们注定是你虔敬的子民、信
徒和孩子
走不出你痴情的眺望，前世今生不离不弃

进新疆（外一首）

◇ 赵成路 / 文

千里迢迢进新疆
戍边建设不曾忘
眺望黄沙千万里
誓要黄沙变绿园

先辈雄心今犹在
忆夕抚今学精神
鸿鹄自有凌云志
坚贞不渝定决心

古城观后感

千年王城荒土丘
昨日风光已成空
王侯将相怎曾料
今日足迹蹑高速

外观相向万般变
沧桑时空伴成春
古往今来齐落落
历史威严蔚如山

我想再被春风吹一次（组诗）

◇ 王恩贵 / 文

湖畔茶叙

相握的手，握紧年少的余温
白发从彼此的镜面拔出
月光从手背滑落

湖畔坐下，看憩息残荷的风
小心打捞湖底
越来越模糊的月亮

折叠的光阴，仿若杯中茶
在苦涩中慢慢展开
有些光，即便曾经依偎
也难免黯淡和碎裂

晚风过处，柳丝敲着脊背
我仿佛听见，儿时叩击
蜗牛、龟壳时空洞的回响

我想再被春风吹一次

月光穿过我的身体后寂灭
正如你所看到的
我是原野上普通的一棵树

我不认为自己是风景
开枝散叶，仅仅是季节的抒情
枝头挂满日渐衰败的言语

习惯了孤独
习惯了与风的擦肩而过
习惯了阳光雨露都在身外

小心翼翼地接住
从空中滑落的鸟鸣
竟然不知道用什么去呵护

如若再被春风吹一次
我会原路返回
把青翠的诗句写满枝头

最大的神

感恩仙界的神明
让九十二岁高龄的母亲
仍好好活在世上

仿佛一株熟透的稻穗
时时低着谦卑的头

那日去往上香的路上
母亲在前面，低着头

夕光落满她的脊背

她在拜谢天地众神

在后面，我低着头
我在拜谢心中最大的神

序　曲

我们常说起的物事
涵括大山深处和天界的星体
此刻星河璀璨
偶有听到星子小声交谈

积雪融化了
没留下任何杂乱
树丛静穆，微风过处
树梢挂满期许

恍若天降
星光铺满的大道上
一匹白马，一路飞奔
激越的鼓点，喧响春水

宛如急于将神的旨意
黎明之前送达
同样急不可待的万物

我们用微笑迎接图木舒克的春天

◇ 张三里 / 文

唐王城情话

1

一朵洁白的小小梨花
从唐王城曦的微笑中走出来
她长睫毛上丰盈的目光
波动一条绝恋我的叶尔羌河

千百年修炼的唯一相约
被她的马队拖曳着
只剩下魂不守舍的一支长矛
立在河谷深处的胡杨林中

我目送马队走进唐王城中
和她风中梨花白的回眸

沿着马蹄下的绿洲碧浪
她裙的飘带漫漫,漫入长空

2

梨花的白中
我不停地挣扎我的灵魂
直至灵魂走出我被捆绑在
唐王城外马桩上的躯体

梨花白,是那么清纯
驾驶我千年一恋的倾慕
追寻星影山岩下
丝路小径的一个梦境

她在唐王城楼

高高的有窗的半月下梳妆
她不知道那个被缚的思恋
在马桩上粗鲁地发芽

3
半月下的一朵梨花
微笑成月白的快意
她把绝恋的黑暗径幽
盘曲成我内心白的最高荣誉

她的微笑引领我的意志
穿越喀喇昆仑之巅
从高高的风中
俯冲向塔克拉玛干的心窝

她就立在心窝的最中间
她把她最心爱的白色骏马
拴在与我同绑的马桩上
微笑地看我一眼就转身离去

4
一朵梨花白
一朵太喜欢微笑的白
她好像从不知道
一根绑在马桩上的凄苦

每一个清晨
她走到马桩边上
用长鞭抽打我的默念
直到太阳升上图木舒克山巅

每一个黄昏
在众星拱月的马队之中
她又舞动长鞭
从天山之巅踏着白云归来

5
我承认，我一直承受
一朵梨花白的冲动
失眠的沙暴
在我的血液中不停地沸腾

她掀起沙与浪
一把揪住我灵魂的耳朵
把我向往的头颅硬生生地挂在
一片红柳、一弯晓月、一场梦的枝头

黎明来临之前，梦中的梨花白
她却又变成了一条小小白蛇
把我盘曲在她温暖的怀抱之中
在绝恋的叶尔羌河谷深处把我亲吻

6
我是一名遗失在古战场上的大汉士兵
身披家国情怀的厚厚铠甲
承受每一天、每一鞭、每一个为爱的嘲弄
一朵洁白的小小梨花始终藏在我的心中

我终于奋力挣脱马桩上的铁链
与她留下的那匹战马一起昂首长鸣

我终于明白她一直把她最心爱的白色骏马
与我同缚在一根马桩上的用心良苦

梦中,大汉战队
铿锵的战鼓一直在铮铮召唤
我拨出胡杨林中的那一支长矛
跨上踏破长空的骏马,向前冲锋

我们用微笑迎接图木舒克的春天

冬日的图木舒克
阳光传送的依然是一种温暖
屯垦广场上的五星红旗
迎风昂扬,招引激越的歌声
领唱绿洲、大漠和冰花的美丽

千百年前一路走来的人们
他们突破风沙、战争、饥饿和瘟疫
唐王城遗址厚重的泥土层中
深埋着一个民族凝心聚力向前的意志
和军垦人一代又一代的汗血诗行

深深注视你妩媚的双眸
我们用微笑迎接图木舒克的春天
你的眼睛里有丝路花雨的美丽
有大漠的风铃、铁犁的誓言
和琼梯木烽火台上永远燃烧的爱情

华彩的舞者

我的大舌头键盘在金字塔尖大声喧哗
我是裂变的程序代码,我是梦想家
我要升华,我从不指望每部电影都下雪
我是后羿之箭,天空是我小小的手心

我是宏伟的泰山,我是高高的雷峰塔
我是宽大的运河,我是时光机器虫
我要升华,我是博爱的亚马孙雨林
我双臂之上养育着一亿队庞大的飞鹰

我是天山,我是长江,我是恒星系
我是太空战士,我是欲望的探险家
我要升华,人人都会从人间蒸发
我经常说着梦话,我开大大的野花

我是风中飞翔的鱼,无线性发育的幼芽
我是闪电的剑与朝霞,我从不怕厮杀
我要升华,十字架上的牵牛花走向蓝天
我是水深火热的仲夏,我是最无知的漫画

我要去雅典,我要拥抱最初的维纳斯
我要告诉蒙娜丽莎,我是愚公移山之子
我要升华,我心中的光驱是摩天大厦
我热爱挣扎,我是博大的舞蹈家

我真不知道我是无限大的十字架
我是无穷大的大陆架,无尽大的黑洞
我要升华,让爱情在一粒沙中结出珍珠

我心中奔腾的马群啊，我是高电压的荷马

爱与哀愁是与生俱来的姻缘

回不到桃花山中的从前
被你轻轻一吻就全部拆开
那里面，一身的疲惫
只剩下支离破碎
和心痛的春天

纵然岁月风沙
已把我风化成石块
我愿把这块唯一的石头
交给你！任你把石块敲碎
抛给来世的大地

苦渡的双手
挽不住你的温柔
搂你在怀中的那一刻
是否是正在向天空宣告
爱与哀愁是与生俱来的姻缘

恋你的那么多繁华
可否换你一丝妩媚
我一直渴望来到你的身边
只为看清三千年前
你曾经对我微微一笑的颜容

团场之花

阿娇从来都不多开口说话
她的眼睛微微一笑的那一次
第二天，团场的一百万亩棉田
突然就开出了雪白的花朵

人们都说阿娇长得好看
去年春天，阿娇从梨树下经过
梨树羞怯地开出粉白的花瓣
也比不过阿娇小脸蛋红润的美丽

阿娇好像真不该是待在团场的人
她不过是她老娘在棉地头生的而已
偏偏阿娇一直待在戈壁里的团场
她用美丽为团场编织出美丽的故事

团场是戈壁里的花朵
她是戈壁之中团场的花朵
两朵花，在今晨一起戴上了口罩
我们看见，阿娇又一次微笑的眼睛

唐王城之恋

沙暴启迪了胡杨琴沙哑如诉的弹唱
风旗飘逸。风中传来一位战士
铠甲上血流如注的微笑
千百年前的城门口
他用生命完成誓言的最后一击

用鲜血染红固守的疆土

肃立于唐王城的沙尘暴中
沙尘逆风的明眸,对视一部传奇
烽火不息,在传奇中千年燃烧
一代又一代戍边的将士
仿佛正从我的身边
迎着沙暴呐喊着向前冲锋

他们用沙暴一样猛烈的呐喊声
述说了一个唐王城的故事
中央王朝兴盛,边疆百姓安宁
中央王朝衰落,边疆百姓凄苦
他们用沙暴一样猛烈的刀剑声
证明了一个故事的哲理

千百年来,无论沙尘暴有多疯狂
唐王城依然屹立在图木舒克山上
用一道道被风刀剥蚀的城垣
紧紧坚守着一个民族屯垦的誓言
上兴风调雨顺,下兴乐业安民
和高楼之中女孩儿红妆的笑容

穿越沙尘暴,我仿佛看见
一个清风月朗的日子
驼队从城门口鱼贯而过
城中烤肉的香味顺着烟火
牵着孩子们快乐地嬉闹
和叶尔羌河谷马车轻快的脚步

沙暴是无情的使者
也是有情的恋人
它把汉币、唐币、波斯币
汉书、唐书、粟特文书
都从唐王城的泥土深处掀出来
将惊奇呈给千百年后的后人

沙暴是白昼与黑夜之间的帘幕
是唐王城经历了太多曲折的怒吼
沙暴是花开与花落之间的生命
是唐王城兴衰荣辱的倾诉
沙暴是威武不屈的奔腾
是唐王城屹立千年的长歌

迎着沙暴席卷一切的长哨
将血染的铠甲披到我的身上
将血红的战刀执到我的手中
继续一场丝路万马奔腾的壮阔
遥遥大风深处,一篝野火,熊熊燃烧
那是一个人的微笑,映亮戈壁的长空

我不知道把什么献给你

好想把苍穹裁剪开来
为你做一件长长的衣裙
好想把白云朵朵摘下来
用三生相思插上你的云鬓

好想把楼兰叠起来

为你做一个小小的香包
装着我唯一的小心
永远系在你今生的腰间

我不知道把什么献给你
只知道灵魂渴望与你相见
用我支离破碎的掌纹
为你梳理长发飘飘的爱恋

我翻越雪山穿越千年
就是为了来到你的身边
还你月色如银的相约
用一生风沙，吻你的指尖

冰心的神话

握过你梨花白的小手
那又有什么意义
吻过你叶尔羌河的眼睛
所以我更加伤心

前世遥远的幕士塔格峰巅大雪
把我立在你今生眉宇的妩媚里
今生妩媚的幕士塔格峰巅大雪
把你立在我内心疼痛的最中间

相拥于胡杨林的天空
情话之中，又飘起了雪
我的小神，我的叶莎古丽

你到底在哪一朵雪花里

我只有举起颤抖的双手
打开珍藏春天的天堂之门
盼望你从一片雪花之中飞出来
做我高台永恒前世今生冰心的神

叶尔羌春天的小姑娘

叶尔羌春天的小姑娘
你看你，心里是不是挺慌张
我是多从容、多大方地走近你
你却低下桃花一样羞怯的面庞
你在心底微笑着又想躲藏
可爱的人儿啊，是不是这样
你明知桃花巅上爱的眼睛
深深窥透了你桃溪的心房

请你的眼睛对我微微一眨吧
你的目光是春桃的清雪
在我炽热沙暴的心上
一次又一次升腾起快乐的号啸

世界在这一刻是多么美妙啊
我的小神，这种妙处——
在一醉千倾的叶尔羌河流长空中
除我之外，只有春天的桃知道

红柳之恋

相思漠野漫过这片沙海的时候
没有风，你却依然保持风的姿势
一枝枝的虬曲，怒放破空的兀立
遥远的桃红杏白不懂你的矜持

草青柳绿亦不过是恍惚之间
那些人世间曼妙而又柔弱的风情
更不明白你旁若无人的高傲之中
饱含了多少霜雪如刀的坚韧

你的长眉掩映微妙沙海的绿意
与我对视的一瞬，目光突破头颅
穿越幕士塔格山高高的雪峰
紧紧抓住沙丘下流浪的地心

你这千百年前流落大漠的帝国公主
在畅饮风沙雪暴之后褪去了娇颜
恣意绽放朝向任何一个方向的枝条
尽情展示你荒芜千年的美丽

古老的献语

我不过是喜欢胡杨林中一朵桃红
岁月桃花，为什么盛开无助的芬芳
无助的芬芳之中偏偏白云朵朵
白云朵朵的痴迷漂流一条长长的河

我要到胡杨林中为你寻找归属
用我绿洲花开满心的桃红
为你弹奏一曲大漠芬芳的恋歌
在绝世的沙海才能找到爱情的坟墓

我要在胡杨林最中间开一朵桃花
纪念我们相思三生的一见钟情
我要把夜空中喧响的星星全部请来
在胡杨林中为我们举行最盛大的婚礼

风雪风沙，我们已经历了太多的曲折
我桃红的倾心不是代数，是能量守恒定律
给我一枝前世今生胡杨林中的苍茫吧
有桃花的地方就有你和温暖如初的一生
相拥

风中的胡杨

一棵静立在风中的古老胡杨
是历经千山万水的西域汗血烈马
它不想与我在沙与尘中对话
秋风和暴雪已经为它代言了古老

一棵静立在风中的古老胡杨
它把曾经战场上生命的强悍无比
收敛在枯老和新生相连的躯体上
蓝天阳光是它最庄重的柔情

一棵静立在风中的古老胡杨

从不拒绝与天空大地秋风的合影
谁人能知,它默默守护三千年
隐藏了多少风的爱恋和雪的忠勇

一棵静立在风中的古老胡杨

依然是一匹沿沧桑前行的战马
此刻,它迅猛冲进我热血的心中
在我心沟壑纵横的戈壁滩上奔腾

散文卷

唐王城文化
第一卷
TANGWANGCHENG
WENHUA

走近图木舒克

◇ 刘菊 / 文

  走近一个城市，可以有很多种方式。有时，是在一场旅行中，品读一个城市的历史，感受它的性格；有时，是在一次次的途经路过中，日积月累地加深了对一座城市的认识，沉淀了对它的感情；有时，则是在一座城市扎下根来，与它共同成长，直到当初的他乡成了家乡……今天，我这个从昌吉吉木萨尔县来兵团新城图木舒克定居的人，用自己的经历带你走近这座城市，去了解那些人与城相遇、相知、相伴的故事，从浓缩的城市发展与时代进步的历程中，真正走近这座年轻的城。

——题记

（一）行走图木舒克，感受万千气象

  到了图木舒克，新疆屯垦历史博物馆是要看的，历史是要了解的。

  两千年前，东汉文字学家许慎说：城，所以盛民也。易中天在《读城记》中说：城市和人一样，也是有个性的。那么，三师图木舒克市，又有怎样的性格？

  图木舒克，维吾尔族语意为"突出的一角"，这个名字的由来还是有着历史渊源的。汉代的图木舒克，地处沙漠边缘，位于叶尔羌河与喀什噶尔河流域，并属于西域都护府管辖，但南疆较大的城邦国家莎车和疏勒又经常争夺地盘。每发展到一个时代，图木舒克不是归疏勒国，就是归莎车国。这个沙漠边缘之地，自然也就时而变换着角色。

特别是到了清乾隆二十四年（1759年）平定大小和卓叛乱后，确立军台，成为官道。清政府自叶尔羌起，从南向北，由西向东沿路设立13个军台。今图木舒克市五十一团境内设图木舒克台（又称九台）。清乾隆二十五年（1760年）巴尔楚克设立六品阿奇木伯克（总理一地事），辖属叶尔羌办事大臣。1884年，新疆建省，新疆军台改为驿站。在1911年出版的《新疆图志》中，图木舒克军台命名为图木舒克驿站。

目前，图木舒克市是兵团第三师机关驻地，各单位已从喀什市搬迁到这里，城市规模每年都在变化，高楼大厦崛起，宽阔的马路，花园式的绿地建设，功能小区的美化，等等，一切都有了现代城市的崭新面貌。尤其是机关附近的广场，引进了水文化元素，让这座兵团新兴城市变得更加秀美和具有灵性，简直就是沙漠边缘一处美丽的大花园。

时光荏苒，岁月轮回。图木舒克市作为众多兵一代、兵二代、兵三代们军旅人生的起点，无疑给了他们生命中最美好的记忆，还有社会发展中的时代烙印，这一切，都让我见证了南疆甚至整个兵团的时代发展。

如今的图木舒克，在喜迎二十大胜利召开的道路上奋勇争先，蓬勃发展，旧貌换新颜。不仅是一座崭新的崛起城市，更是一片沙漠边缘上的苍翠欲滴的大果园，

由此证明，连队新了，职工富了，三师强了，南疆进步了，兵团改革了，新疆美丽了……这片属于我们中国六分之一的边疆地域，将会变得更加绚丽多彩而又美丽富饶。

地处第三师图木舒克市的新疆屯垦历史博物馆，更是承载了几代兵团人思念故乡的情感。"图木舒克"这个名字因此承载了一种情感、蕴含着一种温度，有了厚重的历史、不了的相思，还有美丽的乡愁。

听到"图木舒克"这个名字，我这个从他乡来的外来户，也仿佛随着叶尔羌河之水一下子穿越漫长的时光，看到图木舒克的先民们正风尘仆仆地翻山越岭，涉水而来，心底不由涌起一种对历史的敬意。

站在喀什地区人民的母亲河——叶尔羌河的岸边，河水如一匹悠长的绸缎在昆仑山下、塔克拉玛干沙漠腹地中蜿蜒。绸缎蔚蓝，四野胡杨流金，野草滴翠，风吹芦苇絮飘，金黄的斜阳一道一道，从天空中斜射下来，交相辉映在烟波浩渺的河面上。近，是太阳晕染的辉光、河风拂起的漪澜，和河水洗印的胡杨倒影；远，则是一片斑斓而朦胧的七彩光圈和光晕。

到了图木舒克，沙漠也是不能不看的。

图木舒克的沙漠，跟所有的沙漠一样，烟波浩渺，宽广无垠、一望无际。既有大漠孤烟，也有长河落日。既有万顷沙海，也有滔滔沙浪。沙漠绿洲"永安湖"的碧波如旋律一样在大漠深处起伏，湖边沙滩如诗意一样柔软，而那三千年生就的胡杨，

则和漠风、涛声一道，讲述着属于图木舒克历经历史岁月的沧海桑田。

靠山吃山，靠水吃水，靠江吃江，靠海吃海，靠沙漠则吃沙漠。因此，向沙漠要效益成了三师人民自古遵循的生存法则。"万绿丛中花满枝，绿荫深处有人家"已不是江南都市的专用标签，图木舒克这座地处沙漠腹地的新城，正以新的风姿呈现在世人面前。正如历史学家李凯诗曰："图木舒克新城起，遥忆林公锋车行。风沙漫漫何所惧，绣垄千顷梦成真。"三师人在唐王城的废墟上，建起了一座现代化新城。山清水秀、功能完善、宜居宜业宜游的品质新城画卷，正徐徐展开！所以说，大自然对每一位耕耘者都是公平的，不会无端厚待或者亏欠谁，想要收获多多，只有靠自己去辛勤创造。

沙漠给了三师人宽广，胡杨给了三师人刚强，历史给了三师人底蕴，叶尔羌河给了三师人灵性，党的惠民政策给了三师人胆识。

三师人的刚强，在于不怕苦、不怕累，闯和拼是胡杨刻在他们骨血里的精神。图木舒克是著名的"唐王城"所在地。历史上，许多图木舒克人背井离乡、经丝绸之路勇闯天下。大量的丝绸瓷器在唐王城驿站小憩后，运往世界各地。每一位从图木舒克这座城市走出的成功者背后，有多少功成名就的辉煌志，就有多少筚路蓝缕的奋斗史。

在如今图木舒克市，一座新疆屯垦历史文化博物馆里，大量史志记录着图木舒克人闯天下和兴图市的记忆。在当代改革开放和党的二十大召开在即的大潮中，三师人也传承了祖先们敢打敢拼的奋斗精神，以当年闯天下的劲头和"三千年"的胡杨精神，火热开展"双招双引"，让更多的招商引资项目落地，竞相投身三师经济高质量发展的战场。他们呛再多的苦水也不后退，碰再多的钉子也勇往直前。所以，三师图木舒克市的企业和个体工商户像雨后春笋层出不穷，让人们真正向沙漠要来了效益。

三师人的灵性，在于三师人民兼具干劲和智慧。他们敢干、苦干，却不蛮干、乱干。他们勤劳勇敢，更聪慧睿智。他们有山的刚性与韧性，也有水的灵性和活性。他们既不怕逆水行舟，迎难而上，也知道乘风而起、顺势而为。他们既勇往直前、坚定不移，也善于弯道超车、改弦易辙。这种灵性和胆略、聪慧和睿智，在三师图木舒克市的发展历程中真是随处可见、俯拾皆是。不说别的，就说图木舒克唐王城机场，这个机场的建立，一下子打通了三师图木舒克这座城市连通全疆乃至全国的快捷通道，为走向全国的图木舒克市插上了腾飞的翅膀。

三师人的胆识，就是放眼长远、着眼大势，不安逸于当下，敢于求新、求精、求变。求新，企业时刻怀着危机意识和前瞻意识，在未来的发展中找自身的不足，谋新的出路；求精，求的是精益求精、好上加好，是百尺竿头更进一步；求变，以量变得质变，以质变得巨变，却又能以不变应万变，始终不变的是企业的理想和追求。图木舒克的众多企业中不乏"同行"，如41团草湖镇的纺织行业，却能呈现出一种你追我赶、携手共进的良性竞争；这证明三师人在求新求精求变的胆识之上，更有着宽广的胸襟和共赢的智慧。

在图木舒克市锦绣山公园景区中，有一座近百米长、由几个巨型拱形桥洞相连的石桥，叫团结桥。这座不像现代大桥那样有美丽的塔柱和斜拉索，更与"气势恢宏""雄伟壮观"这样的褒奖无缘。它朴实、无华、修长，普通得就像一段栈道，但它却是象征三师人民"民族团结一家亲"的重要组成部分。2021年，师市党委对锦绣山公园景区景观进行重点提升和修复，团结桥也在修复范围之内。修复后的桥下，两条木板小路交错蜿蜒在湖面，交相从最大的两个桥洞下穿过，将景区的北边湖面与中间湖面联通，漫步桥上，能看着紧紧相连的桥洞和穿梭其中的木板路。每到夏季，一眼望去，湖面荷花相映红，木板路绵延几里，步入桥下，穿过桥洞，抬起头会看到每个拱形的桥洞内的墙壁上，都精心绘制了一幅幅寓意民族团结的精美壁画，每当夜幕降临的时候，交相辉映的灯光照射在墙壁上，美轮美奂，让你一下子升腾起一种难言的敬意。团结桥虽不雄伟，但就这样被爱好团结的三师人民在艰难困苦中玉汝于成了！这是怎样的智慧！年年岁岁的风风雨雨，虽把这座坚硬的石桥侵蚀得斑驳陆离，但民族团结的亲情和走亲访友人群的来来往往，把这座石桥的路面又踏磨得光滑闪亮。明媚的阳光映照着岁月古旧的颜色，清新的雨水拍打着时光积淀的斑驳，那静静俯卧湖面的团结桥，就这样一直与三师人民和图木舒克这座年轻的城市深情凝望、跟人们诉说着图木舒克的过往。因此，这座图木舒克市的标志性建筑——团结桥，质朴而不朽，你不能不看。而今，它更是一座党和政府通向人民心间的连心桥，温暖而动人，我不能不说。

随着兵团深化改革，向南发展浪潮涌动，在团场综合配套改革落实落地落细，改革成果不断巩固，师市党委为壮大民营企业和民营经济，又通过一系列措施，化解企业在创业创新中遇到的发展困难；邀请知名专家学者来图木舒克办培训班、开大讲堂、建工作室，提升企业的创新水平和管理水平；引进了一批批优秀人才，为返乡创业人员和高端人才建起创业园、孵化基地，让人才成为创新的永恒动力……

与此同时，一项又一项的民生工程、民心工程，为那些在三师图木舒克市打拼的众多外来务工人员和南进人员提供了坚实的保障。三师图木舒克市不断探索异地就医跨省联网结算，在三师辖区率先推行居住证和落户政策，并不断提高政策"含金量"，令外来务工人员可以在众多方面享受市民化待遇。特别困难的外来工，也能享有特别的补贴和救助。图木舒克市没有把外来务工人员当作三师的过客或旁观者，而是当作三师的建设者、贡献者，当作新的三师图木舒克人。

在图木舒克生活，你尽可以在晨光洒满大地的时候，晨练、上班、做生意、聊天；你尽可以在杏花桃花烂漫时踏青、赏花、种地、织布；你尽可以在秋风里策马奔腾，看一片雪白的棉朵往身后翻飞；你尽可以在超市里购物、茶座里品茶，尽可以在遍布城中的胡杨公园、锦绣山公园里挽着亲人的手，看晚霞燃烧，听清风吟诵……无论你在图木舒克的何处，这方热土都会敞开博大的胸怀接纳你、拥抱你！图木舒克会为你展现人间的梦想和烟火，图木舒克有你想要的情意和幸福。

图木舒克这座城市，是丰饶富裕的，也是生动美丽的。它不仅奔涌着时代的气象，也流淌着人间的真情，呈现着社会的温度。生活在这里的三师人民，无论先来的、后来的，还是本地的、外地的，都在为更加美好的生活共同奋斗，奔向未来，喜气洋洋地为二十大的召开时刻准备着！

（二）品读图木舒克，这座城

"你的家现在在哪儿？"每当有人问起，我总会脱口而出——南疆喀什地区！

因为，喀什的知名度在全国范围内较高。随后，我才会自信地向别人指向我目前具体的工作地——那个名叫图木舒克的兵团屯垦新城。

在戈壁之上、沙漠边缘、棉花田里起高楼的新城图木舒克离喀什古城有400多公里路。一直以来，在绝大多数国人心中，喀什地区只是一个宽泛的地域概念，他们从未踏上过喀什古城的土地，甚至把游一次喀什古城、感受一次西域风情视作人生理想。所以，对于有生之年能来一次图木舒克这座小城，是他们想都没想过的事。

与那些没来过图木舒克的人相比，我算是一个幸运儿。2009年，大学毕业在乌鲁木齐工作三年后，我追随爱情（大学同学）来到图木舒克。当南下的火车在铁路上疾驰，连续穿梭在天山山脉的隧道里时，手里只拎着两个包的我，仍觉得自己像是在做梦。后来，我参加兵团公务员考试，进入机关部门工作，并在图木舒克安家，结婚生子。

那时候交通不便，也还没有买私家车。从巴楚到52团只能乘坐中巴车，虽然只有40多公里的路，但必须在巴楚县留宿一夜，不然不方便赶上第二天早上八点从乌鲁木齐到达巴楚站的火车。因此彼时的巴楚就成了一个中转站，每次老公都带着我来去匆匆，很少在巴楚县城里逛过。后来，随着经济的发展，道路越修越好，交通工具也不断升级，我们自己买了私家车，耗在路上的时间变少了，老公和我才不用乘坐中巴车先到52团"蓝天宾馆"楼下，再换乘像"鸡蛋壳"一样的三轮车穿过一片棉花地才能返回图木舒克。在巴楚火车站稍作停留后，我也才终于有时间不慌不忙地细细打量这座亲切而陌生的城市——图木舒克。

记得第一次来到图木舒克，是2008年的大年初四，当时全国上下正在遭遇百年不遇的雪灾、冻雨，图木舒克的雪也特别大。小城图木舒克在冰雪的覆盖下，更显得空旷，偏远，只有十字路口的红绿灯，孤单地在雪地里一会儿变红，一会儿变绿……

当时的图木舒克市，全市人口不足两万，主要以唐城建材市场为商业中心，人口主要集中居住在19、20、21、22、26号小区，其中21、22、26号小区为监狱干警小区，市机关办公楼在现在的前昆工建集团办公楼。当时看着我只觉着一片荒芜，如何也没想到有朝一日我会成为图木舒克的子民，缘分这东西，真的妙不可言！

想想多年前的图木舒克，这里接纳了第一批南迁的人民。在历史的长河中，图木舒克这座城的前身——唐王城，渐渐成为丝绸之路商品的重要集散地之一。这座城记录着无数商贾、农民、文人、挑夫、陶匠、铁匠另起炉灶的身影，以及潜藏其间的勤俭持家、艰苦奋斗的故事。漫步图木舒克城中街巷，团场连队，处处可以听见婉转的、高亢的刀郎木卡姆、悠扬的冬不拉、热瓦普，这些都与图木舒克这座城的历史和文化底蕴密不可分。

我也时常在梦中，梦及图木舒克唐王城遗址的小径。悬崖峭壁上的一片片碎瓷瓦片，工艺精美，制作精良。新疆屯垦历史博物馆中陈列出土的文物充满张力，让我恍惚置身于一条千年文化长廊。尽管我去那里的次数并不多，但每一件珍贵藏品都清晰地刻在我的脑海里。

十三年间，图木舒克的大街小巷都留下了我的足迹。如今的三师大地，高速公路四通八达，铁路纵横交错，飞机呼啸飞向蓝天……图木舒克已非必须经喀什、阿克苏或巴楚中转才能到达之地。融媒体事业的发展促进了图木舒克走向全国，乃至世界，很多人通过网络平台了解了图木舒克，好多人时不时想来看看图木舒克，聆听唐王城古城墙的脉动，感受这座城市的发展与变化。十八大以来，凭借第三次中央新疆工作座谈会的春风，图木舒克这座城市的变化可以说是日新月异。图木舒克挥别了无铁路、无机场的历史，顺畅的交通拉近了外乡游子与家乡的距离。图木舒克文化广场每年夏季都新添了百姓大舞台文化活动，夜幕降临时，灯火璀璨，游人如织。

今天的图木舒克，正不断焕发出崭新的风采。我心中的图木舒克市，一天天盈满了浓浓的情思。

（三）情系图木舒克，每一刻的感动

散落在茫茫沙海边缘的图木舒克市，城不大，排场却不小。从天空上航拍俯瞰，你只有加倍细心，才能把建筑与街巷从沙漠边缘和戈壁之间挑出来。城是真正的腹地之城，胡杨在城中，城亦在绿洲之上。半壁沙海入城来，或者换个说法，就是半座城市进大漠。

第一次决心定居图木舒克市，即刻便收拾行囊出发。到达目的地的时候是晚上，下车，兴奋地看到城市远远近近灯火斑斓，感觉有星星点点的万家灯火，惊叹这座小小的城，与自己第一次来时的区别简直太大了。谁知，第二天发现前夜层叠的灯火只是远处连队平房的灯光，只不过是夜晚的灯与天际星河连接起来，让我们远望虚幻造势罢了。

时间从来不语，却回答了所有问题，未来不足惧，过往不须泣，只有时间才最懂人心。转眼之间，我在图木舒克已经生活了13年。

记得2009年正式定居图木舒克后，我们租下21号小区的一套旧房子，有了自己的家。房子只有80平方米，一个很小但是很温暖的地方。

那个时候，不只是像我们这样刚从学校走向社会的大学毕业生，很多图木舒克的本地人，也住在这样狭小的旧房子里。夜晚路灯昏暗，只有主干道才普及了亮化工程。2020年新年伊始，从城市到团场连队，低矮的平楼消失了，一座座新房子拔地而起，新生活的阳光照亮了无数百姓的日子。如今图木舒克的夜晚，高楼林立的明亮灯光不再是一种幻影，而是生活的真实。

安居之后，才能乐业。

这样的日子里，我们也有了自己的房子。从八十平方米到一百多平方米，从拥有一个书桌到拥有了一间书房，我有了家，我多年的藏书也有了家。

房子离锦绣山公园近，我喜欢去湖边走走。这些年，我看到原本野草丛生、散发着刺鼻味道的公园湖面，经过治理变得清澈起来，还投放了锦鲤。市区丰富的景观水面，让每个图木舒克市民都拥有了一片可以随时享受的水上风光。在湖边新建的塑胶步道上每天走走，已经成为我们的一种生活习惯。

曾经有一位北京朋友看到我朋友圈里图木舒克的图片后，说这里的绿化称得上是兵团最好的，植被覆盖率接近80%，图木舒克是名副其实的"国家森林城市"。发给他的一段视频：车子穿行在茂密胡杨林之中，围着永安湖和沙漠走一圈，让朋友对图木舒克发出由衷的赞美。同一地区既有水，又有沙漠，还有绿洲，奇特的是湖周围长满了胡杨。后来，他们开车专程从北京到图木舒克，专程来现场回味这一方水土。朋友的热情点醒了我，在图木舒克生活了这么多年，我似乎已将这份美视若平常。后来每一次重新审视这里的一草

一木，我对这座城的情愫都会被重新点燃。

对于图木舒克，我曾经是它的一个读者，更在工作于此的十三年里，幸运地成为一个作者。我微小的力量在这座城市的明亮中，得到了释放与表达。从一个风尘仆仆的外乡孩子，成长为城市的建设者和主人。十余年来，我的每一篇文字，都在和我一起守望着图木舒克这座城市的美好与善良，赞美着人间的爱与真诚。

在人社局工作期间，我一次次采写着城市里不同人物就业、创业的故事，记录着美丽城市中的美丽心灵：诚信的农民工，形形色色的打工人，一批批的返乡创业游子，在图木舒克安营扎寨，共绘蓝图……

宣传工作的性质，让我得以见证图木舒克每一刻的生动，感受过她白日的生机与夜晚的宁静，欣赏过飘逸的云朵与满天的星星。加完班的深夜，曾经一个人在空旷的街头步行到家。也曾经早晨八点半到单位，工作到夜晚一点半，快速回家休息个把钟头，天亮了洗洗脸还要去参加会议。以这种姿态与这座城相伴，我没有后悔过。我知道，用我的工作、我的文字守望这座城市，是我愿意一直做下去的事。

三十七岁的年龄，我却在图木舒克已经生活了十四年。对于这个并非我出生长大的地方，我却已经有了十四年的记忆。说实话我已经与这座城市息息相关，图木舒克不但成了我的家乡，更是照亮我人生道路上灿烂的朝霞。

或许走得更近一点，你才能够真正地读懂和感受到图木舒克这座城带给你的温情！

为您讲述我的兵团故事：家在兵团

◇ 刘菊 / 文

记得那年母亲还是满头黑发
汗水在棉花地里闪烁着青春的芳华
流淌在草叶上的不是雨滴
那是她对生活的挥洒
傍晚，母亲拉着风箱的背影晃动在油灯下
火苗舔着锅底和冒着热气的南瓜
玉米粥，玉米饼香满我的家
夕阳下胡杨林，袅袅炊烟是谁的油画
麦浪滚滚，父亲边收割边快乐地歌唱
教室里，年轻老师挥动着黑板擦
她告别了黄浦江畔的家
为咱军垦娃献出最美的年华
十万大军脚步铿锵
震碎了千年戈壁的荒凉

八千湘女的铁血柔肠
为兵团带来了希望
河南豫剧伴着
大漠雄风飞扬
铸剑为犁的炉火
映红了山东姑娘的脸庞
这里是我的家乡
沙枣花开遍地香
这里就是兵团
这里就是我的家乡
一个充满神奇的地方
走出硝烟的战马
再也听不到冲锋号的厮杀
悠闲地赶着羊群
听着连队播放音乐的喇叭

戈壁滩荒原上，处处是我的家

我的师，我的团，我的连，我们兵团人的家

走到海角，走到天涯永远都不会忘了她

——题记

我意识到自己是一个真正的兵团人，是我2009年正式定居图木舒克市以后的事。

从小生活在北疆地方小县城的我，高考后被兵团高校——塔里木大学录取后，便再未停下南行的脚步，直到后来选择在第三师图木舒克工作、安家、结婚、生子……

塔里木大学是王震将军在塔克拉玛干沙漠建立的一座沙漠学府，为全国各地，特别是南疆地区培养了很多农业方面的人才。记得刚进大学，开学的军训打靶，枪声一响，旁边来自内地的女生就吓哭了，我则显得异常轻松。因为小时候爸爸经常给我买的玩具都是这种武器类的、男孩子比较喜欢的类型。可能对于从小生活在新疆的孩子来说，不管是生活在兵团还是地方，"兵地一盘棋"思想的耳濡目染，地方和兵团的习惯很多相近，都有维稳戍边的成分在里面。

后来在第三师图木舒克市工作，成为一名真正的兵团人。参加民兵训练，又有室外的打靶等实弹演练，我也是异常轻松地完成任务。结束的时候，教练感慨了一下，说在他教过的女学员中，我算得上是比较厉害的，看着教练欣赏又纳闷的眼神，我心生荣耀，很想对他说：忘记告诉你，我是兵团人！

我想，这些都是因为我有兵团人的部分基因吧。要知道，我的祖辈们一手拿枪一手拿镐，在边境线上插旗子、扛膀子、守国土，文来文讲、武来武卫，个个都不卑不亢、忠诚勇毅、素质过硬，作为他们的后代，这些骨子里的东西永远在我的血脉里传承和流淌。

记得小时候上小学，我们每节课预备铃响起，每个班都要一起唱首歌，欢迎老师为大家上课。内地的学生听到很诧异，我才知道原来只有新疆和兵团的学校是这样，那是源自"兵"的习惯。我告诉他们每个学生每学期要勤工俭学一段时间，小学就开始捡棉花、摘红花、摘啤酒花、掰玉米、收葵花……我的初中和高中勤工俭学生活，一次是在六师新湖农场捡棉花，一次是在六师芳草湖农场捡棉花。每天42公斤的任务，一共勤工俭学20天，我都跟着大家一起坚持，认真完成。还记得从一年级到高三都要打扫教室和校园卫生，秋扫落叶冬扫雪……他们听起来觉得匪夷所思：怎么学生要做这些事？这时我又意识到，哦！我是维稳戍边人的子孙，这些与众不同的生活和教育细节，处处体现了兵团生活的风貌和特点。在每一个兵团孩子的身上都渗透和生长着兵团人热爱劳动的习惯、自力更生的劲头、乐观生活的态度。所谓生活即教育，我以这样的教育背景和生活理念而骄傲。

我还发现自己有个值得骄傲的技能，就是对各种方言领悟力很强，只要你一开口带点方言味，我就能猜出你大致来自祖国哪个区域。这是因为兵团人来自五湖四海，海纳百川，有容乃大，我们热切地拥抱来兵团安家落户的每一个人，能听懂对方的方言是大家在一起生活沟通的必需。比如现在，爱人一家是山东人，我是土生土长新疆人，同事中很多是河南人；邻居有江苏人和广东人。之前在51团工作五年，全团19个连队，有的连队卫生员是湖南人，指导员是湖北人，连长是陕西人。学校教务主任是上海人，各省各地的人们汇聚在这边境之地，他们在生活生产中交流交往交融，创新创造，同守一片边疆，共建一个兵团，造就了兵团文化的兼容并蓄，丰富多彩。兵团在传播中华先进文化的示范作用上有天然的优势，彰显着中华文化的属性和立场，流露着中华文化宏阔渊源的气派。

严格意义上来说，我属于是父辈进疆后第三代，我的祖辈们舟车劳顿，火车转汽车、汽车转马车、马车转步行，历尽千辛万难，辗转地来到新疆，虽然到目前只有我选择安家落户兵团，但只要想到父辈们的经历，仍觉得很神奇。爸爸祖上是陕西三原县的，当时一家老老小小，历经千辛万苦来新疆讨生活，是需要精神和毅力的，我很佩服，也很自豪。

新疆地域之偏远、交通之不便、风物之疏异让来到这里的人必须适应全新的环境，采用全新的生活生产方式，还需要应对各种未曾料想的困难。特别是兵团人民，从十万大军浩浩荡荡进驻这块茫茫的大戈壁后，为了创造幸福的生活，让戈壁沙滩变良田，他们肩挑手扛、挖地窖子、喝涝坝水、砍芨芨草、挖渠种粮、修路架桥、白手起家、自给自足，创造了很多今天难以想象的奇迹，碱滩变良田、荒漠起新城，这一片边境荒原发生了翻天覆地的变化，也就有了后来这个我目前生活的兵团新城图木舒克。

我遇到几个对兵团故事比较熟悉的人，比如之前51团机关的几位老科长。在51团工作的五年里，每年秋收季节，机关干部都要去助力三秋工作，我们的任务就是捡棉花。棉花地里很单调无聊。几位老科长便轮流讲他们小时候的趣事，我在旁边兴致勃勃地听着。

记得一个姐姐讲述她姥姥陪同姥爷进疆的事时我笑得够呛，她姥姥一路上看到路边丢弃的瓶瓶罐罐，宝贝一样拾起来让姥爷挑在行李里，越拾越多，越挑越重，最后姥爷累得发飙，统统甩掉。她姥姥可惜坏了，因为她在四川老家很少见到玻璃和塑料制品，大多时候人们还是用竹筒。其实她姥姥还算是见过点世面的人，听她说她姥姥小时候在地主家帮过工,记得有一次她试着做了个银耳羹,拿给她姥姥尝,她姥姥说:嗯好吃好吃,当年我在地主家,看见他们就是这么吃的。

听她说,其实到了新疆,她姥姥渐渐过起了像"地主"一样的生活,因为新疆地广人稀的特殊环境,只要勤劳就会有丰盛的回报。她姥姥还一心向党,90多岁拄着拐棍去开党会、交党费,最关心她们这些小辈的只有两件事:一是结婚没有,二是入党没有。党在她心里是任何挫折也不能改变的坚定信仰,直到成为现在的一名国家干部,我觉得我也可以成为这样的新时代兵团人。

还有,她说姥姥是文盲,80多岁开始戴上花镜学写字,写得斗大,这儿少一笔、那儿多一划,有时候几笔叠到一块去,写完的本子摞起来老高,从她的话里行间,姥姥让我看到好奇和向上精神带来的生命动力,也让我相信,想做事,什么时候都不晚,一切皆有可能。

记得我听同事说,她的爷爷奶奶拉扯着大小不一4个孩子来新疆,用糊糊、馍馍、粗茶淡饭养活了7个子女,一辈子操劳但身体都极好,70岁还健步如飞,说出去散步遛弯,却捡了一捆柴火或者半袋麦子回来了,看到年轻人在地里抢收番茄,她还心劲儿十足地要加入打工者的队伍,结果被人以年龄太大为由拦下。她爷爷当过兵,爷爷的弟弟参加过抗美援朝战争,后来战争胜利结束,就和爷爷奶奶一起到了兵团,她印象里她二爷爷一直和一群羊为伴,放羊的同时,站岗放哨,守护边防。

那情景,总让我想起苏武牧羊的场景……

关于他们那个时代的故事,日渐模糊,直到我看到近些年涌现出的"昆仑山上的好连长"刘前东同志,看到魏德友老人的事迹,看到电视里这位党内最高荣誉"七一勋章"获得者,身着朴素的衣装,硬朗黑瘦的模样,看到他同国家领导人握手时伸出的粗粝双手,看到他们老两口相濡以沫的样子,结合听同事们讲述的兵团老一辈故事,我感到那个时代的故事又鲜活了起来、清晰了起来。我们兵团的祖祖辈辈离我们那样近,和我们那样亲。我们的祖辈正是怀着如此的热血和执着,靠着如此的勤劳和淡泊在这里扎下根来、活出样来、写出诗来。然后,子子孙孙,世世代代……

目前很多第二代兵团人都已经退休了,这片边疆的土地记载了他们童年记忆和青春梦想,也见证了他们的奋斗与坎坷,付出与收获。他们都是早早进入社会,独立谋生,十几岁就挖渠沟、打土块、放牛羊、种大田……到了中年才又有机会回炉再造。同事的爸爸30多岁到石河子大学学习,从连长升到副团,同事说他小时候从没见爸爸休过假,唯有一次脚扭伤,不能上班,才算在家待了几天,没等好全就又奔赴岗位了,总是早出晚归,可能在田间地头,也可能在文山会海。对于农村孩子的我来说，我难以理解他父亲在家庭中的缺位是否意味着对于更大人群有更大的价值，只感到疏离，但他说有一件事让他对父亲产生了认同。

一个冬天，他搭他爸爸单位的车到师里去，经过连队时，他爸爸突然叫司机停车，因为路边有个民族同胞提着大包小包在风雪里站着等车，他爸爸请人坐上车来，一路嘘寒问暖送到地方。这事情虽然不是什么丰功伟绩，但特别打动他，因为爸爸那样自然熟练，定然是常常这样做才有的，他从自己爸爸身上看到兵团干部对待群众的温情和细致，看到兵团人在民族团结、兵地融合上的自觉和习惯。

另一件事是，他父亲每年除了要进行民兵训练，还要"拉线修边"，就是农闲时节，为了第二年能顺利浇灌农田而畅通道路、铲除渠道里的杂草、平整团场连队的条条道路。修整过程中，渠道边和路沿，必须要拉一条线，沿着线去修，才能修出整完的渠道和道路，齐齐整整，就像兵团人端端正正的品行。我在51团工作期间，也参与过几年"拉线修边"的任务，深有体会。他们是我身边的人、生命里的人，我们都在以各种方式完成兵团人的使命和职责。

驻疆土永固、守生民安康，这是兵团人的风采与情怀，也必将是我从父辈那里承继下去的责任和荣光。

这些年，我看到兵团的人很多来了又走了，我尊重和理解他们的选择，但也更珍视和尊敬那些留了下来的人，深切地希望有更多人才加入兵团的队伍、边疆的队伍，和我们一起更好地执行维稳戍边任务，将这里建设成美好生活的边疆兵团版本。

我离开家乡小县城吉木萨尔县在外求学和工作已经十四年。走进兵团小城图木舒克，方知家乡依然在脚下；踏在兵团的土地上，方知国家之意义。

三师图木舒克，"鹰面部凸起的地方"，这一片兵团热土始终与我紧紧相连，牵引着我，养育着我。

何人不起故园情，褪去浮华归本真。

当我每天伴着那首《图木舒克之歌》做早操，偶尔登上唐王城的遗址，摸着城墙上的黄土，细听历史的声音时，我感受到这座城给我们的牵挂与支持，感受到祖祖辈辈留下的陪伴和承诺。这一座城见证了图木舒克古往今来、军民联防的岁月，见证了万里边防的巩固，也见证了边疆小城生活的发展变化。

这座旧城池，环境本身并不适合驻扎，但战天斗地、永不言弃的代代边疆人，他们不仅能在这里驻扎，而且让城池兴盛，还有过国泰民安的辉煌。所以，我们三师人不但能履行好兵团维稳戍边职责使命，而且能够建设和维护文物古迹、绿色生态环境，让兵团既有红心，也有古迹，更有绿意，让兵团生活的美好延续，让我们的子孙后代在这里长久地、舒适地生活下去。

如今我的女儿已经是我们家的第四代人。她像很多男孩子一样活泼，一样崇拜警察和军人，我告诉她，你生来就有一个像警察或军人一样足以自豪的身份，那就是兵团人！

我常常带她去图木舒克锦绣山公园看城市发展，在屯垦历史博物馆，给她讲兵团故事、三师故事，给她唱"大漠埋不了这颗心，黄沙卷不走这颗心……"

今后，我还会慢慢告诉她兵团人民很多很多奋斗新时代的故事，告诉她几代兵团人在塔克拉玛干沙漠建新城、建设美好家园的故事，告诉她爸爸妈妈在这里继续奋斗努力的故事，也会鼓励她去续写更多新的、精彩的兵团故事。

请为我留在图木舒克

◇ 刘菊 / 文

有一阵子,我们接连被"请为我留在某某地方"的广告语刷屏,有人说这是某房地产商曾几何时用过的标语,但一个"请"字,让大家有了共鸣。

其实我也想为我居住的城市陌生人说一句:"请为我留在图木舒克!"

我生活的地方叫图木舒克,是一座兵团新成立不久的年轻城市。市区不大,街道不繁华,常住人口不多,经济不发达……

坦白说,如果现在你问我为何还留在这座城市?我依然找不到一个好的答案来告诉你,即使我已在这座城市生活了10多年。时间越久我就越不想去深究自己留在这里的原因。

我想每个城市都应该有它专注的方向,雄心壮志和稳定,在某种程度上是无法兼容的。你选择在一个城市生活,你在这里遇到的人,见到的事都会汇集成你的生活状态。

每当我一个人走在图木舒克市这座南疆小城街头的时候,我会有种错觉,好像这里早已经变成了家乡。然后便是片刻的沉默,我时常认为沉默是一种反思,也是在寻求一个合理的答案。最早来这里的时候,我没有想着我要在这里生活多久,留下来定居,过得有多好。我所能想的就是,我既然选择来到这里,那就代表我内心是想在这里,所以只要我目前仍然还在这座城市里,就代表我想留在这里,想在这里过得足够的好,足够的值得,足够的不留遗憾。

可能以上,就是留在图木舒克的最好理由!

"请为我留在图木舒克。"有时候很想

问问身边的人，那么这些年，继续选择生活在这座城市里的陌生人，你们都过得好吗？

"很幸运，我是图木舒克本地人，在这里生活了一辈子，亲人近在咫尺，不用背井离乡，新疆本地人很多是不愿意去外地生活的，留在这里的原因除了物质、除了机会，更多的是精神层面上的一种传承，一份乡愁！"

"哪怕我的家不在图木舒克，但我相信未来的家会是在这里，人都有执念，我们对于所在城市的感情，是扎根在骨子里的，作为一个川妹子，选择留在图木舒克工作，理由很简单，就是源于我爱的人在这里！"

"每次离开图木舒克这座城回老家的时候，心情是越来越放松的，但我太知道自己要在这座城干什么，从孤身一人、没有家庭扶持，到有了工作，买了房子、车子，结了婚，这座城市带给我的始终是一种无尽的力量，让我热血沸腾！"

……

或许，我们选择留在图木舒克的理由还有很多很多。我们选择在一座城市生活，那自然有留下的理由。

图木舒克这座城，我说不出她有多完美，但就是如此特别，这两年，从抗击疫情到顺利复工复产，从人口显著增多到经济跨越式发展，图木舒克市，已经悄然改变了太多！

生活在一座城，除了情怀，还是要回归生活，现在都流行生活的幸福感，很多人认为，薪资的多少是能否拥有幸福感最直接的体现！

可能前两年在疫情的影响下，我们每个人都经历了太多：6月份毕业的大学生很多没能留下一张合影；个体老板也难免垂头丧气；医护及社区工作人员更是付出了太多……不同岗位的我们，最终还是一同走了过来。从开始到结束，疫情没有影响图木舒克的整体节奏，反之还在不断地进步，用自己的行动证明一座城市该有的样子；生活在这座城市里的我们，选择留下，没有怀疑、没有动摇、只有坚持！

我们每个人都不是天赋异禀的人，在茫茫人海中，甚至会有些平庸。可是生活在图木舒克的我们，没有让人生变为潦草诗。当迷雾散尽，天光大亮后，我们一定会向着远方的灯塔，奔走在图木舒克满满的时光中，成为故事里的主角。也许当初你是因为爱情，跨过山河湖海，只为某人而来到图木舒克。抑或是因为创业，留在图木舒克，不管如何，相信这都是我们最正确的选择。

其实生活在别处，或是此处，都没有太大的差别，只要有家在、有爱在，这座城市就值得被热爱，所以，希望每一个选择留下来生活在图木舒克的人，都能被生活温柔以待。

你所待过的城市，都会成为你性格的一部分，我们都会如己所愿……

风过天地间

ZHANG YONG GANG

◇ 张永刚 / 文

清明，伴随着一场大风，我又一次走进七号地。暗黄色的荒原上滚动着的砂砾烟尘肆虐着这块孤独的荒原。它们无力撼动那一排排挺拔的防风林带，无法侵蚀那一片片肥美的花果园林，亦不能抵达那一块块丰硕的绿色田野。只能在这遗留了半个世纪的荒原上，肆无忌惮地旋转着、呼啸着、呐喊着。波浪般滚动着的砂砾互相撞击着，发出惊天动地的啸声，仿佛要喊醒沉睡在这块土地下面的一颗颗军垦忠魂。

半个多世纪前，中国人民解放军的一支部队走进这片沉睡了千百年的广漠荒原。部队铸剑为犁，拉动了名垂史册的军垦第一犁。从此以后，绿洲一块块延伸，荒原一块块退却，最后留下了这块小小的荒野。为了一种深沉的怀念？还是为了一个永恒的纪念？这块荒原最后成了第一批为这片土地劳碌一生的军垦人的最后安息地。人们称它为七号地。对史学家来说，这里掩埋着一个厚重的历史；对生活在这里的人们来说，这里是一个神圣的殿堂。

冒着天地间的灰黄和混沌，我穿行在墓碑的森林中。到这里的人，多数是为了祭奠亡灵，或许是亲人，或许是故人。而我试图在这里寻找一个曾经存在过，而后逐渐逝去，逐渐被人们淡忘的战场，以及那曾经有过的如火如荼的沧桑岁月，曾经有过的撼天动地的力量……

我仔细地考察过几乎所有的坟墓，有碑有铭的坟，无碑无字的坟。有的墓碑只是一截死而不倒的胡杨，有的则是砖砼垒起的牌楼。当我抚摸着一座座墓碑，满目是被时间、风沙、雨雪留下的纹路、斑点、凹痕……是的，漫长的岁月虽然使它失去了原有的外貌，但却保留了它的巍峨和尊严。它残缺的现状，更添了一层历史的庄严和神秘……在斑驳的墓碑面前，任何人都会遐想和思索：这每座墓碑下面，究竟掩埋着什么样的灵魂？

　　这是一个庞大的荒原部落，它包容了来自全国所有省份的人。五十多年前，当解放军的一支部队出现在这里以后，他们曾经有过的喧嚣的金戈铁马生涯结束了。但这里仍然是一个战场：拖拉机的轰鸣代替了枪炮声和厮杀声，田野的丰收成果绝不亚于战争过后的胜利品。他们住着地窝子，吃着盐水煮玉米，艰难地走过了那段创业之路。随后，山东、湖南女兵来了；河南、甘肃、湖北支边青年来了；上海、浙江支边青年来了……来自五湖四海的人们，汇聚在一起，演绎了一幕幕开发大西北、建设新边疆的威武雄壮的活剧。现在，他们中的许多人已静静地躺在一块块墓碑下面，碑上刻写的是他们"屯垦戍边"的事迹：黄少清，1929年参加红军第四军，去世时任副连长；何光远，1933年参加中国工农红军，去世时仍是一名普通战士；黄宗义，1933年参加中国工农红军，去世时任副团长；牛维华，1939年在八路军"百团大战"中参军，去世时任副团长；梁培业，1939年参加八路军；车风跃，1940年参加八路军；李来保，1945年参加八路军……

　　这里还掩埋着来自五湖四海的支边青年。他们在风华正茂的时候来到这里，无怨无悔地走完了自己的一生，无怨无悔地把自己融进这片深情的土地……哲人曰：伟人与普通人的区别，在于死后被人们忘却的时间不同。伟大人总有人纪念，直至几十年，几百年，上千年。而普通人，除了亲人，很快被人们所淡忘。

　　现在他们死了，如灯灭，如烟消，如云散。活着的时候，他们无法理解什么叫死，只有真正的死亡，才能让人对其有所体会。他们前往的虚空，是我们活着的人无法交流任何信息的另一个并不存在的世界。但他们把自己的忠诚写在这片绿洲的每一寸土地上，给我们留下了一份极其珍贵的精神财富。他们站着是战士，是一座大山，哪怕倒下了，也仍是英雄，是丰碑。

　　我静静地看着这片荒原，看着一座座黄土堆，风不断地剥落它，又不断地掩埋它，一层层地剥落，一层层地掩埋……我分明感觉到每座斑驳的墓碑下都有一条脉搏在强烈地跳动，我知道了，每座墓碑下都掩埋着一个动人的故事，一段特别的历史，一颗不死的灵魂。透过弥漫的黄沙，我分明看到一群年轻的解放军战士，拉着一架古老的木犁，驰骋在天地之间。他们把一种力量，一种精神，一种希望深深地融进这片土地。在他们的背后是一片肥美的田野，丰收的庄稼，辽阔的绿洲……

　　荒原上空，天地之间，一片灰黄，一片混沌……

永安湖赋

◇ 赵君伟 / 文

　　君不见浩浩昆仑天上水，蜿蜒千里汇平湖；君不见永安湖畔景如画，山林沙草世间无。

　　夫欲言江河者，必先溯其源，欲言永安湖者，必先知小海子水库。小海子者，维语肖克尔之变音，译之为"碱水坑"也。闻其意，知其小。然借天地之势，聚人工之力，引乔戈里峰冰山之水，其高次居珠穆朗玛之左；汇塔里木沙洲之湖，其大位列西北平原之首。踞昆仑之北，卧天山之南。血脉不绝，叶尔羌河水为其母；唇齿相依，塔克拉玛干为其友。始建于公元一九五九年，岁在初秋。呜呼，人间一甲子，如白驹过隙；兵团三代人，皆丹心许国。

　　今作此赋，岂独游趣哉？非也。虽无子安之才，难写滕王阁序；却怀季高之志，欲守边陲永安。永安者，乃取永远安定之寓；词赋者，应为歌以咏志之文。吾本关东小吏，生逢复兴之时，长于赤旗之下。幼慕投笔从戎而择军旅，辗复转，再入警营，提三尺剑，一生寻梦；老来屯垦戍边而至三师，年复载，还守唐驿，擎半百身，万里驰疆。幸游永安湖，醉其美，怀其情，无以言表。因上善若水，遂铭感佩，以赋记之。

　　此湖近山也。山者，达板也。峰峦耸峙，灵猿难展其臂；怪石嶙峋，雄鹰难立其爪。水侵风蚀，百丈之崖，万象天成；日曝土乏，十里之遥，寸草不生。山择水为伴，如握瑾瑜，翩翩然仙风道骨；水择山为邻，若雕屏围，幽幽哉钟灵毓秀。居东而西望其峰，竟蕴禅机。左峰为额则态若佛头，慈目轻合、悲天悯人；右峰为首则状若鬼面，血口狂张、吞天噬月。佛也魔也，一山之上；善也恶也，一念之间。存得异象，可谓奇观；又得善水，更谓奇缘。

此湖润林也。林者，胡杨也。少则挺拔，翠叶繁生；老亦弥坚，虬曲苍劲。盛夏之时，敢与碧水争绿；仲秋之季，敢向金阳夺辉。体态多姿，有白鹤亮翅，亦有丹凤朝阳；有蛟龙出海，亦有犀牛望月；有百花齐放，亦有一枝独秀；有婀娜少女，亦有执戈尖兵。品性孤芳，生而千年不死、生气也，勃勃乎可齐天荒；死而千年不倒、骨气也，铮铮乎可随地老；倒而千年不朽、精气也，昂昂乎可助国强。清风入林，叶浪飞歌；晓月沉湖，水琴调弦。是故林因水而增秀，水因林而传名。

此湖淘金也。金者，黄沙也。水沙一处，乃凡尘仙境；金碧互映，若天河星斗。沙之广，与鸣沙山相媲美；水之润，非月牙泉所能及。丘丘相连，如倒弦之月；粒粒匀分，似精炼之金。无岭之高，可曰沙山；无水之曲，犹称沙海。骄阳一刻，如煅金之熔炉；冷月半宿，若避暑之山庄。

手一掬，沙流似水；马一跃，蹄铁无痕。塔克拉玛干，华夏之大漠；图木舒克市，南疆之重镇。班侯挽弓，初建强汉之业；林公揽辔，再奏屯垦之策。漫漫金沙，不绝丝绸之路；悠悠文明，再复中华之兴。

春雨润物，蛰湖复苏，候鸟暂栖，敛羽驻足；夏日如火，苇草茂盛，鸭鸥嬉戏，双飞双宿；秋色醉人，五谷仓丰，候鸟复回，鱼虾饱腹；冬至冰封，芦黄雪白，刀风乍起，林寒涧肃。然四季之景，岂是一赋而尽言；一方水土，还仗三代之坚守。

高峰险峻，胜奇石之貌；清波荡漾，滋草木之色。壮哉，可驱龙马、赴瑶池，效穆王之行，而佑永安盛世。佑生民永安，疆域永安，中华永安！

群岭连绵，呈笔架之形；寒水幽碧，溢砚墨之香。美哉，欲执铁骨、束苇花，逞张颠之狂，而书精神血脉。书胡杨精神，老兵精神，兵团精神！

鹰喙故地，起腾飞之双翼；唐王古城，续千年之盛名。有诗赞：

卧榻昆仑侧，神仙不必夸。
永安湖玉佩，塔里木金沙。
鹰喙弯青月，云山冠紫霞。
胡杨生铁骨，伴我守中华。

"最土"的土陶馆

◇ 赵君伟 / 文

我们东北人说"土",大多是指不合潮流或落伍的意思。这一解释,表象上看是贬义要多一些,但只要细品,就会品出"朴素、朴实"的味道。从东北来到西北,一切和"土"有关事物都蕴含的相同的质朴、厚重,只是土的颜色有了一些变化。在西北,我这个"老东北"却又欣赏到了土的另一种独特的存在形式——土陶。新疆的土陶是一种古老的传统手工制品,它以独特的造型、纹饰形成了特有的艺术风格。单从外形、色泽和质感来看,它质朴到近似原始,默默地显示着中华民族几千年丰厚的文化历史底蕴和明显的时代特征。在万里黄沙的南疆,土陶不仅仅是艺术,更是工具,普遍地存在于家庭生活、农耕生产乃至宗教活动之中。今天所说的"最土"土陶馆就是图木舒克市土陶技艺馆。图和土是同声同韵的两个字,称图木舒克土陶技艺馆为"最土",这也是原因之一。

该馆坐落于第三师图木舒克市五十一团八连,占地面积近一万平方米,它西靠马蹄山,东望包尔其化石山,与古老的克克勒玛佛教遗址仅一道相隔,彼此相望相守。特别是在遗址的山脚下还有一处不知名的老窑,老得不用碰都能自己掉渣。当地人采用木棍支、铁线绑等土方法进行了简单的加固,让它勉强地在那蹲坐着、残喘着……或许这就是土陶的另一种内涵——太老了,太土了。这个土窑的意义却恰如它渐渐矮下去的身躯,矮下去不代表颓废，而是彰显它的厚重，述说它如凤凰涅槃的悲壮，又如旭日东升的希冀。它向西遥望，在这一饱含企盼、渴望乃至寄托的目光下，图木舒克土陶技艺馆应运而生。该馆主体建筑的外墙都涂为土黄色，给人感觉就像用黄土版筑起来的一座城堡，这是说它"最土"的另一个原因。

2022年央视新闻以它为基地，做了专题为《"土与火之歌"——揭秘维吾尔族传承千年古法制陶》的直播。至此，土陶馆有了"小荷才露尖尖角，早有蜻蜓立上头"的韵味了。作为南疆师市中首个以国家级非物质文化遗产为主题的展馆，它并没有沿用单纯的展品展出方式，而是采用展示与非遗体验融为一体、古法烧制和现代技法融为一体、个性化产品和历史传承融为一体的兼容形式，将中华的古陶技艺在南疆这片广袤的土地上神采奕奕地展现在游客面前，真正起到了文化润疆增特色，文明润心细无声的作用。

走近土陶馆，土黄色的建筑就会立刻让你嗅到一股沙土的味道。展馆整体设计古朴、端庄，却又彻头彻脑地将"土"字覆盖了全身，浸入了肌体。走进展厅，你会感觉到每一处布置都与建筑的设计、土陶的内涵相得益彰。特别让人心动的就是那尊仿制的、被誉为"东方维纳斯"的佛头，她以慈悲关爱、普度众生的视角俯视着每一个和她对视的人。这无疑是制陶技艺的巅峰。只有当年那个没有留下姓名的制陶大师，把他娴熟的技法和心中对佛法的深刻诠释通过水、土的塑造，再通过木火煅烧，才有了这样的震撼心灵的感受，说不清是惊叹，还是尊重。带着这种交织不清的情愫，我们依次走过"抟土问源""丽迹弘声""形魂炙炼""率土乐陶"四个历史的记忆片段，在这里，唯有"陶醉"一词方能准确、双关地予以形容。而真正能将陶醉于抽象历史记忆中的你拉回到现实世界的，唯有院子里的传统土陶烧制区和土陶体验区。

四座传统的土窑将"最土"二字推到了极致，其中两座已经尽食人间烟火，被熏得黑头黑脸的，还有两座不曾开窑、兀自清高着，因为少了木火的熏陶，他们还"土"在初始的状态。或许他们的作用更多是衬托，否则少了比较，就会缺乏真实感。如现在的模样，这是历史和现代的对望；是传承和发展的对望；是老人和青年的对望；是自己和内心的对望……

在土窑的周围，成品、半成品依次排列着。残陶则是随意一丢，有序而无章地散落在四周，堆积出了另一道风景线。在残陶中，还有许多陶片是来自图木舒克市的唐王古城、驿站和烽燧等遗址，都是一些有心人，虔诚地把它们从漠海和沙土中拾捡回来，放到这里，这无疑是加重了土陶的历史陈旧感和沉重感。

在体验区里，你既能欣赏到师傅们制坯的娴熟技艺，也可以撸起袖子，自己动手试一试，感受一下陶泥在手上的感觉。我第一次的感觉就是：看着容易，做起来很难。陶泥就像淘气的娃娃在你的指尖、掌上和指缝中任意游走，十分调皮，什么姿态都有，就是没有你想要的。陶胚又好似刚刚蹒跚学步的娃娃，在你的手中左摇右摆，没有筋骨。本来是手上的活计，可是几分钟过后，你会觉得全身酸痛难忍。体验中，即使你十分小心，也会弄得袖口、裤子，甚至脸上灰痕狼藉，这就是"土""陶"的特色——无土不成陶。

由土变泥，需要水；以火烧陶，需要木，所以土陶本身就聚集着五行之术。乍一看，似乎少了个"金"。但我却觉得"金"恰是土陶的真正内涵，木水火土所要表现的就是制陶者如"金"的心和劳动者如"金"的品质与精神。勤劳的先人们用自己的双手，在皇天后土间辛勤牧耕、繁衍生息，以陶炊食、以陶藏贮。所以说，土陶技术是中华博大文明中一种全尽"五行"的精灵。

图木舒克是南疆的一座新城，土陶馆是图木舒克的一张名片。这座坐落在兵团三师的"最土"土陶馆，丰富了师市文化发展，提升了城市历史文化品位。而土陶技艺在兵团人的继承和发展中，也必定注入"兵团精神""胡杨精神"和"老兵精神"这些光荣的元素。

兵有精神换天地，地有精神土生金。

神往喀什噶尔

◇ 马谊春 / 文

喀什噶尔有着魅惑的气质,高鼻深目的维吾尔族姑娘,飘舞飞扬的艾德莱斯裙,男人头顶的小花帽,热血沸腾的鼓点,各式各样的烤馕、土陶、铜壶,街头的建筑及装饰,无不诱惑着你驻足,睁大新奇的眼睛。

建在土崖上的高台民居,恪守着世代而居的土屋和上千年的传统习俗,房连房、楼连楼的层叠累加,随意而建的土楼形成四通八达、纵横交错的小巷,印证着喀什噶尔的古老。行走在千年光阴流淌的石板路上,透过辽远的天空望向历史深处,这片土地上曾有着怎样的非凡精神,东来西往过怎样的人种族群,隐藏着怎样的尘封历史?

公元644年,玄奘从印度取经东归停留喀什讲经说法,之后从罗布淖尔穿过荒漠、楼兰、白龙堆、三陇沙,经玉门关回到敦煌,那是一个多么恢宏壮阔的时代。孤身只影西行的玄奘没有具体可行的路线,只有步步惊心、险象环生的沙漠,这需要怎样一种强大的意志才能走完全程,这是怎样一种为寻求真理而万死不悔的精神,这种精神在任何事物面前都是多么难能可贵。

1890年,瑞典探险家斯文·赫定翻越帕米尔高原走进喀什,在这里休整后和他的驼队出发,唤醒了沉睡的楼兰古城。10年后,英国探险家斯坦因走进喀什,然后南去沙漠发现尼雅遗址。因此,说不定哪条小街上就留下玄奘的足迹,回荡过探险队的驼铃声。

眺望远方，长途跋涉的僧侣、手持旄节的使臣、虔诚的信徒、探险家纷至沓来，他们翻过帕米尔高原，要在喀什落脚分发货物，而西去的商旅饱尝玉门关外的风沙之苦后，也在喀什休整，做好翻越葱岭的物资准备。不同肤色的人在这里停留，东方的丝绸、瓷器、茶叶流向西方，西方的工艺品和宗教艺术传向东方。东起中国长安，西达罗马帝国伊斯坦布尔，七千公里的商路构成世界上伟大的丝绸之路。

在喀什老城里走一走，能感受到历史停留的痕迹。古城四处散布着过街楼、半街楼、悬空楼、楼上楼等具有浓郁维吾尔特色的建筑群，这里是丝绸之路上最美丽、最传奇、最诗意的城市。从喀什绵延开几千公里艺术长廊，这里成为欧亚大陆旅途上最繁华的驿道，古希腊、伊斯兰、印度、中原文明在这里荟萃，伊斯兰教、基督教、佛教在这里交融，印欧语系、汉藏语系、阿尔泰语系在这里沟通，这里成为东西方经济文化和文明的交汇点。置身这里，仿佛人与自然、人与人、人与超自然是相互渗透的，诸多事物是多重、多样、多层次、立体交织的，这里有着你无法言说的久远气息。

厚重的古城墙在风雨中矗立了千年，开城仪式串联起风云激荡的历史，行走在纵横交错的街巷，观赏着古老建筑，我仿佛穿行于某个时空。主街上雕花门楼铺排延伸，土石路面的巷道呈现着古朴的美，摇椅、秋千、宽座散落在巷道两旁，紫的、白的桑葚果叭叭掉落。维吾尔乐器、核桃木、陶艺、根雕琳琅满目，这里的每一个物件都是神奇的，人们用双手创造出充满灵气的物件，仿佛这些物件只属于这片土地，这些物件是自然与人文交汇的结晶，带着远古的智慧和梦想，跨越千年依然焕发着勃勃生机，这些物件静默地立在那里，仿佛诉说着喀什悠久的故事。

喀什老城里居住着维吾尔族人，近代维吾尔族的主体由三个支系构成。先民的主体是隋唐时期活动在蒙古高原的回鹘人，公元840年，回鹘汗国被黠戛斯攻破，回鹘人的一支迁往河西走廊，与当地诸族交往融合，形成裕固族，活动在甘肃南部；一支迁前往吐鲁番盆地，与当地吐鲁番盆地的汉人、塔里木盆地的焉耆人、龟兹人相融合，建立高昌回鹘王国；一支迁往帕米尔高原以西的喀什噶尔一带，与当地葛逻禄、样磨等部族融合，建立喀喇汗王朝。以当地原住民为主体的民族融合，使喀什维吾尔人高鼻深目的特征尤为明显，这里的姑娘也最为迷人，弯弯长睫毛下有着一双深邃的眼睛，黑亮灵动的眸子仿佛会说话，让人看一眼便会忘不了。

主巷道内游人如织，小孩子奔跑嬉笑，老人在屋前乘凉，猫咪和狗狗惬意地躺在地上，随意一处即可酣睡，睡相如婴儿般甜美。小巷内绿植花卉由高楼倾泻而下，与建筑廊柱、木雕、挑檐互相映衬，构成五彩缤纷的景致。有时在两条巷道的相接处，会遇到跨街架起的一间小楼，似成门廊，使小巷增添几分古朴与幽深。老街巷的名称也很有意思，"亚格巴扎"意为食油市场，"阔孜其亚贝希"意为土陶工，"再格来巷"意为金银匠聚居处，"布拉克贝希巷"意为泉水，如果按街巷名称一一去访，即可知晓喀什古城的原有位置和曾经市场的布局。

行走在迷宫样的街巷，总给人感觉不真实，我前后两天在夕阳满天和掌灯时分来溜达了两趟。游走着，听着纳格拉鼓的响声，弹拨着都塔尔乐器，触摸着精细的手工艺品，置身在浓郁的维吾尔文化，内心潮起云涌。游走着，在摇椅里摇一摇，在江湖书屋里看会儿书，在巨大的根雕前停留，踱步在昏黄的街头，浮想联翩。这里是黄沙与绿洲、喧嚣与沸腾、真实与虚幻交织的喀什，这里是传统与现代、粗犷与细腻、豪放与婉约共存的喀什，这里是原始与开放、古朴与激情、冰冷与炽热共舞的喀什。这里是流动的盛宴，是美食、服饰、工艺的盛宴，是音乐、舞蹈、色彩的盛宴，是视觉、嗅觉、味觉的盛宴。

暮色里我站在城墙上，俯瞰这片土地，想象着曾经商旅们沿着丝路从东跨过塔克拉玛干沙漠，或从西越过帕米尔高原，当喀什噶尔慢慢进入他们视野的时候，路上的忍耐、孤独、无助和绝望瞬间烟消云散，这里于他们而言像黑夜里的群星，闪烁着希望的光辉。

喀什噶尔，宛如一本厚重史书，她的千年西域传奇需要人们慢慢研读；宛如一轴时空画卷，她的古往今来神采需要人们细细品味；宛如一部恢宏交响，她的盛世华章演奏需要人们仔细聆听。转身，我将离开，回望，我竟难以割舍，仿佛某些东西已融入血脉。

喧嚣与沸腾

◇ 马谊春 / 文

维吾尔人从自然中获取美的灵感，执着于美，追求浪漫，因此有着最动人的情歌，最浪漫的舞姿，最风情万种的姑娘，最浓郁的异域风情。

喀什有着沸腾鲜活的一面。塔克拉玛干沙漠的热风吹着，烘烤着沙粒有了火焰的温度，红柳枝燃起火苗的热烈，烤是这里生活的主题，红柳烤、馕坑烤、架子烤、沙土烤、炭火烤，可以整只烤、串着烤、包着烤，烧烤花样繁多，创新又合时宜，这里有着川流不息的人群，积聚天南海北的喧哗。烤全羊、红柳烤肉、烤鱼、烤包子、烤蛋，激情又惬意，肆意又欢腾，这是活色生香的喀什。红柳烤肉的肥肉脆皮爆汁、瘦肉鲜嫩香弹；烤鱼肥美多汁，鱼皮焦黄油亮；烤包子是羊肉剁馅，面皮焦香酥脆、肉馅鲜美流汁。

走在香气四溢的喀什街上，吹过来的风都是烤肉味，构成烟火缭绕的喀什无限丰富的空间。喀什的夜市要逛一逛，烟雾缭绕的大锅沸腾，羊头羊蹄羊杂、烤肉烤串烤杂、抓肉抓饭拉面……堆叠的熟食，烧烤的热浪，诱人的色泽，释放着让人无法走开的浓香。风靡全国的干果琳琅满目，葡萄干、核桃、巴旦木、开心果、杏干、无花果、腰果、石榴、红枣、桑葚绝对上乘，果香在空气里弥漫，构成喀什异域的气息。

老茶馆里有着喀什最古老的记忆。两千年前商人驮着丝绸抵达这里，这里成为向西进入中亚和欧洲的交通要道，茶叶成为丝路贸易中的核心商品,对于喜爱吃牛羊肉的维吾尔人来说,茶是他们化解油腻、增加维生素的最佳饮品,老人们每天去老茶馆喝茶,与老伙伴们谈天叙旧,茶烟袅袅,岁月从容。

"我的追求在你的黛眉之间,我浪迹荒原大漠来寻你。"这是维吾尔人对爱情的咏唱,也是对家园永久的依恋。分布在叶尔羌河两岸的刀郎人是维吾尔族的一个分支,刀郎歌舞尤其别具一格。刀郎人逐水草而居,以狩猎为生,于是就有了"刀郎"的称谓。在狩猎获胜的时候,他们燃起熊熊篝火,跳起欢快舞蹈,以表达同大自然搏斗的艰辛和取得胜利的欢愉。

人们把所有的爱、悲伤、希望,都融进鼓中、歌中、舞中,音乐是生命的交响,舞蹈是与生俱来的天赋,人们在舞蹈中放下所有束缚与忧愁。羊皮手鼓时而高亢激越,时而热烈昂扬,时而旋律明快,这是对生活的无比热爱,是极致生命的演绎。

人们在原野上自由舞动身体,让身体焕发生机与活力,人们充满梦想与激情,让生命全然打开,释放本真朴素的愿望。

在喀什任何一处,你都能看到木卡姆艺人表演,他们演奏着卡龙琴、热瓦甫、艾捷克、手鼓,唱着维吾尔族民歌,在他们心中永远有欢唱的音符。帕米尔高原的强烈阳光,戈壁大漠的无情风沙,在人们身上刻下深深印记,一张张黧黑的脸,一双双粗糙的手,写满艰辛与沧桑,但这丝毫不影响人们快乐生活。

千年古道,驼铃声淹没在塔克拉玛干深处;丝路重镇,绿洲上回荡着木卡姆的歌声。这神秘古老的地域,有着异类的个性,有着天然的美景,可以给普通人自由放松的空间,给异乡人独立拓展的空间,给追梦者挑战发现的空间,给诗人无限想象的空间,给艺术家宽泛创作的空间。或许,这就是许多人迷恋喀什、选择喀什的理由。

拜谒唐王城

◇ 张万成 / 文

对新疆生产建设兵团第三师图木舒克市的唐王城向往，已经有些时日了。

终于在大学同学朱路邀请下，能够有机会去感受唐王城的风采。

从阿克苏出发到图木舒克市，朱路准时接站，进入图木舒克市，到处都能看到唐王城的印迹，当地人说起唐王城也是滔滔不绝。随便找了一家饭馆吃过饭，我就迫不及待提出去唐王城。临行前，朱路提醒说最好换旅游鞋。

朱路是本地人，在第三师图木舒克市四十九团长大，熟悉当地风土人情。

出图木舒克市城北10多公里，一座不高的小山出现在眼前。朱路说这个名叫代热瓦孜塔格山的地方就是唐王山。南端的山口处有一片残存的城址遗迹，正是大名鼎鼎的唐王城。有趣的是图木舒克市的机场就叫唐王城机场。

爬上唐王城，这里早已破败不堪，但城址仍能看出内城、外城等遗迹，从而可以推断出，当年这座城的规模一定很宏大，来往的人很多。

"唐王城真的住过唐王吗？"我问。

朱路说："一定的。"

站在唐王城最高点眺望，城墙用泥土和石头筑成，看得出内城、外城的轮廓。城的南北各有一道城门，外城外还有一个大外城。可惜的是，现在的大外城墙早已风化为一道土梁，不经人指点，已经完全看不出来了。

朱路介绍：在唐王城东北约两公里的地方，是新疆生产建设兵团第三师四十九团，兵团里有一个村就叫唐王村。其实唐王城也好，唐王村也好，都是当地汉族人的叫法。维吾尔族人称这里为"托库孜萨莱"，意为九座驿站或九座烽燧之意，那这里应该有九座城或九座烽燧才对。

我拿出地图细细察看，相隔数十公里，应该还有三座城址遗迹。其中有两座城址遗迹夹山而峙，正好守护在塔里木河的上游地段，由此看出，当年这里的战略地位还是很重要的。

说起唐王城的由来，朱路喜欢说古时候，说唐朝，却不说年代。

在唐王城，凡是地上有长形的坑，朱路就说是玄奘的脚印，圆形的就说是白龙马的，我们还沿着坑走过一段路，朱路说我们是沿着玄奘脚印去西天。

朱路告诉我，唐王城外的山崖曾经有大量摩崖石刻的山体。因为风化，山体早已变得面目全非，我们只能依稀看到石刻的一点点痕迹。

回望唐王城，古城的废墟横亘眼前，荒芜和死寂湮灭了往日的辉煌，黄沙和风尘覆盖了混沌的记忆。唯有瓦砾、断壁和土坯艰难地拼凑起历史的烟云。

太阳西坠，云层叠嶂，落日的余晖给唐王城涂抹上一层金色。极目远眺，远处山峰连绵起伏，庄严肃穆；近处戈壁荒滩，一望无垠。唐王城展现在眼前的是一片残破的废墟，那些城墙坍塌的夯土，经过千百年风蚀雨剥，只剩下几堆高低不平的黄土。

人走了，城塌了，唯有那些或悲壮、或雄浑、或慷慨、或苍凉的记载，还一直在我们的内心升腾着、燃烧着。

夜幕低垂，唐王城渐渐隐没在暗黑的夜色中，似乎又回到了那金戈铁马、鼓角争鸣的西域历史最深处……

我在朱路絮絮叨叨的话语里了解唐王城的大概，后来，翻阅史料知道了唐王城历史。

唐王城其实是唐代尉头州城遗址，始建于公元前206年，距今约有2200年的历史。作为新疆境内古丝绸之路中道上的重要古城遗址，唐王城具有极高的考古价值，2001年6月，被国务院核定为第五批全国重点文物保护单位。

唐王城占地数平方公里。内城由山腰绕到山巅，长756米。外城接内城续到山巅，长1008米。

唐王城在历史上很有名。唐玄奘去西天取经时曾路过此城。据记载，这里流行小乘佛教，僧人甚多，佛事不绝。

在公元前2世纪，唐王城所在地是西域三十六国中的尉头国，后曾是古龟兹国与古疏勒国的分界线，是一座依山傍水的军事要塞。

这里最早见诸史书的名字叫郁头国。东汉末年，郁头国被并入龟兹国。《汉书·西域传》记载，当时的郁头国住有"户三百，口二千三百，胜兵八百人"。

从西汉到唐末，郁头国一直为龟兹国所管辖。到了大约公元10世纪时，有关唐王城的记载突然在史书上消失了。有说是因为河流突然改道了，有说是森林枯萎了，唐王城消失的具体原因至今仍是一个谜，没有人说得清究竟。

唐王城内城外曾出土大量的文物，如汉文化、龟兹、唐代等钱币及钱范，棉、麻、丝、毛织物，还有陶器、铜器、木器等器具，以及大量佛教艺术品如壁画、泥塑、木雕等。除有中原来的物品外，还出土了许多波斯等国的文物。

1959年新疆维吾尔自治区文物管理委员会的李遇春等人调查了唐王城遗址，这是首次对这座古城的科学考古调查，共清理1053平方米的面积，发现了许多陶器、木器、骨器、铜器、塑像残块、木简、文书、钱币、陶钱范、丝织品等文物。

查阅南疆丝绸之路地图，唐王城范围从毗邻的阿克苏地区柯坪县起，依次为阔纳齐郎古城、都埃梯木（梯木即烽火台）、亚依德梯木、谒者馆，进入郁头国境内，再向南依次经过尤木拉克梯木、阔西梯木、泽梯木，就到了唐王城，由唐王城再往西南行，就会走向通往古疏勒的大道。

从今天的地理位置看，唐王城基本处于阿克苏市与疏勒县的中段，这条路线也是古丝绸之路的必经之路。

西汉以来，中央政府一直加强着对西域的治理，巩固政权，戍卫疆域。唐王城作为西通中亚交通要道的重要门户，曾多次经历战乱。

公元670年，吐蕃控制了唐王城一带；公元679年，唐吏部侍郎裴行俭收复唐王城；公元686年，武则天放弃唐王城的管辖，唐王城再次陷入吐蕃之手；公元692年，武威军总管王孝杰大破吐蕃，再次将唐王城收复。

到了北宋年间，信奉伊斯兰教的喀喇汗王朝与信奉佛教的龟兹国在唐王城附近进行了多次战斗，唐王城周围诸多佛寺被毁，加之此地位于叶尔羌河下游，河水改道，唐王城从此一蹶不振，逐渐淡出历史舞台。

1906年到1914年间，唐王城遭到了法国的保罗·伯希和、英国的斯坦因、德国的勒柯克等所谓探险家和考古学家多次的挖掘，盗走大量文物。

离开唐王城遗址，回望那古老苍凉的城障，那气势恢宏的古城，在晚霞映衬下，更显得如梦如幻，扑朔迷离……

如今，唐王城遗址附近的图木舒克市和团场，田舍密布，阡陌纵横，交通便利、居民富庶，各族群众和睦相处。

图木舒克市成为南疆一颗最亮的新星，一座现代化的新城正展现在人们眼前。这也正印证了那句话：历史在这里遗留下一片废墟，必定在更大的荒芜里建造更加美丽的城。

散落在图木舒克大地的土陶片

◇ 阿为 / 文

作为一个从小接触坛坛罐罐的湘阿仔，能在遥远的图木舒克大地上重逢碎片化的陶罐，捡拾到散落在戈壁荒漠上的土陶片，算是冥冥之中的一种陶缘。

周末，几个喜爱钻研土陶历史的文化人相约去图木舒克大地探寻那段消失的远古文明。

在去找寻汉唐古韵的路途中，越野车驶出51团柏油路不久，便进入广阔的荒漠，两辆汽车一前一后在茫茫荒滩逶迤前行。雨后的戈壁土，泥泞松软而滑腻，轮子在大地上不停地漂移。突然，车在一片泥沼中熄火，刚才还兴奋无比的我们，心情陡然增添了一份沉重。后面的沙漠越野"嚐嚐嚐"地从旁边经过，羡煞我们一车人。

不同于我们的焦灼，司机不急不忙，重新启动、倒车、挂挡，然后猛踩油门。汽车缓慢移动，划出了泥泞水坑，我们都松了一口气，再次欢歌前行。

越过荒滩，进入红柳馒头阵地。高高的红柳土包，让我们有"土堆柳绿疑无路，曲里拐弯又一条"的惊喜，眼看就要撞上红柳堆，突然一条车辙印又呈现在眼前。

"团里派了一辆皮卡车去踩点了，说路很好走，所以今天没有用四驱的车。昨天晚上还下了一场大雨，应该会更好走，没想到路上积水反而更难行了。"车上陪同的小刘像是自言自语，又像是在对我们说。

向导亚生是51团的一个文物爱好者，喜欢到戈壁滩上寻宝，只有41岁的他，十几岁就跟随父辈穿行在这片戈壁荒滩。挎上水壶，骑一辆南方牌摩托，载着伙伴在这荒无人烟的平原上穿梭，也曾拾到过一些宝贝。听说要求考察汉唐古遗址，亚生昨天就已经去过一次，今天算是驾轻就熟。他是我们唯一的舵手，坐在前排自如地指挥，一会儿拐向西，一会儿拐向北，宽阔的平原任由他驰骋，我们像一群分不清东西南北的盲人一样，听由他导着，蜿蜒前行。我眯起双眼，透过玻璃车窗扫视着平原上一个个突出的土堆，心中企盼能早日见到这矗立了2000多年的古遗址。从早上10点出发，一直到中午12点多，才远远地看到了一片小小的高地，再向前行驶一段，现场围栏渐渐都可以看清。

汽车终于在围栏边的大铁门处停下来，我们迅速跳下车。金黄的楷体字"阔西梯木"嵌在黑色的大理石基座上，十分耀眼。该处为新疆维吾尔自治区文物保护单位，由新疆生产建设兵团2017年8月18日公布，第三师图木舒克市人民政府2020年8月16日立。

脚下散落着陶片，红色的土陶、青黑的陶罐残片俯拾皆是。我捡起一块红陶，缺口处可以发现其内含沙粒，外层因常年风沙侵蚀略有斑驳，内壁光滑如新，厚度只有几毫米，碰撞时能发出"砰砰"的声响，但我不敢用力猛敲，害怕一不小心将它碰碎。青黑陶片厚实而沉重，厚达一两厘米，敲击时是"叮当"脆响。它坚实如石头一般，已经分不清哪里是泥，哪里是沙。尽管历经千年，但它们的颜色鲜艳如新，经受风沙洗礼、日晒雨淋仍安然保有原瓷本色。

铁丝网围住的阔西梯木不大，里面就剩一个土包，绕着铁丝网走一圈用不了5分钟。里面碎陶遍地，多是手掌般大小，杂乱无章地铺陈在圈内阔西梯木地面。为保护文物古迹，我们没有越过栅栏，远远望着遍地的陶片，不知道当年这里发生的一切。

从如此多残片中，我眼帘里似乎复现了众多军士，身穿麻布衫，腰挎水壶和弯刀，站立门楼之上，来回巡视。墙角边、屋檐下是一排排盛水的陶缸、瓦罐和装有粮食的陶坛，成堆的胡杨树干、枯落的树叶和树枝，七零八落地堆砌着。突然一天，一队军士打过来，瓦缸碎了，陶瓷破了，城墙换防了，麻布衣裳变成了粗布衣衫。从汉唐至元明清，陶片的釉光中回闪着年复一年的征战。年年岁岁烽火台，岁岁年年人不同。直到有一天，河水改道干枯，战士迁徙，留下每一次战争砸碎的坛坛罐罐的残片，这些不易被腐蚀的残片就永远留在这片戈壁经受时间的磨洗。2000多年与戈壁做伴，与风沙为依，或裸露或遮掩，见证着那一段历史和文明，让我们这些从事文学文物古迹探寻的后辈产生无限的遐想。

在阔西梯木一个小时的停留，就是与古文明一小时的对话，而且我们并不甘于就此结束。我们还将在向导的带领下，走向下一个古文明的历史遗址——琼梯木。

汽车再次一头扎进铺展在大地上的红土壤荒滩，远远地沿着西北面绵延的柯坪山脉平行前行。东南面依然是一望无垠的红土荒滩，有大片大片的土地星罗其间，我们怀疑这是曾经的粮田耕地。零星的红柳、梭梭给大地点缀了些许生命气息，这是大自然留下的杰作。

文联主席谢家贵一直在车上说，多么宽阔平坦的土地，要是有水，随便可以种出很多东西。这里可能曾是一片果园、一片棉花地、一畦菜地或是一个演武场地，古喀什噶尔河形成的古老冲积平原，应该是一片肥沃的土地。

驾驶员沿着目标方向继续驰骋，慢慢地，我们看到一片片小沙丘如搭挂在大地上的帷幔，一座连着一座，构成一幅十分有层次感的沙画。大自然真是一个伟大的画家，以风为画笔，以大地为画布，创造出了最美国画。

看，陶片！坐在驰骋的汽车上，我们都看到了在沙丘之间的空地上，散落的大大小小的陶片遍地都是。我惊讶其数量之多，红的、青黑的十分耀眼。越是接近琼梯木，沙丘便越来越密，沙丘与沙丘之间红土空地上的陶片也越来越多，似乎预示着，这里曾经的繁华、喧嚣。

汽车在一片沙丘空地停下，司机翻译向导的话，手指正前方"琼梯木就在那"。汽车被大片波浪似的沙丘挡住去路，小车无法翻越，我们只能徒步前往。

看到如此多散落在图木舒克大地上陶片，我们迫切地跳下车，奔赴陶片散落处和散落处的遗址。

这里陶片数目遍布，且以红陶为主，残块比前面见到的更大，明显可以识别出是陶瓮、陶缸腹壁残片，还可以捡到不少陶耳、陶颈和陶瓮的底座、瓶口等。烧焦的釉渣、铁渣，成片散落的陶片，似乎在每个沙堆间展陈，偶尔还可以捡到一些画花纹的陶片，透过花纹印记才有可能识别其蕴含的历史故事。我甚至怀疑，这一座座流动沙丘下面似乎埋藏着更多的秘密。在徒步前往琼梯木的途中，还偶尔可以看到一些泥土夯实的古遗址，旁边陶残片更多更大。这是怎样的场景，难道制陶遗址就在这片土地上？就围绕在琼梯木周围？我大胆推测，2000多年前，这里土窑遍地，户户冒烟、家家建窑、人人制陶烧陶售陶，成为当时西域都护或安西都护盛极一时的陶器制作销售集散地。透过火红的陶片，我似乎看到了家家户户陶窑里的火苗，听到了开窑的号子，目睹了进进出出搬运陶器的身影。那售卖的吆喝声好似响彻这片荒漠上空，东来西往奔忙在这条丝路北道、中道上的商贾，推着、挑着、拉运着各种陶器送向远方，棉布衫、麻布衣、丝绸服摩肩接踵，热闹喧嚣，好一派繁荣。

风光不与四时同，好景总是难长久。经历过了丝路驼铃洗礼的陶器世界，是因战争、因烽燧狼烟的消失、因河流改道、城市迁徙、过度砍伐而渐渐退出了历史舞台，还是因其他原因？我们不得而知，历史只剩这些破碎的陶片，带着零星的记忆留守这座城，留守着这片荒芜。

杏花有约四月天

◇ 丁燕坤 / 文

人间四月芳菲尽，山中杏花始盛开。不知不觉，春天的气息度过玉门关，跨越了天山，逼近了昆仑山，所有的风景与心情，一股脑地化作过往，这里的人们迈着轻盈的步子，张开臂膀，邀请春天的信使到杏花镇做客。

在昆仑山脚，有一个叫杏花镇的地方，长满了杏树，开遍了杏花，每当人间桃李花尽的季节，你可独步牧场，掂裳拾级，缓步昆仑山下，欣赏着这一方人间仙境，人生幸事，莫过如此。放眼望去，杏花似蝶、振翅欲飞，杏林深处，是一处魂牵梦绕的庄园，有住户、有酒家、有牧民、有田园，牛哞羊咩，这便是昆仑深处的牧场人家。仰望杏林，几枝待开的花蕾如娇似羞，露出绒绒的粉色，洁白的杏花便爬满了枝头，那淡雅的香味扑鼻而来。由于地势高寒，造成牧场时令半晚，也令这里在繁华谢尽时，依然一片芳菲。

寒气袭人春不远，杏花遍野靓远山。人生最大的邂逅，在于天命之年，觅得这样一方净土，安享余生，算得上三生有幸。这里的杏花，白里透红，不追时令，独自装点一方，她那红色的花蕊，洁白的花瓣，令人如醉如痴；她朴素典雅，风韵天成，从来不与俗花争艳，山中天地，自成一景，独傲枝头，岂与世间落英争高低。其实生命对于每一个物种都是公平的，越是压抑，生命就越澎湃。杏花也是如此。经年累月的洗礼，杏花已经将生命历练得异常奔放。

四月天寒，可孕育着旺盛生命力的杏花早已经等不及了，在山顶、山腰、山沟、房前屋后，一团团，一簇簇地绽放了，茂盛的杏花泛出迷人的色彩，白的似雪，粉的像霞，杏花蓬勃的生命力就在这时节蓬发了。

春的气息隐藏在厚厚的积雪下面，杏林也在默默地准备着，来得越晚，开得越浓；三年抗疫积淀了厚重的力量，如寒冬历练的杏林，虽晚却更艳，一经春信唤醒，杏花便开满山林，装点山川。仔细地寻思，寒冷的季节历练了杏花，使之越练越烈，形成了一种不屈性格，其实牧场人就与杏花一样，在艰苦的环境中历练一种坚贞的性格，这是大山赋予性格，这是水土赋予灵性，一旦时机成熟，牧场的事业一定会像牧场的杏花一样开满山林，装点山川而无怨无悔。

四月牧场，杏花渐芬，一条笔直的杏花大道贯穿南北，直通一个传奇的新建村落。这里四面环山，风景与外界截然不同，成片成片的杏花林，装点得牧场娇羞迷人。这里牧歌嘹亮，青山隐隐，碧水悠悠，宛如人间仙境。邀帖从这里传出，白发垂髫，少男俊女，商贾士子相约杏花镇，一饱杏花美景，纳凉夏季牧场，秋颐苹园脆果，冬凭绝壁危峰，正是人生一件快事。

山下三月春已尽，巳月转入山中来。用指尖拨开了几个世纪的页面，等待一场演出的开幕，回望冬天，是谁在寒风中穿行，只为杏花盛开的一天？相约在杏花镇，体验一个从无到有的战天斗地的奇迹。在春光明媚的四月，杏花镇迎来了春天，这里旌旗招展，彩带飘拂，锣鼓阵阵，龙飞狮舞，热闹异常，一个昆仑山下的村落，被国家命名为团级镇，名曰"杏花镇"，承载了几代军垦人的梦想，经过了冬蕴、夏衍，终于蓬勃而发，一座军垦新城拔地而起。老人扶着拐杖，挟着妻儿，颤颤巍巍，激动的泪水从浑浊的眼眶里流出，这一天，他等得太久了。对于初次来到牧场游客来说，是充满好奇的，为什么在茫茫昆仑山腹地，人迹罕至的地方，会有这么一处美丽的地方。据当地人介绍，这里最初是一片茫茫的戈壁滩，脚下全部是戈壁料，连树都种不活，是后来的军垦人在这里修路造田，筑渠引水，才开垦出这么一片人造绿洲。

资料显示，这里是1950年建立的部队后勤供应基地，后来部队整编，才成立的叶城二牧场。生活在这里的人们多为部队就地转业者的后代，有着家国的情怀，军人的血性。按当地人的说法是，他们是"献了青春献终身，献了终身献子孙""种地就是站岗，放牧就是巡逻"。所以这里的人会自豪地告诉你：我家住在路尽头，界碑就在屋后头。界河边上种庄稼，边境线上牧羊牛。

相约杏花镇，有一种把春天暂停的惬意。时令四月底，这里依然是"沾衣杏花雨，吹面杨柳风"的季节，踏进这个"世外桃源"，展现在面前的是一片秀美的山川，迷人的风景。一池清波荡漾，一湾碧水流淌，昆仑山下的阿克其格河，宛如少女的羽衣，变幻出一处人间天堂。放眼望去，群山含黛，村舍含烟，阡陌纵横，楼宇错落。行走在长安广场小路上，两旁芳草鲜美，脚下落英缤纷，春光暂停，美好延迟，一种不负时光不负卿的惬意涌上心头，久久不能散去。

这是一个昆仑山下的牧场，远离大城市，居于国家西部边陲，相对于白天仰望茫茫雪山，俯瞰苍茫戈壁，我更愿意凝视这里深邃的夜空，这里有着我儿时梦境所托付的点点繁星，有着远离大城市宁静和深沉的冥思，有着一片灯火与繁星相辉的小镇，有着与神鹰一样凝视着这片热土的护边人，一起构成了坚守与奉献的文化传承。

人间三月落英尽，山中杏花渐渐开。雪山景美长留客，王母有约来不来？相约杏花镇，是一次体验瑶池仙境的探秘行程。在杏花镇山中，有西王母的行宫、洗脚盆等历史传说。相传周穆王与西王母在这里相会，王母言"……将子毋死，尚能复来"。王曰"……比及三年，将复而野"。这段感情被传为佳话。唐代李商隐诗曰：

瑶池阿母绮窗开，黄竹歌声动地哀。
八骏日行三万里，穆王何事不重来。

在这里，白雪皑皑下镶嵌着苍翠欲滴，疑似仙境落凡，翠玉飘云。如若在夕阳西下时，看满山落霞，沉阳含娇，云山互绕，想象西王母与周穆王在此相会的场景。正如一首远古之歌在你耳边响起：

长思穆王好，祥云罩远山。
最是牵魂处，瑶池歌舞消。
谁言王母心，骊山暮云缥。
八骏虽奋蹄，玄池烟波渺。

相约杏花镇，是一次四季牧歌的时光之旅。叶城二牧场志云：叶城二牧场杏花镇位于昆仑山北麓、叶城县以南70公里的昆仑山腹地，海拔2200—4850米，因杏花娇艳而冠名杏花镇，曾在2011年被评为国家级生态乡镇。

每年四月底，这里杏花竞相绽放，如云似霞，盛开的杏花与远山雪景交相辉映，形成一幅美不胜收的画卷，吸引着游客慕名前来。如果是夏季，你可以来这里体验"一山有四季，十里不同天"的避暑生活。这里夏季平均温度在18℃至25℃之间，是旅游避暑的最佳之地。秋天是收获"幸福"的时刻，这里上万亩苹果园，苹果色泽红、口感佳，每年吸引着大量游客前来采摘，又可以欣赏满园秋色，品着美食、畅聊人生，定能补足你滚滚风尘中那一丝失落的遗憾。

相约杏花镇，一定能圆你一个心中的

梦想。仰望晨阳破晓，无数个睡梦中的期盼在脑海中滚翻，一旦时机成熟，将所有的梦想放飞天宇：让牵挂化为祝福，感动变成了问候，经历了如此无憾的人生，让所有心结，归于杏林，扮靓三春。在这里，天空湛蓝，阳光明媚，可以清楚地看到远处的昆仑山。借助海拔高、光照充足、甘甜雪水的灌溉、昼夜温差大等独特的自然条件，这里种植的"雪域红"有机苹果，带富了一方人。广东游客参观牧场苹果园时，对这里的苹果赞不绝口，就主动联系把这里的苹果拉到了东莞，销售价格翻了一番。金秋时节，硕果盈枝。当地居民一点也不用为销售发愁，因为这里的苹果拒绝使用农药化肥，产出的苹果色泽光亮、果肉丰盈、全红脆甜，客商望树而贾，全部购买。有人赋诗以彰该地人文特色：

昆仑雪域一品金，高原苹果盛名馨。
数枝黄杏雪水灌，牛羊奔走似白云。
山川险峻蕴生机，林海草场景色新。
特色物产数不尽，地茂当富牧场人。

如今，一条新修的观光大道贯通南北，为职工群众增添了一条健身大道、赏杏大道、网红打卡大道。牧场人正倾力打造小而优、小而美、小而精、小而特的边境城镇，给职工群众提供一个更加宜人的工作和生活环境，相信在不久的将来，你一定会见证昆仑山下的又一个奇迹。

隐秘的故乡

◇ 蔡淼 / 文

这一夜我听见故乡的大地上有无数个声音醒来。我相信这是我归来的缘故，因为过去在这张床上，我从未听见过这些声音。天一亮，太阳就从大山的那头跑过来，速度极快。鸡鸣以后，那些苏醒的声音逐渐恢复沉寂，藏身大地。

我相信天地间所有声音的出现都代表着某种使命或意义，我也相信万事万物都有着内在的秩序并构建了丛林法则。几乎每天晚上我都会想起二婆婆，但我从未在睡梦中见到过她的身影。堂屋里曾经停放二婆婆棺材的地方已经变成了我妈剁猪草的案板。

那是一个星期二的下午，我放学后沿小河而上，到水潭里去洗澡。不承想刚从河边的竹林子里钻出来就看见了堂叔，我心里想，这下完了，大人们三令五申不准到河坝里去洗澡。前些年发洪水的时候还冲走过一个孩子，到下游的水库里捞了四五天也没有寻见尸首。我想挨骂无所谓，但千万不能让我妈知道。堂叔眼神空洞，缓步朝我走来。我这才发现他没有了往日的严肃，身上弥漫着一股伤痛的味道。堂叔说："你二婆婆走了，你回去通知下你妈还有山上的几个伯伯。"我正想找个理由逃学，这简直就是天上掉下来的借口。并不是说我不愿意上学，那时我已经上小学四年级。从二年级就我开始了寄宿，前一晚睡着了，没注意裤兜里的钱被人偷了个精光。大通铺里睡着三十几个学生，我知道这钱是找不回来的。好在我的鞋垫下还藏着两块钱，但两块钱可没法子让我撑到周五。于是我很乐意接下这个任务，向山上快步奔去。

二婆婆是我爷爷的兄弟媳妇，我爷爷排行老三。二婆婆的身体一向很硬朗，从没见过她有什么病灾。我们在堂叔家干活的时候，二婆婆动作麻利，背粪也是一背篓里塞得实实在在，一点都看不出她老了。我爸妈说过，二婆婆从来没有给别人添过什么麻烦。可是二婆婆就这么走了，我感到很意外。刚回到家我就被妈妈训斥了一顿，倒不是因为在学校丢钱的事。我妈说，报丧这种事情是件大事，不应该由我一个小孩子来说。然后我妈让我老实待在家里，她去报丧。很快，亲戚们就都知道二婆婆走了的消息。

我妈和大伯、二伯娘一行到堂叔家帮忙。进到堂屋，堂叔已经为二婆婆穿好了寿衣，并将二婆婆的遗体平放在棺材盖上。我看了二婆婆许久，那是我第一次凝视死亡，距离是那样近，心里却平静如水，以至我现在回想起来都觉得不可思议。二婆婆是服毒自尽的，走的时候很安详，脸上没有一丝痛苦的表情。二婆婆为啥要走，无人知晓，二婆婆把她最后的秘密带进了土里。

我在堂屋里面的厢房里烤了一夜的地炉子，二婆婆就静静躺在那里。夜色笼罩下来，我的内心涌出些许害怕，不是害怕二婆婆，而是天生对死亡有一种恐惧。这种恐惧让我憋了一夜的尿，终于在天亮以后，我才得了些空档出去释放。等我从外面进来的时候，二婆婆已被放进棺材里。棺材大的一头朝着大门的方向，小的一头朝里。二婆婆的棺材是在她生前就备好了的，人一旦快要老了，就要提前把棺材备好。我记得六岁的时候去二婆婆家玩，她就已经开始准备自己的寿材了。堂叔从深山里砍来三棵杉树，最大的那棵正好让黄木匠用斧子劈成了棺材盖。黄木匠一边做着木工一边啧啧地夸着堂叔说："一棵树正好能劈成棺材盖子的都是有福的人。"最后完工的时候，黄木匠还颇为不舍，围着棺材摸了一圈才带着工具离开了。我去的时候，院坝里漆匠正在给棺材上漆，用的漆都是从漆树上割下来的。先是用红色的打底，然后是黑色的一层一层覆盖其上，前一层晾干才能继续漆下一层。棺材上了黑漆立马就变得肃穆了，黑得像一面镜子，我从棺材上面看见自己的影子，吓了一跳。这时二婆婆过来拍拍我的脑袋说："林林，别怕。"又跟漆匠说："这是杉木的，可以管很多年呢。"

天亮了，我妈领着我到学校向刘老师请假，上个星期我刚挨了他的训斥，故而还在窃喜可以有段时间不见面，可不想，晚上"转灵"的时候他也来了。给二婆婆"坐夜"的那天晚上，孝歌唱得整个山谷都能听见。所谓"坐夜"也就是乡邻在孝子家坐一晚上，可以聊天、打牌、吃瓜子，算是乡里乡亲的送亡人最后一程。坐夜人的多少往往和亡人生前的为人相关联。第三天早上天亮之后就要送二婆婆上坡下葬了，却发生了一段小插曲。由于二婆婆的大孙子头天晚上没有去"转灵"，惹怒了族长。族长说，他必须当着所有人的面出来认错，否则谁也不许抬棺。最后，堂叔拉下面子，让所有的孝子和二婆婆的大孙子一起给族长叩了头，此事才算作罢。

五年以后，堂叔全家搬迁到浙江，这套老房子在村干部和族亲的见证下卖给了我们。这房子是二爷爷在世时建的，距今已经有一百多年了。我们家从山上搬到山下时我已经升入高中，两个礼拜才能回家一次，寒暑假的大部分时间也是在学校里补课。上了大学后工作，还常回家，结婚以后每年回家的时间就少了，所以我在这房子里住的时间并不长。在我在家有限的日子里每晚经过堂屋，经过曾经摆放二婆婆的地方，我都会不自觉地想起她来。我记不起与她更多的事情来，但从未忘记过她走的那个晚上。二婆婆就埋在老房子的背后，水泥砌的坟比石头码得要整齐，坟的中轴线上正好对准一座山的山头。可能连二婆婆自己都没有想到，堂叔一家迁到浙江以后就再也没有回来过。每年清明、中秋、除夕，都是我妈给她烧纸、点蜡烛。

我决定去山上一趟，去看看我家以前的房子。我妈说，房子都已经推掉了，有什么好看的。我笑而不答，临走时她又出来嘱咐："走大路，小路已经许久没有人走了，长满了一人高的草。"

我从大路往上走，崎岖的山路，除了烟草公司打了一半的水泥路外，并没有什么明显变化。山上空了很多人家，许多石头从山上滚下来就横卧在那里。一些熟悉的房子已经夷为平地，荒草替代那些走散的人活着。路过阴坡一个叫上万里的地方，葛藤架上阔叶密布。这里曾经出现过蟒，虽然已经过去很久了，每次路过脚心还是一片潮湿。那年，沟里一位王姓老伯在上万里割葛藤，发现一条蟒正搭在藤蔓上吃叶子呢！据亲眼见过的人说那条蟒足有两米长，也不知这老伯哪里来的勇气，用手中的树藤套住蟒的头部，趁蟒脱身前赶紧逃离了。那几年蛇确实多，遇到蛇也是经常的事情。上学的时候我们都要拿一根木棍子在路边的草丛里敲敲打打，可我们从未想过上万里这个地方会有这么大的蟒，直到今天我依然觉得神奇。

上万里之所以叫上万里，是因为此地为阴坡，整个山谷都没有人居住，大多是深山密林，距离大家居住的地方又比较远，就用了这个地名。

绕过上万里，确实感到背上贴着一股阴风。不时有鸟鸣挂在头顶，一眼望去立马戛然而止，它们藏在更深的地方。穿过水井路，再走一截上坡路，就到我家过去在山上的房子了。房子已经推掉，路边上堆着从它肩上卸下来的石板和大梁，仿佛卸下了它们一生的负担。这三间房子是在我读二年级的时候起的，到今年整整二十年，我还记得那时每天放学回家就跟在大人身后，和他们一起搬石头，至今我的膝盖上还留有印记。从打地基开始，每天从学校回来都能看到不一样的变化，我还在确立地基之初栽下了一棵苹果树，和我一起见证着这里从一堆黄土变成一座独属于我们一家人的房子。父亲专程请人来帮我们确定了房子的中轴线，正好对准一座名叫凤凰山的山尖，那座山是群山之中最高的山。新房是爸妈用双手建成的，落成那天，乡亲们到新家祝贺乔迁之喜，我第一次从他们紧缩的眉头上看到了喜悦，那一定是一个美好的开始。头三天，只在房子里烧了地炉子，人并未住进去，这个习俗我并没有问他们缘由。在新建的土房子里，我度过了快乐的十二年时光。苹果树正好到了开花的季节，我们搬到了山下。算来那棵树正好二十岁，这或许是它的使命。它替我活着，替我们活着，也替推倒的土墙活着。那些年我每月给它量身高，没过两年它就超过我了，于是我就变着法子给它量腰围。后来，苹果树上住了一窝鸟儿，房梁边的墙洞里住了一窝麻雀，整天叽叽喳喳吵得我心烦意乱。我拿起竹竿子就要把它们赶走，立马遭到我妈的训斥："你把它们赶走了，它们住哪儿呢？它们也是和我们一样靠自己弄的房子，一根草一根草叼过来的，所有的劳动都值得被尊重。"也不知道是因为我妈说的话，还是我的心态发生了变化，后来的日子里我反倒觉得没有那么嘈杂了，甚至多了几分喜悦。我曾好奇地要去掏鸟窝玩，特别想逮一只鸟儿放在房子里。婆婆说掏鸟窝的人写字会手抖，吓得我就放弃了。没过多久，两窝鸟都下了蛋，看见它们飞出去找食物，我赶紧搭个木梯子上去一看究竟，小鸟的蛋跟零食日本豆差不多大。有时候两只小鸟结伴而飞，有时候回来也吵架，呵，原来鸟和人一样也有不愉快的时候。小小鸟刚落地的时候只能飞几步远，我正准备追上去捉一只，大鸟儿就拼命似的飞来护住。之后，我上学去了，直到搬家也就再没关注过门前的这两个鸟窝。现在土房子已经推掉了，不知道栖息在它上面的鸟儿是否找到了新巢。可以预见的是，它们肯定要比我们更伤心。

房子推倒了，那些隐秘的记忆却从未丢失。我仿佛站在一片巨大的遗址前拾起那些闪烁的旧时光。我在一块石头上坐下来，远处的群山立在眼前，身旁的每一粒尘土都在说话。一切沉默的事物也都活过来了。

过去，院子后面有一棵果树，名叫胭脂李，是李子树的一种。当时我并不是很喜欢吃这种水果，只是觉得"胭脂李"这名字极好听。我从没有见过胭脂李开花，或许在李子林里它和其他的花都是一样的，以至我们只能从果实上辨别出它来。十几年过去，即使胭脂李树摆在眼前，我恐怕也不会认得了。胭脂李的果子独具风韵，暗红色的果肉紧致，酸甜中带着一股微微的甘涩，果如其名。朋友讲，目前受到大棚水果的冲击，这种果树在整个镇子上恐怕也找不出十株来。我听后心里很复杂，向对面的山梁走去，我知道钟家过去果树最多，有此品种。翻过梁，我的心一下子就凉了——成片的旱烟取代了果园。失去果园的家园未免苍白了许多。当然，生活有生活的苦，我们谁也无权指责别人，但是这样的安慰并没有给我带来一丝暖意。那些美好的景象只能存放在记忆深处了，我知道它们再也不可能重新回到生活的现场了。

路过我家的茶园，茶树又长高了一大截。在成片的烟草中，它们显得弱小、突兀、孤单。我恰恰觉得这些茶园代表了某种希望。

下山时，我选择了小路。下山小路呈螺旋式下降，却也更费脚力。上学那会儿最喜欢的就是走下坡路，跟风似的一阵就跑到很远的地方了，把大人们甩在身后。或是许久没有走的缘故，膝盖有些承受不了，只好双脚斜着一步一步地往下走，废了不少时间。沿途多了不少坟堆，几年间就有好几个老人走了，也有些因为矿难事故而走的。每个人的生活都不容易，如果要写，一定是一部部厚重的血泪史。

下到一小溪处，我停下来。溪流中的水没有干涸，但已看不出明显的水流痕迹，只留下一滩浅浅的潮印。我对这条溪最初的记忆停留在我十二岁那年。那一年，因我爸工作原因，我们全家来到了河南平顶山。平日里我爸下铁矿，我妈就给我爸还有村子上几个矿工做饭、洗衣。有一次，我爸在井下时看到一大块矿石滚过来，一把把二伯和大舅推到一旁，嘴里一句"快跑"还没喊出来人就被砸晕了。我爸被送到医院，诊断为右小腿粉碎性骨折。时值酷暑，我妈要两头跑，一面继续为矿工做饭，一面到医院照顾我爸。半年以后的腊月间，我爸和我妈同一天回到县城。我妈把我爸送上大巴车后就让我大伯到河口上去接，一干乡亲用竹竿架着藤椅把我爸从山下抬到山上的老屋，走的就是这条路。我爸回到老屋，腿里装着三块钢板。他仍没有办法走路，受伤的那条腿，连脚尖都碰不得地面。当地一名胡姓中医正赋闲在家，我们找到他开了一个土方子，说是从小溪边翻出大拇指大小的螃蟹捣碎后敷在伤口处，一周一换，说不定有希望站起来。我和小叔就一起到这里翻螃蟹。一早上的功夫我们翻了一竹篮的幼蟹带回。我没有亲眼看见小叔是怎样把这些蟹砸碎的，我觉得很残忍，可是我希望我爸能够站起来。不知是不是螃蟹起了效果。放寒假的时候，我扛着装了被子的蛇皮袋子从学校回家，老远就看见我爸杵着拐棍立在院坝里，我眼角的泪水一下子就淌了下来。惊蛰过后，他就能下地走路了。我妈说我爸的那条腿一到晚上就冰冷得跟铁一样，一变天也是疼痒难挨。我曾让他去取钢板，他并不同意。刚开始说是没钱，后来又说嫌麻烦。其实我知道他是害怕，害怕自己再躺在病床上，害怕自己再也站不起来了。

　　回到山下，我望了一眼身后的路。我知道山上的家已经远离我们而去，再上山也不知道是什么时候了，但是那些脑海中的往事却和刚刚发生一样，深刻而弥新。我们终于把家乡变成了故乡，再次上山就变成了一个故人。我推开大门，看见我妈做了一大桌子的菜，我和她拉起家常来。这样幸福的时刻总是那么美好而短暂。

　　晚上，我又听见无数个声音正慢慢醒来，它们讲的都是好多年以前的事情。

读 山

◇ 蔡淼 / 文

我生在山村，长在山村，自认为对山是有所了解的，也有一种特别的感情在山中。对我来说，山已经不单单是山了，山亦师亦友，它逐渐成为我内在的一种精神原力和为人处世的法度。

我自小生活在秦巴山腹地，遍地都是山。抬头是山，俯瞰也是山。山望着山，山隔着山，山牵着山，山对着山，山里有山，山外有山。我们在大山中出生，在大山上获得食物和水源，我们的先祖也埋在大山深处。总之，山成为我的血肉，成为我生命中不可分割的一部分。山自然而然就成了我们的日常，慢慢地，我就把山当作是书认真读起来。高兴了，就对着山哼几句花鼓子，不高兴了，就对着山骂几句，山再给你骂回来。把心中的霾都发泄出来，心气就开朗了，心情就变好了。

读山，从清晨就开始了。当鸡鸣穿透夜幕，早起的人放下门闩，推开大门，山就在对面，搅着夜色黑乎乎的一团就兀立在那。山崖上露出几片白来，倒像是一头奶牛，欲藏欲露，卖着关子呢？接着太阳跳出目之所及的那座高山。先是一个点，像毛笔滴下的一滴墨，在云层中泛出青蓝色，微微露出鱼肚白。这时山中有经验的人，看一看山的颜色就能准确判断出天气的走向，那山早已被农人读得通透，因为它是农耕文明重要的参照系。没过多一会儿，太阳红起来了，射出霞光穿透云层。这是一种极为别致的红，罩在山巅，从树梢处露下来，挂在林子里。再一看对面的山，霞坡似焰之火光浇染了整个阳坡，如梅枝落雪，蓓蕾血红，山的轮廓也渐渐清晰起来，这时的山就醒过来了。山中的植被抖落晨露，鸟儿开声谱曲，青蛇逶迤前行，大雁振翅高飞，满山的刺玫和野生的蔷薇开始渐次盛开……它们各自执行着各自的宿命，山也就热闹起来了。

小时候我没事的时候就喜欢看着山发呆，心里想着这山是怎么来的？山有没有生命？是不是也像人一样，有七情六欲，喜怒哀乐呢？想得脑壳疼也没有想出答案，还是看山舒服。山起伏的抛物线就像是石头上的纹路一般，游走在天地间是那样的流畅。我记得院坝前有两棵果树，一棵是斜卧着的苹果树，是山里的老品种了。一棵是杏子树，在我七岁那年做了我表妹的名字。两棵树的树丫处放有一根木棍，平时作为晾晒衣被之用。闲时，我就将双腿如蛇一般缠在树棍上，再将整个身子悬垂于下。这时看屋前的山似一张巨人的脸，极为吓人，一紧张，双腿一松，头上就生出几个红疙瘩。可是没过几日，我又如往日一样，去细细地看那山去了。现在想来仍然觉得是一件极为惬意的童年乐趣。

多少年以后我终于知道了山是有生命的。山几百年才侧个身，再过几百年挠挠痒，伸伸腰，偶尔关节不灵就活动活动，就有几块石头滚下来。当然你也可以把它理解为是山在发脾气。山是有生命的，自然山也是有脾气的。把脾气发泄出来，所以山能长寿。而人也是一样，凡是把事情藏在心里的多抑郁，活不长久。反倒是那些嘻皮长舌之人，把所有的不痛快权当痰吐出来的人能长命。这点事情对于山来说都不能算作是事，对于人来说就是大动静。从山身上掉下的几块石头足以摧毁一切，无论是人还是物在山的面前就显得特别卑微，而对于山来说，这就像是人身上搓下来的垢痂一样，再正常不过了。不要妄谈什么征服大山之类的诳语，顶多是让你爬上去看看风景罢了。你把山读明白了，就知道"敬畏"二字的重要。

山也是有灵性的，且不说山中百草入食入药者几何。无论现在还是过去，人对山都是极为崇拜并奉为神灵的。古时皇帝要祭天，有了功德要封禅，民间出现了天灾，皇帝要下罪己诏，要往名山大川去祭祀去忏悔，小到地方上的地方官也是如此。文人墨客到此一游，要留下点墨宝。从来没有谁对山是不敬重或敢怀有邪念的。即使是平头老百姓也有自己的朴素表达，在山崖或者山洞里包上一团红布就算作是神灵或菩萨了。再点上香炉，那青烟悠悠而上，带着人们心中最美好的祝愿。说来也奇怪，这许愿之人大多数都能够美梦成真。于是一传十，十传百，这山的名气就大了起来，成了真正的灵山。不少外地人也都跑来求愿，慢慢人杂了，山就不灵了。其实不是山不灵了，而是心诚的人少了。山是慷慨仁慈的，对于那些真正心善的人自会庇佑。而那些祈求把山当作靠山，一心只求升官发财的人，自是竹篮打水一场空。

据说有年山中大旱，这对于处于秦岭淮河线上的陕南来说，实属罕见。久旱，不仅地里的庄稼遭殃，就连人和牲口的饮用水都受到极大的威胁。这可急坏了村里人。于是村里威望高的长者，召集村里人商议。长者告诉众人，自己年轻的时候听祖上说，翻过对面两道岭三条沟，有一山唤作龙头山。山中有一洞，老辈子把它叫作"打龙洞"，洞中深不可测，传说是修炼了千余年的螭龙的住所。只要想办法惊得了那螭龙，必定会降下甘霖。但是龙头山乃是原始森林，传言常有野人、豺狼虎豹出没，所以村中从来没有人去过龙头山。再者，惊了螭龙须尽快撤离，否则就会被其吞噬。后来村中组织了十余年轻力壮的汉子，按照长者的说法前往龙头山"打龙洞"。他们人人腰间拴红布，带上村里的响器班子（农村红白喜事所用的唢呐、打鼓、喇叭、钹、锣等乐器组成），七日后抵达龙头山，山腰果有一洞。他们燃起了火把，徐徐前行，洞中狭窄，前后只能容得下一人。他们前后右手搭在肩上，以此减轻心中胆怯，左手举起火把，一时间洞内通明。约十分钟行至有水处，黑黢黢的一片，看不到底。村中人开始使劲敲击手中的响器，一时之间像是烈性炸药引爆了一般，震耳欲聋，整个山体都在颤抖。几秒之后，洞内火光闪烁，接着发出奇怪的响声。渐渐的，那声音竟盖过乐器声。近了，听得真切了，像是脚步声，又像是急促的

呼吸声。众人惊愕，赶紧往外跑。山外早已没有来时的艳阳高照，只见天空乌云密布，电闪雷鸣，竟下起雹子来。他们一路小跑，魂不守舍，越使劲越感觉不到力量的存在，像是梦魇了一般。终于，一道闪电撕破了天际，一声雷鸣从云端垂下来，把一棵古树劈得直冒火星。众人拼命奔跑，于慌乱之中寻得一山崖处避险，五日后回到村子。一问，那天村子里下起了暴雨，之后井下的水便汩汩往上涌，人和牲畜都得到了解救，而村里的庄稼也开始返青。人们便开始感谢龙头山，朝龙头山的方向磕头。从此龙头山的美名就传下来了，这山也成为人们精神力量的象征。

我在故乡长到十八岁以后，从巴山脚下穿越秦岭，横跨整个河西走廊，来到了帕米尔高原，抵达了昆仑山的腹地。自此，我身体里的江南水汽伴随着茫茫大漠、戈壁都一同蒸发掉了。昆仑山有着自己独特的气质、神韵、纹理。我不知道自己为何会来到新疆，走到昆仑山下，貌似这一切在冥冥之中都是一种神性的必然。我静静地看着昆仑山，它沉默无言，却仿佛将整个内心世界袒露在我的面前，历史的云烟都在我的眼前飘散。昆仑山就气势磅礴地立在那里，它挺拔的身姿将高贵和朴素隐于山峦，我们仰望，它有着如星空般摄人心魄的力量。

山有属于自己的颜色，天生的颜色，或黛或黝黑，或青或蓝，抑或是铁红、赭红，都是浑然天成的。不同颜色的山，传

达出不同的意趣。南方的山多清秀俊雅，不丢风骨；北方的山多雄奇，不失禅意。

山有自己的声音，山在风中啸，在雨中泣，在冰霜中则是空谷足音。山也是有毛发的，树木杂草就是它的毛发。南方的山葳蕤茂盛，像是一个帅小伙儿；而西北的山相对稀疏，如一位饱经沧桑的老者，却不输大气，在气势上更胜一筹。南北山体在地形地貌上存在一定的差异，但是传达出的内在精神却是不谋而合的。山有多重性格，如人畜一样。或强硬或凝重，或奇险或高深。总之它们仰面向上，冲天而起，我想这山的骨气也一定是向上的，人又何尝不一样呢。借着山，我就想起杭州岳王庙的一副对联来"青山有幸埋忠骨，白铁无辜铸佞臣"。

山是含蓄的，它不张扬。把最好的东西都是藏得极深的，不会让人轻易寻到。你看那冬虫夏草要在高山雪窝子里才能挖到，即使你费尽心机也休想满载而归。山把灵芝、雪莲放在山崖，一步不慎便会落入万丈深渊。它其实是在告诉我们，高风险高回报。当然也是在传递一个"度"的概念，只有合适的才是最好的，不必刻意强求，这是不是就是中庸之道呢？这理从书中来，却远没有从山中体悟来得更加真切。山是最富有的，从面相上看你又怎知道它的腹中有多少力量，有多少金银玉石，有多少宝藏？故山不可貌相，人亦然。

有山的地方一定有水，有水的地方不一定有山。水被我们叫作生命之源，而山是水之源。要不然怎么说山高水长呢？都说人往高处走水往低处流，有山，下雨时山上的雨水就会汇流到山下，所以在山中一般都会有溪。溪成河，河进江，江入海，海入洋。上善若水，所向披靡。每一滴水都有属于自己的特征，或高冷或浑浊，或清甜或苦涩。每一滴水都有自己的个性，也有自己的坐标、自己的山。仿佛这水不是在地心引力和磁场的作用下汇聚在一起，倒像是每座山派出自己的使者去会晤。当你明白了这个道理以后，自然就会想起一句古话来，人不能忘本。可当下又有几人能够做到呢？当你迷惘的时候，不妨去读一读山，也许会找到归途。

刘禹锡说，山不在高，有仙则名。要我说，山不在高，读懂就行。同样的山，不同的人不同的心境就会悟出不同的道理来，也就造就了不同的人生，这不同的人生汇成了精彩的世界。群山是一部熠熠生辉的史书，被那先辈用弯弯的小路装帧成册。有人说山是一部无字天书，我却不认同。山是有气息的，有文字的，山中的一墩方石、一根竹、一朵花、一只壁虎，都是文字。正是这些文字，无端而有序地排列着，供世人代代阅读。

"智者乐水，仁者乐山。"夕阳西下，山的脸像是烧着的火炭一样红。我看着这山，越看越喜爱，它像是历史深处的秘境，透着几分神秘。

嫁 接
CAI MIAO

◇ 蔡淼 / 文

在新疆，天总是黑得比较晚。

那天，你们几个人去吃巴子面。沿着村子里的水渠一路追随落日的脚步，你不自觉地想起"大漠孤烟直，长河落日圆"。走到一户农家，放羊的人领着一群羊刚刚回来，地上升腾起一阵白雾。你望着羊群，仿佛看见二十年前那个懵懂的放羊娃。羊群在放羊人的吆喝下在拐弯处匿迹，只留下阵阵腥臊味儿。这时你才发现，农户门前有几株高大的桑树，从高处垂落下来的浓荫把路遮盖起来，像是一把巨大的伞盖。

城里已经过了吃桑葚的季节，但是你惊奇地发现头顶有明亮的"灯笼"在闪耀——在夕阳余晖中，一颗颗饱满的桑葚有着把自己撑破的势头，汁溅得地面湿漉漉的。树的东面居然结着比白桑葚更大的药桑，暗红色的果肉里面糖分极高，沾在手心，乍一看给人一种出血的错觉。等你想仔细分辨的时候，掌心已经是黏黏的一片。低洼处有一摊雨水，你洗净手上的红色汁液，手重新获得自由。

这时，你发现，两种不同的桑葚被嫁接到一棵树上了，虽然药桑只有一枝丫，也足以让人惊喜。就在你啧啧称奇的时候，一转头，树的南面还有一枝丫结满密密匝匝的黑色桑葚，它们的个头要远远小于白色桑葚和红色的药桑，味道也是恰到好处。白色的桑葚，个头儿大，糖分最高，甜味儿最足，爬上树你会发现很多白色的桑葚都被虫鸟半路截和了，只要风轻飘飘地一吹,白色的桑葚便会如雨点一般落下。

　　同行的人鼓动你踹一脚。一转眼,你看到院墙门口站着一位头发发白的维吾尔族老人。你学的那点儿维吾尔语,在拿到学校指定的分数之后就都还给了老师。你带着失落和愧疚的眼神望向左尔古丽,她立马会意。你看着她和老人交谈甚欢,多么希望自己也能加入对谈行列。你满怀愧疚,脑海深处不断搜索着零星的词汇,只能想起来"亚克西(好)""白皙快(5块)""茶依以清(请喝茶)""阿旦木,巴木(有人吗)""阿浪死给(牲口)"。你那准备要张开的嘴被一种无形的力量锁住,你感觉到唇齿之间突然生出一个黑洞来,把周边能够吸附的物质全部都运送到咽喉。除了满眼羡慕,你并不能做些什么。老人说桑葚可以随便吃,也可以装走,但是不能用脚踹。

　　眼前的桑葚树是成功的嫁接,而你在语言上你没有和他们融合在一起,是一次失败的嫁接,即便你曾付出大量时间和心思学好这门语言。你想象过,当自己操着一口流利的维吾尔语走到大巴扎中间和他们讨价还价是一种怎样得意的情形。

　　大二那年,你懵懵懂懂地从网络上找到视频,死记硬背学了几句,寒假便从南疆坐火车去吐鲁番转车。你的座位四周坐满操着奇特口音的人,滔滔不绝地说着话,嬉笑、怒骂、愤怒甚至悲苦。那些声音如子弹一般在你的四周旋转、碰撞,你根本没有办法听懂一个完整的句子,只能从他们的眼神、说话的情绪中猜想他们谈论的内容,然而一阵又一阵的笑声让你屡屡受到打击。你感到不可思议,他们的声音如河边的涛声一般阵阵灌进你的脑海中。你看着他们说笑、舞蹈,直到夜幕降临,夕阳的光从绿皮火车的窗户中漏进来。

　　你看了一眼晚霞,火车穿过一个涵洞,停靠在两山之间的铁路桥上。映入你眼中的是墨绿色的草地,羊群随意散落,有一种缺乏真切的虚幻之感。你恍然间产生一种错觉,你认为真实成为一种悖论。直到你看见其中一只山羊扭动了一下头,你才明白:你短暂的沉沦,让你误以为那是梦境或者是一种印刷卷轴。你感到不可思议,相对而立的两座山尽是袒露的沟壑和风化晒熟的焦土,没有一丝生命气息,两山之间却出现了宽阔而平坦的草原。

　　你那时尚未意识到这是一种自然的嫁接,庸俗地沉沦于赞美。你看见蛇形的河流上沾满晚霞,绿皮火车奔向下一个山洞,窗外的光黯淡下来。巨大的呼啸声让你产生耳鸣,绿皮火车进洞了,它驶向黑暗深处,驶向山体内心,穿插而过。当车头冲出洞口的时候,另一片黑暗降临,你进入夜晚。窗外是难以用数量统计的黑色,列车员把窗幔放下来。隔着幔子,你偶尔能看见几束光,你觉得它们微弱如卵,随时都能被掐灭。

　　夜深了,车上的人都安静下来。火车

停靠在一个小站，所有人都睡了，只有你和列车员还醒着。上来一个戴着花帽的维吾尔族老汉，局促不安的手里持着一张无座车票，行李没有地方放，只能暂时搁在走廊里。你起身给老汉让座位，老汉坐下。你用刚学会的三句话跟他对谈，得知老人是库车人，要去马兰。之后，你们陷于长久的沉默。你明白语言的力量，没有语言几乎没有交流，没有交流，断送的又何止是一个文明。今天的维吾尔语中很多词语的发音是直接根据汉语或者英语音译过来的，如凳子叫作"bandeng"，跟汉语"板凳"发音相差无几。这是一次成功的嫁接，从时间的长河看，它们甚至已经超越了词语本身的内涵和意义。

读万卷书不如行万里路。孔夫子周游列国的时候，四处碰壁，一度乞讨。一天，讨来一些鱼肉和羊肉，饿极了的弟子们顾不得分别烹饪，把羊肉和鱼肉混在一起煮。这一煮不得了呀，不仅饱了肚子，还煮出来一个"鲜"字。

鱼羊鲜，虽至今未尝，但你觉得会是一次愉快的嫁接。北方人认为羊肉鲜美，南方人以鱼、虾、鳖等为鲜。"鱼腹藏羊"，鱼羊同蒸，南北双鲜聚于一盘。据说，这道菜由易牙所创。易牙是春秋五霸齐桓公的御厨，首创食疗养生膳，善调五味。传言易牙将鱼同羊合蒸，味道鲜美无比，羊的膻味儿和鱼的腥味儿在分子运动中成为搅动味蕾的密钥。你猜测南宋宫廷名菜"蒸鳖羊"和"鱼咬羊"是"鱼腹藏羊"的升级版。今天，鱼羊鲜的做法早已深入千家万户，随便走在哪个城市都有"鱼羊鲜"字样的招牌店铺。你打开电子地图，输入"鱼羊鲜"，屏幕出现一排排红色锋利的针头。

时至今日，你还是没有品尝过所谓的鱼羊鲜。你只知道，从陕西到新疆的这些年，从最初闻到羊肉的膻味儿就能感到肠胃一阵翻江倒海，到如今水煮羊肉配上萝卜和烤羊肉成为你的最爱。这种变化让你感到不可思议，十年前的那个少年实在无法预想到十年后的你会变成一个彻彻底底的"新疆人"。

你的老家在安康，汉江边上的一座山城，位于秦岭淮河以南，虽是陕西地界，但气候属于南方，饮食以米为主，与陕北和关中以面食为主有很大的差别。那些年你吃的菜极为清淡，甚至被冠以"苦行僧"绰号，直到遇上身为新疆人的妻子。

你们开始交往，谈笑风生。你们在清凉的月光下散步，憧憬未来，也诉说各自的遭遇和不安。你们一起吃饭，你想着给她做一顿饭。你站在妻子的角度感受口味，菜从微辣到中辣，又从中辣到爆辣。偶尔回首，你猛然意识到这种悄然的变化，之前的餐食竟变得索然无味。你的肠胃已经适应了辣椒，适应了皮辣红（由皮芽子、辣椒、西红柿凉拌而成，又称老虎菜），适应了新疆面食。南方的饮食习惯和北方的饮食习惯，在潜移默化中相互交织、撕扯。

新疆向来是广具包容性的，各种文明在这里交会碰撞，兼容并蓄，最明显的就是饮食。新疆特色美食"大盘鸡"是一种肉菜与面食的嫁接，它的成功和风靡源自民间智慧。第一次吃大盘鸡那种大快朵颐之感，至今仍然停留在你的舌尖。

曾经很长一段时间，你痴迷嫁接。你想起小时候，大人在菜园子里嫁接柿子树。你蹲在地上，跟柿子树苗差不多高，你看见父亲用小刀将柿子树同软枣、海棠、山楂、李子等接穗嫁接。你好奇地问父亲在做什么。他说，给柿子树做手术，五六天以后就能冒出新芽了。你新奇得天天都往菜园子跑，直到有一天，你发现菜园子里卧着一条"乌草棒"（乌梢蛇），通体黝黑，在刚刚翻过的新土中盘成一个紧密的圆盘。你吓得撒腿就跑，从此对菜园子产生阴影，那条蛇也时常出现在你的梦中。

父亲说，山里挖来的柿子树必须嫁接才能长出柿子。你坚信不疑。多年后知道，柿子树不嫁接也会结果，只是周期比较长，而且果子酸涩。在日复一日的农耕生活经验中，一些常识被大家用肯定的语气说成"真理"流传。你最喜欢父亲嫁接的院坝东头的那棵柿子树，呈Y字形，一边长火罐柿，一边长磨盘柿。

六七岁时，你是坡里最大的孩子，带着其他小伙伴儿在雷雨天之后将树下的柿子捡起来，改造成想象中的汽车轮胎充当玩具。你把柿蒂取下来，然后折一根平整的树枝插在两个柿子中间，一组车轱辘就做好了。你会命令所有小伙伴儿站在同一起点，然后将各自的车轱辘"发动"起来，谁的车轱辘跑得最远就最厉害。

等你们把这个游戏玩得了无乐趣的时候，坚硬而嫩青的柿子已经长到拳头大小。你会上树将那些被挤压、个头偏小的青柿子摘下来，扔进母亲腌酸菜的坛子里。三五天过后柿子脱涩，变得又脆又甜。你把它当成干粮带到学校，就着下饭，一两个酸柿子能省出一张饭票。酸柿子好吃，性却寒，吃多了胃胀、便秘。

隔了几年，再也不用背苞谷面到学校食堂换饭票了，伙食也从玉米糊糊变成白米饭。父亲却在矿上出了事。那天，你的右眼皮跳了一上午，中午接到母亲的电话才知道，父亲的右小腿被矿石砸成粉碎性骨折，塞进去一块长长的钢板。骨头与钢板的嫁接，注定是一次痛苦的嫁接，是一次寒冷与滚烫的嫁接。你每次给父亲换药，总是能感到一股逼人的寒气。

大学期间，你特别喜欢养多肉。你把红稚莲、蒂亚、桃蛋、法师、燕子掌等嫁接在同一株多肉上，还真有点儿父亲当年给柿子树做"手术"的感觉。很长时间，你近乎疯狂地做各种嫁接。一天突降暴雨，你站在阳台上，看着越来越多的多肉，仿佛某根神经被雷电击中，陷入长久的深思。

雨幕就在眼前，你听见冰雹在水泥路上摔碎的声音。你问自己：这是不是一种强迫症？沉溺嫁接是不是一种病态？是不是把自己的意志强加在植物身上，从而破坏了它们的自然生长规律？你停止了嫁接。天晴后，你去拜访本地一位老者，一进门，就愣在原地。原来，嫁接还能这么玩——将仙人球嫁接到仙叶植株上。同科属嫁接，仙人球能够吸收枝干营养，长大，开花，结果。

嫁接是指发生在不同的两个或两个以上物种间的一种结合。嫁接，同我们的生活是那样紧密。不仅有植物、习惯间的嫁接，书法中亦有嫁接。你想到状元出身的两朝帝师翁同龢，早年从习欧、褚、柳、赵，书法崇尚瘦劲；中年转学颜体，取其浑厚，又兼学苏轼、米芾，书出新意；晚年得力于北碑，平淡中见精神。翁同龢在用笔上极为独到，灵动之中透着严谨的法度。线条上有一种流动的力量，动中带静，静中有动。翁同龢遍学诸体，却又不拘泥于其中，嫁接行书笔意写颜体，浑厚大气不失洒脱，既保留了颜体的浑厚气象，同时还有一股欧柳的险绝，苍浑遒劲，朴茂雍容，被誉为同治光绪年间天下第一。你曾在很小的时候就练习毛笔字，可惜没有学会嫁接，以致多年来始终没有提高和突破。

人类是群居动物，每个人都不可能离开他人独立存在。你从一出生，父辈的希望和命运就嫁接在你身上。他们供养你长大成人，把他们未实现的梦想寄托于你，他们告诫你一定要走出大山。当你慢慢长大成人，结婚成家，两个不同性格的人走在一起，这其实也是一种嫁接。两种命运嫁接成一种命运，不管过去怎么样，在今后的日子里，你们都将共同面对欢乐，疾病，隐忧……

你还记得结婚头一年，你们总是因为一些琐事争吵。教育理念、"三观"在碰撞中逐渐融合；家庭、成长在矛盾和冲突中缓慢推进。你想，你们走在一起无非是最普通最平凡的一对。你想，文成公主进藏，她和松赞干布身上肩负的是两个民族的命运，共同完成了两种文化的嫁接与共存，他们的个人付出和真实感受却被忽略。

人们喜欢嫁接，是因为能在"移花接木"中体验到快乐，却鲜有人去关注嫁接本身所要承受的疼痛和漫长的磨合。你走在路上，见农夫挑着担，里面装着红彤彤的柿子，雪落在地上显出人们匆忙而凌乱的脚印……

你仿佛想到了什么。

歌从八羌来

◇ 杨蕾 / 文

清晨的窗外,每天会有准时的"咕咕"叫声,我会第一时间打开窗,探头四处张望。只见三五只雉鸡在草丛里走来走去,有些胆大的还飞到窗户边,嘴啄玻璃,如果对上屋里的人,也不惊慌,反倒好奇地打量着人类。

某天清晨,我被一阵雉鸡的鸣叫声惊醒,睁开眼就见一只雉鸡正立在卧室的窗外。借着晨光,我看到它的羽毛鲜艳,颈部有一圈红色的环纹,就像佩戴着一个精致的红色项圈。它仰着头,正在高亢地鸣叫,很有节奏感。如果仔细听,远处的虫鸣声也隐隐约约入耳,与山鸡交互和鸣。我在室内,雉鸡在窗外,我们两两相望,似乎都在对方的眼里读出了震撼和恐惧,我甚至可以想象它是如何用尖锐的喙刺破玻璃,然后啄在我的脸上。

我和它就那样对视,可能十几分钟,又或许只有几秒钟,我努力让自己的目光变得柔和、友善,甚至带着几分讨好之意。它或许接收到我的善意,也放低锐利的目光,喙往下低垂,尾巴在空中摆动,然后停住了。隔着玻璃我都能感觉到它释放满满的善意。

为了不惊动它,我闭上眼,深吸一口气。然后慢慢张开眼,却发现窗外的雉鸡依旧站立着,它静静地望着我,没有鸣叫,似乎也不想惊扰我,我试探着朝它挥挥手,它居然对我摇了摇尾巴。

这一幕似曾相识,恍惚间我穿越到苗岭的童年。那时候,童年的故乡葱葱郁郁,百鸟朝凤,万树林立,人们走在乡间田野,随处可见深林中的这些小生灵。有时候它们还跑到你的脚边，飞到你的手心，站立在你的肩膀，只要你和这些小动物建立了信任关系，你就能与它们和谐地相处。

八羌不会有葱葱郁郁的山林，戈壁、荒滩、寸草不生的天山、缓流的河水才是八羌的常态。小动物的种类也少得可怜，除了山鸡、野鸭和爬爬虫，看得最多的是成群的乌鸦。

初见到成群成群的乌鸦将电缆线压出一条弧度，飞在孤烟直的黄昏下，我内心的震撼是恐惧二字无法替代的。乌鸦历来是不祥之物的代表之一，因而并不让人待见，我在苗岭很少见到乌鸦，在八羌见到这么庞大的鸦群着实被惊吓不小。

不管在任何地方任何时候，黑得让人清醒的乌鸦都是我不敢直视的生灵，它们的叫声大都有力，声声击破苍穹的沉默。没有美感，却有力量。

雉鸡和其他的戈壁的小生灵是不同的，它们经常在窗外那片空地若无其事地觅食、求偶、嬉戏，我站在窗边远远地望着它们旁若无人地玩耍，羡慕它们的自由自在、无忧无虑。

它们会不会笑我是笼中之鸟呢？

去年，空地上建起了安居房，红柳和梭梭草消失了，取而代之的是日夜不停的机械声和重卡车的轰隆声。

冬天过去了，春天也过去了，我的窗外再也看不到雉鸡的身影，和我对峙过的那一只漂亮雉鸡，大概可能这一辈子再也见不到它了。

周末，我沿着荒地朝戈壁荒漠深处走去，听到咕噜咕噜的叫声，驻足远望。只见红柳深处有三五只大红腿鸭、几只雉鸡，它们在引吭高歌，旁边有几只地鼠缩头缩脑在观望，不时发出吱吱的欢叫声，它们是在参加"八羌好声音"竞技赛吧？乌鸦也飞过来了，目光冷峻，脚步轻盈地来回走动，严肃的神态仿佛是在评判这一场比赛中谁才是胜出者。

我是这块土地的外来者，除了与它们掠夺这块土地的资源、虚张声势的强大外，我能带给它们什么呢？

我为自己无法融入这般和谐而美妙的世界，切切地感到悲伤起来。

文明在进步，人类在发展。建筑物在纵深延展的时候，大自然的小生灵们在步步后退，往更深处的荒无人烟之地求生存。当退无可退的时候，只有消失或背井离乡，离开它们赖以生存的土地，躲避可能存在的猎杀和危险。在戈壁深处它们是安全的，唱歌、飞翔或繁衍生息，它们不需要考虑房价涨跌、育儿等生存所需费用。在这片荒漠里，它们才是真正的王者。

清晨的窗户上，再也看不到小生灵们的身影了。我想它们还是被我的眼神所伤到了，不然，为什么遇见它们的时候，总是惊慌失措地躲避着我？

即使我的眼里有着和它们一样弱小而求生欲满格的光芒。

母亲的森林

◇ 杨 蕾/文

时隔多年,我依然清晰地记得,在老家后山有一片广袤的森林,那里是母亲的自留地,是我童年的乐土,更是我心灵深处最温暖的家园。

森林里有很多的"奇珍异宝",天上的飞禽,地上的走兽,还有俯首可见的山珍野味,不管哪个季节到森林里走一走,你都会被品种繁多的森林宝藏吸引,流连其中不知归路。

采野生菌是山里人最喜欢的劳动之一,这里有许多美味的野生菌,不仅外表好看,其营养价值也高。它们看似人畜无害、乖巧可爱,实则瑰丽的外表下藏着致命的毒性。想要避开这无声的危险,就看采菌人有没有鉴别毒性的能力了。

山里一场雨之后,妈妈就会带我们兄弟姐妹去森林里采蘑菇。那时候我还小,只记得每次出发前,妈妈都会带上自家编的竹篮,里面放着饭团,她说:"蘑菇装满竹篮,我们吃完了饭团,就可以回家了。"

妈妈通常会一边拾捡一边和我们交流,这不仅让我们更加亲密,也更能让我们明白大自然的美妙和神奇之处,同时感激它无私的馈赠。特别是在采野生菌的时候,我们的双眼像雷达般紧紧贴着地面搜索,当在密集的树林中发现隐藏在枯叶和灌木丛下大而新鲜的野生菌时,就会非常兴奋地大声喊叫出来,妈妈则笑着不语,和我们一起感受野趣。

妈妈告诉我们,如果采到有毒的蘑

菇，就会"躺板板"。"躺板板"我是知道的，村尾大黄就是吃了有毒的蘑菇，年纪轻轻就没了，出殡那天，大黄的妈妈哭得肝肠寸断，发誓以后不准家里再出现一朵野生菌的影子。所以在采蘑菇的时候妈妈总是格外谨慎，渐渐地，哪些有毒，哪些无毒，妈妈一眼就可诊断出。

没有蘑菇的时候，我们会采摘野果，像野草莓、野荔枝和山楂等，回家后放在阳台上晒干，或者加工成蜜饯，等到冬季万物凋敝之时再拿出来享用。

野猪、野山羊和野兔经常出没森林。野猪凶悍，见人还直愣愣朝人冲过来，大有后现代一山之王的气势，妈妈让我们不要怕，遇见攻击我们的野猪，要拿起树枝和石头反击，但妈妈一个人是不敢带我们往森林深处走。这个时候，她会带上铁叉子叫上爸爸一起，运气好的话，他们会猎上一两只野兔，清理干净，和野生菌一起炖，为全家人改善伙食。

妈妈一生离不开她的大森林。开荒、耕种、孕育及收获，四季轮回，她却乐此不疲，不辍劳作。她说，饱满的颗粒是她幸福的动力。

大多时候，我跟随妈妈去森林里开荒，她在播撒，我则满山去捉蜻蜓和蝴蝶，有时候也收集蜜蜂、野花。

森林中各个季节景色也不一样。春天，森林里开满山花，杜鹃花是当之无愧的山花之王，漫山遍野都见它们摇曳的美；夏天是泉水演奏的季节，不管从哪个方向进山，你都会听到一曲《泉水叮咚响》；秋天和冬天，山里饱满的果实层层叠叠，如果没有雪，它们就一直挂在树上，瓜熟蒂落的时候，也是叶落归根的时候。

我最后一次陪妈妈进后山的森林，是那年的雨季。那时蝉声连绵，飞鸟啼哭，玉米地摇曳着晶莹的雨珠，披着蓑衣的稻草人一步三叩首地走在田垄上，为一个没有归期的人送行。我穿着孝衣，和众多的送葬人匍匐在地，风从四面八方而来，雨倾盆而下，我大声呼唤，却怎么也唤不回妈妈热爱森林的心。

山春草木深，万物皆是灵。她终于变成了森林的一分子，或许她已是天上展翅高飞的那只凤雏，或许已融入盛开灿烂的百花中，又或许是默默守护天地的一棵树。多年后，当我走进妈妈的森林，微风徐徐，仿似妈妈的手轻抚过我的泪，我知道妈妈在森林中已有归处。

母亲的牙

◇ 杨建国 / 文

母亲养育了两个姐姐，42岁的时候又生下了我。我是家里最小的孩子，母亲对我也格外偏爱些。

母亲年轻的时候非常漂亮，特别是那一口白白净净、整整齐齐、铮铮亮亮的牙齿，是她的骄傲。

小时候，我的身体不是很好，患有严重的肠炎。经常腹痛、腹泻，有时呕吐、发热，严重的时候还伴有水样便、脓血便，甚至是脱水。是以我整个人黄皮寡瘦，常常是无精打采，对什么都不感兴趣。尤其是到了晚上，我总是撕心裂肺地哭闹，把母亲折磨得心力交瘁，整夜失眠无法入睡。

为了给我看病，母亲背着我一趟一趟地往医院跑，化验血、化验大便、拿药、打针、给我喂药，那种白色的粉状药苦得我无法下咽。母亲出于无奈，瞅准我张嘴哭的时候就用勺子柄撬开我的嘴，不失时机地往我嘴里灌药。我对药物比较敏感，有时就算母亲把药喂到了我嘴里，甚至是已经把药咽下去了，我照样还会吐出来。

就这样经过了好长一段时间，我的病情始终不见好转，母亲对此一筹莫展。

后来，邻居阿姨给母亲支了一个招，说维吾尔族老乡打的馕可以治小孩子的肠炎。

因为我所在的团场比较小，根本就没有维吾尔族同胞打馕、卖馕。母亲听了邻居阿姨的话后，急匆匆地骑上自行车，赶到离团场20多公里的乡镇巴扎，一口气买回来十几个大小不一、口味不同的馕。

那时的我还没有长出几颗牙，只能靠母亲嚼碎了喂我。而且每次都要嚼得细细的，我才能咽下去。也因为我的确太小了，还贪恋母亲的奶水，总是没完没了地又哭又闹。

母亲只要听到我哭，或者她自己觉得我饿了，就会掰下一块馕，用牙齿慢慢嚼碎了，一点一点地喂我。慢慢地我也就习惯了吃馕，逐渐地还吃上瘾了，以至于我的肠炎好了后还在继续吃馕。

小孩子要吃东西，那是不挑时间的，一大早醒来要吃，大半夜醒来要吃，半中午、半下午的也要吃，反正想吃了就必须得吃，不然就用尽吃奶的劲不停地哭。

每次听到我的哭声，母亲就像条件反射一样把馕放在嘴里嚼。但买回来的馕，时间长了就会变得很硬，嚼起来很费劲，无论再坚固的牙齿也受不了。

长大后姐姐告诉我，为了给我嚼馕吃，母亲的牙齿变得参差不齐，松松垮垮，稀稀落落，有时还嚼得冒血。以至于后来牙齿掉了好几颗，牙龈时常肿痛难忍，连自己正常吃饭都困难。有段时间，一到饭点，母亲看到饭菜就发愁，想吃又不敢吃，不吃又饿。后来，没办法才到医院镶了最便宜的假牙。

从此，一向喜欢说话、喜欢笑，注重形象的母亲，像变了一个人似的，不苟言笑。因为她怕别人看到她那掉了一半的牙，怕别人看到她那参差不齐的牙，怕别人看到她那镶的假牙。

如今母亲已是耄耋之年，牙齿全部掉光了，我劝她再重新镶一副假牙，她却始终不同意，还把我留给她镶牙的钱悄悄地塞给我的儿子她的孙子。每顿饭，母亲只能吃一些稀饭，进一些流食。尽管如此，母亲却甘之如饴。

我比什么时候都明白，母亲的爱没齿难忘。

报告文学

唐王城文化
第一卷
TANGWANGCHENG
WENHUA

03

多彩师市新未来
——来自第三师图木舒克市乡村振兴的报告

◇ 阿为 / 文

跨过腊八，很快就是元旦，年关就在眼前，又适逢大面积降温，寒风凛冽，图木舒克最冷的时候室外最低气温是-11℃。为赶在春节之前完成三师图木舒克市的乡村振兴采访工作，我分别在十二月十二日、二十六日和三十日深入五十一团十九连、六连、八连、十八连和五十团九连、十连，以及四十四团一连等三个团场二十二个连队进行采访。说是采访，实则是重温昔日的连队生活。作为一个在连队成长起来的人，其实对连队的生产生活再熟悉不过了，走基层对于一个基层出来的人，闭着眼睛也知道连队是怎么个活法，但是为乡村振兴的报告，还是要去走走的，主要是为了获得一些感性认识，更能理性地思考乡村振兴。

这次走访了一百五十多户群众，又从连队党支部那搜集到关于乡村振兴二十多万字的资料，让我开始对连队有了更深层次的认识。每一户人家的生活起居、家什，每份文字就像开启心灵的一扇门，很是震撼。随着深入基层、深入群众越实，了解越多，越是惊叹三师图木舒克市党委推进乡村振兴力度之大，成果之丰，感慨辖区各族职工群众生活环境变化很大，群众精神面貌变化很大，生活水平提高很大，看到了三师图木舒克大地上绘出的一幅幅多彩崭新、未来幸福连队的蓝图。

美丽六连

汽车在图阿高速公路上飞驰，图阿高速是我对图木舒克至阿克苏高速路的简称。在一段完全由图木舒克自己投资建设的高速路上，穿过一座立交桥，顺着匝道右转，拐入二一七国道，再前行五公里，就到了二一七国道北侧的五十一团六连，位于图木舒克市东北部十八公里处，可谓交通方便。在过去"要想富，先修路"的基础设施大建设年代，六连身处国道边，除了给职工群众出入连队带来了方便，也不见富起来的迹象，依然是曾经的深度贫困连队。六连如几十年来深埋地底的种子，迟迟开不出鲜艳的花朵，团党委急啊，连队干部急啊！可急有什么用呢？破旧的土块房子，春夏秋冬尘土飞扬，一天三两土，白天不够，夜里补。一天三顿饭管饱，对老百姓而言已经是莫大的安慰了，靠耕地里刨钱盖房子，简直就是白日做梦。

六连的贫困牵动了兵团党委的心。二〇一九年，铲除贫困从职工群众住房开始，实行连队人居环境综合整治，如同一声春雷炸响，党的声音传到了老百姓耳朵。"什么？党中央要给我们老百姓盖新房子，国家出钱在我们连队重新盖房子，谁信啊？！"这话在连队职工群众中传开了，大家议论纷纷，流言蜚语满天飞，就是没有几个相信。当兵团党委争取国家城乡建设用地增减挂钩节余指标跨省域调剂政策落地六连，工程队进驻了，眼见所实。在三师图木舒克深度贫困团场和连队推进人居环境综合整治工程招标、开工清场了，百姓眉开眼笑了，还是党的政策好啊！又经过近两年巩固脱贫攻坚成果基础上的乡村振兴建设，六连已将传统的种植业发展为种、养、加工、销售等多渠道增收的产业链。

二〇二二年，连队实现集体经济收入四十多万元，人均可支配收入一万两千多元，全连群众与全国同步迈入全面小康行列，六连还被评为"全国美丽休闲乡村"。

五十一团六连现有户籍人口八百八十多户，合计两千多人。是一个少数民族群众占比百分之百的集体所有制连队，因为当初六连成立并入兵团三师五十一团是从新疆图木舒克辖区的一个农村村集体组织整建制移交过来的，所以一直沿用国家农村土地为村集体所有的制度体系，转变成了三师的一个连队也就自然成了集体所有制连队，与该师全民所有制连队不同，全民所有制连队的土地是国家全民所有，连队承包土地的人实行国家工人制，称之为连队职工，享受国家医疗、养老退休保障。

六连队行政区域规划面积十平方公里，农业用地总面积一万三千八百亩，耕地总面积一万二千亩。三年前，六连还是兵团三师二十六个深度贫困连队之一。连队道路年久失修，路面损坏严重，坑洼不平，一到雨雪天气，整条道路泥泞不堪，群众戏称雨天"水泥路"，晴天"扬灰路"，成了群众心里的"麻烦路""苦难路"。人还是那群人，地还是那些地，路还是那条路，六连的变化之大，变化之快，成效之显著，秘诀在哪里？

六连党支部书记肉鲜古·吾甫说："一是党中央、兵团、师市党委政策支持和正确决策，二是老百姓思想观念的转变，希望告别贫穷，早日致富的奋斗努力。"

党中央脱贫攻坚的政策如春雷滚滚，唤醒了兵团集体所有连队群众。为彻底改变连队脏乱差、贫困落后的面貌，兵团党委心怀"国之大者"，坚持人民至上，二〇一九年把深度贫困团场的集体所有制连队百姓脱贫作为头号工程，牵肠挂肚，主要领导亲自抓，亲自谋划，亲临现场考察指导，亲自组织安排部署，制定了"民为主、连引导、团服务、师实施、兵团统筹"的居住区综合整治工作机制，五十一团六连硬是挤上了这趟人居环境综合整治的末班车，并顶住少数少数民族群众"金窝银窝不如自己狗窝"、不想拆不愿拆的世俗压力，下大力气拆危拆旧，整体推进，帮助群众建新房，改造入连主干道和入户道路，一年之内，让群众如期搬入新房，让连队面貌发生了翻天覆地的变化，"麻烦路"变成了连队的"幸福大道"。

走进连队，十二米的柏油路宽敞整洁，比经过连队旁的二一七国道还要气派，让六连群众引以自豪。入连路口两旁，竖着一副门阙，上联"幸福小镇"，下联"屯垦文化"，对联后的右边立着的青石板上印刻有"延安精神""南泥湾精神""兵团精神""胡杨精神"，左边立着的石板上刻有"井冈山精神""长征精神""红船精神""中国精神"等中国共产党的精神谱系延续和继承内容，成为指引六连干部群众奋斗不息的精神动力。

阿尤甫的水果摊就在入口处右边，一前一后两个简易的电动平板车，前车上的水果：葡萄、香蕉、橘子、苹果、草莓、石榴、火龙果，花花绿绿堆成小山包似的；后面车上的糕点干果：芝麻、花生、核桃、巴旦木切糕和爆米花、麻糖、核桃、米糕、罐头、无花果一字排开，零零散散如列队卫士等待顾客检阅。我停下车，买了两盒鲜红草莓、几块切糕，就与阿尤甫攀谈起来。

"大冬天，在连队如今也能吃上这反季节的水果？"我好奇地问他，语气中带一丝丝怀疑，"有没有人买啊？"

"买买买！"阿尤甫斜了我一眼，"不买，我守在这里干什么？"

就在我一边购买、转悠，一边攀谈的期间，连队就有三个老百姓前来挑选葡萄、橘子，车上"欢迎惠顾"的小喇叭欢叫声不断。打听了一下阿尤甫这样水果摊的收入，他满脸微笑着说："现在嘛，冬天，生意差点，每天八百元至一千二百元。夏天嘛，生意还好些。"我张大嘴巴："那还真不错。"心里盘算，就这么两个小小的移动摊位，根据鲜果销售利润，保守估算，他每天的收入至少在一百至一百五十元，月收入三千元至五千元应该只多不少。有党中央支持，全国对口援助，老百姓的收入也水涨船高，真的是连队群众兜里有钱了，一个水果摊上就可以发现连队群众生活水平的提升，不但有钱购买反季节中高档水果，而且带动了连队消费水平和服务行业的发展。我抬头北眺，阳光普照的六连，一眼望去，路两边，一排排商铺整齐划一，敞开着扇扇大门，如同一张张笑脸静迎八方来客。阿尤甫没钱租、买门面，但他抓住了连队入口流动人员大的商机，搞了这样一个小小摊位，不但方便了连队群众的生活，而且为家庭创造了收入，这就是观念的转变。

连队第一书记张德宇说："别看连队一些群众没有土地，其实他们多是外出打工、自己做生意、搞运输，家庭收入比土地收入高得多了，有的家庭收入都在十万元以上。"

阿布都·艾尼就是六连群众中的致富带头人，十五岁那年便不甘于在土地里面刨食，偶然一次接触电焊的他，开始思索跳出农门，主动找到团农技站学习电焊技术。六年后，他自己开办一个铁艺店铺，同时收徒教人。二〇一八年，在连队党支部引导下，带领五名徒弟组建了工程队。二〇二〇年，工程队净收入超过七十万元，并带动连队二十七人致富，人均增收两万元。富了口袋，阿布都还不忘富脑袋。六月份，他主动向连队党支部提交了入党申请书，成了群众口中"双手焊出幸福路"的代表人物。现在，他带的工程队生意很多，但他富而不忘本，说："是党的好政策让我们全家过上了好日子，感谢党！感谢习总书记！"

四十一岁的买买提就是连队一开大车的司机，主要在外面搞运输。我在阿尤甫水果摊前碰到他，他刚好骑一辆电瓶车，载着一家三口来购买水果。他说着一口流利的普通话，还帮着我给阿尤甫翻译解释。他说自己的土地都转包出去了，家里有辆大车，平常大部分时间都在外面跑生意，现在冬天了，回家休息休息。

"现在连队情况怎么样？"我不失时机地问他。

"现在六连好得很，干部好得很，有困难找他们，都能帮助解决。"他不假思索地回答，脸上露出的是满意的笑容。我告诉他，待会儿要上他家看看去。"欢迎啊！"望着他远去的背影，我也跟着步入连队。

行走在六连宽敞的柏油路上，美丽的田园风光映入眼帘、清新自然的乡土气息扑面而来，青黑瓦顶、山水画墙，一排排江南水乡徽派房屋整齐划一、风格突出，一条条村道干净整洁、绿荫掩映。处处展现的是新农村建设的新风貌，激发的是人民对美好生活的向往。

"退休了，要是有这么一处小平房，院子里种种菜，养养鸡，靠着墙头晒晒太阳。左邻右舍唠唠嗑，打打麻将，简直就是神仙一样的生活啊！"耳边响起了几天前一起到六连搞三新生活调研的宣传部顾惠标的声音。

前有院，后有圈，中间一座小宫殿，院里种菜，圈里养鸡、鸭，少数民族连队主要养几到十几只羊，着实让人羡慕，有点住别墅区的感觉。羡慕的岂止是机关工作人员，每一个到过六连的人没有不欢喜这样的生活环境。营区内，一幅幅精心绘制的"城美、连美、田美"墙面手绘画，主题鲜明，内容丰富，让原本单调的墙面有了灵气，浓厚的文化气息和新鲜的时代感让墙面彩绘成为美丽连队建设的"代言人"和文明的"传播者"。这种墙面彩绘以群众喜闻乐见、通俗易懂的方式，通过书写宣传标语，绘画绿水青山美景，将社会主义核心价值观、人居环境整治、兵团精神、连队特色产业、乡村振兴等内容融入其中，让连队群众在享受居住环境改善的同时，实现精神生活的提升。

这些百姓看得见的新变化，以前从来没有，说是翻天覆地，一点不过分，还能更充分调动起居民参与连队建设的积极性，连容连貌整治，发展庭院经济，新办家庭作坊式工厂，改善养殖结构，发展服务业，让更多群众享受到了连队掀起的现代化建设的累累硕果。看到群众自己打理的两三分蔬菜地、葡萄架，便捷适用的小市场，就近就业的工作，安全稳定的环境和丰富饱满的精神文化生活，六连实现了从"环境的美丽"向"人的美丽"转变，想想人生的追求也就是这样的田园式美好生活，六连群众做梦都在笑。

尽管室外气温已经降至-12℃了，买买提一家其乐融融地围坐在餐桌边的沙发上看电视。见连队干部领着我进入房间，先是愣了一下，马上回过神来，想起了刚才水果摊前的我，笑容堆满脸上，赶紧招呼妻子倒茶，托盘子递上刚买的葡萄。

"想不到，我们这么快又见面了。"我对视着他说。

"对对对，我只当你开玩笑呢。"少数民族的好客和热情立马表现出来，"吃水果，吃嘛，吃嘛，你知道的，我刚买的，快吃点。"

买买提的小儿子则穿着一身秋衣在房间里跑来跑去，"咯咯咯"的笑声洋溢在房间的每个角落。看得出来，对我们的到来，他发自内心的欢喜，他的欢喜也感染了我们，内心充满暖意。干净整洁的席梦思床，洁白的瓷砖和刷得嫩白的墙相互衬托，房间显得明亮而宽敞，家庭布置温馨而幸福。

"嗯，没有炉子，家里怎么依然暖烘烘的？"平常这季节在亲戚家里走访，经常见到的火炉，居然在买买提家没有见到了，我好奇地问。

买买提朝我嘿嘿地笑笑。随行来的连队干部说："他们家今年煤改电，不用烧火炉子了，用电取暖。"这就是煤改电，是二〇二二年三师图木舒克市的一项惠民政策，不但降低冬天连队的碳排放，而且降低室内污染，免去了半夜起来添煤的麻烦，一家人还住得干净舒心，生活温馨。

张德宁说："这几年，得益于党中央扶贫惠民政策，通过连队居住区综合整治，原来的土块房子全部扒掉了，老百姓全部住上抗震安居房，彻底改变了连队群众住土块房的历史，营区面貌也是焕然一新。煤改电，老百姓还有补贴，一度电只要一毛多钱，还是比较划算。六连还是三师图市所有连队唯一一个建有群众集中居住楼房的连队，一半群众都住进了楼房，一半住平房的群众也是有院有圈有菜地，户均住房面积达一百二十多平方米。小区有物业管理，冬季集中供暖，垃圾集中清运，运动广场，百姓舞台，餐饮消费，门面店铺，一应俱全。"

肉鲜古·吾甫是六连党支部书记，一个维吾尔族女干部，一九七八年出生的她本身就是图木舒克人，始终对家乡怀有深厚的感情，从塔里木大学毕业后，主动要求回连队工作，从连队技术员干起，当过连队妇联主任、连长。一九九九年七月加入了中国共产党。经过二十多年的基层摸爬滚打，与群众甘苦与共，带领少数民族群众兴业创业，二〇二二年成长为一名基层党支部书记。她向师市党委汇报：六连的变化主要有两个方面，一是连队营区面貌，一是群众思想观念。

营区面貌起于二〇一九年，提升于二〇二一年，这一年第三师图木舒克五十一团六连连容连貌文化提升建设以工代赈项目正式开工，该项目的实施，进一步提升连队人居生活环境，对巩固脱贫攻坚成果与乡村振兴有效衔接具有重要的意义，同时带动了当地群众务工就业，家庭增收。

连队采取市场化购买服务方式，与物业服务公司签订卫生服务合同，形成"居民付费、集体经济分担、团场补贴"的营区卫生运行管理模式，保障和提升了连队环境卫生。老百姓房前屋后落实"三包"分级责任体系。支部常态化地组织"每日一小时幸福连队清洁行动""每周一次全员大扫除"，每月评选一次连队"美丽庭院"，有效推动了连队现有庭院建设质量的进一步提升。同时依托汉唐文化，创造和谐的生活氛围，将居住区打造成一个人居生活示范区，让人乐居其中，感受生活之美。

另一个变化就是群众思想观念的转变，成为推动连队经济发展的巨大动力。六连提出"立正信、保稳定、促发展"的九字工作诀，咬定"党建+产业发展"，通过创新就近就便就业方式，推动庭院经济联动发展，初步探索出"工作队指导、党支部引领、企业牵头、合作社带动、能人带头、党员示范、群众参与"的产业发展六连模式，促进群众走上生态增收的富裕路、幸福路。

肉鲜古·吾甫自信满满地说："六连模式具体来说就是六促，这些年在六连'访惠聚'工作队的指引下，党支部围绕六促，引领群众走上亦工亦农，种养结合，'双创'致富道路。"

首先，工厂促农业，延长产业链。连队规划五百八十亩农业产业园项目，积极争取兵师发改委的支持，团镇领导帮助谋划，推进冷库等项目尽快开工。主动对接兵团党委向南办、工商联、商务局等部门，加大招商力度，拟引入肉制品、蔬菜水果和坚果、淀粉及淀粉制品、方便食品、饮料加工、烘焙食品等产业公司，延长农产品产业链条，努力在有限的土地上产生更多的就业岗位、实现更多的产出。白的是棉花产业，棉花制纱延伸的纺织产业，让连队老百姓就业生产不出连。在团镇领导的支持和帮助下，依托图木舒克市唐锦纺织企业，建立唐锦织袜家庭工坊。在一个门口挂着"第三师五十一团六连家庭工坊"徽章标志的房间，我推开一扇虚掩的门，一个六十多平方米的房间，里面雾气沉沉，让刚从外面进来的我，还有些不太适应，好一会儿才发现，两台缝纫机、两组袜模、一个电温定型机，七八个人有条不紊地忙碌着，并没有因为我的到来而中断手里的工作，从他轻松熟练的动作和微笑的眼神看得出来，劳动强度并不大，我已经猜出了八九分，不用问，这一定就是耳闻已久的唐锦织袜家庭工坊。

肉鲜古·吾甫说：目前连队已有近三十户加盟。每个家庭工坊包括翻袜、缝头、定型三道工序，每包加工费四十元，按平均日产量四包三千二百双袜子计算，家庭月收入可达四千八百元，实现了"足不出户，居家就业"。

出了简易加工车间，我才发现门口一块宣传栏上写着：结合当地少数民族用工特点和三师图木舒克市目前的产业优势，唐锦纺织特别推出"家庭工坊"的乡村就业新模式。以"足不出户，居家就业"，为乡村居民创收致富。预计三年内，本公司可在兵团第三师创办一千二百户以上"家庭工坊"，直接带动五千多人居家就业。

"家庭工坊"是根据产品生产工序的特点，具有生产工艺操作难度低，劳动强度较小，就业年龄跨度大的特点；无废气废水的排放，可在整洁的环境中，轻松完成生产过程。每户"家庭工坊"，全年可增收五万元以上。

相信在师市党委、市政府的领导下，未来唐锦纺织的"家庭工坊"将成为兵团三师图木舒克市群众的增收致富"大产业"，也一定能成为自治区、兵团振兴乡村的一面旗帜。

其次，金点子养兔促致富，支部有门

路。连队党支部积极协调以巴楚县兔冠农业发展有限责任公司为龙头，牵头组织党员、群众骨干和农民成立合作社，注册资金二十万元，租赁半亩土地建设养殖圈舍，为社员提供种兔及獭兔养殖技术、销售渠道等。合作社目前养兔一千余只，成兔两公斤左右出栏，销售价格约每公斤二十一元，预计全年直接经济收入五十万元，视市场销售情况，二〇二二年底前将庭院养殖推广到二十户，养兔规模达到五千只，收入超过百万元。

第三，五彩店铺促商业，创业有去处。"古老土炖鸡店""唐王城驾校"等各色店铺招牌悬挂在连队商铺上，像一条条彩带装饰出六连一条街，这些各色招牌的店铺就是在三师图木舒克市相关领导的指导下，在团镇党委的支持下建立起来的。炖鸡店门口一座"加诗特"碳气两用旋转烤鸡炉，焦黄的烤鸡挂在里面，让人一看就想吃，十分刺激人的食欲。老板是一个二十多岁的小伙子，热情招呼我进入，里面墙上特色炖鸡广告十分醒目，还兼营卤鸡、鸽子汤、烤肉、羊蹄、椒麻鸡等，夏天还有凉皮、奶茶、冰淇淋、咖啡、茶叶蛋等，食材丰富。他告诉我，店面是租的，一年一万七千元，冬天生意还可以，每天二百至三百元的收入，夏天更好些。商铺对面就是连队建设的近一万平方米的美食广场，打响了连队美食小吃广场品牌。连队正在积极争取师市文化旅游局的支持，

与第二小学、第五幼儿园、唐锦公司开展合作共建，拟常态化开展放电影、唱红歌、跳舞、演出等系列文娱活动，增加场地使用效率，重点是发展夜市小摊位二十至三十个，同时规范提升连队五十八个门面房的卫生环境和经营水平，营造环境良好、方便舒适、服务高效的营商环境，让周边老百姓愿意来、主动来、经常来。

第四，绿色就业通道促脱贫，稳岗稳收入。为打通职工就业绿色通道，连队党支部千方百计稳岗就业，牢牢守住不返贫的底线，引导群众就地就近就业。通过就业转移劳动力，分别在唐锦纺织、水厂、肉厂、公益性岗位上，就近就地就业促群众增收。六连动态调整建档立卡脱贫户一百一十五户四百六十一人，有劳动能力建档立卡贫困家庭已实现的"一户一就业"二百零九人。其中从事一产种养殖业的家庭六十一人，二产的家庭十三人，三产服务业的家庭一百一十一人，公益性岗位的家庭十九人，自主创业的家庭五人。

第五，红色文化教育促转变，增添新动力。二〇二〇年十月，五十一团六连建成"忆苦思甜·军垦传承"爱国主义教育基地，面积一百二十平方米，总投资五十万元。基地不但成为三师图书馆分馆——唐韵支馆，馆内藏书五千余册，并结合连队实际情况，设置了党建书吧，开设了假日学校、孔子学堂，培养中小学生读书、练习毛笔字等兴趣爱好。在基地的

孔子课堂，还留有连队青少年练的毛笔字和"壹基金·温暖包"活动后孩子们的汉字留言："谢谢你们给我送的这份礼物，谢谢你们的这份关心，受（收）到你们的这份心意，我也很高兴。谢谢你们为这三十名小孩心意和关心——吾买尔。"稚嫩的话，真情流露出一颗感恩的心，从他的留言，我似乎看到了那个小孩的身影，那张可爱的脸庞。

陪同我一起参观连文化馆的张德宇告诉我，这是一个六岁孩子用汉字写的，接着往下看："受（收）到你们这份礼物，不知道从何方以来一种温暖，把我们这个不知道做什么的大脑给解开了，谢谢你们把这温暖给我。"尽管语句有些不太连贯通畅，但稚嫩的字里行间，感受到了一个孩子对"壹基金"活动满满的感恩之情。我脑海中涌现出了连队给孩子们赠送"温暖包"活动场景，那个叫吾买尔的小女孩饱含感激的目光，握笔的小手写下这段满是感恩的话语。中华文化自古就有"滴水之恩当涌泉相报"传统美德，一个懂得感恩的人应该是一个值得培养的人，一个懂得感恩的民族是一个灵魂高尚的民族，这也是中华文化的魅力所在。

六连的红色教育基地主要分为新时代新思想、铭记历史、不忘使命、砥砺前行四个篇章。新时代新思想篇章主要展示以习近平新时代中国特色社会主义思想，党的治疆方略等内容。让群众知晓党和国家对新疆各族人民的关心关爱，教育各族群众"感党恩、听党话、跟党走"；铭记历史篇章主要展示"唐王城"的历史变迁、宗教演变等内容。通过位于连队附近的距今三千一百年的"唐王城"遗址，向群众展示自汉代以来这片土地厚重、辉煌的历史变迁，让群众知道新疆自古就是中国领土不可分割的一部分，铸牢中华民族共同体意识；不忘使命篇章主要介绍的是兵师团以及连队的发展历程，让参观者见证兵团先辈用血汗甚至生命把荒无人烟的戈壁大漠建设成塞外江南，共同创造中华民族的灿烂文化。感受今日团场连队"林带千百里、万古荒原变良田，渠水滚滚流，红旗飘处绿浪翻"的无边美景，从而了解兵团屯垦戍边的职责使命。砥砺前行篇章选取了三师和五十一团的十位平凡英雄，对他们的事迹做一个展示，激励参观者向先辈学习，继承和发扬"兵团精神""老兵精神"。

目前，六连"忆苦思甜·军垦传承"爱国主义教育基地有藏品十三件，展示各类历史影像八十余幅，配备专兼职解说员三名。基地自建成以来，连队共承接兵团级现场会二场，师市级现场会七次，各级党组织和群团组织活动四十余场次。接待中央级领导四次，兵团级领导十四次，各师团党政机关党员干部、连队"两委"、学校师生、职工群众百余场次，九千余人次，真正起到弘扬和培育社会主义核心价值观，教育党员干部、职工群众"听党话、感党恩、跟党走"，铸牢中华民族共同体意识的作用，发挥了爱国主义教育基地凝聚正能量、传播爱国主义精神的功能，进一步激发了连队群众爱家乡、爱兵团、爱祖国的热情，取得了良好的社会反响。

第六，模式治理促稳定，安居又乐业。连队围绕深入实施乡村振兴战略，构建"自治为基、德治为先、法治为本"的"三治融合"体系，坚持党建助推乡村发展工作理念，建立"党建＋三治融合"的治理模式，树立以人民为中心的发展思想，进一步完善居民议事机制，推动连队自治和乡村治理。坚持发展新时代"枫桥经验"，以改革为动力，以"善治"为目标，按照"迅速启动，全面覆盖，边建边改"的要求，加大"三治融合"推进力度，大力推进乡村公共服务保障能力建设，提升乡村公共服务水平，建立民主参与、民主议事、民主决策、民主监督的乡村治理新机制，努力打造共建共治共享的新时代基层社会治理格局。结合人居环境综合整治行动，进一步改善连队环境和整体秩序，建立健全长效管理机制，把连队打造成管理有序、服务完善、文明和谐的乡村治理的典范。

张德宇书记在办公室里跟我聊到天黑，最后说，六促发展模式，归结起来是因为有一个好班子和一套好的工作方法做保障：

带强"两委"班子。连队依靠"访惠聚"队员和两委优秀工作人员"传帮带"其他班子成员，团结好、引导好、教育好连队工作人员，制定连队后备力量培养工作办法，大力实施"双培三带"工程，培养储备连队"两委"后备力量，打造一支有规矩、有纪律、有战斗力的群众服务团队，做到群众有所呼、网格有所应、支部有所动，坚持"四议两公开"制度，做到民主决策和监督。

夯实网格化管理催生"一杆子插到底"的工作方法。连队"两委"任网格长，专干、公益性岗位协助负责分配到网格中，培养和抓牢一批群众骨干为联户长，落实"四管三帮两常态"工作即管理网格人员、管理网格安全、管理庭院室内卫生；困难诉求帮扶、孤寡群众帮扶、增收致富帮扶；网格走访常态化。每周或每两周召开一次联户长会议，汇报网格内管理和帮扶情况，每月评选一次优秀联户长并颁发奖品。在群众管理上充分给予联户长支持，在惠民政策上充分尊重联户长意见，在产业发展上充分扶持联户长增收，让群众感受到紧跟党支部步伐的群众骨干幸福道路越来越宽广；法制教育常态化。根据法制培训相关要求，对于连队内酗酒闹事、寻衅滋事、宗教极端思想、违反连规民约群众进行法律培训，培训内容由司法所及相关部门审定后开展，邀请团司法所、派出所、社综办干部、国语教师、人民调解员作为培训教师，集中学习法律、国语及开展军事训练，目的是让群众懂法、学法、用法，避免在生活中触碰法律底线，影响家庭幸福生活。

张德宇告诉我，他也是今年才来六连"访惠聚"任第一书记，上届第一书记刚提拔走了，组织上安排他来接任。闲谈中，我发现这个兵团发改委投资处副处长的思路更广更宽。北方农历小年，他还在办公室熟悉连队情况、研究连队发展方向。他说：连队四季气候宜人，适宜棉花、小麦、玉米等粮食作物和草莓、圣女果等水果生长，连队周边的大漠、山脉、原始胡杨林浓缩了西域自然风光，也是刀郎文化的发源地之一，又位于四连、五连、八连、九连、十连的中心位置，六连将按照中心城镇建设模式，发展夜市经济，进一步丰富唐王城文化内涵，敦促钢构厂、冷库落地，在对面八连建立蘑菇厂、苹果园。引进企业带头，建立五十一团第一个集中化、标准化养殖场，科学培育市场经营主体，让更多老百姓从土地上解放出来，随着连队干部素质、工作能力的增强，将进一步缩小与全民所有制连队职工收入的差距，通过一届接着一届地干，连队老百姓的生活肯定会越来越好，日子越来越红火。

靓丽十九连

靓丽是五十一团十九连的名片，也是别称，好比靓仔、靓妹，暗含喜欢、赞颂之意。我对十九连其实并不熟悉，这与自己平日里工作忙，很少去脱不了干系。几年前搞居住区综合整治去检查过，那时刚刚建，比较混乱。进而有过专门的采访，感觉像破茧化蝶一样美丽。进入连队，整整齐齐的排排住房，如钢铁卫士屹立蓝天下，院墙的颜色如少女粉红脸盘一样，微羞含赧地注视着早出晚归的人们，既有兵团男人的阳刚之气，又有少女的娇柔之美，靓取义为俊俏、美丽，名副其实，干部群众都喜欢这样称呼自己的连队。给同样是五十一团毗邻二一七国道十九连队赋予这个名字的是三师农业农村局李炫均，他说："你仔细看看，十九连房屋外墙装饰特点和整体布局站位，是不是都暗含了南方人口里的'靓'的意蕴，这是三师图木舒克呈现乡村振兴的名片。"在二〇二〇年九月的村级实践交流现场会上，"四个起来"的成果闪亮登场，更让人人对十九连翘起大拇指。

毕业于乌鲁木齐职业大学工商管理学院连长吾买尔·吾司曼面露喜色，嘴上却谦虚地说："我，那是碰上好时代、好政策，是兵师团三级党委的大力支持的结果。"他不太谈和连队一班人的辛勤付出。

五十一团十九连始建于二〇一二年，东接十四连，南邻十八连，西连十五连，毗邻二一七国道，交通条件便利。连队自然环境差，气候干燥，水资源匮乏。资料上显示：连队现有户籍人口六百四十九户二千二百一十五人，常住人口四百三十一户一千六百八十七人，少数民族群众占比百分之九十九点七三。近年来，随着连队脱贫成果持续巩固，美好家园建设，连队的居住区面貌和群众的精神风貌实现了根本性改变。

二〇二二年，连长吾买尔·吾司曼坚持以"党建工作成效巩固提升年"为统领，以建设"幸福连队"为抓手，实行文明兑换，拿积分。即群众文明行动积分制，用积分兑换奖品，把巩固拓展脱贫攻坚成果同乡村振兴有效衔接，让连队职工"富起来"、环境"净起来"、经济"强起来"、人民生活"好起来"，脱贫基础更加稳固，成效更可持续，十九连已建设成为富裕、文明、和谐、美丽、平安的幸福连队。

在十九连检查群众三新生活工作，刘春风书记坚持要陪同我们进家走户，那时候疫情防控还没有完全放开，我也刚从隔离方舱轮换出来，彼此都戴着口罩，尽管没有见到连队书记刘春风的真面目，但他那沉稳、厚实的声音告诉我："连队这些年变化很快，群众收入逐年提升，大部分都配备了沙发、床铺和餐桌、课桌。"

"那为什么叫靓丽连队呢？"我好奇地问。

"这是大家都有目共睹的，靓在连容连貌、老百姓的精神状态、经济发展成果、支部班子为民情怀，主要还是去年乡村振兴'四个起来'，一下子提升了连队的知名度。"刘春风又补充道，"近年的三新生活建设，改善了群众的日常生活环境，提升了大部分人的生活质量，把少数民族群众强力拉入了现代文明潮流。"

陪同我一起检查的还有一个人才引进的大学生，她说："连队群众大部分都过上了新的生活，还有个别主要是受近两年的疫情影响，没有出去打工，没挣上钱，加上冬天太冷，少部分未揭地毯，老百姓完全告别地毯，还需要一个过程。"

"是啊，家庭实在困难的，团、连都在想办法，争取资金统一配送床、沙发和餐桌。"一旁的文体广电中心李怀鹏补充道，"团党委推进连队群众三新生活力度很大，要说达到百分之百是没有，但是百分之九十的群众都揭掉了地毯，百分之八十的群众都配备了沙发、床、餐桌。连队还一直在努力，配备了专门工作组，按月进行督促检查。"要从一种生活习惯，调整到另一种生活习惯，这已经是了不起的成就了，相信不久的将来，十九连的少数民族群众会真正认识到三新生活的意义，享受到三新生活带来的健康红利。

为详细了解连队乡村振兴的做法，我还特意从连队要来一份二〇二二年师市乡村振兴汇报会上十九连的材料，大概归纳如下：

靓在连容连貌新变化，环境"净起来"。通过庭院整治，围墙整齐划一，高低一致，颜色统一，生活区、种植区、养殖区三区分离，实现了庭院干净整洁；每家每户有标准凉棚，棚下绿意满园，家家户户有一畦菜地、几棵果树，爬满的葡萄藤美了庭院；房前屋后种草植绿，格桑花、吊干杏、苹果红装饰的小街，美化了柏油路，靓了老百姓的心，实现生态效益和经济效益相统一；连队公共休闲广场，凉亭傲立，曲径通幽，鲜花拥抱，一路一花，一路一景，一千一百多户三四千人的连队春意盎然，夏花烂漫，秋果飘香，冬暖人间。让人很自然地想到了香格里拉，香格里拉原意为佛界的极乐世界，尘世取义人间仙境，连队居住区综合整治后的十九连恍如从贫民窟一跃迈进了香格里拉。

通过硬件设施提档升级。连队从与少数民族群众生活最密切的院墙改造、户厕改造、污水治理、道路硬化、道路亮化、林带绿化等民生工程着手，从提升职工群众生活品质发力，持续打造美丽连队，不断推进乡村振兴全面提速。

通过打造十九连"唐王古瓜小镇"，培育古瓜文化，挖掘连队特色，实施特色产业"文化赋能"，对兵团元素和唐王古瓜元素进行提取，赋予树池、座椅、景墙、宣传栏等景观小品，古瓜文化助力古瓜产业，古瓜产业带动连队经济，提升连容连貌的同时，促进乡风文明。

靓在群众精神面貌焕然一新，群众生活"好起来"。记得有位史学家说，当你理论说不过的时候，你就说说理论起草的过程，过程同样激励人。为让红色文化凝心聚力，为了铭记连队历史，教育少年儿童，促进民族团结，共创美好明天，连队于二〇二〇年建成了连史馆、"感恩树"广场，从"见证者的叙述""开拓者的足迹""建设者的汗水""追梦者的心声"和"服务者的理念"五个方面展示连队变化的过程，对外开放的"连史馆"，让群众自己去看、去感、去悟，滋润心田，从而团结了群众，激发了群众奋斗的动力，想奋斗、想致富成为群众的心声，并转化工作的动力。实施特色产业"文化赋能"，培育的古瓜文化——唐王古瓜，这种瓜早在汉代，就作为贡品走向内地，成为帝王赏赐贵族的珍品，也象征自力更生，努力奋斗，用勤劳与智慧创建美好家园，以及对甜甜蜜蜜美好生活的向往。现在生产的唐王古瓜是三师农科所和十九连党支部经历多年培育的甜瓜新品种，并注册商标"唐王古瓜"，一连一品，培育壮大的特色主导产业，又助力连队振兴。

靓在经济发展日新月异，经济"强起来"。一是发展软籽石榴产业，二〇二〇年十九连结合实际情况，与辽宁茂源园林绿化工程公司合作，利用冷棚种植突尼斯软籽石榴八十亩，提供就业岗位二十个，年收益约四万元左右，预计二〇二五年挂果，二〇二七年亩产量可达一千公斤。二是打造唐王古瓜产供销一条龙，在团党委的大力支持下由石河子大学"访惠聚"工作队采取合作社和龙头企业两种种植方式，提高唐王古瓜产值,二〇二二年合作社组织三十一户群众种植唐王古瓜四百五十亩,与公司合作标准化种植四百亩,亩均效益五千元,合计产生效益四百二十五万元。古瓜的 SGS 农残检测二百八十七项,全部合格。为保证销路畅通,连队与电商公司合作直播带货,提高唐王古瓜品牌知名度,为种植户提供了坚强的销售保障。后期在保证种植技术、扩大规模、稳定成本的情况下,进行规范化经营,多种农产品面向市场,提升产品市场知名度和价格,扩大盈利,最终目标是实现精品瓜果种植,实现合作社老百姓种植利润最大化,并通过产供销产业链打造,形成全团第一个"唐"系列农产品品牌。二〇二二年,连队合作社还注册了以"唐王古瓜"商标为主的唐王妃、唐王香、唐王蜜等二十九类加工产品、三十一类新鲜产品和三十二类饮料产品的唐系列商标,让农产品向品牌多元化发展,用品牌功能提高产品知名度与市场占有率。三是管好养殖项目。连队党支部充分发挥"党建+合作社+农户"的优势,采用"支部引领、能人带头、群众参与"的方式成立养殖合作社,按照良舍、良种、良法实施。十九连在集中养殖区成立唐云养殖专业合作社,由连队养殖大户带头,实行固定位置集中养殖、集中管理。连长吾买尔·吾司曼就是集中养殖区监督主要负责人,阿不都外力·图逊负责集中养殖区租金缴纳、日常防疫、生产安全、整体设施、运作环境的检查及维护工作。

师市养殖业的发展,师级领导张贤军是行家,这个学养殖毕业的高才生,是一个十分务实的领导,我曾经跟随他参与连队居住区综合整治工作,目睹他为了人民利益,与群众甘苦与共,夙夜在公,亲力亲为亲民的所做作为,有他负责养殖业发展,是群众的福气,师市的福分。在谈到乡村振兴工作,他一针见血地指出:"乡村振兴五大产业,农业是基础也是重点产业,南疆团场农业振兴的抓手就是畜牧业,不但发展潜力大,而且发展前景广阔,市场需求旺盛,何况南疆少数民族群众自古就喜欢且擅长养羊,只是科技含量相对较低,稍作引导,南疆畜牧业发展必将迎来一个春天。"

十九连认真贯彻师市养殖发展规划,努力探索自己的养殖模式,实行个人养集中管和合作社养合作社管两种。对有的养殖户不愿加入合作社,党支部将会按照区域划分场地给予养殖户,签订圈舍租赁合同,但防疫和管理要服从党支部安排,即个人养殖模式。另一个就是合作社示范带动模式,由党支部与合作社签订租赁合同,合作社与品质优良的种羊公司如安欣牧业等进行合作,通过示范引导规模化养殖增加群众收入,争取三年内实现优质品种统一化。两种养殖模式既有创新,又尊重群众意愿,可谓两全其美,但不管哪种模式,带来的结果都一样,主要体现经济效益,集中养殖圈舍预计每年产出三批成品羊一万二千只，综合效益约每只羊达三百元，年度总产值约三百六十万元，带动每户群众年均增收约一万七千元；集体效益，每个圈每年收入两千元，十个圈舍有两万元的连队集体收入，取之于民用之于民，可更好地为群众服务；社会效益，集中养殖圈舍统一设计、建设、防疫管理，排泄物统一资源化利用，有效降低养殖占用的人力资源，引导连队富余劳动力积极参与幸福连队建设，或外出务工，获得双份收益；生态效益，集中养殖圈舍远离居住区，真正做到"人畜分离"，规避人畜共患病的传播和粪便污染，有效实现了连队居民与家畜的和谐相处、养殖与生态互利共赢，实现育肥羊产业的健康可持续发展；大抓稳岗就业。十九连党支部与新疆唐锦纺织有限公司合作建立一座卫星工厂和两间家庭小作坊，让连队低收入家庭成员参与生产，提升群众家门口就业率。十九连现有机器设备十四台，可提供四十个就业岗位；连队设立公共保洁、伙食、值勤等九个公益性岗位，帮助困难群众创收；组织九十余人参加电工培训和创业培训，提升连队群众就业创业工作能力；通过"雨露计划"为三名学子提供求学帮扶等。成立了图木舒克市甜美便民服务有限责任公司，为群众提供日常生活服务，现有员工二十三人，解决脱贫户六人。在十九连的带动下，全团十二个连队加入家庭作坊行业，带动就业一百余人，有效地增加群众收入，提高生活水平，实现部分群众家门口就业的梦想。

靓在支部一班好"卡德尔"，群众"富起来"。台上三分钟，台下十年功，每一件成功事件的背后，都有一份辛勤的付出。二〇二二年，连队群众人均收入一万七千八百元。吾买尔·吾司曼和他的连队党员干部始终坚持以党建为引领，打牢基层基础，把基层党组织建设成为服务群众、维护稳定、反对分裂的坚强战斗堡垒，中央财政衔接推进乡村振兴补助资金项目用于产业比例不低于百分之七十五，加上师市配套、团场自筹，为连队发展提供了资金保障，火红的日子蒸蒸日上。一是抓党建有成效。连队党支部按照"资源统筹共建、党群统筹共联、人员统筹协调"的"三统筹"思路，积极探索创建党建工作组、农业服务组、社会事务组、环境治理组、综治维稳组、警务站、医务室为主的"五组一站一室"党建工作机制。制定了连规民约，全面增强了党支部的凝聚力和战斗力，进一步加强连队物质文明、精神文明、社会文明和政治文明的建设，推动连队经济社会发展，提高群众的思想认识。二是抓支部军事化管理。实行军事化管理，对加强基层党支部建设起着极其重要的作用。以加强党支部阵地战斗堡垒作用为契机，以提升党支部凝聚力为重点，通过狠抓基础学习、狠抓值岗值班、狠抓应急演练、狠抓网格巡控、狠抓流动人员管理、狠抓民兵建设等"六个狠抓"的军事化管理，打造一支作风硬、能力强的党支部班子，严格落实维稳十项重点工作，积极开展武装巡逻、应急拉练、重点要素管控等措施，确保了辖区安全稳定。三是抓为民情怀宗旨意识，不断增强"我为群众办实事"本领。党支部认真履行全面从严治党的政治责任，严格落实"三会一课"制度，发展壮大党员队伍，开展有特色的"主题党日"活动，时刻提醒党员干部牢记初心使命，切实改变连队工作作风，畅通和规范群众诉求表达、利益协调、权益保障通道，对群众的合理困难诉求做到全收集、全评估、全办理、全反馈，实现服务"零距离"。十九连群众为感谢党中央、感恩总书记，特将古树捐赠给连队党支部，建立感恩树广场石榴雕塑。

宜居宜业好九连

五十团九连是三师图木舒克市以种植业为主，以养殖业为辅的集体所有制连队，连队管理人员说：连队户籍人口四百二十七户一千四百一十七人，常住人口四百四十六户一千四百三十三人，少数民族一千四百二十四人，占比百分之九十九点四。土地总面积一万零九十九亩，耕地面积九千四百五十二亩。

二〇一七年十二月，中央农村工作会议在北京召开，大会首次明确提出要走中国特色社会主义乡村振兴道路，并清晰划定了乡村振兴战略的时间表和路线图。到二〇二〇年，乡村振兴取得重要进展，制度框架和政策体系基本形成；到二〇三五年，乡村振兴取得决定性进展，农业强、农村美、农民富全面实现。

要求就是命令。五十团九连二〇一八年实现全面脱贫，并坚持摘帽不摘重任、摘帽不摘政策、摘帽不摘帮扶，面临更加艰巨的乡村振兴任务，九连经过两年的巩固和持续发展。九连乡村振兴的重任落在了甘肃文县出生的马耀军肩上。这一年，国家又制定出台了《中华人民共和国乡村振兴促进法》，以法律的形式规范了乡村振兴要求和标准，与二〇一八年中央一号文件、乡村战略规划、中国共产党农村工作条例，共同构成实施乡村振兴战略的"四梁八柱"，兵团党委、师市党委相继出台了相应的落实方案和配套措施。

八千年陇原大地，名人辈出，文韬武略，不胜枚举，文也，武也，忠也，孝也，生也，死也，令人扼腕赞叹。马耀军这个陇南大地出生的汉子开启了三师图木舒克市五十团九连乡村振兴的沉重帷幕。初次见面，甘肃人的直率、倔强和机灵劲很得连队群众喜欢，他告诉我：干部干部，先干一步，干部干，群众看，才有号召力呢。说到乡村振兴，他说只有用干部的辛苦指数才能换来群众的幸福指数。不言而喻，在九连的乡村振兴上，他付出了多少，不是三言两语就可以说清楚的。

甘肃地处黄土高原、蒙古高原、青藏高原的交汇之地。巍巍祁连山，自西向东，横贯甘肃河西走廊。从东端的合水县太白乡，到最西边的甘新边境，纵观历史，陇上名人层出不穷。有血战绝域，令敌胆怯的悲情英雄；有的铁面无私，秉公执法；有的恪守忠义以身报国；有的敌营杀使，挟一国而归汉；有的诗文风流，天子呼来不上船；有的恩怨分明，京城街头打国舅；有的抗外辱而不屈，血战捐躯。受一方水土影响，他们的个性，或勇烈，或忠贞，或善学习，或善变通……然而，无外乎有直、韧、变三点共性，可以说是甘肃人性格的特点，也是马耀军的性格。

直，甘肃人多直率，眼睛里容不得沙子。

韧，甘肃人韧性极强。万里丝绸之路，长路漫漫，没有韧性，到达不了终点。黄土高原、戈壁荒原干旱缺水，没有韧性生存不了。故走出的甘肃学子，多能干出一番事业。

变，甘肃人善变通。甘肃农耕和游牧民族交错，长时间的战争，不懂变通，就无法生存。艰苦的自然环境，迫使甘肃人不得不学会改变命运。正是这种变，甘肃文化，才能融合周围的游牧民族文化，融合丝绸之路上传来的东西方文化，形成了五彩缤纷的甘肃本土文化。

马耀军是九连党支部书记，一任人有一任人的使命，既然接过了连队乡村振兴这副担子，那就得担起来。闲聊过后，马耀军说："甘肃人就这样，有时候看起来一根筋，拗起来，十头牛都拉不回，当然任何事情都不是绝对的，一旦他认识到了，也立即改变，不是那种不撞南墙不回头的人。"

俗话说十马九回，但是一九八七年十一月出生的马耀军，这个陇原汉子，甘肃文县人，偏偏属于漏网之鱼，却是那另外十分之一，十足的汉族小伙。见到他之前，还误以为他是一个回族干部。认识他的时候，参加工作刚好十年，人生短短几个秋，他的第一个十年就贡献给了兵团三师图木舒克市的发展，从团场机关后勤工作人员干起、借调团政工办、连队维稳副书记、党支部书记，硬是靠自己的韧劲、干劲和机灵劲，一步一个脚印走到了九连党支部书记岗位，十年磨一剑，已经练就了他成熟、稳重的处事性格，贯彻起兵团、师市党委乡村振兴的要求毫不打折，重现了甘肃人"直、韧、变"的特点，而且跟我讲起家乡人的特征，和干工作一样头头是道。马耀军还在兵团干部学院进修过维吾尔语，又在塔里木大学学过半年的维吾尔语，懂双语的他在少数民族集中的连队工作起来游刃有余，深得群众信任，四次年终考核三次优秀，可见群众是满意的。

优秀的人就要在重要岗位上锻炼，这就是好钢用在刀刃上。马耀军担任九连支部书记，琢磨明白了，推动乡村全面振兴，人是关键，基层治理有情有效，离不开强大的干部人才队伍支撑。只有培优育强基层治理干部人才队伍，才能更好地推进基层治理各项工作任务落地见效，才能真正用辛苦指数换取群众的幸福指数。他因地制宜加大培训力度，坚持"缺什么补什么、用什么学什么"，聚集能力短板、工作重点，定期组织基层治理专项培训，通过课堂学习与实践锻炼相结合的方式，教方法教措施，教技术也教思想，切实提升基层治理干部人才破解问题的能力，使得自身能力更加适应当前基层治理工作实际。想方设法激发队伍活力，制定出台贴合基层治理干部人才心中所想、所盼的各类激励措施，物质上激励人、精神上鼓舞人，让队伍整体精气神更好、干劲更足。

完善基础设施建设。五年来，九连共争取资金两千余万元，实施连队基础设施建设项目多个，如进行抗震安居住房、十小店铺、微工厂等院落的道路硬化、连队居民区道路硬化九百米；进行畜牧养殖小区建设，新建羊圈十七栋，带领群众增收致富；进行高标准农田建设，建设滴灌泵房，修整无埂条田；进行人居环境整治，拆除危房，新建抗震安居房；全连实施"煤改电"，开展人居环境大整治，植树造林种草；保障用水安全。维修饮用水设施，让老百姓的生活用水得到保障。

补足公共服务短板。大力实施"美丽乡村"工程，新建了连队卫生室、便民服务中心、多功能活动室和乡村大舞台。深入推进农村环境综合治理，同步推进水、电、路、房和环境改善工程。推进"一门式"公共服务中心建设，大力宣传弘扬社会主义核心价值观，制定连规民约，定期开展评选"好婆婆、好媳妇、五好家庭"等光荣称号活动，形成"好人好事有人夸、歪风邪气有人抓"的良好氛围。

大力发展庭院经济。利用"访惠聚"为民办实事资金，为近百户居民免费发放西红柿、辣椒、茄子等蔬菜苗，鼓励少数民族发展庭院经济；针对少数民族群众对畜牧养殖技术知识的渴求，经多方协调对接，邀请乌鲁木齐市交旅投就业培训中心专程来九连"传经送宝"，集中开办畜牧业牛羊养殖培训班，农牧民群众不出家门享受到"科技大餐"。

实施户厕改造行动。于无声处听惊雷，细微之处见真情。近年来，连队利用户厕问题摸排整改再次"回头看"契机，逐户进行入户排查，投入资金近五十万元，对群众户厕进行改造。帮助群众安装家庭热水器、洗脸池，解决上下水和地漏未联通等问题，为所有家庭配套了垃圾桶、垃圾袋，给困难家庭购置热水器。

大力发展畜牧养殖业。依托师市畜牧业高质量发展扶持办法，大力发展养殖业，增加居民收入。二〇二二年新建羊圈十七栋，指导二十一户养殖户畜牧贷款四百余万，购买繁育种羊二千五百只。利用两个农家乐果园地发展林下经济，购买鸡苗，培育生态鸡供应市场。

深化机制改革，画好基层治理"同心圆"。制度机制的好坏，很大程度上取决于是否符合治理实际，是否满足人民所愿，绘制基层治理最大"同心圆"，决不能是说说，必须落于建章立制的具体行动之中。九连坚持党建引领、改革驱动，以巩固党的执政基础、增进民生福祉为目标，致力于解决条块分割、权责失衡、力量分散的"体制之痛"，对原有制度机制进行实化细化，再结合工作所需、事业所向，突出新重点、增加新内容、健全新机制，构建形成党组织领导的共建共治共享乡村治理新格局。

优化服务，搭建基层治理"连心桥"。群众满意是基层治理的终极目标，一直以来，研究破解基层和群众反映强烈的热点、难点、痛点、堵点问题，都是推进基层治理工作的重中之重。只有在优化为民服务上下足功夫，充分发动社会各方力量，想民之所想、解民之所忧，才能搭建"连心桥"、交好"为民卷"。九连用心用情用力建好党群服务中心、党群服务站，不断完善中心内基础设施，切实打造"一站式办结"及代办优质服务窗口，为办事群众提供更加优质便捷的服务。调动各方力量，集聚党员、两委、各领域人才、居民群众等多方力量参与，深入一线、深入调研，全面掌握群众思想动态、生活所需，聚焦群众急难愁盼，逐一研判、逐项推进、逐个解决，真正打通基层治理"最后一公里"，让基层治理有情有效。

振兴路上看十连

汽车载着我一路狂奔，去五十团十连的路弯弯曲曲，车多路窄，我的心渴望十连，渴望见识一下这个在缩小城乡差距、在兵团三师现代化进程中不掉队、赶上来的连队党支部副书记、连长杨生举，这个"双五千"计划引进的人才，负责脱贫攻坚和乡村振兴，我就觉得，他心中有担当，脚下有泥土，胸中有成竹，将自己满腔的爱播撒在十连这片土地上。三师农业农村局的领导曾告诉我，在团党委的正确领导和各级部门的精心指导下，杨生举根据兵师团扶贫开发工作安排部署要求，那会儿天天与"访惠聚"的人黏在一起，媳妇吵吵嚷：人家是因为工作有家不能回，你是有家不愿回，家在跟前都像出家人一个样，干脆也住到连队办公室得了。

杨生举与"访惠聚"工作队形成合力，探索新思路、新方法，争取新项目，多方筹措，主动出击，精准帮扶，经过不懈努力，取得了显著成绩，将一个人口二百二十九户七八百人、总种植面积四千九百二十七亩的连队，实现了贫困人口全部脱贫，常住居民人均可支配收入达到一万九千四百五十元，连队居民幸福感、获得感逐年提高。他个人荣获"兵团脱贫攻坚先进个人"。

人不可貌相，海水不可斗量。这是绝对的真理，见到杨生举更是佐证了我对这一真理的认知。以貌取人是人们喜欢犯的常识性错误，好比惯犯，我就曾经被人以貌取人过，我也曾以貌取人过别人，总想天生一副凭外貌来识别一个人的能力、性格、前程，结果往往都是错的。一米七的个子，瘦弱的身躯，当木棍一样的杨生举站在我跟前时，不敢相信，这是一个领导连队脱贫的一连之长，他太瘦了，似乎一阵风就能吹跑，一看见他，怀疑自己似乎还生活在旧社会一样，瘪下去的肚子像总没吃饱过一样，与我想象中五大三粗、膀大腰圆的男人差距甚远，总觉得领导一个少数民族连队，似乎不具备魁梧的身躯，就好像拉不开弓一样，似乎没力气管理连队。其实管理连队不是靠力气，需要的是智慧，而杨生举就是秤砣虽小压千金，立在我面前，木桩一样坚定、有神的眼光，满脑子都是治理连队的招数。

本想好好跟杨生举聊聊抓脱贫的事，可是总挤不进他的时间里，不是开会就是在开会的路上，眼看天都快黑了，还有几十里路要赶回去，于是要来他的一套脱贫攻坚、乡村振兴现场会材料，拿回家里细细琢磨，摘录如下：

健全机构，分类识别，精准施策。要振兴先脱贫，他组织成立扶贫建档立卡工作领导小组，制定了《十连精准脱贫攻坚实施方案》，按照"一申请、一评议、两公示、一比对、一公告"等识别程序进行识别，确保贫困人口应纳尽纳，不漏一户、不落一人，全部建档立卡管理。按照"一户一策、精准施策"原则，通过"医疗救助、政策兜底、产业帮扶"等措施，由团、连两级干部包户帮扶，研判贫困户致贫原因，建立了连队项目库，跟踪服务管理，落实一户一策，确保贫困人员年底全部脱贫。

分类施策，脱贫帮扶成效精准。发展生产脱贫一批，建立了长效机制。十连积极指导有养殖意愿和经验的贫困户，利用各类补贴资金发展养殖种植，传授养殖、种植技术，引导贫困户建立脱贫信心，连队采取绿糖心冬枣合作社收益分红、划分土地、安排工作岗位、政策兜底发放生活用品、分配廉租房、危旧房屋改造等措施，三年来，十连为十户贫困户改建了住房，每年每户由绿糖心冬枣合作社分红五千六百多元至六千元，优先为七户贫困户按程序发包经营地种植，为六户贫困户安排了就业岗位，确保连队贫困户年年收入有增长，还提升了自身造血功能；生态补偿脱贫一批。十连认真贯彻落实贫困户一人就业全家脱贫的长效机制，突出抓好贫困人员的就业工作，积极同团农业发展中心沟通，为六户贫困户解决了就业，年户均增收两万四千元；发展教育脱贫一批。发展教育是阻断代际贫困的治本之策，功在当代，利在千秋。贫困户子女接受义务教育的无一辍学，并为一名在校的大中专学生申请了金秋助学金；社保兜底脱贫一批。为开展好倡导新风尚、树立新形象、建立新秩序系列活动，连队为贫困户统一购买餐桌、沙发、床等家具。为因病、因残、缺劳力等贫困户三十一人申请了社会保障兜底。连队现有脱贫户享受社会保障兜底一户两人。连队党支部改善农户自来水入户一百四十五户，铺设入户水泥路九公里，入田砂石路三点五公里。争取团党委统一部署，修建活动室五百平方米，新建便民服务中心一座，真正实现了连队通水、通电、通路、通广播电视、通宽带或通讯，有支撑稳定增收的产业、有连队集体经济收入、有连队党组织阵地、有双语幼儿园、有便民服务中心、有卫生室。

脱贫攻坚有效衔接乡村振兴。脱贫摘帽不是终点，而是新生活、新奋斗的起点。加强全面脱贫和乡村振兴的有效衔接，是全面建成小康社会的关键，为进一步贯彻上级乡村振兴工作决策部署，扎实推进连队乡村振兴工作，建立完善乡村振兴工作机制，确保乡村振兴工作落到实处。结合连队经济现状，制定了五十团十连乡村振兴三年规划，从推进农牧游产业化，绘就产业振兴蓝图；实行育人留人，绘就人才振兴蓝图；弘扬文明新风，绘就文化振兴蓝图；树立绿色理念，绘就生态振兴蓝图；打造坚强堡垒，绘就组织振兴蓝图五个方面促进连队种植、养殖、乡村旅游、乡村治理、组织振兴等各方面工作稳步提升。

班子很重要，在十连的班子配备上，五十团党委是认真研究过来，与杨生举搭班子的是艾买提·艾合提书记，一个管理连队经验丰富的老班长，他一口流利的普通话让我大吃一惊，如果只听声音，根本想不到他是一个在五十团土生土长的维吾尔族人。在他办公桌的职责公示牌上写着：主抓连队全盘工作。宣传和执行党的各项方针政策，负责讨论制定本连队经济社会发展规划，带领党员、干部群众发展连队经济，增加农民收入，增强连队经济实力，改善连队居民生产生活条件，改变连队面貌，努力实现乡村振兴目标；负责连队民主政治建设，推进连队民主选举、民主决策、民主管理和民主监督，研究决定重大事项、"三重一大"制度落实、连务的监督、民事纠纷、人民调解、统战、民宗、安全、信访等连队日常管理工作，推行党务公开；负责连队党员、干部的教育、培养、选拔、推荐、考核和监督管理工作；对口承接上级部门交办的相关工作。从艾买提·艾合提工作分工来看，这才是杨生举甩开膀子干的坚强后盾，党支部书记是他的大后方啊！

艾买提·艾合提兴奋地说：二〇二二年，连队党支部积极响应师市缩小集体连队与全民连队经济差距的部署，也将乡村旅游、养殖、工坊等各个项目进行了初步的谋划和申报,到二〇二五年,连队将进入一个更加美丽幸福的时代。

多彩三师

从连队采访归来,似乎白天的曲目结束也该结束了。我忘记时间,但时间没有忘记,该拉的天幕已经拉上,盖住太阳、遮挡蓝天,瞟一眼车窗外,那缥缈的空中好像点着无数的街灯。

入夜的图木舒克换上了新色彩,霓虹灯、彩衣飘,文化广场上人头攒动,随着刀郎木卡姆音乐欢快起舞,韵律操也不输其下,凉亭下的秦腔、豫剧也传入耳朵,你方唱罢我登场,各种音效杂糅在霓虹灯光闪烁在夜空,欢乐祥和的气息洋溢在图木舒克大地。

夜夜莺歌燕舞,笙歌盈耳。从五湖四海来到这里的各族人民,心紧紧相连,手紧紧相挽。在他们眼中,家乡图木舒克是多姿多彩的,既浸润着深厚历史,亦有与生俱来的兵团气质。

驼铃声声,时代更迭。当张骞、班超、玄奘、林则徐等历史人物的足迹被沙尘掩盖,唐王城遗址雄伟依旧,眼下这片丰沃与荒凉同在、大漠与绿洲并存的热土更是散发出熠熠生辉的光彩。

深入贯彻落实中央、国务院《关于全面推进乡村振兴加快农业农村现代化的意见》,推动《中华人民共和国乡村振兴促进法》和《推进乡村振兴 开展幸福连队建设若干意见》在三师图木舒克市落地,责无旁贷。二〇二二年四月,三师图木舒克市党委出台了《第三师图木舒克市"十四五"农业农村发展规划分工方案》,围绕这个方案,各单位、各部门人尽其责,归纳起来是"三个推进"。

推进连队绿色发展,让连队"净起来"。接续人居环境整治提升行动,坚守生态保护红线,走绿色发展道路,持续推进连队污水治理,到二〇二五年连队生活污水治理有效管控达到百分之百。持续完善连队生活垃圾治理体系,切实做到"户分类——连收集——团转运——师处理";持续开展连队整洁活动,全面摸排治理房屋安全隐患,清除无功能建筑和私搭乱建,推进"三化"工程,实行生活区、种植区、养殖区三区分离,改善居住环境;持续加强环境问题治理,推进"一控两减三基本",积极开展农业绿色发展行动,大力推广农作物病虫害绿色防控产品和技术,推进化肥农药减量增效,实现投入品减量化、生产清洁化、废弃物资源化、产业模式生态化管理;持续推广标准地膜应用,积极推广可降解地膜,推动秸秆综合利用和农膜、农药包装物回收行动,农作物秸秆综合利用率不低于百分之九十。因地制宜实施连队"厕所革命",分类推进连队改厕,建立健全连队公厕、户厕运维管护长效机制和连队生活垃圾治理"红黑榜"制度,全面推进连队生态振兴。

推进连队优质发展，让连队"富起来"。压实粮食安全责任制，加强粮食优势区域建设，确保口粮安全。以稳粮、优棉、强果、兴畜为目标，培育新型经营主体，支持资源匹配型产业，打造高标准农田、稳定可靠的优质棉生产基地、优质果园基地，巩固提升四十五万亩特色林果，新增果园一万亩，推动传统林果产业转型升级；打造标准化规模养殖基地，加快规模养殖场设施、设备升级改造，提升畜牧业竞争力，保障优质产品供给。引进匹配团场连队地域资源的农业龙头企业，带动团场连队产业发展，促进团场连队经济提质增效。加大对项目支持力度，二〇二二年，三师图木舒克市落实中央、兵团衔接乡村振兴补助资金一千五百四十五万元、中央财政以工代赈资金三千一百八十三万元，在巩固脱贫攻坚成果、发展特色产业、补齐连队基础设施短板、稳定脱贫岗位人员保就业方面谋划项目二十个，重点向集体所有制连队倾斜。通过优质匹配和项目发展，提升脱贫人口就业增收的同时，提升连队集体经济效益，促进连队职工共同富裕。

推进连队特色发展，让连队"好起来"。围绕特色资源及优势资源构建现代产业体系，高起点科学规划产业发展，大力支持特色产业发展。以图木舒克市经济技术开发区为主园区，团场为配套发展产业基地，通过招商引资，积极引进果蔬加工、肉类加工等过亿资产龙头企业五家，大力支持建设优质乳品生产基地、优质肉牛产业基地、生猪养殖基地、特色畜禽养殖基地，扶持一批基础好、辐射带动作用大、市场竞争力强的农产品精深加工企业，推动师市优势特色农产品深加工规模化、标准化、产业化、品牌化发展。按照"布局合理、总体调控、科学谋划、集思广益、实事求是"的原则，结合"一户一策"，建立"科技人员到户、技术要领到人、良种良法进院入圈"的服务机制，最大限度契合职工群众意愿，多元发展家庭工坊，大力发展庭院经济；发展投资少、见效快、风险低的特色产业，鼓励农文旅特色化发展，促进特色庭院经济，实现了农业、商业、服务业、旅游业有机结合。

推进连队品牌发展，让连队"强起来"。始终坚持以工业化思维发展农业的举措，围绕"一团一业""一连一品"的思路，以"兴特色、促加工、创品牌"为方向，大力促进品牌农业发展。加快培育农工专业合作社和家庭农场两类新型农业经营主体，形成带动职工群众增收的长效机制，拓展延伸产业链，推进农产品加工业转型升级，推动产业融合发展，引导和支持新型经营主体做好品牌培育，不断提升品牌影响力。统筹实施百万亩林果业提质增效工程，打造六大特色林果业示范园，截至目前，七家企业、四十八个产品列入《全国扶贫产品目录》，其中"图木舒克冬枣"

入选国家地理标志产品。

二〇二二年,三师图木舒克市乡村振兴的成果进入收尾阶段,乡村振兴局局长蒋文生说:一是脱贫攻坚成果得以持续巩固,脱贫群众的基本医疗、养老保险参保率达百分之百,中小学入学率、巩固率达百分之百,集体所有制连队收入差距不断缩小;二是着力推进产业振兴,一产增加值八十三亿元,增长百分之九点五,全年完成农牧渔总产值一百九十多亿元,增长百分之十二,畜牧业转型升级,撬动社会资本二点二亿元,培训农业产业化龙头企业五家,招商引资项目五十二个,投资规模达六十七点七亿元;三是着力推进人才振兴,完成高素质农工培训二百二十二个班期一万人(次),完成兵团下达任务的一点三倍多;四是着力推进文化振兴,实现文明实践阵地全覆盖,文明实践志愿服务队伍四百二十九支一万五千八百余人,成功申报"中国民间文艺之乡";五是着力推进生态振兴,人居环境整治提升项目二十九个,总投资五点九九亿元,连队自来水普及率、集中供水率达百分之九十九以上,通连入户路硬化率、生活垃圾收集处置率达百分之百,无污水乱排现象,全面完成五十九个连队人居环境提升整治任务,五十一团六连荣获中国美丽休闲乡村称号;六是着力推进组织振兴,打造三个党建工作示范点,选树四十四团十八连入选全国乡村旅游重点镇(乡)等各类先进集体四十个,先进个人六十名。

巍巍昆仑,悠悠古城,塔克拉玛干沙漠边缘,三十多万三师图木舒克各族群众解放思想,豪情满怀,踔厉奋发,在叶尔羌河西岸八千多平方公里的土地上,依托蕴含丰富的历史资源、屯垦资源、独具特色的多民族文化资源和红色资源,抓住乡村振兴契机,用创新思路,想办法带动少数民族群众走出愚昧落后,走进现代文明生活,努力打造兵团向中亚西亚各国开放的窗口和桥头堡,新时代兵团特色区域中心城市,一批"花乡里""农家乐""百果连""古瓜镇""红山谷"特色连队悄然兴起,一幅现代版的"富春山居图"和"漠边香格里拉"呈现祖国边陲新疆。

文艺评论

唐王城文化
第一卷
TANGWANGCHENG
WENHUA

现实主义情怀和理想主义激情的真切抒写
——张三里诗歌艺术论

◇ 彭惊宇 / 文

张三里是一位对诗歌倾注了毕生热爱、辛勤耕耘的诗人,他的诗歌作品得到了众多读者的好评,民间多家网络平台发送他的诗歌、举办他的诗歌专场朗诵会等,这是与他的诗歌作品具有一定艺术美好、内容丰富、有相当强的感染力等方面密切相关的。

张三里的诗歌,充满现实主义情怀和理想主义激情,特别是他抒写新疆大地的诗篇,不仅具有独特的边域人文与地理特色,更在其中洋溢出真挚热情。他的诗歌,充满真善美和向上的正能量,诗歌的语言也有一种特别的旋律美。他的诗歌,践行了日神、爱神与酒神相结合的宏大诗歌追求,有阳光、有热恋、有三里三醉似的温馨,精神崇高是张三里诗歌作品的一贯表现,能够给读者留下如沐春风、如饮美酒的感觉。

独特的边域人文与地理特色是张三里诗歌作品的重要方面之一。一个诗人,一定要写他所熟知的生活,要能从他所熟知的生活中看到他人所看不到的东西,轰轰烈烈的东西人人都容易感受到,容易被忽略的东西往往是那些无法以形式呈现或定格的东西,那微小的、转瞬即逝的东西却往往是构成诗歌精彩意象、特别能打动人的东西,从大中见小、小中见大,是一名诗人必须具备的艺术观察力,诗歌写作是十分细致而复杂的事情,从繁芜的日常生活中寻找到清新透亮的"源于生活而高于生活"的构图、展现出"忠实于生活"之美的丰富性和多层次性，体现了诗人的艺术功力。

大美新疆、大漠辽阔、大风浩荡、大雪漫天，适合大写情怀，张三里的《唐王城之恋》《琼梯木烽火台遐思》《草地上的一朵野草花》《高高的胡杨林》《胡杨林之恋》《叶尔羌之恋》《叶河大峡谷之恋》等诗歌作品都展示出了一种独特的边域人文与不一样的地理特色内涵，语言精练、旋律优美。

诗人在《苍穹之蓝》一诗中写道："叶尔羌河，你是童话的精灵，你将走向／哪一片绿洲、哪一头羊、哪一粒沙／哪一座村庄、哪一扇门、哪一个胸口／以及季节变幻的哪一句结语""天空的蓝和大地的黄，携手沉入大漠／簇拥着沙浪，把我放飞成一片风叶／一起向塔克拉玛干奔跑。苍辽辽的迥阔／苍穹之蓝中，一匹马，踏着一朵白云。"诗人把新疆自然之美融合在心灵追寻之中，创造出一种旷达临风的唯美意境，释放出一种理想主义激情的光芒。

边域人文与地理特色是诗歌构造独特意境的特殊方面之一，但把握不准确、缺少独特发现，就有可能写成拙劣的地理说明书式分行文字，要想从边域人文与地理特色之中发现不一样的诗歌之美，只有真正深入到生活之中、深入体验、深入提炼，才有可能得到全新的诗歌意象，只有不断进行创作实践，才可能寻找到适合诗人自己独特表达的内容和个性语言。

诗人的《图木舒克情话》一诗：

马头琴悠扬的夜旋律中
奔腾而出的不仅仅是一匹马
大戈壁莽原的苍茫无际
同样是从琴弦的旋律中奔腾而来的

长空之中踏着星星的烈马群
沿盘橐城，从大汉军营
宇翔而至的一瞬间
古丝绸之路亦从这旋律中奔腾而来

马头琴舞的歌者
将天空婉转在蒙古长调的声腔里
马群的呼啸迎着叶尔羌河的奔腾
劲蹄飞扬一座城池的雄浑

图木舒克之夜，歌者之夜
琴键银河的旋律将我指向黎明
星辉遥迢。一匹马停在我的面前
恍若前世的姻缘，等我上路

诗人是敏感而多情的尤物，所有的故事都会生成一支歌。《图木舒克情话》一诗以大漠边城图木舒克为背景，强烈奔放、深情婉转、独具意味，"星辉遥迢。一匹马停在我的面前／恍若前世的姻缘，等我上路"，演绎了一曲独特的边域人文与地理特色、胸怀激荡的意境之美。

我不知道把什么献给你

好想把苍穹裁剪开来
为你做一件长长的衣裙
好想把白云朵朵摘下来
用三生相思插上你的云鬓

好想把楼兰叠起来
为你做一个小小的香包
装着我唯一的小心
永远系在你今生的腰间

我不知道把什么献给你
只知道灵魂渴望与你相见
用我支离破碎的掌纹
为你梳理长发飘飘的爱恋

我翻越雪山穿越千年
就是为了来到你的身边
还你月色如银的相约
用一生风沙，吻你的指尖

诗人《我不知道把什么献给你》这首诗，同样是把边域人文与地理特色在诗歌之中进行构造，产生独特的唯美意境之作品。

践行日神、爱神与酒神相结合的宏大诗歌追求是张三里诗歌艺术才华的展现。现代诗歌借鉴电影、绘画、书法、小说、音乐、雕塑等形式、技巧，丰富了诗歌的技术内容。张三里的诗歌作品中蕴藏着一种直面生活挑战性的实践，他的一些作品呈现着一种对应生活观照的诗意审美，尊重内心感悟，在描写中还原生活的本质，他读图借助描写的色彩基调伸张所要表达的内容与外延，把他自己从现代社会生活之日新月异的矛盾变化中所获得的震惊性体验进行艺术概括的强烈倾诉，这种体验是生命本能的一种喧嚣，产生希望、活力和情感裂变，推动诗人对宏大叙事的追求。诗人的长诗《叶莉亚》《水之舞》《天空的舞者》《胡杨大风赋》《喜马拉雅之歌》等作品，都是把宏大叙事置入诗歌写作之中的实验。

张三里性情开朗、诚恳坦荡，虽然他的生存状态并不理想，但这并不影响他诗歌中的豪放、奔腾、洪流千泻的旷达与激越，他是当代西部边塞豪放型诗人之一。诗人在《华彩的舞者》一诗中写道："我要升华，我从不指望每部电影都下雪 / 我是后羿之箭，天空是我小小的手心""我要升华，我是博爱的亚马逊雨林 / 我双臂之上养育着一亿队庞大的飞鹰""我要升华，我心中的光驱是摩天大厦 / 我热爱挣扎，我是博大的舞蹈家""我要升华，让爱情在一粒沙中结出珍珠 / 我心中奔腾的马群啊，我是高电压的荷马"；在《风中的胡杨》一诗中写道:"一棵静立在风中的古老胡杨/依然是一匹沿沧桑前行的战马/此刻,它迅猛冲进我热血的心中/在我心沟壑纵横的戈壁滩上奔腾";在《唐王城小夜曲》一诗中写道:"一匹雪狼从天空之门一跃而出/一粒萤火,孤寂沙寒的星星";在《长夜思》一诗中写道:"云中漫步的人恋云中月的相思/解不开出山山水水缠绕的乡愁/我一直在胸口温暖一杯酒/等待某个人某一天某一次重逢",等等,都能让人从中领略到或从小中见大、或从大中见微的意象构造,而这些意象构造都体现出诗人的一种奔腾、浩荡、激越、宏大的心律波动,具有一种日神、爱神与酒神相结合的半醉半痴半狂状态。

张三里有很多作品都与酒相关,体现了一种醉意朦胧的诗性之美。诗人在《全羊宴》一诗中写道:

没有下酒的菜又有什么关系
让我撕下一道闪电做一碗面条
今夜的雨珠,是一粒粒花生
今夜的雷鸣,是一块块炸鸡腿

不要拒绝一夜闪电的豪气
一杯酒中有我才华横溢的流浪
饮尽雷雨之后,就一定能看见
夜鸟明月同我对唱黎明的长歌

不必沉哀默认茅草飞花的风向
闪电深处隐藏着厚土三千的怀想
雷雨的村庄依然是宁静的村庄
正是醉后挥泪题诗的故乡

来!举起杯!先饮了这阵雷雨
待我再从雷声中为你取出一只羊
用天空的闪电为你烤一个全羊宴
不醉不归!人生何处不癫狂

张三里《全羊宴》一诗,是诗人醉意朦胧唯美抒写的代表作品之一。在一个雷雨的夜晚,诗人独坐窗前,闪电、大雨、狂雷轰响,化为诗人在诗歌中的意象,诗人以赋、比、兴传统诗歌表现手法,激情呈现心灵的故事,展现一种浩大、坦荡、壮阔的理想情景。由此,我想谈一点另外的问题,诗歌的表现手法仅仅是表达的运用,传统诗歌表现手法同样能在巧妙的运用之下,产生良好的表达效果,诗歌需要全新的意境构造,表达技巧只是诗歌艺术表现的工具,内容与形式完美结合才能产生好的诗歌,所以,不存在表达技巧是否过时的问题,只存在表达者的技术运用问题,优秀的诗人,总是能在信笔一挥之中,让技巧与内容天然结合,不优秀的诗人,无论怎么玩弄技巧,也难以写出感天动地的诗歌。

诗人是立体的,张三里的诗歌不仅仅有宏大叙事追求,同样有阳光、有热恋、有三里三醉似的温馨。诗歌,是人类灵魂最后的栖息地。诗人《歌者的祈祷》《高擎火炬的人》《古老的偈语》《三滴水》《天方辞》《图木舒克情歌》《图木舒克之春》《图市之恋》《星火之图》《夏可河恋语》等作品都体现出了阳光与热恋的诚挚情感。

牧羊春景

桃花山下那个牧羊少女
赶起野草在青青的山边行走

野草穿越我所有的血管
青青地绵延入我的心脏

在桃花山清晨的风中
我沉醉到不再荒凉

我以青草为食
我是一只小羊

桃花春

一阵清风吹绿窗帘
野草走进我的小屋

我的三月门前
开满小小桃花朵朵

小小的——
清新透明的女孩

迎着清风——
在桃花朵上跳舞

诗人早年所作的《牧羊春景》和《桃花春》等作品,写得非常清新、纯真、雅致,将生动、灵动、脉动的情感意象呈现了出来,创造了一种唯美、浪漫、温馨的美好情境,可推荐给中小学生作为现代诗歌阅读的范文。

爱与哀愁是与生俱来的姻缘

回不到桃花山中的从前
被你轻轻一吻就全部拆开
那里面,一身的疲惫
只剩下支离破碎
和心痛的春天

纵然岁月风沙
已把我风化成石块
我愿把这块唯一的石头
交给你!任你把石块敲碎
抛给来世的大地

苦渡的双手

挽不住你的温柔
搂你在怀中的那一刻
是否是正在向天空宣告
爱与哀愁是与生俱来的姻缘

恋你的那么多繁华
可否换你一丝妩媚
我一直渴望来到你的身边
只为看清三千年前
你曾经对我微微一笑的颜容

诗人《爱与哀愁是与生俱来的姻缘》一诗，是一首相当感人的爱情诗。抒情、言志、求真、唯美，是诗歌创作要达到的基础境界。诗歌永远离不开情感生活，在传统与现代的融汇之中创新与发展，是有追求的诗人之前行方向。诗歌是人类灵魂境界的最高表述，阳光、温暖、纯真、质朴，不仅仅是诗歌的美感，更是生活的美感。

精神崇高是张三里诗歌作品的一贯表现。多年前，我就有了关于"新崇高"诗歌美学原则的构想，张三里诗歌作品是我提出的"新崇高"诗歌美学的作品例证之一。在当代诗歌艺术的美学实践中，"崇高"被几度曲解和异化，曾经披上所谓"高大全"的样板外衣，模式化、平面化、油彩化，除去了真实的血肉、普遍的人性和感人的情怀，新诗也同样经历了前所未有的集体沦陷，从"假大空"到"伪小弱"，诗歌精神卑俗低迷，正是因为这些现实诗歌情况，使我产生了"新崇高"诗歌美学原则的构想。《国语·楚语上》中"不闻其以土木之崇高彤镂为美，而以金石匏竹之昌大嚣庶为乐"，提出了中国最早的关于"崇高"的概念，相对于卑微、低劣、卑下、卑鄙，崇高是精神的高尚、道德的高贵，是无私的牺牲，是立足于人伦道义的奉献。朗吉努斯《论崇高》中指出，崇高作为文章风格的一种审美特质，应具有高洁、深沉、激昂、磅礴、豪放、刚劲、雄健，以及高超、绝妙、光芒四射的文采，其本质是美学上的阳刚之美。以上这些关于崇高的论述，是不全面的，崇高不仅仅包含了上述方面，崇高具有多元性、渐进性、复杂性、和超越性的，普通人的生活中同样有崇高，即使是事物的残缺美中，同样拥有崇高的本质。崇高没有门槛，生活处处有崇高。我提出的"新崇高"诗歌美学原则，实际上就是想要让"崇高"重新回归到平凡、回归到人间、回归到大众生活状态中。

张三里的《沙枣花香》《萨尔布拉克之歌》《大兴的故事》《三十五连》《纺车之花》《戈壁母亲》《红星》《胡杨林中的白雪公主》《老连长》《桑德克的星空》《托云牧场的月光》《百岁老人绣党旗》《壮丽的天象》《小木头》等大量的诗歌作品，都是描绘普通兵团职工群众的作品，对兵团基层干部职工群众的精神理想、昂扬风貌进行描绘，克服困难、奋斗进取的战斗精神进行讴歌，体现了生活处处有崇高、普通人的生活之中同样有崇高的诗歌美学内涵。

诗歌艺术创作永远是一种"痛并快乐着"的探索。我们都是生活在庸常俗世中的普通人。作为诗人，与常人不同的是必须要有一颗敏感美好的心，有一双洞察万物生灵的眼睛，有审美体验的深度和艺术表达的高度，无论是从离乡漂泊的孤寂之中，还是从心灵微弱的暗伤之中，都能发现昂扬向上的美，这才是诗人存在的价值。

张三里在诗歌理论和批评方面，也有独到的见解，发表了多篇关于诗歌的论文，出版了多部文艺评论集，他同时也是诗歌活动方面的热心组织者。张三里现任新疆生产建设兵团第三师文艺评论家协会副主席兼秘书长、中国新写实主义诗群社长，在他们群体的共同努力下，中国新写实主义诗歌社群活动赢得了诗坛的广泛注目。张三里的确是诗歌方面难得的全才之一，值得我们大家去珍惜他的才华、欣赏他的作品。

彭惊宇，中国诗歌学会常务理事，兵团作家协会副主席，兵团评论家协会副主席，《绿风》诗刊社社长兼主编。

歌声里的图木舒克温润且美好
——关于第三师图木舒克市"石榴花开"儿童合唱团相关简谈

◇ 丁晓丽 / 文

2023年1月底，兔年新春伊始，第三师图木舒克市文化馆就搞了一个"小动作"——面向全师市招募"石榴花开"儿童合唱团团员，旋即掀起了一场以歌为媒的欢快比拼。这样的热闹，由孩童到家长，诸如《新疆好》《草原就是我的家》等经典曲目再一次响彻在街头巷尾及很多人的心里。

从第三师图木舒克市文化馆的活动介绍中，可以看出用心细致之处：为深入贯彻落实新时代党中央治疆方略，贯彻落实二十大精神，传承弘扬中华优秀传统文化，弘扬兵团精神、老兵精神、胡杨精神，给热爱歌唱的孩子搭建一个优秀的自我展示、自我提升的平台。

爱人曾说过，有段时间特别向往远方的繁华与热闹，仿佛那些喧嚣有神秘的吸引力，连同青春的躁动一起搅动不安的热血。直到看到许多小伙伴"逆光飞行"，选择在边疆开启新的生活，才恍然大悟，温暖、纯粹，以及所谓的"神秘"，一直都在：或诗意或豪迈，或激荡或安逸。

边疆青春的岁月里，充盈着隽永悠扬。

比如，生活在图木舒克，就是件挺幸福的事。这里有山——晴天看巍峨，无论远处的雪顶还是身后的"峡谷"与"化石"，都写满沧桑，不乏历史的醇厚，通透阳光下，一路疾驰还能看到五彩的山石，与荒滩戈壁融为一体，感慨大自然鬼斧神工造物之传奇。

这里有河有湖——傍晚时分，天青色的湖面映衬着晚霞，再多的语言都难以形容那种壮观、瑰丽和神奇。如果说大城市的灯火辉煌了许多人的深夜，那么边疆的自然景观绝对给你另外一种忍不住大喊出来的震撼。

这里有歌声中隐含的温润与美好——来自孩子们的合唱，吟诵的是童话般的梦境与憧憬，映衬的则是新时代带给人们的无限感动与幸福，因为新征程是充满光荣和梦想的远征，时光汇聚之后，可以凝练出神奇，也可以承载无数来自五湖四海的自在与畅快。

美好的岁月需要即时分享，无论酸甜苦辣，哪怕风吹雨打，皆有嘹亮的歌声兜底。就像这里的天气一样，罕有阴雨，即使偶尔有风来，雨过迅速，随即艳阳高照，湛蓝的晴空之下，不闷、不躁，一切都是温暖美好的样子，任由思绪自由飞翔，无数道光照进心底，明晃晃、亮堂堂。

而图木舒克，则越来越成为歌声里的向往，越来越多的年轻人从家乡奔赴远方，在自己的人生天地间自由驰骋，开疆拓土；接近乡村，让鸡犬相闻、大喇叭广播成为绝妙的青春交响。没错，他们纷纷来到图木舒克，祈望在大漠边缘建功立业，在南疆热土上见证发展奇迹。

合唱的歌声可以成为这一切的记录者，扎根在这里的年轻人及他们的下一代可以成为这一切的记录者，越来越喧嚣的城市、越来越繁华的街道、越来越丰富的物资和精神生活可以成为这一切的记录者。

是啊，我们每个人都可以成为记录者，同时，我们也是见证者、参与者和亲历者。时代的宏大叙事往往忽略一些酸甜苦辣，刚好用歌声——无论成人还是童声，无论演唱的具体形式——记录和表达，这种更加具有人性化的情绪色彩，会让南疆、图木舒克的吸引力更强，给原本荒芜的大地披上了一层温情，令人觉得倍加亲切。

再聚焦到歌声本身。当下许多合唱作品与宽广深厚的南疆现实联系最为密切，因而也肩负着表现当代南疆火热现实、反映兵团人最深刻的内心情感的艰巨任务，包括童声合唱在内的各种演唱表演形式也一直在这条道路上前进。但在其火热发展中仍有一些不足，即反映现实问题不够深入、作品只是单纯描摹现实、参演学员基础较为薄弱等。

图木舒克的合唱乃至童声合唱创作实践和理论研究要将职工群众放在第一位，全体创作者（含演唱者）要坚定对国家的信仰，坚持以人民为中心的创作导向，要从小培植热爱祖国、热爱边疆的家国情怀，要反映现实问题，培根铸魂，也要注意"慢工出细活"。创作实践和理论研究更要高举社会主义旗帜，立足历史、撷取传统文化的符号与元素进行创造性转化和创新性发展，让图木舒克的风采经由演唱、吟诵传递开来，去影响更多人，带动更多人到南疆建功立业，贡献青春和智慧。

　　"文艺最能代表一个时代的风貌，最能引领一个时代的风气。"当童声合唱在图木舒克流行开来，人们对南疆的向往和热爱便回归到艺术、情感等特质本身上来。"石榴花开"儿童合唱团就是将美好歌声重新演绎，告诉职工群众什么样的状态才能更贴合实际，怎样的形式才能更受大众喜爱和欢迎。

　　我相信，随着时代发展、各方关注和团队磨合，"石榴花开"儿童合唱团会带给人们更多惊喜和未来。

小说卷

唐王城文化
第一卷
TANGWANGCHENG
WENHUA

生死守候

ZHANG XIN JUN

◇ 张新军 / 文

抱脚坟,从甘肃河西走廊地区流传过来的丧葬习俗。指家中长子过世后,埋葬在父母坟墓脚后处,民间称为"抱脚坟"。意为后人敬重守护孝顺长辈之意。

——摘自《车排子风物志》(1978年版)

一

"叮铃铃、叮铃铃、叮铃铃……"

黑色的手摇电话机是在夜深人静的凌晨骤然响起的。突兀、迅疾、执拗、响亮、刺耳,持续不断犹如串串响铃的嘀嘀声,像一群在黑暗中急速飞翔的蝙蝠,扇动着柔软而坚硬的薄翼翅膀,毫无顾忌地上蹿下跳、四处碰撞,仿佛要把寂静空荡的值班室吵塌。徐长林迷迷糊糊听见治安员小胡接电话惊悸慌乱的声音,他竭力想睁开眼睛,却晕晕乎乎怎么也睁不开……

紧接着,门被撞开,徐长林被一阵猛烈的喊叫声和身体晃动叫醒,睁开惺忪的眼睛,在白晃晃的刺眼电灯光下,小胡惊慌失措的脸映入他的眼帘,紧接着是慌里慌张的声音:"杀人了!杀人了!"

徐长林脑袋嗡嗡响,像一群野蜂贴着头皮流光般回旋,飞过来,又飞过去,来回往复,声音急切而密集。他下意识地从床上跳了起来,钢丝床吱呀吱呀在他屁股下像发情的野猫一样叫唤。自从接了今晚本不是他的夜班后,他的思绪就在梦幻与现实之间徘徊交替，忽而在天空飞翔，忽而在地上奔跑，心情像飞驰动荡轰隆隆响的过山车，经历了截然不同的冰火两重天。很多年以后，这个情景和感觉依然恍如昨日，使他终生难忘。

夏季的太阳像个滚烫的火球，高高悬在头顶，一整天都是热辣辣的，天地通透，遍地火焰，光线灼烫，空气里弥漫了各种树木和植物炙烤后略显焦煳的微醺气息。下午快下班时，薛怀忠所长把他叫到办公室，轻轻关上门，指了指椅子，让他坐下，样子有点神秘。然后薛所长给他说："你的事局里已经研究通过了，这两天就到所里宣布。"薛所长今年42岁，中等身材，精明强干，行事老练沉稳，嘴巴一向很严，平时说话滴水不漏密不透风，是一个守口如瓶的人。但是今天却开了先例，提前把内部消息透露给他，徐长林内心涌起一股暖暖的热流，感到了所长的良苦用心和对自己的一片真诚。他充满感激地看了所长一眼，一时不知说什么好。

薛所长说的"你的事"，是指提拔徐长林当黄渠乡派出所副所长。这件事在所里很敏感，前前后后拖了两年多，现在终于尘埃落定。所里有三个人明里暗里竞争这个位置，其中转业军人出身的韩建疆资历比徐长林还老。一波三折，好事多磨，最终，他脱颖而出，除了平时他工作踏实肯干任劳任怨、为人忠厚诚实、富有同情心外，薛所长也向局长力荐徐长林，背后说了不少好话，他当然心知肚明。

"你自己知道就行了。不要馒头还没有蒸熟，掀开锅盖跑了气。"临出门，薛所长又叮嘱了一句。

"放心吧所长，我谁也不说。"徐长林想说以后跟着所长好好干之类表决心的话，话到嘴边又咽了下去。毕竟任职命令还没有到，上级还没有正式宣布，不要显得急不可待，太不成熟。他又感激地看了一眼所长，拉上门出来了。

出了门，徐长林碰到徒弟小刘。小刘见了徐长林，稚气的脸上立即堆着笑跟他说："正找你呢，徐师父。"

徐长林问："找我干什么？"

小刘说："帮个忙吧？"

徐长林又问："什么事！"

小刘四处张望无人，便贴上来，对着他的耳朵说："师父，今天赵雪不上夜班，我想请她吃晚饭。"

小刘从警校中专毕业，分到所里刚一年多，前一阵子在镇上的医院护校处了一个小护士，两人现在热乎得不得了。

徐长林说："你小子鬼鬼祟祟的，请赵雪吃饭给我说干什么？"小刘苦着脸说："今晚正好轮到我值夜班，离不开，我想让师父替我值一会儿班，我吃完饭就回来。"说完两眼充满期待地看着徐长林。

徐长林心里正高兴，就随口说："你去吧，今天晚上的班我来值，你不用来了。"小刘立刻高兴得喜笑颜开，连说了两声谢谢，又硬往徐长林口袋里塞了一盒烟，然后连蹦带跳地走了。

下了班，在食堂吃过晚饭，徐长林接了夜班。白天喧闹嘈杂了一天的派出所，现在静悄悄的，空无一人，夜色氤氲，残月朦胧，路两旁的白杨树在微风中发出轻微的喧哗，白天燥热灼烫的空气变得凉爽清新。两幢办公室黑压压的，只有值班室窗户透出明亮的灯光，门前的一盏红灯无声闪烁，将鲜红的光彩色影洒向幽暗空间和斑驳树影，一群蚊子和蠓虫围着灯泡上下飞舞。

在派出所值夜班，就是两件事：第一守护派出所，第二处理接报警。一个夜班两个人，一个民警带一个治安员住值班室。值班室其实就是户籍办公室，靠南墙矗立着一排高大的木头柜子，刷了奶黄色油漆，抽屉排列整齐，装满了乡里的户籍资料，贴着各个单位的标签，有点像中药铺子里储藏各类中药材的柜子。值班室北侧有一个小套间，面积逼仄，一张钢丝床占了一大半空间。外间办公桌上有一部黑色的手摇电话，靠墙有一把木头长椅。治安员小胡守着电话，他可以躺在长椅上休息，晚上没有特别重要的事情，他就处理了。徐长林在值班室正看电视，这时，黑白电视上出现了密密麻麻的雪花，发出嗡嗡的杂音，徐长林摇晃了几下电视，图像时而清晰，时而模糊，可能外面木头杆子上的信号接收器方向偏了，明天要上去修正一下。电视看

不成，徐长林就洗洗到里间早早睡了。

二

刚睡下没多久，乍响的电话声让徐长林从混沌中惊醒，听见小胡的呼喊，徐长林的思绪停顿了大约一秒钟，揉了一下眼睛，一骨碌翻身下床，迅捷得像一只跳跃的豹子，提拉着鞋子来到外间值班室，抓起晃晃悠悠掉在桌子腿跟前的黑色话筒，大声说："我是黄渠乡派出所民警徐长林，你是哪里？发生了什么事？"听筒里传来一阵嘈杂的嗞嗞啦啦的声音，一个有点沙哑懵懂带着惊慌的声音传了过来："徐民警，我是面粉厂警卫常连疆，刚才、刚才有人到警卫室报案，说面粉厂家属区发生了杀人案，具体情况我也不知道……"接着又是嗞嗞啦啦嗡嗡嗡的声音，电话听不清了。

徐长林扔下话筒，头一下子大了，自言自语了一句："面粉厂发生了杀人案？"面粉厂属于加工厂，而加工厂正是他和小刘的管区。

他抬头看了一眼墙上的挂钟，黑色时针指向凌晨5点45分。

值班室死一般沉寂，黑色的电话机在灯光下闪着神秘的幽光，此刻安静地卧在办公桌上，像一只不动声色眯着眼睛的黑猫。

思索了片刻，徐长林稍微镇静下来，

他给排字县公安局刑警大队打了电话，简单报告了案情，然后急急忙忙穿好衣服，嘱咐小胡在派出所值班，他取下铐在钢丝床床头上的一副手铐，锁在裤腰皮带上，拿上手电筒，骑上自行车朝发案现场而去。

外面漆黑，夜风凉爽，不见一丝星光。手电筒射出一束亮白的光，将漫漫黑夜撕开一个狭长的白洞，纷乱的蚊子和小蠓虫蛾子在光影里旋转飞舞，像一团轻飘飘晃动的迷雾。面粉厂家属区破败不堪，错落起伏的房屋在夜色中显得有点恍惚狰狞，空气阴凉黏稠。徐长林蹬着自行车，摇摇晃晃，像一个醉汉，凭着感觉在坑坑洼洼的土路上往面粉厂闯。路上有三三两两的人往家属区走，黑暗中看不清人的脸，影影绰绰，可能是下夜班的工人。徐长林对管区地形很熟悉，很快就来到了面粉厂家属区。他扔下自行车，朝凌乱芜杂的一排房子走去。狭窄逼仄的走道曲里拐弯，两侧是高高低低的房子和参差不齐的院墙，手电筒上下晃动着，光线划过黑漆漆的夜空，又胡乱照射在阴森幽暗狭长的过道里。深一脚浅一脚，杂乱踢踏的脚步声在夜色中沉重拖沓，像敲着一面沉闷的羊皮鼓。

徐长林还没有走进院子，就陡然闻到了飘浮在空气中一股浓烈刺鼻的血腥气味，有点像秋里蒙苹果半生不熟时发出的焦糊味，怪异而熏人，直入鼻腔。

小院子灯火通明，人影稠密。排子县公安局驻地距离黄渠乡派出所不到800米。已经驱车赶来的刑警大队刑警忙着勘察现场，拍照、提取物证、走访隔壁邻居，他们封锁了土坯小院。围在院子门口的是闻讯赶来的厂领导和一些下夜班的工人们，神色慌张，窃窃私语，语气中透露着惊慌不安和莫名的焦躁。徐长林拨开人群挤了进去。

这是两间低矮破旧的土坯房，两个昏黄的电灯泡发出苍白的光，用旧报纸糊的顶棚垂吊着横七竖八晃悠悠的蜘蛛网，屋里张贴着几张电影明星年历画报，空洞僵硬的笑靥凝固在黑乎乎的墙壁上。现场乱七八糟，惨不忍睹，血腥和罪恶毫不掩饰地呈现在他面前。里面套间横着两位老人，都被杀死在屋内，血迹凝结在纷乱揉皱的床单被褥上。外间是一对母女的尸体，年轻的母亲面容姣好，头发凌乱倒在血泊中。四五岁的小女孩，斜躺在小床上，手里还捏着一个鲜红的小西红柿。

徐长林被眼前的场景惊呆了，心跳如鼓，手脚发抖，这是他从警以来见到的最为残酷血腥的场面。

刑警通过走访和调查，案情在黎明前很快查清：被害人中两位老人是夫妻，丈夫叫陈留村，轧花厂工人，妻子叫王凤兰，是加工厂家属。一对母女是老两口的女儿和孙女，女儿陈翠莲，孙女贺美娟。陈翠莲29岁，身高1.75米，体态丰腴，姿色娇美，在乡里当统计。前年她与丈夫离异后，带着5岁的女儿和父母一起生活。两个月前，有人给她介绍了面粉厂职工谢福根。两人谈了不久，吃过两次饭，交往中陈翠莲发现谢福根性格暴戾，嗜酒成性，酒后动辄动手动脚，打骂母女两人。她给介绍人说不愿意谈了，要和谢福根分手，父母也赞同她的意见。但是谢福根迷恋陈翠莲的姿色，对她一见倾心，不愿意分手。案发前两天，他天天酒后到她房子纠缠，隔壁邻居曾听到激烈争吵声和打闹声。这天晚上，吵闹声一直持续到凌晨，邻居起夜时发现她家电灯亮着，院门敞开，便大着胆子进房察看，看见陈翠莲母子两人已经遇害，吓得大叫一声冲出了院子。

刑警立即前往谢福根住处，谢早已逃之夭夭。

天亮后，刑警在现场院子里的柴火堆上发现一把沾满血迹的西瓜刀，血已凝固成褐黑色，在刀柄上闪着阴森恐怖的寒光。刑警拍照提取血迹、嗅源后将刀擦拭干净，混杂在十几把外表类似的刀具中，让谢福根的父母进行辨认。

儿子突然闯下逆天大祸，原本为人善良、老实木讷的谢成连、蒋荷红老两口火急火燎，双双躺倒在床上，不吃不喝，形容枯槁。刑警请来厂卫生室医生，给两人诊断，医生检查后说并无大碍，属急火攻心，卧床休息几天即可恢复。在刑警搀扶下，谢成连、蒋荷红颤颤巍巍来到院中，在地上十几把外表类似几乎一样的刀具中，两位老人仔细分别辨认后，认定其中一把是自家的西瓜刀，平常放在橱柜里，案件发生后刀不见了。

从刀柄上提取的嗅源，刑警分析为作案人当时内心高度紧张恐慌，手掌紧握刀柄分泌的汗液。经警犬鉴定，与在谢家提取的谢福根拖鞋上的气味一致。

刑警又梳理与谢福根平日关系密切的人员，找到了案件发生当晚与谢一块饮酒的另外三个加工厂青工。三人均陈述：当晚四人在常记饭馆聚餐饮酒，是谢福根请的客。席间，谢情绪低落，唉声叹气，喝酒后称："你们以后再也见不到我了！"三人以为谢失恋后精神受到打击，纷纷劝慰，谢一声不吭，三人以为他酒喝多了，没有在意。当晚四人喝了两瓶白酒，一人平均200多克，按他们平时的酒量，不算太多。

综合现场其他因素，刑警推断谢福根是唯一作案人。

作为管区民警，徐长林当然知道谢福根与被杀女人陈翠莲的恋爱纠纷。谢福根今年27岁，身高1.8米，比他大六个月，在黄渠乡中学初中毕业后分配了工作，前两年顶替在面粉厂工作的父亲谢成连进了厂，夏天当警卫，冬天烧锅炉。有一次，他因为喝酒值夜班被查岗的徐长林批评过。谢福根性格内向，不善言谈，虽然进入大龄青年之列，却依然单身一人。他和这个女人的感情纠纷，陈翠莲到派出所找过徐长林，徐长林和面粉厂治保主任一起找谢福根谈话，对他进行法制教育，告诫他婚姻自由，既然陈翠莲不同意，你再不要纠缠。当时谢福根唯唯诺诺，表示再也不纠缠了，结束两人的恋爱关系。鉴于谢福根那次只是酒后辱骂了女方，摔碎了2个玻璃水杯，并无其他过激行为，为了不激化双方矛盾，徐长林只是对他进行了批评教育，并未对他进行处罚。没想到不到几天，竟然发生了如此惊天血案。

徐长林记得自己看过一本犯罪心理学方面的书，书上说一个地区的极端气候可以影响一个人的心理健康，坏天气会使人心情更糟糕，暴力与温度之间存在关联。现在是黄渠乡最炎热的8月，白天炽烈的气温使人无处躲避，嘴里衔着冰棍还嫌热，人人揣着一团火。谢福根已是大龄，遇见了容貌姣好又性格温柔的陈翠莲，自然不会轻易放过。自己怎么没有想到这一点？天气异常燥热加上他性格粗野，酒后一时冲动什么事都可以干出来，如果自己当时预料到了这些，早点做好心理疏导防范工作，是否能避免一起凶杀案呢？可是怎么预防又怎么避免呢？自己天天一步不离，跟在谢福根屁股后面？这又不太现实。但无论如何，案件发生在面粉厂，自己是管区民警，责任毫无疑问是推卸不了的。警察难做，特别是基层警察，他从来没有感觉到像今天这样艰难绝望。他陷入深深的自责中无法解脱。

大案惊动了上上下下，各路刑侦精英，云集黄渠乡参与侦破。案情水落石出后，唯有抓获杀人犯谢福根才能结案。刑警分成数组，前往各地寻找抓捕，甘城、南县、川县、湖县、广城……案犯可能落脚的亲戚老乡，都找遍了。广播、电视台每天滚动播放悬赏通告，公安部带有谢福根头像的通缉令贴满了大街小巷角角落落。但是在上级规定的两个月期限内，杀人犯谢福根没有被抓获归案。

谢福根活不见人，死不见尸，仿佛在人世间蒸发了。

两个月后，凶犯仍然未落网，大批人马只好撤离黄渠乡，只留下少数人继续侦办。接下来，上级层层倒查追究责任，局里主管刑侦的副局长和刑警队长受到降级处理，因为是徐长林的管区，他没有调解处理好民事纠纷，从而演变为一起特大恶性刑事案件，影响巨大，他受到了处分。当年，黄渠乡派出所因为命案侦破未达标，被上级挂了一个黄牌。

徐长林提拔副所长的事自然泡汤了。

三

三个月后，排子县公安局何政委来到黄渠乡派出所，代表县公安局党委，宣读了局里的任职命令，任命韩建疆为黄渠乡派出所副所长。

韩建疆喜气洋洋，脸上的每道细小皱纹都舒展着笑容和得意。他是一名复转军人，今年28岁，在部队就是副连长，转业到黄渠乡派出所当民警，从领导变成普通兵，他一直耿耿于怀。今天局里的红头文件下来了，他如愿以偿当上了副所长，长时间淤积在心头的阴霾一扫而光。人逢喜事精神爽，他一下子红光满面，精神抖擞，重新焕发了精明干练的朝气。大家嚷嚷着让他请客，他嘴里答应着，给大家散着香烟，来到徐长林跟前说："长林，今天晚上我在常记饭馆请客，你一定要到场。"徐长林说："孩子的舅舅来了，家里有事，我就不去了。"韩建疆知道他心里不舒服，碍于面子不想参加晚上的聚会，也没有勉强，说下次吧。

回到家，徐长林沉着脸闷闷不乐，一副郁郁寡欢的样子。在乡中学当老师的妻子柳叶梅问他话，他也低着头不回答。吃饭的时候，他给自己倒了一茶杯白酒，一仰脖子喝了下去，他还要倒第二杯，柳叶梅把杯子从他手中夺了过来。这一夜，他在床上辗转反侧想着心事，迷迷糊糊，直到下半夜才进入梦乡。

接下来发生的一件事，更是令人大跌眼镜。人倒霉，放屁都砸脚后跟，徐长林正是应验了这句民间俗语。

辖区有个老上访户杨大琴，因为自己的职工身份认定问题多年来不停上访，把信访局的门槛都踢破了，各级劳资信访部门怎么做工作解释都没有用，她脑筋偏执认死理，而且逢会必闹，每次都让区县领导和派出所大伤脑筋，是派出所重点管控对象。

这次所里召开的工作例会上，薛所长把管控杨大琴的任务交给了徐长林负责，一来他工作认真心思细，二来他经验丰富办法多。开完会，薛所长又特意叮嘱他和小刘：这段时间把其他手头工作放一放，集中精力管好老太太，今年是紧要关头，涉及整个市的指标，千万不能出现任何问题。徐长林给薛所长说："放心吧所长，我马上安排布置。"

杨大琴今年59岁，身体瓷实，眼睛眯缝，长得矮墩墩的，住在17号院西面一个独院里，两间坐北朝南的土坯正房，院墙是草泥跺的，有一人高，木头院门朝西。徐长林带着小刘和治安员小胡，坐在一辆民用面包车里，对着西门昼夜注意老太太的行踪。这一次，杨老太似乎很配合，吃饭睡觉按部就班，进进出出都在小院里，白天烟筒冒烟，夜晚灯光昏黄，没有迈出大门一步。一个星期过去了，这天傍晚，徐长林给小刘和小胡说："我回去洗个澡换换衣服，最多两个小时，天天窝在车里，衣服都捂臭了，你们可要盯紧。"之前七天，徐长林一步都没有离开，透过车窗死死盯着院子，小刘和小胡两人轮流回去休整。

夜色迷离，寒风凛冽，连队静悄悄。谁也没有想到，就在徐长林离开岗位的两个小时，发生了一件匪夷所思的事件，事后令人哭笑不得。外表木讷愚钝的杨大琴内心老谋深算、精明老练，她一刻也没有放弃出去上访的念头，她表面上作出一副积极顺从安于现状的样子，内心早已密谋好"调包计"，可惜徐长林一双火眼金睛眨都不眨，她没有一丝机会。这天天色擦黑，她暗中偷窥到徐长林骑自行车出去了，心中窃喜，这可是千载难逢的好机会。徐长林前脚离开，杨老太后脚迅速行动，趁两位毛头小伙打瞌睡不注意之际，悄悄从东面院子翻墙而出，趁着夜色来到妹妹杨小琴家，让妹妹从院墙外翻进自家院内，杨小琴在屋子里开着灯，在院子里进进出出，造成杨大琴还在家中的错觉和假象，而杨大琴趁着浓浓夜色翻墙离开了17院。杨老太心思诡秘，瞒天过海，"调包计"几乎完美无缺，时机掐算得恰到好处，整个过程做得天衣无缝细节缜密，而且神不知鬼不觉。五天后，杨老太一路乘班车、坐火车来到京城，出现在信访总局，留守在京城的信访局工作人员电话一直打到排子县县长办公室，而此时徐长林三人在17号院还蒙在鼓里，听到这个消息后目瞪口呆。以后很长一段时间，这件事成为笑柄在各个派出所流传，成为民警们言谈间嘲弄和奚落的内容，毫无疑问，徐长林又是笑话的主角。

杨大琴越级上访，影响严重，黄渠乡被信访总局通报批评，作为直接责任人的徐长林，再一次被推上事件的风口浪尖。

上级调查时，徐长林没有说回家换衣服洗澡的事，他把责任全部揽了过来，自己工作失误犯了错，反正横竖都要挨板子，一板子两板子都一样。小刘年轻，马上要结婚了，以后的路还很长，不能影响他的前程。

事后，徐长林精神恍惚，茶饭不思。大风大浪没过去，小河沟里又翻了船，他再次陷入深深的自责和愧疚中。假如当时自己脑子多转几圈，腿脚勤快一点，到院子里看一看，走一走，就不会出现这个结果。虽然杨大琴和她妹妹身材相似，冬季穿的衣服鼓鼓囊囊，从外表很难分辨，但是到了跟前还是可以辨别出来，说两句话就可以听出来。唉，薛所长相信他，把这么重要的任务交给他，由于自己的疏忽大意却捅了个大窟窿，真是无地自容，无颜见江东父老。自己大意失荆州，薛所长也跟着灰头土脸，受到了局长的严厉批评。以后几年里，局长开会讲到重点人员防控，必提这个经典案例。徐长林做梦都后悔，但这个世界上没有卖后悔药的，他肠子都悔青了，也无济于事，事情已经按照它本身的荒诞逻辑实实在在、稀奇古怪地发生了。

连着两年，徐长林接连两次出事，两次受处分，都是天大的事，而且都在关键节点重要时刻。公安机关领导职数本来就少，轮到派出所就更少，徐长林错过了一个基层民警提拔重用的最佳时机。长江后浪推前浪，一步跟不上，步步跟不上。错过了一个村，就没这个店。从此，徐长林与仕途失之交臂，以后几十年，他原地不动一路踏步，直到脱下警服退休，他仍然是一个大头兵。

四

徐长林是支边青年的后代。

徐长林的父亲徐海河家在南省东南部的上蔡县，一个平原上的小村庄，盛产高粱、红麻、生姜。当地曾出过一位丞相，这位丞相不仅是政治家、文学家，还是一个大书法家。他写的小篆呈长方形，有着严格的比例，造型精简，朴实有力，摆脱了大篆的烦琐装饰，家乡有这样一位大书法家，很多上蔡人从小养成了习练毛笔字的传统习俗。徐长林的爷爷自幼读私塾，精心临帖，后来成为上蔡县有名的书法家。徐海河小学毕业，五岁起跟着父亲学写字，过年过节帮着左邻右舍写春联，练得一手好毛笔字。从上蔡来到康明市排子县后，徐海河在黄渠乡坝上村当农工，因为有文化、字写得好，后来到生产队当记工员，又到县里当了文教，成了一名脱产干部，天天背着一个铁皮喇叭，在田间地头宣传好人好事，拿着大排笔在墙上写标语口号，用各种粉笔出黑板报，是生产队的活跃人物。

文教舞文弄墨，写写画画，在生产队属知识分子之列。结婚后，母亲生了四个孩子，徐长林有一个哥哥，两个妹妹。父母含辛茹苦将他们养大，供他们上学。子女们传承了父母的优秀基因，虽然没有大的出息，但一个个无忧无虑健康成长。哥哥徐长军高中毕业后在康明市第三中学当老师，大妹徐长虹中专毕业在医院当护士，小妹徐长霞远嫁到了南省上蔡县。小时候徐长林跟着父亲，耳濡目染喜欢上了写字，父亲在墙上黑板上写，他拿着小木棍在地上写，一笔一画，字写得有板有眼规规矩矩。上小学后学校有写大字课，他的毛笔字被老师当成范文贴在墙上学习专栏里，让同学们观摩学习。高中毕业后，他回到排子县参加劳动。当时的高中生凤毛麟角，他长得白白净净，又写得一手好字，吃苦耐劳，工作表现好。这年父亲提职，徐长林被推荐以工代干当文教，算是接了父亲的班。当了两年文教，转了正式干部，又恰逢黄渠乡派出所需要人，组织科抽调他到派出所帮工，那一年他25岁。他是高中生，字又写得好，有眼色，又勤快，笔录做得清清爽爽、干干净净，还会写总结、简报、通讯稿，薛怀忠所长很喜欢他，也器重他，很快被正式调入派出所，成了一名警察。

他的钢笔字写得龙飞凤舞，灵活舒展，带有浓烈的艺术气息，连检察官法官都喜欢看他做的调查笔录，赞叹说，看徐长林做的笔录是一种美的享受。他像所有刚入警的年轻警察那样,穿上警服的那一天,他雄心勃勃、豪情万丈,相信自己前途无量,会干一番大事业。

在派出所当管区民警,天天接触老百姓,处理的都是鸡毛蒜皮的小事,或者是偷鸡摸狗拔蒜苗的小案子,要想出人头地、脱颖而出,必须在侦破案件上有所建树和成绩,让大家对你刮目相看心服口服。"群众看公安,公安看破案"说的就是这个道理。

可是一个小小的管区,一年能发生多少惊天动地的案件呢?有的民警可能一辈子也遇不上一起大案。偏偏徐长林遇上了,谢福根特大杀人案和杨大琴信访事件发生后,接连两次打击受挫,两份处分决定装进了档案,提拔副所长也泡汤了,徐长林一度像秋天酷霜打过的茄子,成天耷拉着脑袋,忧心忡忡,愁眉苦脸,干什么都提不起精神和兴趣。

消沉低迷了一段时间,徐长林慢慢从窘境和困惑中解脱出来。一是管区工作繁琐复杂,需要他全力以赴,不能分心,长期这样下去,对自己身体和工作都不利,而且徒弟小刘年轻气盛,上进心强,正是干工作创事业的年龄,自己的负面情绪不能影响到小刘的工作热情,作为师父要引导他积极向上;二是随着时间的推移,他的心境发生了积极的变化,对仕途渐渐看得没有以前重了,一官半职有了好,没有也一样过。一个船上的水手,不可能全部当船长,船长只有一个,他要当最好的水手。以后的路还很长,把眼前工作干好比什么都重要。

徐长林没有什么爱好,闲暇时间喜欢下象棋、练毛笔字。县邮政局的邮递员李存亮是他的棋友,没事的时候来派出所,或者徐长林到邮局,两人在树林带里下上三五盘象棋,楚河汉界,车马相争,不为输赢,只为打发消磨寂寞时光。有时候到了下午下班时间,下完棋,两人来到滑冰场旁边的常记饭馆小酌。他俩约定,这次徐长林请,下次李存亮请,两人轮番互请,谁也不用客气推让。饭馆老板就姓常,因为是老熟客,徐长林和他很熟悉,叫他常大哥。"常记饭馆"四个字是常老板央求徐长林写的,字体是隶书,镌刻在浅黄色的厚木板上,字体宽扁,古朴典雅。常老板很喜欢这个没有架子、性格随和的警察,只要徐长林来了,他必定亲自下厨炒菜,日子久了,他知道徐长林的嗜好,不说菜谱,就知道该上什么菜,拿什么酒。

来到饭馆,他和李存亮坐下,常老板从后堂取菜口看见他俩,吆喝一声:"兄弟来了!"粗声大气,声如洪钟,透着一股豪爽亲切。徐长林接一句:"来了!"接着又是一句:"常大哥好吧!"常老板答:"好!好!"底气十足,震得后堂嗡嗡响。一般是一壶浓茶,亲自端上来,笑着说:"兄弟,你们先喝茶,我去给你们炒菜。"常老板炒一盘爆炒肥肠、一盘花生米，或者一盘红烧脆肚、一盘酸辣白菜，一荤一素，一凉一热，他俩打开一瓶500毫升的白酒，一人一半，倒在茶杯里，聊着喝着，喝着聊着，直到瓶干菜尽，夜色朦胧，再一人来一碗香气扑鼻的葱花肉丝面，吃得热热乎乎、舒舒服服，再续一壶茶，喝完，结账，两人才离开，各回各家。

有时候，常老板炒完菜没事了，端上一盘青椒猪肝或者一盘红油猪耳，放在他俩桌子上。这盘菜是他送给他们的，不收钱，常老板也坐在桌子上。常老板圆脸，很胖，敞着怀，一天到晚笑眯眯的，像一尊弥勒佛。三人对饮，吃着菜，喝着茶，扯着闲话。来了客人，常老板还要去招呼，说一声："两兄弟，失陪了！"起身离席，徐长林和李存亮也不站起来，说："你忙！你忙！"他俩继续喝，继续吃，继续扯闲话。

这天上午，薛所长又把徐长林叫到办公室，告诉他，局里决定调他到刑警大队工作。他心里一惊，看着薛所长。薛所长看着他说："长林，你不要有其他想法，这是局里的正常调动，你去了当内勤，工作比派出所轻松。咱们还是战友，你今天把工作给小刘交接一下，晚上派出所在常记饭馆安排了一桌饭，弟兄们给你践行。"

后来在公安局，徐长林又调换了几个部门。但是无论在什么岗位，从事什么警种，徐长林的一个小日记本却随身携带，装在警服的上衣口袋里，扣子扣得严严实实，没有一天离开过他。那是一个粉红色塑料皮的巴掌大的日记本，当年黄渠乡派出所发的工作日记，薛所长要求每个管区民警都要记录当天的主要工作内容，以便年终检查和总结。1984年8月7日这个特殊的日子，海枯石烂般镌刻在他的脑海里，他永远都不会忘记。时间久了，这个日子已经融汇到他生命里，成为他肌体中不可或缺的一个鲜活细胞。

那天是中国女排"三连冠"的日子，更是谢福根特大杀人案发生的时间。

这个小日记本，扉页上贴着谢福根的3寸黑白照片，他微胖的脸庞，粗黑的眉毛，像两条胖胖的豆虫，两个像海棠果一样的圆眼睛，紧绷着的厚嘴唇，徐长林早已烂熟于心，闭上眼睛也能浮现出他清晰无误的嘴脸。日记本里面记录了谢福根所有的社会关系。他的父母谢成连、蒋荷红原籍在甘城天元市新谷县，他有三个姐姐，两个妹妹，号称黄渠乡"五朵金花"。谢福根留板寸头，小胡子，左耳上有一颗玉米粒大的肉瘤，平时走路的步幅姿态，身高胖瘦，穿42码的鞋子，单眼皮，戴的"海莲"牌手表，喜欢吃捞面条炸油饼，嗜酒吸烟，尤其喜欢到"常记饭馆"吃红烧肥肠、爆炒脆肚，这是他反复调查谢福根的家人和知情人后确定的，记了满满一本子。

谢福根杀人案发生后，徐长林无论下管区走访住户，还是平常生活中的琐碎闲谈，抑或街上无头无脑的一句话，只要关系到谢福根，他都用心牢牢记住，然后打破砂锅刨根问底，回来整理后详细记录在小日记本里，时间、地点、何人、何事、因果关系等，密密麻麻，钩织了一幅杂乱无头绪的线索图资料库。日思夜想，念念不忘，谢福根的踪影无形中成为徐长林的一块心病，经年累月萦绕心头，最后深深扎下根来，像一个地痞无赖一样在他心里筑窝垒巢。有时候，徐长林更觉谢福根像一个魔鬼般的幽灵，常常不经意间在他梦中、幻觉中出现，有时候毫无预兆地跳出来，避之不及挥之不去。夜色中，徐长林一骨碌从床上爬起来，望着黑漆漆的天花板，长叹一声。他在内心发誓一定要找到谢福根，活要见人，死要见尸。

案件发生以后，谢福根只打了一个电话。那是案件发生一年以后的一个秋季的中午，电话打到面粉厂值班室，接电话的是警卫常连疆。他问常连疆谢成连、蒋荷红的情况，常连疆心里一惊，说这两个人都不在了，两个月前埋在木里河边了。常连疆听出来这个故意捏腔拿调的人是谢福根，他和谢福根都是面粉厂的警卫，他太熟悉他的声音了。常连疆紧张得嘴唇哆哆嗦嗦，想多说两句话，对方已经挂了电话。

那时，打长途电话要先和总机联系，联系好后，再挂断电话，等总机转接到对方后，对方在话筒旁等待总机回路到打长途的那部电话，振铃之后双方才能通话。而且省与省之间的电话线路只要繁忙，就要重新等待转接。

得此消息，刑警立即闻风而动顺源调查，电话是从县里总机转过来的，顺着电话号码，民警一路追踪到了郑市，最后查明是从郑市火车站一个邮政局打出来的，询问当天值班人员，值班员打开工作日志，确认那个时刻有人打过康明长途，登记的名字不是谢福根，他已记不清打电话人的模样，火车站人来人往，天天人群像潮水一样流过，谁也不会注意一个与己无关的外人。线索到此中断。根据上级的安排部署，排子县公安局又迅速组织警力，兴师动众，不远千里，花费大量人力、财力，以郑市为中心，辐射周边县市，开展了大规模的地毯式排查，历时一个多月，却无任何结果。

谢福根打来的这个电话，刑警通过仔细分析，至少可以证明三点：第一，谢福根还活着，杀人后犹如惊弓之鸟，在外隐名埋姓四处流窜，没有具体固定的住址；第二，他是个孝子，虽然犯有命案逃匿在外，但内心仍然牵挂着年迈的父母；第三，他在得知父母双亡后，可能直到客死异乡也不会回黄渠乡了。

这个电话以后，谢福根此后再也没有一丝消息。

往事灰飞烟灭。毫无疑问，案件也再无任何实质性进展。

五

徐长林踏上了寻觅谢福根下落的漫漫路途。这种奔赴异乡的寻觅，断断续续，时断时停，却从未间断，一直伴随着他后半生的从警生涯。

当然，这个念头不是现在产生的，也不是一时心血来潮。从发案那天起，看着血淋淋的杀人现场，倒在地上的四条曾经鲜活的人命，徐长林就在心里发誓要抓住凶手谢福根。可是人海茫茫，到哪里去追寻谢福根的踪迹？自己是一个普通的民警，又有何能力去抓捕毫无踪影的凶犯呢？日思夜想，他决定只身外出去寻找。

1985年秋天，徐长林利用公休时间，自费去了谢福根甘城老家一趟。这趟甘城之行，他思考了很长时间，谢福根父母的原籍有众多亲戚和熟人，地理位置较为偏僻，他是否藏身在那里？经过深思熟虑，他决定去一趟甘城，寻找谢福根的下落，否则这个症结始终是他的疑点和心病。甘城之行，是他开始寻觅的第一站，他谁也没有告诉，连妻子柳叶梅也不知道，他只给她说出去散散心，十天半月就回来。柳叶梅也没有多问。按照日记本中记载的地址，他独自一人坐火车来到了谢福根父母谢成连、蒋荷红的原籍甘城天元地区的新谷县。

下了火车，他来到新谷县公安局刑警队，掏出警察证，作了自我介绍，叙说了谢福根杀人案经过，请求同行协助他调查有关事项。接待他的是一个副队长，前两年康明警方曾来过新谷公安局，所以他知道这个案件，得知此次徐长林自费前来调查，他深受感动，说了一句："天底下还有你这样的警察！"临近中午，他请徐长林吃了一碗香喷喷的牛肉面，以县公安局名义为徐长林开了一张介绍信，又打电话给盘安镇派出所，要求尽可能协助徐长林开展调查。

徐长林来到盘安镇派出所，和派出所一位民警来到谢福根父母所在的村庄。这是一个人口稀疏的陇中农村，叫谢家村，三面环山，一面平原，一百多户村民以种植辣椒为生。正值秋季，天气凉爽，山野泛黄，红艳艳的辣椒串挂满了家家户户的房檐和院落里的树杈，空气里弥漫着甜丝丝的辣椒成熟的香气，村子里一派丰收喜庆气象。派出所民警给他介绍说，这个村有2700多年的历史，世世代代居住的村民大多数人家姓谢，有着错综复杂的血亲姻亲关系，小村民风淳朴，和睦相处，已经二十多年没有发生刑事案件和治安案件。民警把他介绍给谢村长就走了。

徐长林在谢家村待了三天，白天走访谢家村人，晚上买来酒菜和谢村长喝酒聊天，村长黝黑干瘦，不善言语，酒量却大得惊人。三天以来，他走遍了所有与谢成连、蒋荷红沾亲带故的谢家人，理清了与谢福根家丝丝缕缕的亲戚关系，案件线索却一无所获。临走，谢村长送给他一小布袋辣椒面，说这里的辣椒含有一种本地的矿物质，别的地方没有这个味。他心里却怅然若失，对谢村长的好意不置可否，最后只好无功而返。

后来他又到过很多地方。有时候出差办案，有时候开会学习，有时候探亲旅游。他央求比他小很多岁的局办公室主任，低声下气说好话，要了一沓子盖有公章的空白介绍信。每当到一个新的地方，下了火车飞机，找好旅馆住下，同事们有的去名山大川，有的去探亲访友，有的上街购物，他第一件事是填好介绍信，来到当地公安局或者派出所，请求查阅流动人口登记本和外来人口暂住证，四处寻觅谢福根的踪迹。他把自己油印的公安部通缉令留在派出所，请他们张贴在公共场所和交通要道。三十多年来，他走了多少路，去了多少地方，公费还是自费，花了多少钱，他记不清了。人口稠密的城市群，经济发达的沿海地带，高原的崇山峻岭，中原盆地的沃野……都留下了他行色匆匆步履匆忙的身影，陌生的街巷有他张贴的谢福根通缉令，多少年了还贴在墙上电线杆上，任凭风吹雨打模糊陈旧了颜色。他的小日记本记录的满满当当，除了那最南和最西的边境城市，他几乎跑遍全国所有的省份。

徐长林像一个独行侠，一个人独来独往，在局里显得孤僻古怪不合群，他也不理会，不解释，依然我行我素，独来独往，有股一条路走到黑、不到黄河不死心的犟劲。只有薛所长和小刘知道他内心深处的那个死结。后来薛怀忠在一次执行任务中牺牲了，他心中的这个秘密只有小刘一个人知道。

心痛还得心药医，解铃还须系铃人。小刘知道师父心中的这个死结，只有谢福根才能解开。

在黄渠乡，谢福根的名字连着远近闻名的杀人案，人们提起来，都要和"五朵金花"联系在一起，不提谢福根的名字，只要说他的姐妹是有名的五朵金花，大家都知道是谢家。杀人案发生后，谢家"五朵金花"纷纷离开黄渠乡，跟随丈夫调离的，远嫁他乡的，不到一年的时间，全部离开了谢家。她们实在背不起这个骂名和数不清的唾沫星子。

当年，谢福根的三个姐姐和大妹，在案件发生前已经结婚，只有小妹还没有成家。谢福根的小妹谢蓝花在姐妹中长的最漂亮，亭亭玉立，一双丹凤眼，一对柳叶眉，娇艳妩媚。据邻居说，当时她的条件是，谁能把她从乡里调出去，她就嫁给他，可见谢福根杀人案对家庭成员造成的影响。后来谢蓝花嫁给了一个汽车司机，最后一个离开了黄渠乡。五个姊妹离开后，只回来了两趟，第一次是父亲去世，第二次是母亲去世，她们匆匆把父母埋葬在木里河边墓地，黄渠乡便再未出现过"五朵金花"

的身影。

徐长林到劳资科查看了当时谢家姊妹的调动手续存根，又在派出所户籍室，查阅了户籍迁移手续，确定了她们的迁移地址和工作单位。谢家五姊妹，大姐谢金花、三姐谢梅花在甘城门钢油田，二姐谢银花在绍平市，大妹谢雪花在昌淮，小妹谢蓝花在华林市。确定了地址后，徐长林踏上了寻访之路。

门钢油田位于甘城门钢市，1988年夏天，徐长林来到油田保卫处，说明了来意。保卫处很重视，立即进行隐蔽调查，没有发现谢金花、谢梅花与谢福根有何联系和瓜葛，徐长林留下了通缉令和电话，离开了门钢。二姐谢银花在绍平市星光机械厂，那是一家生产建筑起重机的企业。之前在面粉厂调查时，邻居反映谢福根与谢银花关系最好。在厂保卫科干事陪同下，徐长林见到了谢银花。谢银花住在一个大杂院里，一见家乡来的徐长林，便明白了徐的来意。她的脸上罩着一层灰，明显不高兴，却又不好发怒。她说自从那件事发生后，她再也没有见过谢福根，也没有任何来往。徐长林给她说："有了你弟弟的任何消息，你要立即向保卫科报告，否则就会牵连到你。"她当然知道利害关系，说："请你放心，有情况我一定立即报告。"

徐长林又到她家隔壁邻居走访，结果一无所获。刚走到院子门口，谢银花端着一盆脏水泼了过来，泥水溅起灰尘几乎就在他脚后跟，一群鸡惊叫着扑棱着翅膀离开了，谢银花指桑骂槐地说，成天叽叽喳喳，烦死了！烦死了！徐长林无可奈何地摇摇头走了。

大妹谢雪花在昌淮利民食品厂，小妹谢蓝花在华林市达征运输服务公司，五姊妹都有正式工作，各单位的保卫部门都很重视，徐长林一一留下通缉令和联系方式。以后的日子里，徐长林逢年过节，都给这些保卫干部寄贺年卡、发短信，保持联系，或者寄一些黄渠乡的土特产野蘑菇干、枸杞、苹果等，有的保卫科换了人，他又前去拜访，始终和他们保持联系。

至于新安省，徐长林更是倾注了全部的心血和足迹。在公安局，为了攒下休息时间，他平时和其他人换夜班，两天换节假日的一天，利用宝贵而短暂的星期六星期天节假日，外出寻觅谢福根的下落。从东部的颐江、钦阳到中部的灵充、太汾，再从北部的乌新市、玉辉市到西部的东远、连春……他像一个流浪者一样走遍了。南部有不少民族聚集区，他为了和民族群众交流方便，甚至学会了一些当地语言，这样不用找人翻译，他就能和民族商人说话。有一次国庆长假，他从颐江市到东远市，为了省钱，他背着装满油印的通缉令，提着干粮和水壶，在空无一人的公路上等便车，有时候车不停，他只好冒险站在路中央，在司机的责骂声中，央求过路司机捎他一程。在东远，他晚上吃过饭后，带着通缉令和胶水，到街上张贴。在一个小巷旮旯里，他正往电线杆上涂着胶水，冷不防窜出来一条流浪狗，朝他脚踝骨上咬了一口跑了，他疼得钻心，蹲在地上。他强忍着疼痛，一瘸一拐找到防疫站，给值班警卫说好话，叫来了医生，给他打了狂犬疫苗。他在小旅馆躺了三天，才能下床慢慢走路。

还有一次，他神情疲乏，提着背包在街上行走，一辆摩托车从他身边飞驰而过，手中的背包被人抢了，他快步去追，眼看要追上了，伸手去抓背包，却拉开了背包的拉链，摩托车吼叫着跑远了，背包里面的通缉令像天女散花般飘落了一条街。有时候，他几天没有洗脸，衣衫不整，蓬头垢面，像一个沿街乞讨的乞丐，混迹在流浪汉拾荒者和修路淘金拾棉花的人群中，四处穿梭，不停奔波，在旁人的白眼和厌恶的斥责声中，他全然不顾，一心只为了找到谢福根。

可是苍天辜负痴心人，所有的奔波和付出，都是无用功，每次徐长林都是行囊空空，失望而归。

最难忘的一次，是发生在徐长林身上的抢劫案。2002年五一长假，他来到蒙省嘉西市平成煤矿，在煤矿转了两天，这天傍晚，他背着包来到山脚下的公路，想搭一辆便车回平成市。从远处驶来一辆吉普车，他赶紧招手示意停车。车停了下来，从车上跳下来三个小伙子，对他拳打脚踢，他拼命反抗，却寡不敌众，歹徒抢走了他的背包和手机，开车扬长而去。他被打得鼻青脸肿浑身疼痛，倒在地上，夜色浓重也没有看清车牌号。过了很长时间，他从地上爬起来，拖着疲惫疼痛的身子，顺着公路慢慢往前走，后来碰到一个好心的司机，将他带回平成。他身无分文，只好一边打工，一边往回走。他在建筑工地卸过水泥，弄得一身泥灰；从羊圈里往外拉肥，浑身脏臭，挣了钱买了车票才回到黄渠乡。那一次，他被局里记10天事假，扣了年终奖。徐长林谁也没有说，只有小刘能猜出来事情的一二，但师父不说，他也不敢问，师父始终没有给他吐露一个字。

2005年的一个冬夜，凌晨5点多，徐长林的手机突然响了，他一看，是绍平市的号码，他的心里一惊。打电话的人是星光机械厂的保卫干部，说他们厂的警卫抓住了一个偷窃钢管的小偷，身材长相酷似通缉令上的谢福根。他像打了一针强心剂，一骨碌下床，说："我现在就出发到绍平市。"他穿好衣服，顶着寒风匆匆来到客车站，坐了第一趟班车往绍平市赶。在车上，他给领导发了一个短信，说家里有急事，请一天假。来到绍平后他赶忙招了辆出租车赶到星光机械厂，一看这个小偷，却大失所望，他长得确实很像谢福根，身高、脸型、五官都很像，却不是谢福根。他哇哩哇啦嚷叫着，却听不懂说的什么，后来证实他是一个哑巴。民警通过人像比对系统，在公安网里调出了他的人口信息，他是西德临春人，父母双亡，长年流窜在外，以偷窃和乞讨为生。他谢了保卫干部，中午饭也没有吃，又坐班车回黄渠乡了。

　　三十多年的寻觅追凶路程，漫长遥远，艰难险阻，只有徐长林心知肚明。他记不清走了多少路，去了多少陌生的地方，他只记得，自从谢福根杀人案发生后，他没有在黄渠乡和家人过一个团圆年，没有和他们吃过一次年夜饭。他心中淤积的万千孤独和辛酸，对家人的愧疚和心酸，只有他一个人品尝咀嚼。在万家灯火、万家团圆的时刻，在别人沉浸在年夜饭的美味和春节联欢晚会的欢笑声中时，他背着装有通缉令和干粮的行囊，一个人行走在异乡未知的路上。山高水长，风雨迷离，城市的白天车水马龙，夜晚灯火璀璨，人群熙熙攘攘来来往往，他混杂其中，孤苦伶仃，有时候茫然无措，被人推搡着往前走，没有人理会这个神情迷茫心事重重的外乡人。他隐秘的不为人知的内心深处，一半是干柴，一半是火焰，撞击后就是熊熊燃烧的烈火。但更多的时候，他内心充满了阳光和希望，他静静等待，用一生等待。他坚信无论是阴雨迷蒙还是雾锁大江，太阳总会从东方升起，金丝雀会在每一个早晨在窗外欢叫。他没有走到目的地，是因为他的路还没有走完，当有一天山穷水尽、精疲力竭，他一步也迈不开的时候，精诚所至，铁树开花，他期待的猎物就在他脚下。

　　最初，徐长林外出的时候，妻子柳叶梅是支持的，她和徐长林父母家，都没有什么负担，只有一个女儿徐美玲，从小乖巧懂事，学前教育和上学后的辅导，柳叶梅全包了，指望徐长林也指望不上，天天忙，节假日还出去寻找谢福根。但是，年复一年，时间长了，看见别人家小日子过得红红火火，自己家还是结婚时的老家具，陈旧破烂，柳叶梅渐渐烦了，对徐长林产生了看法。

　　"全国这么大，难道你要把所有的地方都跑遍吗？"柳叶梅问他。

　　徐长林没有回答她的问题，他看了她一眼。

　　"不抓住他，我躺在棺材里也不安生。"他给柳叶梅说。

　　"你真是一块榆木疙瘩！你们公安局每一个案子都侦破了吗？每一个坏人都抓住了？你们个个都是福尔摩斯神探？"柳叶梅针尖对麦芒地说。

　　徐长林看着柳叶梅由于内心激动而涨红的脸，略微扭曲的五官，他的心里隐隐作痛，这就是当年那个小鸟依人、温柔多情的柳叶梅吗？当初她不就是被自己的一身警服所吸引吗？这才过了十几年，就变成几乎他不认识的样子，生活啊生活，你的柴米油盐滋养了人，也使多少人变得平庸和现实，就像河里的石头，一开始都是有棱有角的，后来都被夜以继日的水流摩擦得光滑圆润。

"你天天在外面跑，从来不顾家，这日子真是没法过了。"柳叶梅又说了一句。

"没法过就不过！"徐长林生气地说。

"你！这可是你说的。"柳叶梅圆眼怒睁，看着徐长林说。

"就是我说的。"徐长林有点斩钉截铁地说。

有一次，柳叶梅发现放在写字台抽屉里给自己买生日大衣的300元钱少了，她想着一定是徐长林拿着出差找人去了。

她气得柳眉倒竖，徐长林出差回来，柳叶梅质问徐长林："你为什么动我的钱？为什么？"

徐长林看着这个曾经温柔无比的女子，现在变得如此蛮横无理，刚进家，口干舌燥肚子饿，连一声问候都没有，一股烦闷从胸而起，伸手一把推开了柳叶梅。不承想柳叶梅一个没站稳，竟直接摔倒在地。柳叶梅愣了半晌，"哇"的一声大哭起来。

徐长林也愣住了，他不知所措地看着柳叶梅，心中很后悔刚才的粗暴举动。

柳叶梅拉开门，捂住脸，跑出了房子。

晚上，柳叶梅的父亲找上门来，这位文质彬彬的场部中学副校长，此时因为愤怒，眼睛睁得溜圆，他声音颤抖着质问徐长林："我的姑娘，我从小到大没有舍得动过一指头，你怎么敢？"

徐长林赶忙承认错误，给岳父赔了不是，然后到岳父家好说歹说把柳叶梅领了回来。

两个人算是暂时和好了，但从此以后，两人各花各的钱，井水不犯河水。

三十多年过去了，黄渠乡已是物是人非。面粉厂早已不复存在，原来的厂房荡然无存，家属区已经盖起了幢幢高楼，街上增添了很多陌生的面孔，冗杂着各地的方言，很少有人知道这里曾经发生过一起惊天大案。

三十多年，弹指一挥间。排子县公安局局长、政委、派出所所长、刑警队长换了一茬又一茬，每有新领导上任，他们雄心勃勃，跃跃欲试，也试图重新组织力量，侦破这起当年非常轰动影响巨大的杀人案件，雪洗公安之耻，提振警队士气，给老百姓和受害人家属一个交代。还有一个血气方刚摩拳擦掌的刑警队长，在公安部开展的"命案必破"专项行动中，上任伊始信心百倍信誓旦旦，发了誓言，立下警令状，一心想抓获谢福根。但限于当时的侦破条件，案件没有留下任何重要有价值的线索，特别是谢福根逃匿后的踪迹，没有一丝线索。这个案件令年轻气盛的刑警队长蒙羞折戟。后来有了互联网，全国公安机关进入了信息化时代，公安部建立了失踪死亡人员DNA信息库，谢福根被列入公安部追逃网。以后，县公安局组织的历次清网行动都将谢福根纳入通缉抓捕的首位，重点督办，但依然毫无讯息。谢福根犹如石沉大海，茫茫人海之中，再也寻他不着。年轻的领导们看着陈旧泛黄的刑事侦查卷，刚开始一个个踌躇满志，想啃下这块硬骨头，到了最后，内心却有老虎吃天无法下口的无奈和惆怅，最后只好把案卷存放在档案室铁皮柜，在岁月中静静蒙面尘封。

六

时光荏苒，光阴如梭。从25岁当警察时的满头青丝到如今头发花白临近退休，徐长林快要走完了自己35年的从警之路。他的故事，像河滩上的石头一样拥挤密集，三天三夜也说不完。有时候闲下来，他点一支烟，眯缝着眼睛，往事历历在目，像黑白电影一样掠过脑际，他沉浸在过去的岁月不能自拔。

还有三个月就到退休年龄了，徐长林开始做退休前的准备和今后的打算。

干了一辈子警察，没有留下什么东西，最后到了办公室，管理档案，工作清闲而无聊。办公室柜子里就是一些业务书籍和自己厚厚的一摞子书法作品，以及一些书法获奖证书和奖杯奖品，几盆长着绿叶子的君子兰、马蹄莲、滴水观音。他把属于自己的私人物品整理好，放在早已准备好的纸箱子里，燕子衔泥一样，每天一点一点往家拿。属于公家的移交品，他也整理好，放在柜子里，详细列了物品移交清单。几盆花草他早早送给了同事。这样，等到退休批复一下来，他就可以回家休息了。

终于到了退休那一天。这天上午，政工科的年轻干事找他填了表，他上交了工作证、对讲机、警号、肩章、数字证书，还有一副手铐。

徐长林的第一副手铐是当警察第一天就别在他皮带上的。谢福根杀人案发生那天晚上，就是这副手铐陪着徐长林的，直到他调离派出所才从身上取下来。

当年他离开黄沟派出所，调到县公安局刑警大队当内勤时，他把手铐交给薛怀忠所长。薛所长接过沉甸甸的手铐，看了一眼对他说："长林，你走了，也没有什么东西送你，这副手铐也不能留给你当纪念，但你要记住你虽然调到刑警队，但咱们还是一个局，咱们还是战友。"

第二副手铐便是在刑警队的时候分配的，后来他又离开了刑警队，辗转了很多部门，但无论在什么地方，他都带着这副手铐，相伴了几十年，却没有派上一次用场。手铐早已被衣服磨得锃光瓦亮，闪着明亮的金属光泽。现在要退休了，他又要把手铐上交了。

办完退休手续，他离开办公楼往家走。走到林荫道拐弯的时候，他又站住，转过身，回头看了一眼那个耗费了他几乎一生心血的灰颜色办公楼，办公楼高高矗立在眼前，金色盾牌在阳光下闪着耀眼的光芒，一群洁白的鸽子呼叫着飞过高楼。他知道，从明天起，他再也不会走进这幢办公楼，一丝异样的感觉随即涌上心头，他心里竟有几分不舍和难过。

正准备离开，回到家，他把挎包里的水杯牙具拿出来，一一放在茶几上，然后呆呆地坐在沙发上。妻子柳叶梅在五年前已经退休，现在在工会老年合唱团唱歌，每天操持完家务，就和她的歌友在文化宫练合唱，回来的时候到市场买一兜子菜。女儿徐美玲计算机专业本科毕业，留在了江州，也已成家。此刻，他独自一人，满腹心事。

这时，手机响了，是主任打来的，邀请他晚上到常济大酒店吃饭，算是大家给他饯行。他的心里一热，赶忙答应下来。

盆地七月的傍晚，依然是霞光满天，空气燥热。徐长林出了门，早早来到常济大酒店。夕阳掉进了地平线，天还微亮着，常济大酒店的霓虹灯就亮了起来，烫金店名闪闪烁烁，显得光怪陆离，却又别有一番艳丽迷人。常济大酒店的前身就是常记饭馆，现在由常老板的儿子经营，前几年改的名，想当年店名还是常老板请他写的，现在的店名据说是请的一个大书法家写的，一个字要一万块，这还是托关系收的友情价。常老板的两个儿子胆大敢闯，他们摒弃了父亲小作坊式的经营模式，扩大了规模和经营范围。以前饭馆旁边的旱冰场没有了，周围的土地被酒店以商业用地租用，盖了一座豪华气派的五层大楼，外墙贴着闪闪发亮的白瓷砖，四周安装了彩色霓虹灯。酒店集餐饮、住宿、娱乐于一体，一到晚上灯火通明，霓虹闪烁，食客、旅客、玩客纷至沓来，是黄沟分场最为火爆的餐饮娱乐休闲场所。

徐长林抬起头，看着门楣上金光闪闪的"常济大酒店"五个大字。这个书法大家，在全国书法界大名鼎鼎，他从小临摹赵孟𫖯胆巴碑字帖，笔法秀媚，苍劲浑厚，洋溢着一种高贵、典雅的气息。可现在，红尘滚滚，世风日下，如此高雅珍贵的笔墨竟悬挂在灯红酒绿的商业殿堂，显得不伦不类。这些大腹便便的食客和腰包鼓鼓的暴发户，有谁会关注欣赏这些高雅艺术，作为艺术的书法被附庸风雅装饰门面，作品明码标价，像萝卜白菜一样论斤论捆出售，是艺术家的荣耀辉煌还是悲哀堕落？他内心沉重迷茫，百思不得其解。

酒店门前站着两个身穿旗袍的迎宾小姐，身材苗条，年轻靓丽，脸上化着浓妆，目不转睛地看着徐长林，脸上带着职业的微笑。

徐长林走上高高的台阶，立即有一个小姐扭着腰身款步迎着他走来，笑着柔声问道："先生，您好！您有预约吗？请问是几号包厢？"

徐长林让小姐把他带到后堂，他要去见常老板。自从饭馆改名重建后，他还没有来过。

常老板也老了，头上顶着一层稀疏的白发，唯一不变的仍然是胖，仍然像个弥勒佛。他在酒店不管事了，在家闲着没事，在酒店给儿子招呼一下生意。他见了徐长林格外亲热，大声嚷着："今天什么风把你吹来了？稀客！稀客！"

徐长林上前握住他那肥胖的手掌，说："我今天退休了，大家给我凑一桌饭，算是给我送行吧！"

常老板用力摇晃着徐长林的手臂说："真的恭喜你呀长林！现在再没有比退休更好的事了，忙了一辈子，也该歇歇了！过两天我请你，把存亮也叫上，咱兄弟们好好喝两杯，好好唠唠嗑！"

告别常老板，徐长林来到楼上雅座。同事们已经来了，主任还请来了刘副局长。主任知道徐长林是他当年在黄渠乡派出所时的师父，早晨一上班就向刘副局长报告，请他参加晚上的聚餐。

徐长林很感动。他心里清楚，现在单位管理很严，严格禁止公款吃喝，今天晚上的聚餐，是大家凑份子请的，主任又请了小刘，想得真是细致周全，他不由得心生感动。

他和大家一边寒暄着，一边看新闻联播。我国5G网络有望2020年实现商用；中国花游队首夺世锦赛冠军；看着新闻聊着天，菜上来了。菜很新潮，清蒸黄花鱼、香辣炒飞蟹、油焖大虾、酱香海螺，和城里一样，盘子很大，量却很小，现在人请客讲的是色香味，不像以前是解馋填肚子。主任主持聚餐会。他首先请刘副局长讲话。刘副局长站起来，没有讲话，先端起酒杯，走到徐长林跟前说："徐师父，话在酒中，我敬你一杯。"两人碰杯后，他一饮而尽。

酒过三巡，菜过五味，气氛活跃起来。办公室的秘书、司机、机要员轮番给徐长林敬酒，他有点应接不暇，但是心里高兴。

刘副局长见状，说："咱们少喝点酒，多说会儿话，不要让徐师父喝多了！"

秘书喝得脸颊红扑扑的，他给徐长林说："徐师父，我给你讲个段子。小学生写作文，题目是《我的理想》。有一个学生这样写道：我天天早起晚归，上学写作业背课文，考试成绩不好，老师批评，回家还要挨打。我的理想是当一名退休工人，什么也不干，在家天天休息遛弯，每月还领工资！"

大家捧腹大笑。司机过两年也要退休了，他眯缝着微红的眼睛问徐长林："老徐，干了一辈子公安，现在退休了，有什么遗憾的事情没有？"

徐长林脸上的笑容顿时凝固了，慢慢变得严肃冷峻。大家都静下来，不说话，看着徐长林。

徐长林内心翻江倒海。当年在派出所的两个处分决定，白纸黑字，盖着红色的印章，轻飘飘的，放在他的档案袋里，过去了三十多年。但在他内心深处，却沉甸甸的，始终像两块沉重的石头，压得他半辈子直不起腰。

"人无完人嘛！人生怎么能没有遗憾？可惜我现在退休了，没有办法完成这个遗憾了。"徐长林想了想，一字一顿地说，语气有点无可奈何。

刘副局长知道他说的什么事，那是他和他心中永远的疼痛和耻辱。他连忙说："今天是欢送徐师父退休，大家说点高兴的事，以前的陈谷子烂芝麻就别提了！"

徐长林站起来，端起一杯酒，感慨地说："长江后浪推前浪，我老了，以后的工作就靠你们了！"他和大家一一碰了杯，喝干了酒杯。

"你是老前辈，经验丰富，以后我们工作中遇到什么事拿不准，还要请教您老人家！"办公室主任说完，和大家一干而尽。他知道主任说的是面子话客气话，但心里很受用。

酒宴是快12点结束的。出了酒店，黄渠的黑夜与凉爽融在一起，街上灯火阑珊，行人稀少。在楼下，徐长林和大家一一握手告别，大家目送着他，一步步离开了酒店。徐长林独自踱步在回家的小路上，看着街道上依稀的人影，心里有股说不清的落寞。这时，一道道呼喊声让他停住了脚步。

"师父，徐师父……"刘副局长气喘吁吁地追了过来。徐长林很纳闷，但还是赶紧迎了上去。

"师父，刚才人多，有些话不太好说。"小刘沉默了片刻道，"我知道你的心结，也知道你多执着，是你的执着一直在鼓励我。当年要不是你，我也没有今天。"

随后，刘副局长从兜里掏出一副手铐说："我买了一副手铐，放心，不是违禁品，就是普通的玩具手铐。送给退休的老警察当个念想，说不定以后还能派上用场。"

手铐闪烁的银光倒映在刘副局长的双眼中，徐长林怔怔地伸手接过手铐。沉甸甸的手铐好像压在徐长林的心口，他想起了遥远的那句话，一个警察三年看到经历的，比一个普通人一辈子看到经历的都多，而他干了35年公安，风风雨雨，坎坎坷坷，刀山火海，阅人无数，陪伴了性格迥异的六任公安局局长。六任局长的面孔一个个在他眼前浮现，像万花筒一样旋转，他们有的任劳任怨忠于职守，有的学问渊博堪称儒将，有的善于应酬溜须拍马，有的铁骨铮铮青史留名，有的毁誉参半陷身囹圄。大起大落，风起云涌，爱恨情仇，人间冷暖，他一生看见和经历的，何止一个普通人能比！人世间的黑白与真假酸甜苦辣，他一个个经历了，一个个尝过了，经过千锤百炼和地狱般的磨难，经过无数次失败和绝望，他的内心像石头一样坚硬。自己的一生乏善可陈，过于平凡，谢福根杀人案让他伤痕累累至今不愈，成为内心永远的耻辱和疼痛。闪闪发光的两个钢圈，渐渐幻化成两只嘲讽愚弄的眼睛，肆无忌惮地看着他，仿佛在嘲笑他的无能和懦弱。

少顷，他回过神，小刘不知何时已经离开，手铐静静蜷缩封闭着，和那两副陪伴他多年的手铐长得很像，却没有常年被衣扣磨出的划痕。透过这副手铐，徐长林仿佛感受到了三十多年来，随身携带的手铐是他亲密的战友和伙伴，跟随他风霜雪雨，刀光剑影，手铐同样渴望惊险和传奇的迸发，期待钢铁与肉体的撞击，憧憬荣誉和鲜花的辉煌。可是绝大多数时间，它们都在静静地虚度光阴，没有一次派上用场。唉，现在自己已经脱下警服退休了，这辈子恐怕是与这些血与火交织的警察元素无缘了。却没想到，还会再有一副手铐，让他在执念与现实间来回拉扯。想到这里，他有点寂寞和伤感，有点不甘心，但更多的是一种深深的遗憾和愧疚，情绪像一堵墙横在胸口，让他喘不过气。

徐长林正式开始了自己的退休生活。

和绝大多数退休人员的生活作息方式一样，叫"三吃两睡一遛弯"。吃完早餐，他在写字台上铺开宣纸，开始写毛笔字。他屏声静气，不紧不慢，在宣纸上认真地写着一笔一画，行书、楷书、草书、隶书都写。写上一个多小时，他收了笔，欣赏一下自己的书法，来到楼下，看退休老头下棋，和左邻右舍聊家常，内容无非是天气物价，社会实事。聊尽兴了，再到街上转一转。午饭后，他还沿袭上班时养成的习惯，午休一个小时，然后再练字，出去转，每天下午七点，他雷打不动坐在电视机前看《新闻联播》。晚饭后和柳叶梅一起，沿着东边的荷花公园散步，在水波荡漾的小径上观荷叶、听蛙鸣、吹徐徐凉风，

在凉亭边喂食成群游动张着嘴的各色金鱼，看着它们争先恐后跳跃拥挤着抢食，他怡然自得，不亦乐乎。

偶尔，他去邮政局找李存亮，李存亮比徐长林年龄小，还有几年才能退休。两人下几盘象棋，说一会儿话，饭点再一起到川菜馆要几个小菜小酌，还是和以前一样，轮流坐庄，这次你请，下次必定是他请。常记饭馆改名常济大酒店后，常老板的儿子不做以前的爆炒肥肠、红烧脆肚这些家常菜了，改做新潮的粤式海鲜，他俩就不去了，一是价格昂贵，二是吃不惯那个味，三是寻找不到过去的感觉。

他和柳叶梅商量了一个旅游计划，趁着现在腿脚灵便，身体还好，他们去领略一下神奇的雪域之光，看看高山上的神圣宫殿。他们还想到风光旖旎的日月山、明光潭看看，以前徐长林都是带着任务一个人行走，这次他要和柳叶梅一起去，了却一份心愿，这样全国他都跑遍了。

退休的日子安逸舒适，一天天过得很快。这样过了有半年，一场突然的变故打乱了徐长林柳叶梅平静的退休生活。

徐长林的父母徐海河、陈香枝退休后，一直在坝上村居住。父母都是八十多岁的老年人了，他和柳叶梅多次劝说他们搬到城里，住楼房生活舒适，两家距离近，他们照顾起来方便，身体有个疾病在县医院治疗也方便。但两位老人一辈子住惯了

乡村，觉得土坯房冬暖夏凉，门前的一块菜地，夏天种植了绿油油的各种蔬菜，过几天父亲就骑着三轮车给他俩送刚采摘的茄子辣椒西红柿，养了一群鸡鸭鹅，平时吃蛋吃肉都是新鲜的，再说一个村的人都熟悉，搬到县里没有认识的人，连个唠嗑说话的人都没有，他们老两口目前身体还行，不愿意搬到县城，等以后干不动了再说。徐长林也不好勉强，好在现在通讯方便，每天可以和父母手机视频通话。这段时间母亲一直咳嗽，他买了药送回去，隔三岔五骑自行车回去看一看。

这一天夜里3点多钟，母亲打来了电话，这么晚了打电话，徐长林心中有一种不祥的感觉。果然，母亲在电话里焦急地说："你爸今天下午头晕，吃了药躺在床上，现在突然神志不清，说话咿咿呀呀的，半截身子不当家，已经起不了床了。"徐长林头一下子蒙了，一旁的柳叶梅让他赶快穿衣服叫救护车。他下楼，一路小跑来到公路上，坐上救护车一起来到坝上村。父亲已经昏迷不醒，抬上救护车，急急忙忙送到村卫生室，医生检查后初步判断是脑出血，但是卫生室没有CT，必须到康明市医院拍CT后才可确诊。徐长林赶忙跟着救护车连夜到康明市医院，CT的结果显示徐父是脑静脉窦血栓形成脑出血，考虑到徐父年事已高，动手术风险太大，医生决定保守治疗。这样，父亲就在市医院神经内科住院治疗。徐长林的大妹徐长虹在退休后，在康明市买了楼房，徐长林和妹夫两人轮流在医院侍候老人，徐长虹在家负责采购和做饭。

祸不单行。父亲在重症监护室住了10天后，病情稍微稳定了一些，但仍然不能说话吃饭，手和胳膊上连着各种仪器，电脑屏幕上来回跳动的线条牵动着徐长林的心。这天中午，母亲又打来电话，声音有气无力，说她咳嗽加重了，吃药也不起作用，今天早晨起床，吐了一口血。徐长林又赶紧给柳叶梅打电话，让她带妈妈到总场医院检查。柳叶梅带着母亲坐班车来到康明市，到市医院做了胸部X线片、螺旋CT。第二天，检查结果出来了，医生单独告诉徐长林，老人家是肺癌，已经到了晚期。

徐长林如雷轰顶，呆呆地看着医生，他不相信母亲会得这个病。医生很镇静，在一旁劝他好好对待母亲，尽量满足老人的心愿，吃好喝好生活好，不要留下遗憾。

徐长林把诊断报告单装好，来到妹妹家。母亲还在大声咳嗽，几天时间，母亲身体消瘦，面色蜡黄，显得很憔悴。徐长林强装笑脸，给母亲说："妈，你没事，医生说你受凉了，吃几天药，打打针就好了。"他把病情告诉妹妹徐长虹，两人暗自落泪却又无可奈何。

父亲终还是在一天夜里停止了呼吸。办完父亲丧事，母亲平静地给徐长林说，她要回南省老家一趟，看看老家的亲戚和妹妹一家。徐长林明白，母亲已经猜出了自己的病情，想在生命最后一刻，回老家看看。小妹徐长霞从上蔡回来办父亲的丧事，就把母亲带走了。一个月后，徐长霞从上蔡县打来电话，说母亲身体突然不行了，呼吸困难，伴随抽搐、浑身疼痛，母亲说想回新安。徐长林明白母亲的心思，在黄渠乡工作生活了一辈子的父亲，早就说他百年之后要埋在木里河边，现在父亲埋葬在黄渠，母亲要和父亲埋在一起。他立即叮嘱妹妹先让母亲住院治疗，待身体稍微好转后立刻坐飞机回新安，他到机场接机。一个星期之后，母亲病情恶化，在上蔡县医院咽了气。他想起了曾经给母亲的承诺，是梦中？还是现实？他记不清了，他说这辈子一定要让母亲坐一趟飞机，生前没有机会圆梦，死了也要圆了母亲的这个梦。他立即赶到上蔡县，一路抱着母亲的骨灰盒坐飞机回来了。

在不到一年的时间里，父母亲都走了，徐长林悲痛不已，他本来想自己上班时工作忙，节假日都在外面四处奔波，退休以后要好好照顾一下两位老人，让他们过一个幸福的晚年，可是世事无常，没有想到这么快两位老人就先后离开了人世。有一点欣慰的是，父母都是八十多岁高龄，走的时候没有什么痛苦，很安详很平静。

徐家父母走了，徐长林和柳叶梅刚从哀痛中缓过劲，一场灾难便接踵而至。

这天傍晚，柳叶梅的父亲母亲在荷花公园散步回来，走在人行道上，一辆酒驾司机开的大货车突然方向偏离，驶上人行道，两人避让不及，双双被撞倒在地。大货车一头栽进林带里。两位老人被路人送到医院，柳母胳膊上擦破了皮，医生检查后身体无大碍，柳父却是被撞断了双腿，手术也无法再让他站起来，今后柳父只能依靠轮椅了。

柳叶梅的哥哥和妹妹都在外地工作，让他们回来照顾也不太现实，所以，照顾两个老人的任务落到徐长林和柳叶梅两个人身上。

岳父在黄渠乡中学工作了一辈子，教书育人，后来当了副校长，黄渠乡有很多他的学生。他突然瘫痪后，性格变得古怪，更不愿意坐着轮椅出去。他现在的这个样子和以前判若两人，原来衣着讲究文质彬彬的柳校长，突然坐在轮椅上让人推着，大小便都不能自理。他无法接受这个残酷的事实，于是不愿意下楼，整天待在楼房里，也不愿意见任何人，没有好看的电视节目，他就把遥控器重重扔到地板上，因此家里换了好几个遥控器，时间长了楼下的邻居都有意见。天天躺在床上，坐在轮椅上，活动量少，身体虚弱，柳父的身上起了褥疮，又不得不住院治疗。柳叶梅抱不动父亲，医院只得徐长林一个人陪护，给柳父按时翻身擦洗，喂水喂饭，端屎端尿。

时间长了，徐长林渐渐习惯了医院的

陪护生活。他躺在医院窄窄的陪护床上，夜里开着灯，一个病房的人咬牙放屁说梦话，病人的呻吟声持续不断，护士输液换药量体温不停走动，他睡不好觉，时间长了头晕。同病房的一个中年男子，戴着近视镜，一副单薄文弱的书生样子，一直陪护他得了脑出血、不会说话的父亲。有一天夜里，他突然从床上跳起来，呜呜啦啦大声嚷叫着，手舞足蹈来到他床前，拉出一副打架拼命的架势，他被惊醒，看着他恐怖狰狞的样子，他知道他压力太大，整日焦虑恍惚导致晚上开始梦游。

四个月以后，岳父离开了人世。他长期疏于运动，导致器官衰竭，最后停止了呼吸。两个月后，岳母毫无预兆在家中突发心梗，也在一天夜里静静离开了人世。

夜幕降临，四周寂静，门前灯光昏暗。徐长林坐在殡仪馆冰凉的不锈钢椅子上，一个人为岳母守夜。柳叶梅要和他一起守，他把她劝回去了。夜里太凉，他害怕她受凉感冒。守到下半夜，他实在太瞌睡了，躺在椅子上呼呼大睡。

半年多的时间，四个老人全都走了。徐长林和柳叶梅由于白天晚上照顾老人，操劳过度，休息不好，突然间，迅速苍老了十岁。白发过早地染白了他们的双鬓，深深的皱纹爬上了他们的额头。

不久，一个冬季的夜里，柳叶梅也突然走了。徐长林早晨醒来，看见睡在一旁的柳叶梅一动不动，他以为她在睡觉，就起来洗漱，做好了早餐。柳叶梅还躺在床上，他叫了一声，没有反应，又叫了一声，还是没有反应，他预感到不好，过去抓住她的手，已经凉了。他看着她安静恬美的模样，像还在睡梦中，不禁悲从心来，痛不欲生。

七

徐长林开始了一个人的生活。

没有了柳叶梅，他才感到生活的孤单和种种不便。特别是一日三餐，以前柳叶梅在家，柴米油盐酱醋茶他基本上没有管过，柳叶梅料理得井井有条，根本不用他操心。现在，这一切都要由他来经办。原先他很少下厨房，只会做简单的炒菜、蒸米饭、下面条，根本谈不上厨艺。人活着吃饭是大事，一天三顿饭，一顿少不了，他开始琢磨怎样做饭炒菜。每天吃过简单的早餐，他第一件事是到农贸市场买菜，买回来再分类，装进塑料袋，一一放到冰箱里。好在他吃饭不讲究，手机里有专门介绍展示炒菜的视频，花样繁多，他边看边做，一日三餐换着做，不到三个月，他的炒菜水平就提高了很多。

有个事做，日子就过得快，这天晚上，他把李存亮请到家里，炒了土豆炖牛肉、红烧鲫鱼、韭菜炒鸡蛋、素炒野木耳四个家常小菜，两荤两素，端到茶几上，色不怎么样，却也香气扑鼻，李存亮尝了菜，直说好！两人喝了一瓶伊犁特曲，边吃边喝边说，这是柳叶梅离世后，徐长林度过的最高兴一天。

转眼过了清明，天气转暖，草木吐绿。徐长林开始考虑给父母和岳父岳母立碑。四位老人去世后，因为时间匆忙，棺木骨灰下葬后，坟墓前只立了一块柳木板，徐长林用毛笔写了碑文。现在天好了，他也有时间了，按照规矩，应该给老人的墓前立一块石碑。

徐长林打听了一下，刻石头墓碑，离黄渠乡最近的刻碑店铺是在一百多公里外的津山路路口。

清明后的第三天，徐长林从黄渠乡坐班车辗转来到津山路，在路口下了车。这是一个三岔口，往东的路通康明市，往西的路通乌永市，因为是交通要道，来往车辆和人员较多，路的两边自然形成了一个小市场，卖各种农副产品的，贩卖牛羊牲口的，饭馆、旅店、商店、汽车修理铺鳞次栉比排列在两边道路旁，炸油条、卖胡辣汤、烤羊肉串、烤包子烟熏火燎，卖西瓜、苹果、葡萄的小贩南腔北调的吆喝声此起彼伏，各色人员提着行李箱上车下车，白天车来车往人声嘈杂，夜晚留宿的汽车胡乱停放，呈现出一片乱糟糟闹哄哄的市井繁华。

福寿墓碑店在公路的右侧，临着通往乌永市的路口，正好在丁字口的凹袖里。三五棵粗大茂盛的大柳树下，几间低矮的砖木房屋，门前摆满了横七竖八的各种石料，颜色各异，刻好的墓碑和没有刻字的石碑散乱堆放在门的两旁，一只狸花猫蹲在一块墓碑的基座上，两眼直盯盯地望着走过来的徐长林。

老板出来了，是一个四十多岁的中年人，脸上布满了皱纹，没有任何表情。徐长林递给他一支烟，他接过来，夹在耳朵后面，看着徐长林，等他说话。

徐长林说明了来意。老板指了指，意思让他看碑，自己挑选石材和样式，价格表在屋里墙上贴着。"你刻两个，价格可以商量。"老板终于说话了，声音喃喃的，像患了鼻炎。

徐长林在纸上写了父母和岳父岳母妻子的名字，生卒年月日期，和老板谈好了价钱，又交了定金。老板说他要从绍平市华新市场买石材，三天以后墓碑才能刻好，徐长林只有住下等待。

第三天，墓碑刻好了。徐长林在路口租了一辆小汽车，用吊车把墓碑吊到车厢里，拉回黄渠乡。临近中午，他请司机吃了午餐，又开车把墓碑拉到木里河墓地。他忙乎了一个星期，买了水泥沙石料，请了泥瓦匠，立好了墓碑。

当初父母下葬时，父亲装在棺材里，母亲在上蔡县火化后装进骨灰盒。安葬母亲骨灰盒时，按照老家的风俗，母亲的骨灰盒和父亲的棺材并列埋在一起，两个墓穴之间挖一个洞，洞口贯穿其中，中间搭一块木板，木板上拴一根红艳艳的丝线，那一缕红丝线象征一座桥，父亲母亲在另一个世界还要相会，永远相亲相爱。这是徐长林接母亲骨灰盒时，上蔡县的小姨告诉他的。他回来后，按照小姨的说法做了。埋葬母亲的骨灰后，他的心里感觉一下子安静了许多。

子欲养而亲不待。徐长林决定百年之后，他和柳叶梅埋葬在父母坟墓脚后处，他生前不能尽孝，死了守护着父母，也算是尽了孝心。埋葬在父母脚后处尽孝，是守墓老汉和他聊天时说的，他说这是甘城人的习俗，延续了几千年，很多其他省的孝子也这样做。

"新安没有规矩，新安的规矩都是老家人传过来的。"老汉嘟嘟喃喃说。

墓地有一条土路逶迤东去，连接着七八公里以外的黄渠乡。路的西头，进入墓地的路口，有两间土坯房，是守墓老汉住的房子，门前用红柳枝扎的院墙，周围生长着一簇簇旺盛的野枸杞，老枝上吐着青黄的嫩芽。院子里有一棵沙枣树，一棵老榆树，树冠浑圆如馒头，郁郁葱葱，上面麻雀斑鸠筑了窝，树下是一层白花花的米粒状鸟粪。靠墙角的一堆柴火发黑，几块压咸菜缸的石头结着暗绿色苔藓。院子不大，一条小路从院门通向室内，路两旁种了蔬菜。天气乍暖还寒，只有韭菜冒出了绿油油的小叶片。

"墓碑立好了。"守墓地的老汉六十多岁，矮矮的个子，脸色苍红，精神矍铄，嘴里叼着香烟，一根接一根。可能平时没人说话少，见了徐长林打开了话匣子，他说，他从四十多岁开始守墓，已经守了二十多年了，去年秋天，他在南省老家的房子拆迁了，入了城市户口，搬进了楼房，老伴冬天就走了，他把家里事情处理完就回老家去，再也不来新安了。

"你守墓地，一个月给你发多少钱？"徐长林随意问了一句。

"哪有工资。给了20亩荒地，也不用上交，收的东西自己卖。平时挖个墓坑，帮着圈个坟，挣几个零花钱。这么多年也过来了。"老头说。

"你走了，这墓地谁来守哇？"徐长林不经意问了一句。

"没人了。这太荒凉，年轻人根本不愿来，年纪大的都在家享福，谁来守着荒郊野外的。"守墓人说。

"墓地也没有啥守的。"徐长林说。

"事情是不多。可是没人管，东挖一个，西挖一个，就乱了。"老汉说。

守墓老汉漫不经心说着陈年往事，唾沫星子乱溅。徐长林抽着烟若有所思。这时，一个念头突然蹦出脑海，或者一个稍纵即逝的想法，像苦苦思虑灵感碰撞发出的火花，电光石火般一瞬间涌出。这个奇妙的想法，犹如长久淤积在火山中的岩浆，终于爆发喷薄而出；犹如储藏在橡木桶里的马奶子葡萄，发酵沉淀后流出了鲜亮浓香的酒液。当一个刻碑守墓人，守着这块墓地，犹如守株待兔，或者姜太公钓鱼愿者上钩。而与之匹配的另一个想法，他一生的愿望和念想，则继续深深蛰伏在内心深处，犹如深山中潜伏的猛虎，耳听八方，眼观六路，择日寻机呼啸而出，让猎物猝不及防束手就擒。他吐出一口烟雾，长长出了一口气，心里豁然一亮，为自己的这个想法感到惊喜，感到欣慰，感到一种从未有过的放松和释然。一辈子了，春夏秋冬，风风雨雨，经历了很多很多，这是一种从未有过的人生体验，他内心刹那间欢欣鼓舞，腾然升起一种庄严和神圣，这种久违的感觉，现在在他激荡炽热的胸怀中苏醒升华，他为自己的这个想法感到深深的骄傲和自豪，他甚至独自一人流下了苍凉的泪水，竟浑然不觉。

守墓老汉一边喋喋不休说着话，一边抽着烟卷，突然抬头看见泪流满面的徐长林，惊讶地张开了满是黄牙的嘴巴，他搞不清什么原因，是自己那句话说错了？还是眼前的这个人想起了逝去的亲人？

想法生根，说干就干。徐长林自感已日落西山，土埋到脖子跟前了，人生留给他的时间不多了。

好在徐长林现在是一个人，用不着和谁商量。他先到县民政部门，问了情况。

李科长是个50多岁的人，徐长林认识。他给李科长说了他的想法。李科长说："以前守墓，虽然没有工资，但是还有20亩地，现在地都收回去了，没有人愿意干。"

徐长林说："我有退休工资，有没有地无所谓，我主要是图个清闲，退休后有个事做。我还想办个石材店，给墓地刻碑。"李科长正在发愁，墓地是民政科管理，没想到徐长林找上门来，徐长林的人品他知道，他去做这件事他很放心。他表示支持徐长林的想法，有什么困难，他和民政科一定想办法解决。

第二天，徐长林来到绍平市华新市场，这里全国各地的石材都有，建筑石材、墓地石材林林总总，他仔细考察了石材批发零售价格和运费，一天下来，他基本掌握了石材批发行情，手里拿了一沓印制精美的名片。现在信息物流很方便，手机发个信息或者图片，这边的商铺就会组织货源，物流很快会运到黄渠乡。

他买了一套喷砂雕刻机和角磨机、锯片，因为他有书法的功底，在石碑上刻字，他研究琢磨了两天，很快无师自通。

过了两天，李科长给他打电话，说守墓老汉走了，他可以去看看房子。徐长林骑着自行车，来到了木里河墓地。进了院子，他用李科长给他的钥匙，打开了房门。里面乱糟糟的，破旧桌子、板凳、衣服、锅碗瓢勺扔得到处都是，弥漫着一股陈腐的气味，徐长林整整收拾了两天，又找车从家里拉来家具,安顿好了这个新家。

墓地因为距离城区太远,没有拉电。徐长林记得公安局库房里有一台柴油发电机,以前夜里现场勘查用的,现在勘查车都备有发电机,发电机在库房里也没有什么用处,他给办公室主任打了一个电话,主任听了给他说:"你拉走用吧,不用了还给局里就行了。"有了发电机后,他又到废品收购站买了两个旧油桶,在加油站买了两桶柴油,布置好电线,这才算是解决了生活用电问题。

徐长林买了米面油,重新砌了锅灶。三天后,一缕炊烟袅袅飘荡着升上天空,他开始了他的守墓人生活。

第一件事是种菜。院子里有一口压井,吃水、浇地、洗衣服都用井水。徐长林去农贸市场买了蔬菜苗,院子里移栽了茄子、辣子、西红柿苗,又种了些豆角、葫芦、土豆,等菜长出来,就不用再买菜苗了。随后他又买了一窝鸡仔,两只鸭、两只鹅,在院子里散养。老母鸡领着鸡仔叽叽喳喳叫着,院子里一下子有了生机。然后他在院子门前竖了一块木板牌子,用楷书写着两个字:刻碑。

安顿好自己的生活,他来到木里河边,把整个墓地巡视了一遍。

初春的木里河迷蒙浑浊,微风吹拂着静静的河面。少年的时候,他和小伙伴曾无数次在木里河嬉戏玩耍,洗澡捉鱼拔兔子草。河里是黑泥,浅出可见鱼虾嬉戏,深处滋生着指头粗的芦苇,夏季绿如翡翠,现在枯黄的芦苇和新生的叶子纠缠在一起,焦黄与嫩绿两色缠绕交织。山上冰雪融化涨水时,河水与河岸平齐,波涛汹涌,淹没了茂密的芦苇,只剩芦花在水面摇曳。现在刚刚解冻,河里的草腥味和鱼腥味四散在墓地周围,气味浓烈而持久。麻雀和柳莺、椋鸟在河面低空盘旋。

河岸边,圆圆的坟墓一座接着一座,高低错落,上面覆盖着一层厚厚的碱,吐露着苇子和蒿草的嫩黄色芽子,在河边依次排列,随着蜿蜒曲折的河岸,浩浩荡荡向前延伸,看了让人震撼。

生活在这块土地上的人们,像玉米棉花麦子一样,一茬茬被收割,一茬茬在生长,最后的归宿是这块荒凉偏僻的墓地。现在,他和亲人的距离,如此接近,只隔着一层薄薄的碱土,只隔着一层软软的衣襟。他走着,看着一个个坟墓,他的心情越发激动起来,这是生他养他的父老乡亲啊!

徐长林行走在墓地。行走在至亲至爱的亲人间。他的脚步像一把鼓槌,敲击着安静沉睡的茫茫墓地。他轻轻告诉亲人们,我想你们了,我来看你们来了。他看着这些逝去的亲人们,他们的笑脸依然如初,一一绽放在他的眼前,他的内心百感交集庞杂喧哗。他缓缓走过墓地,鼓槌时而激越,时而平稳。在若有若无的敲击中,他的眼泪无声流出,滴落在衣襟,滴落在墓地。在泪眼蒙眬中,他和墓地难舍难分相依相伴。于是,当他凝视墓碑的时候,墓碑也在凝视他。当他思念亲人的时候,亲人也在思念他。他闻到了他们熟悉的气息,他们看到了他熟悉的面容。这一刻,徐长林感觉自己的肉体灵魂和墓地融为一体,犹如水乳交融,犹如息息相通,他的胸膛像燃烧的地火一样沸腾灼热,他的内心像秋天的河水一样清澈平静。

天空灰蒙蒙的,堆积了厚厚的云层,成群的斑鸠和乌鸦飞过木里河,飞过墓地,栖息在坟墓四周枯黄低矮的沙枣树上,黑压压地压弯了馒头状的一丛丛树冠。

半年以后,徐长林脸色苍红,头发蓬乱,满脸长满了红黄的胡须,乱糟糟的,像秋天干枯的骆驼刺。他破旧的衣服上沾满了石头的粉末,黄一块,灰一块,双手粗糙黝黑,皴裂着细小的口子。他整个人无论是潦倒的外形还是与丧户打交道的老练,抑或是娴熟的刻碑手艺,都昭示着徐长林已经完完全全变成了一个墓地管理人,一个诚挚的刻碑人,一个手艺纯熟的匠人。

坟墓凌乱,东一个,西一个,徐长林拿了纸笔画了草图,逐个把坟墓编了号,写上姓名,这样就有了一份墓地花名册,打开一看清清楚楚。他规划了墓地,留下了道路,方便丧户出行和安葬。

丧户陆陆续续上门了,有人拿两瓶酒,有人拿两条烟,有人什么也不拿,无论拿东西的,还是不拿东西的,他同样对待,一视同仁,他详尽地向他们介绍墓碑石料和价格,从起坟、下葬到立碑,从程序到当地的习俗规矩。黄渠乡的人来自五湖四海,地域不同丧葬风俗也不同,半年来他掌握了几乎所有地区的下葬习惯和风俗,公道合理的价格、周到细致的服务,丧事办得井井有条,很快受到了丧户的青睐,他们非常满意。既然一条龙服务就在跟前,和城里一样,而且价格几乎便宜了一半,人们何必舍近求远呢?

八

每年的 10 月 20 日,是木里河墓地封园的时间,因为天气渐渐冷了,水泥活干不成了,要等到明年清明节天气转暖以后才能开园。

天气渐渐凉了,他也开始做入冬的准备。在炎热的夏天,院子里种的蔬菜,一个人吃不完,他把茄子切成片晾干,西红柿做成酱,豆角煮熟后晒干,辣椒编成串,然后储存起来留到冬天吃。他还买了一车煤,挖了一个小菜窖,秋季收获的白菜、土豆、萝卜放进菜窖。上冻后,他宰了鸡鸭鹅,吊在储藏室里,留待冬天慢慢享用。

一切收拾停当,他推出自行车,准备去找李存亮,好长时间没见他了,见面聊聊天,到饭馆喝一场酒。不承想自行车锁锈了,开了半天开不开,连钥匙也断进锁孔里。他不想买新锁了，一辆破车不值得，但又担心车子丢失。他想起了还有一把手铐，小刘送的手铐闲置了很多年，现在用它锁自行车，可不是派上了用场吗？他从箱子里找出手铐，钢制的手铐结实耐用，挂在自行车后座上不时有碰撞车架的叮当声响，去往黄渠乡路上，响声像小曲奏出徐长林轻快的心境。

这年地里收过棉花，徐长林去了江州女儿家一趟。徐美玲让他和他们一起生活，徐长林独自在新安，她确实不放心。可住了一个月，徐长林仍吃不惯南方甜酸的饮食，还有那湿甜滑腻的空气也让他觉得异常不爽利。女儿女婿都很忙，早晨天不亮出去，晚上很晚了才回来，女儿边工作，还在边复习考研。临近元旦，他不顾孩子们的劝阻，执意要回新安。临走，美玲将给他买的千层油糕、长寿糕、百果蜜糕、梁湖年糕等南方糕点装满了一个小纸箱。她给徐长林说："爸爸，马上过年了，我不能陪着你过年。南方吃年糕，北方吃饺子，你回去吃着这些东西，会想起女儿的。"徐长林心里泛起一股热流："你们放心吧，我会照顾好自己。"

美玲开车把他送到了机场。在进安检的那一刻，他回头看见美玲在抹眼泪，他站在门口，久久不愿离去，直到后面的人推着他向前走。

回到墓地，天已经冷了。徐长林生火，把炉子点燃，冰凉的房子慢慢有了一点暖意。他不想做饭，也不想发电，就把纸箱子打开，取出一包年糕放在锅里煮。又打了两个鸡蛋，他把年糕盛在碗里，加了一点鸡精，淋上芝麻油，端着碗来到院子里，看着树上叽叽喳喳跳过来跳过去的麻雀，将冒着热气的年糕塞进嘴里。

红柳编的院子门响了一下，他抬头看，没有人。他接着吃，院门又响了一下，他有点奇怪，便放下碗走到院子门前，隔着红柳的缝隙，他瞥见黑乎乎的一团，打开院门一看，原来是一条黑色的狗。狗很老了，瘦骨嶙峋，黑色的毛乱糟糟的，沾满了草屑和苍耳，两只眼睛畏惧地看着徐长林，还往后退了几步。徐长林判断这是一条流浪狗，可能很多天没吃东西了。他用筷子夹着一块年糕朝黑狗晃悠着，"年糕，过来吃！"

黑狗迟疑地看着他，晃了晃脑袋，没有过来。

"年糕！过来吃。"他继续晃动着年糕，朝它慢慢走去。

黑狗身子动了一下，想走开，似乎又不忍食物的诱惑，小心翼翼地挪了几步，犹豫着舔了一下热腾腾的年糕。

他把年糕放在地下，后退几步。黑狗立马叼起年糕，大口吃起来。

黑狗吃完后，定定地看着徐长林，徐长林又给它夹了两块年糕放在地上，这次黑狗没有犹豫，狼吞虎咽地吃了。徐长林说："好了，吃好啦，你走吧。"他关上院子门，回到了房子。

第二天，徐长林吃过早饭，打扫完院子，打开院门，发现黑狗仍然卧在院门口。他的心里一阵感动，"你吃了年糕，怎么还不走？"黑狗过来，在他面前摇着尾巴，两眼水汪汪地乞求似的看着他，徐长林摸了摸它的头，黑狗欢快地围着他转。

这一刻，徐长林决定收留黑狗。

徐长林给黑狗起了个名字：年糕。寓意美好欢乐和喜庆。黑狗很聪明，唤过几次就知道主人在叫它。"年糕，过来！"它就像一阵风一样跑过来，两眼看着徐长林，等待他的吩咐。"年糕，快！"他扔出去一块石头，年糕迅速跑过去，把石头衔在嘴里，又跑过来，把石头放在徐长林脚下。

墓地周围是寸草不生的黑戈壁，夹杂生长着红柳、梭梭和各种低矮灌木的荒原，徐长林曾是这方圆十几公里唯一的生灵，现在又多了一条黑狗年糕，他觉得这是上天派来陪伴他的，因此他很快喜欢上了年糕。从这天起，年糕成了他的影子，他走到哪里，年糕跟到哪里，与他一步不离，饿了他给它食物吃，渴了给它水喝，晚上它卧在院子里守夜。徐长林要到黄渠乡去办事或者购物，年糕跟在自行车后面也要去，徐长林说："年糕，老老实实看着家。"它还要跟着走，徐长林加重了声音，又说了一遍，年糕有点委屈地站在院子门口，看着徐长林的身影一点点消失在土路尽头。等到黄昏，年糕看见徐长林出现在远方的土路上，它欢快地跑过去，高兴地围着主人撒欢，像久别重逢的亲人。

河岸东边不远处，有一排树干粗壮枝叶葳蕤的柳树，一棵挨着一棵，像一团团绿色的云朵，傲然挺立在苍黄肃静的荒原。这片荒原曾被开垦过，现在还有拖拉机翻耕留下的一波波犁痕，可能是缺水或者盐渍太重，久而久之就荒废了。而这排柳树却顽强地活了下来，冬天披一身洁白的银装，夏天洒一地浓浓的绿荫。柳树的西侧，是一条自然形成的浅沟，半公里长，十几米宽，沟里生长着红柳、芦苇、蛇麻黄、风滚草、黄鼠狼、狐狸、野兔和成群的蚂蚁在灌木野草丛中出没安家。下雨的天气，沟里积聚了四周流下来的雨水，癞蛤蟆"呱呱"的聒噪声短促而尖锐，伴着如水的月光弥漫在荒野。夏天，匍匐在沟底的风滚草吐蕊，绽放红色或淡紫色小花，满沟都是浓浓香气。

徐长林带着年糕在林间散步，有时会对着柳树挥拳打击，练习警察擒敌拳的一招一式，震得柳树嗡嗡直响，年糕围着大树跑来跑去，欢喜得像个顽皮的孩子。

有时候突然下雨了，他带着年糕到树下避雨，看着整个荒原在暴雨织起的帷幕中，呈现出一幅湿漉漉灰蒙蒙的水墨画，墓地在雨中显得肃穆冷峻。雨后，东方出现了一道绚丽的彩虹，大地腾起一片白色的雾霭，像牛乳一样均匀涂抹抹在荒原上，浮现出一种少有的神秘和温柔。墓地与墓地之间环绕着轻柔的云雾，虚无缥缈，像天上仙境。他跳起来，朝一棵棵柳树踩上一脚，枝叶上的雨点洒落下来，淋了他和年糕一身，年糕欢叫一声，撒腿朝前跑去。

雨后初晴，荒野灌木丛里有野蘑菇，像一朵朵白色的小伞。徐长林回去拿一个水桶，和年糕来到荒野，在骆驼刺、铃铛刺、野蒿子中间捡蘑菇。捡上大半桶，回到院子里用井水洗净，切碎，无论烧汤还是炒菜，味道都非常鲜美。吃不完的蘑菇，徐长林摊在芨芨草帘子上晾晒，干了留着冬天吃。捡蘑菇的时候，他看着年糕在灌木丛中追逐飞舞的蜜蜂和蜻蜓，跑来跑去，憨态可掬，模样极其可爱，他笑得前仰后合，他真没有想到，年糕带给他这么多陪伴和欢乐。

有时候，他突然藏在一丛铃铛刺后面，前面走着的年糕回头看不见他，急得来回跑，看着年糕焦急的样子，他笑出声来，年糕循声跑过来，一下子扑在他身上。有时候，年糕忽然隐藏在灌木丛中，他一边开始找它，一边嘴里念叨着歌谣。

一二三四五，
上山打老虎，
老虎不在家，
打电话找找它。

老虎，老虎，
你在哪儿，
找得我好辛苦！

年糕从灌木丛跑出来，欢快地摇着尾巴，徐长林跑过去追它，年糕欢叫着一边往前跑，一边回头看徐长林。

寂寞清静的时候，徐长林在木里河边大声唱歌。他走着，唱着，唱《边疆的泉水纯又纯》《骏马奔驰保边疆》《北国之春》《好汉歌》，他放开喉咙，连吼带唱，歌声在天空、荒野、河面上飞翔跳跃，一会儿激越，一会儿柔情，一会儿缠绵，糅杂在一起，遥相呼应。大柳树的树叶哗哗响，树也在唱歌，微风吹过，叶片闪耀着太阳的金光；小草摇曳着身子，小草也在唱歌，草叶上晃动着珍珠般的露珠；河里的小鱼儿跃出水面，荡起一团涟漪，鱼儿也在歌唱，把歌声带向远方；小鸟在他头顶飞旋，欢快地鸣叫着，小鸟也在唱歌，翅膀把歌声传向高远的天空。年糕的情绪被他的歌声点燃了，忽而在地上打滚，忽而围着他撒欢，忽而欢叫两声，向他表达着理解和内心的无比喜悦，一直到歌声在风中渐渐消逝，年糕才安静下来。

无论阴雨绵绵，还是艳阳高照，他大声唱歌，在荒野的灌木丛，在高大的柳树下，在流淌着清清河水的岸边。在这寂静沉默的荒原，歌唱是他的生命所需，否则他会变成一个沉默寡言一天不说一句话的老头,他的性格里有豪迈率真乐观的一面,需要用歌声来表达宣泄。

冬天,荒野变成一片白皑皑的辽阔雪原,他带着年糕在雪原上追兔子,仿佛置身于美丽的童话世界。顺着野兔子留在雪地上的脚印,年糕像一个黑色的精灵,撵得野兔子慌不择路,但终归上了年纪,体力有限,三五个回合下来,年糕累得气喘吁吁,瘫坐在雪地上伸着舌头,看着远处的野兔子鞭长莫及。

成群的乌鸦栖息在墓地周围的树木灌木丛。年糕追逐乌鸦。年糕跑了过来,像一团黑色的浓雾,像一道黑色的闪电。

乌鸦像飘落的一片黑雪,年糕甫一走近它们,它们便轰然起飞,又哗啦啦落在远处,仍然像一片黑雪。

徐长林刚收养年糕时,年糕看起来就是一条颠沛流离饱经风霜的流浪狗,它那疲惫的眼神、肮脏的毛发、迟缓的步履,仿佛经历了太多人世间的冷暖、白眼、饥饿,但是它仍然保持着美好的、单纯的、快乐的内心,在与徐长林相处的日子里,年糕重新焕发了生机和对生活的热爱,身上的毛色逐渐发亮,眼睛明亮精神,富有激情和活力,年糕给徐长林带来了无穷的乐趣,一会儿看不见它,他就有一种失落和惆怅。年糕已然是徐长林心灵的慰藉。

九

转眼过去了两年。

熬过漫长的冬天,春天姗姗而来,和煦温暖的春风吹拂在荒野上,暖暖的,柔柔的,像一首轻柔悦耳的抒情曲。黄鹂、百灵、麻雀在天空、荒野尽情飞舞,荒野变得喧闹生动。

一整个冬天徐长林都没有到墓地去,如今冬去春来,他便带着年糕走入墓地。

坟墓上的雪融化了,露出黑黝黝的碱土颜色及墓碑前的各种供品。以前的饥饿年代,常听说有人偷吃墓地的供品,现在生活好了,供奉的烟酒、水果、蛋糕都被风化了,散乱堆积在墓碑前。

他手里拿着一把铁锹,在墓地间慢慢走着,看着一个个被风雨侵蚀显得陈旧沧桑的坟墓。进了墓地,年糕静静地跟在他后面,仿佛被寂静和肃穆的氛围感染,一声不吭。墓地的墓碑五花八门,有的是木板做的,有的是水泥板砌的,极少数是大理石墓碑;还有的干脆什么也没有,墓前栽了一棵小梧桐树或者长了一株发杈的红柳,或者一堆蔫蔫的芨芨草。徐长林看着各式各样的墓碑,墓碑上刻的死者名字,大多数他都不认识。当看见认识的人的名字时,死者生前的音容笑貌就会在他眼前浮现出来,特别是倪奶奶,一个慈祥善良的小脚老太太,那是他家的邻居,她很喜欢机灵的徐长林。小时候他和小伙伴打弹弓捉麻雀，野得不回家，倪奶奶冬天在炉灰里烧红薯，看见小徐长林回来就会给他一块热乎乎的红薯，香甜的红薯暖了小徐长林的手，也暖了他的心。如今老人的墓一片荒凉，长满了野草。他把坟墓上的野草一根根拔干净，用铁锹培了一层新土。

再往前走是陈队长的坟墓，陈队长是他走向社会的第一个老师。徐长林刚参加工作时，是陈队长教他怎样浇水，陈队长加固过的水渠不会跑水，他只要看一眼棉花地，根据棉花叶子的颜色就能判断水流到哪里，这可不是一天的工夫。陈队长喜欢抽烟，尤其钟爱自己卷的莫合烟。徐长林点燃一根香烟，抽了几口，插在陈队长坟墓上，说："队长，现在没有莫合烟了，您抽根卷烟吧。"

他又来到父母和岳父岳母坟前，隔着碱土和他们四个老人说说话。说："你们疼爱的小孙女、外孙女玲玲工作两年了，去年年底又考上研究生了，以前害怕出门腼腆怕人的小姑娘，现在推着拉杆箱到处跑，你们放心吧。"

他每次到墓地的时候，都要绕到谢福根父母的坟前。坟墓前还是那块木板墓碑，黑色的毛笔碑文已被风雨侵蚀得模糊不清，圆圆的坟堆上长满了骆驼刺、苇子、蒿草，老鼠在四周打了洞，显得荒凉孤寂。这里流传的规矩是，父亲给儿子一个家，儿子给父亲一个墓。家里有儿子的，儿子要给父母立碑，没有儿子的，长女要立碑。儿子守着父亲，孙子守着儿子，连绵不绝，香火不断，这就是生生不息的血脉。

谢福根杀人案发生后，老两口的5个女儿相继离开了黄沟分场，调走的调走，嫁人的嫁人，离开了这块令她们感到耻辱和羞愧的地方，再也没有回来。现在儿子又亡命天涯，自然也没有人给老人立碑上坟。

十

树老根多，人老话多。徐长林一个人，平时没有人和他说话，夜晚梦一个接着一个，他在梦中喋喋不休，有说不完的话。

夜间野外，他有时看到白色带蓝绿色的火焰，在夜色中忽忽闪闪，飘飘忽忽，一会就消失了，这就是传说中的鬼火？这天晚上做梦，他梦见谢福根的父母谢成连、蒋荷红，老两口从坟墓里钻出来，颤颤巍巍来到他面前，双双跪在地上，一人抱住他的一条腿，说："长林，看在都是黄沟人的面子上，亲不亲，故乡人，祈求你饶过、放过我们的儿子，让他回来，给我们坟前立碑。"徐长林说："我不知道他在什么地方，他就是躲在天涯海角，也要回来接受法律的制裁。"老两口哭哭啼啼，鼻子一把泪一把，答应将儿子劝回来，亲手交给徐长林，又哀求徐长林，谢福根死后把他埋在他们脚后跟，生不能在一起，死了也要在一起，一辈子陪护他们，否则他们在地下永不瞑目、永不安生。徐长林答应了他们，他们让他对天发誓，他照他们说的做了，老两口才松开手，然后颤颤巍巍站起来，一阵风刮过来，迷住了他的眼睛，他用手揉眼睛，却不见了老两口，刚才敞开的坟墓又紧紧闭合了。醒来后，他才恍然大悟，偏执地认为这是老两口给他托的梦。

梦千奇百怪荒诞怪异，很多梦境在一眨眼时就烟消云散了，这个梦却深深镌刻在徐长林脑海里，随着时间的流逝而越来越清晰，最后定格成生命中的一个元素。谢成连、蒋荷红墓地没有碑，没有抱脚坟，他们死了在地下也不安生。他们鼻涕一把泪一把求他，可谢福根犯了国法，怎么能饶恕他？他连一个小孩子的生命都不放过，他应该得到法律的制裁！老两口要劝儿子回来，还要请他埋成抱脚坟？这个梦真是荒唐，有点莫名其妙，但徐长林却认为是真的。

有一次下雨，他被雨水淋透了，得了重感冒。平常头痛脑热，他喝一杯酒就可以缓解，而这次却不一样，他在床上整整躺了三天，没有吃一口饭，只是喝水，年糕望着他不知所措，急得直叫。他离群索居一个人，晚上脱的鞋，不知第二天还能不能穿到脚上。这时候他想到了身后事。

待病情好转后，他拿起笔，给女儿留下了遗言：

美玲：爸爸年纪大了，身体也一天不如一天。万一爸爸不在了，我给你一个交代。人总有一死，我走了，你要好好生活，你是我们生命的延续，你要好好活着，就是对我们最好的怀念。

孩子，人生在世，什么都不重要，你只要健康快乐，好好生活，爸爸妈妈的在天之灵保佑你。

妈妈的骨灰盒在黄渠殡仪馆，存放证书在写字台左边抽屉里。爸爸走后，你把爸爸的骨灰盒和妈妈的骨灰盒埋在爷爷奶奶坟墓的西边（脚后跟处），爸爸生前没有好好为爷爷奶奶尽孝，百年之后就陪伴在他们身后，也算是尽了一份孝心吧。房产证和银行卡在抽屉里，密码是爸爸妈妈和你的生日最后两位数。

年糕是一条好狗，陪伴我度过了很多日子，给我带来了很多快乐。现在它老了，你可以通过李存亮叔叔，给年糕找个好人家收养，给它养老，记得要给别人一笔钱。

写好后，他把纸夹在笔记本里，放进抽屉。转念一想，自己是南省人，怎么随了甘城人的礼仪？不过在黄渠乡，天南海北的人都有，没有一个既定的规矩和礼仪，哪个省份好就随哪个省份吧！这样想，他心里就释然平静了。

他甚至看好了自己墓地的位置。在父

母脚后处,他挖好了墓坑,用水泥和红砖砌好了墓穴,一个小小的四方块房子。这样,他百年之后,美玲把他和柳叶梅的骨灰盒安放在父母的脚后跟处,就可以埋葬了。这里是他最后的归宿和乐园。

这天,李存亮骑自行车来了,给徐长林送包裹。徐长林招呼他坐下,说:"你先坐,我炒两个菜,咱兄弟俩喝一杯。"

李存亮把包裹放在桌子上说:"我还有事,你看这袋子还有这么多邮件。"

徐长林看他自行车后座上的草绿色帆布邮袋鼓鼓囊囊的,就说:"退休了,没事了,咱兄弟俩天天喝,天天下象棋。"

李存亮说:"我明年就退休了,要到天津儿子那里去住。"

徐长林心中怅然若失,嘴里说:"天津是个好地方,我到时候去看你!"李存亮答应了一声,骑上自行车走了。

徐长林打开包裹,包裹是女儿寄来的,里面是一个暖手宝。那一年到南方,天阴冷,他手上生了冻疮,女儿还记得,真是爸爸的小棉袄。

又一个冬天来临了。

这天是12月31日,公历鼠年的最后一天。早晨起了床,吃过饭,徐长林来到院子。天雾蒙蒙的,沙枣树和柳树结满了冰霜,银装素裹,像两个巨大的冰雪馒头。他抬头看了看西方的天空,天空堆积着薄薄的灰色云彩,晚上可能要下雪。他计划今天去网鱼,木里河上冻了,用斧头砸开冰面鱼就会跳出来,冰河里的鲫鱼是很鲜美的,无论清炖还是红烧都是美味的下酒菜。

前两天,发电机发动不着了。他打开看了一下,估计是稳压板坏了。天寒地冻的,修理起来很麻烦,他索性不修了,到明年天气暖和了再找人修。

没有电,电视看不上,手机也无法充电。他也无所谓了,唯一的遗憾是看不上新年联欢晚会。他从隔壁储藏间找到一盏马灯,擦亮灯罩,又找到半瓶煤油,晚上点上马灯,反正是一个人,凑合一下就过去了。

午休后,徐长林拿着一把劈柴的斧头,一个自制的带木杆的网兜,带着年糕来到木里河。

荒野一片白茫茫。太阳从薄薄的云层中射出一缕光线,荒野在半明半暗的光影中显出它无比庄严的雄姿。寒风像鞭子一样抽打在他身上。他吹着口哨,深一脚浅一脚往前走,年糕一会儿跑到前面,一会儿跟在后面。年糕明显衰老了,毛色发灰,跑一会儿就气喘吁吁,伸着舌头,显得有点老态龙钟。

到了河中心,徐长林用斧头清理干净河面上的积雪,露出了清凌凌的镜子一样的青色冰面。他手持斧头用力敲击冰面。"砰砰砰"的响声在四野回荡。冰面裂开了几道缝,徐长林接着砸,直到砸开了一个小窟窿他才放下斧头暖了一会儿手，冻僵的双手稍有缓解后他又接着砸。冰窟窿逐渐扩有井口大，他用手捞出冰块，然后站在洞口静静等待。不一会儿，几条黑色的鱼儿游到洞口，张着嘴争相呼吸空气。徐长林手持网兜，猛一下伸进水里，然后往上一提，网里便多了两条小鲫鱼。反复几次，七八条比手指长的鲫鱼被他捞出水面扔在雪地里。"够一盘子了。"他停止了网鱼，把雪地里的鲫鱼装进网兜里，同在旁边的年糕说："走，回家，今天晚上炖鱼吃！"

回到房子，他把储藏间的冻鸡拿出来一只，下菜窖拿出土豆、萝卜、白菜，把干蘑菇泡在水盆里，然后开始收拾鲫鱼，开膛破肚刮鱼鳞。尽管只有自己一个人，但在这辞旧迎新的日子还是得有一个仪式。他要做几个菜，再喝点酒，完了洗个澡，刮刮胡子，这一年就算过去了。

傍晚的时候，天空飘起了雪花，荒原在飘飘白雪中一片迷蒙。过了冬至白天长，黑夜短，天色很快就昏暗下来了，野兔进洞，倦鸟归巢。小院子很快被雪花覆盖了。徐长林给年糕喂了食物，年糕围着院子跑了一圈，钻进院门旁的窝里去了。

徐长林回到房子，点亮马灯，开始准备晚餐。他计划炒四个菜，一个清炖鲫鱼，一个干蘑菇炖牛肉，一个干椒大盘鸡，还有一个白菜粉条炒猪肉。他到院子压了两桶水，给炉子加了煤，将食材准备好。

"汪！汪！"外面院子里年糕叫了两声，徐长林没有理会，他想着过年了，年糕也很兴奋，等一会儿吃完饭，再给它吃几块鸡肉，让年糕也过个新年。

"汪！汪！"又传来年糕的叫声，这次声音急促，嘴里呜拉着，像是遇到了什么。天已经黑了，还下着漫天大雪，谁会到荒凉荒僻的墓地？徐长林这样想着，推开门来到院子，年糕听见他出来，叫声又响起来。

徐长林走到院子门，积雪在他脚下吱吱响着。他解开红柳门上的铁丝，拉开了吱吱呀呀响着的门，一个浑身披满雪花的人影伫立在眼前，徐长林微微吃了一惊，随即问道："你是？"

"到你这还能有什么事？"他反问了一句，声音迟滞。徐长林从来人的口音只能判断出他不是本地人。

"啊哦，你进来吧！"徐长林明白了来意，有点无可奈何地说。

雪花还在飘着，没有停歇的意思。徐长林在前面走，那人在后面跟着，徐长林的脑子高速旋转着，猜测着这个不速之客的身份，他为什么会在这个时间来刻碑？

走到门口，徐长林掀开棉门帘，让来人先进去。后面的人有点犹豫，站在他对面，不说进，也不说不进。

"哎呀，这冰天雪地的，又是大过年的，来的都是客，进来进来，有话进来说，房子暖和，你不要客气！"徐长林热情地说。

来人听了这话，推开门进去了。

来者是一个苍老的老头，看不出实际年龄，他身材高大，腰有点佝偻，穿一件过膝的蓝色羽绒服，头戴一顶灰色加厚面料带护耳的鸭舌帽，帽檐压得低低的，几乎看不清眼睛，脸色黑乎乎的，胡子凌杂，提着一个绿帆布包，上面印着"海莲"两个字和拼音字母，是早已过时的款式和颜色，显得陈旧沧桑。脚上的一双黑色棉皮鞋脏兮兮的，沾满了灰尘和冰雪。可能走了很远的路，他的脸上汗津津的，帽子上冒着湿漉漉的热气。

徐长林将马灯的捻子拧大，灯光明亮起来，他招呼来者坐在饭桌边，又从暖壶里倒了一杯开水，放在桌子上。

"天太冷了，先喝杯开水暖暖身子。"徐长林对来者说。

来人伸出手，他的手骨节粗大，青筋暴起，粗糙黝黑，一看就是年轻时做过体力活。他端起杯子，可能开水有点烫，他又放下杯子。

"你怎么现在才来呀？"徐长林问了一句。

"我下了车，准备搭出租车来，几个司机一听来墓地，说马上过年了不吉利，路也不好走，都不愿意来。没办法，我就走路过来了。"来人操着浓重的不知何处的口音说道，声音嗡嗡的。

"走路来的？你真行！这条路早就被大雪封住了，七八公里长，你最少走了两个小时！"徐长林由衷赞叹道。

"我走了整整三个小时。"来人看着他说。

"嗨呀，你真不简单！雪都埋到膝盖了。"徐长林再次夸赞道。

"也是的，你怎么今天来？"徐长林有点好奇地问。

"过元旦放了几天假。本来可以早一天来，结果没有买上火车票，耽误了一天。"他说。

"你先喝口水。你刚才说刻碑，你给什么人刻碑？"徐长林问来人。

"给父母。"来者端起开水，喝了一口，简短地回答道。

徐长林一边把写字台上的纸和笔递给他一边说："你把父母的名字写上，我好在碑上刻字。不过，现在冬天没办法立碑，只有等到明年春天了。当然，你可以把立碑的事交给我办，你尽管放心。"

他接过纸笔，却没有立即写，而是用狐疑的眼光打量着屋子里的物品。

见那人不写字，徐长林又把一个墓地位置分布图拿给他看。这是他平时在墓地察看后画在草图上，又誊写在装订好的本子上，每个墓地逝者的姓名及逝去日期，标注得清清楚楚。

"这样吧老乡，下雪天就是喝酒的天，明天又是新年元旦，我一个人也是孤孤单单，等会咱俩喝两碗。"不等他回答，徐长林把一瓶酒放到火墙上温着,来到案板跟前,开始炒菜。

"不用麻烦了。我把事情办完,还要赶路。"来人有些急切地说。

"老乡,马上进三九了,三九四九,冻死猪狗。这天寒地冻的,戈壁滩上撒泡尿都冻成冰棍!你过来到炉子跟前烤烤火,喝杯水,我炒几个菜,把酒温一温,咱俩喝碗酒,驱驱寒气。"他一边絮絮叨叨说着,一边把饭桌拉到火炉跟前,拉着来人坐在火炉旁。火炉里的煤块嘶嘶烧烧,泻出的火光映红了来人苍白消瘦的脸。

"你看你的鞋子,像是从煤灰堆里扒出来的一样!可能从穿上就没有打过油。男人嘛,头可断,血可流,皮鞋不能不打油!男人的鞋,是男人的脸面!桌子底下有鞋油,你烤暖和了,把皮鞋好好擦一擦!"徐长林大声给来人说。

他先炒了一盘油炸花生米,放到桌子上。来人正在翻看墓地福位图。杯子里的水没有了,徐长林拿起暖壶,给杯子续水。来人目不转睛看着墓地位置图,徐长林看了一眼,他的心里一惊,心脏几乎要跳出来,恍惚间,他的手一抖,水倒在杯子外面,差一点烫着来人的手。

那人抬起头,疑惑地看着徐长林,目光充满不解和疑问。

"人老了,不中用了,一到冬天,我这手就抖,老毛病了。"徐长林说。

徐长林按捺住狂跳的心脏,镇静地放下水壶,继续到锅灶前炒菜。

徐长林的心顿时乱了。当初他当守墓人,是一个念头,他无法预知以后胜算几何,想法却浑然天成。他万万没有想到,冤家路窄、狭路相逢会发生在今晚!

刚才他倒开水时,看见来人看的是谢成连、蒋荷红的墓地位置。他的心陡然提到了嗓子眼,难道是他?从外表看有点像,也有点不像,灯光昏暗老眼昏花认不准,他曾经"朝思暮想"的人远在天边,近在眼前,难道他就是谢福根?如果不是,为什么眼睛死死盯着谢成连、蒋荷红的福位?

灯光下,仅从外表看,来人身材还是很像的,虽然腰有点佝偻,他戴着一顶鸭舌帽,眼睛只能看到半截,脸上胡子拉碴,面若重枣,皮肤松弛得像散乱的破麻袋片,看不清真面目。

徐长林一边暗自思揣,一边炖了鲫鱼,炒了蘑菇肉,他把菜端到桌子上,大盘鸡在锅里炖着。他又把马灯吊在房梁上的一根铁丝上。马灯在空中晃荡着,黄黄的光线泻下来,轮廓像一把大伞。

"发电机坏了,发不成电了!你要是前几天来,还有电。手机充不了电,也用不成,电视也看不成。唉,一个人嘛,凑合着过吧!"徐长林絮叨着,有点喋喋不休。

马灯高高挂在铁丝上,房间一下子亮了许多。徐长林从橱柜里拿出两个小瓷碗,放在桌子上,倒上酒,招呼来人吃饭。

"我不吃了,我把刻碑的事给你说好,我就走了。"休息了一会儿,来人也缓过劲了,着急地拒绝了徐长林的邀请。

"刻碑的事不急,等一会儿喝完酒再说。"徐长林不紧不慢地说。

"吃饱了,喝好了,再说给父母立碑的事。吃饱不想家,吃饱身上暖和!这鬼天气,老天爷没把你冻死真是福气!再说,吃了饭,身上暖和,走路有劲,你回家也快!"他大大咧咧,嘴里不干不净说着脏话,显示他是一个性格鲁莽而内心热情如火的人。

锅里嘶嘶响着,飘出一股股鸡肉的香气。来人迟疑着不端酒碗,看着桌上的菜发呆。

"来!老乡!喝碗酒,暖暖身子!"徐长林招呼他,闻着浓郁的酒味,他的情绪逐渐亢奋起来。

"我不会喝酒。"来人说。徐长林心里暗忖:难道他戒了酒?毕竟几十年过去了。

"喝一碗吧!这是地道的地产名酒,我们这的人都喝这酒。"徐长林继续劝酒。

来人还是不吭气,似乎在犹豫。徐长林也不勉强,放下酒碗,抽出一根烟给他递了过去。他接着,拿起桌子上的火柴,划着点燃了,深深吸了一口。

在他点烟的一瞬间,徐长林看见了一双大大的圆眼睛,像一口黑洞洞的深井藏在厚厚的鸭舌帽下。他按捺住强烈的心跳,也点燃了一根烟,若无其事地抽了一口。

两人隔着一张桌子面对面坐着,来人挨着火炉右侧,他在左侧。徐长林给炉子加了一铲子煤,架在火炉上的铁锅"扑哧扑哧"响着,浓香扑鼻的鸡肉味从锅盖缝隙里涌出来。

徐长林站起来,拿起锅铲,在锅里翻了几铲子,铁锅的嚓嚓响像生硬的轮胎碾压结冰的路面,干脆而丝滑。

"这是我夏天喂的散养鸡,吃的野枸杞、野葡萄,味道鲜美,比常记饭馆的大盘鸡做得好!吃起来一点不比城里差!"徐长林翻着热气腾腾的鸡肉说。

"常记饭馆?"来人自言自语,两眼眯缝着,好像勾起了他遥远的记忆和往事。

"是啊!常记饭馆!黄渠乡旱冰场后面的那家饭馆,门口有一排白杨树,以前只有茶杯粗,现在长大了,一个胳膊都搂不住。那可是当年乡里最红火的饭馆,请人在常记饭馆吃一顿饭,是很有面子的事!饭馆的爆炒肥肠、红烧脆肚真是一绝!又香又不腻,嚼烂咽到肚子里,嘴里还有一股淡淡的猪大肠味,时间长了不去吃,真是还想那一口!"说起往事,徐长林情绪很激动。

"你经常去?"来人看着他,咽了一口唾液,喉结鼓动了一下,表情有点好奇地问。

"年轻的时候经常去,发了工资第一件事,就是到常记饭馆要一盘爆炒肥肠或者一盘红烧脆肚，喝两口老酒，哎呀！浑身那个舒服劲，真是没法说，好像辛辛苦苦一个月，就是为了吃这一盘子菜！有时候去晚了，还没有桌子。老板菜炒得好，生意好，人就厉害！桌子板凳摇摇晃晃，瓷盘子豁豁牙牙，也不换，客人照样天天满！人家看中的是他炒的菜！现在常老板年龄大了，干不动了，掌勺的大师傅是他儿子，几十年过去了，平房拆了，盖了五层楼，气派得很。真是三十年河东，三十年河西，现在卖的都是海鲜，味道没有他爹炒得好，去得少了！"徐长林咂着嘴说。

"你以前喝酒很厉害？"那人微微抬起头，看着徐长林问。

"以前嘛，一个人可以轻轻松松喝一瓶，我喜欢喝54°的，人喝酒，也像交朋友，时间长了就爱上了这个口味。有时候嘛，遇到老朋友，说话投缘，可以喝一瓶半！那时候年轻，喝酒咱可从来没有服过人！唉，都是老皇历了，过去的事了，好汉不提当年勇。你没听人说，以前撒尿，年轻时迎风尿三丈，现在老了，尿尿顺风滴湿鞋。人老了，就不中用了，以前肉吃到嘴里，囫囵吞枣咽下去，现在吃块豆腐，还要慢慢嚼碎，奶奶的！啥时候都是人穷志短，马瘦毛长。"徐长林内心惊叹自己怎么这么会说，花言巧语伶牙俐齿，编瞎话脸不红心不跳，东一句，西一句，牛头不对马嘴，吹牛不打草稿！

"男人嘴大吃四方，女人嘴大吃糟糠。一看你，就是见过世面的人，不像我，一辈子待在乡里，哪儿也没去过，天天见的都是巴掌大的天！"徐长林继续说。

来人不语，两眼眯缝着，表情迷茫，好像沉浸在过去漫长的回忆中。

徐长林看着他若有所思的样子，他又问了一句："你去过常记饭馆？你也是黄渠人？"

突如其来的一句，吓了来人一大跳，他脸色骤变，看着徐长林连忙说："不是！不是！"

"唉，人这一辈子，一天到晚忙忙碌碌，就是为了一张嘴。吃饱了，喝足了，他妈的什么都不想了！"看着他惊慌的表情，徐长林立即转移了话题。他把鸡肉盛在大盘子里，端上了饭桌。明亮灯光照耀下，大盘鸡冒着香气，鸡块金黄，土豆油腻，干辣椒通红，青辣椒碧绿，香气扑鼻，垂涎欲滴，好一盘诱人食欲的大盘鸡！

"来，老乡！不要客气，放开肚子吃！"他拿起筷子，从盘子里给他拣了一块鸡肉，放在他面前的小盘子里。

来人拿起筷子，夹起鸡肉吃了起来。徐长林又给他夹了两块，然后自己也夹起一块鸡肉，有滋有味地嚼起来。

吃了一会儿，徐长林举起酒碗，道："老乡，不要拘束！出门在外，酒肉不分家！来，干一碗！"来人仿佛被他的热情点燃，犹豫着也端起酒碗，两个碗在空中相碰发出清脆的声响。徐长林仰起脖子，咕噜咕噜把酒喝完了。

那人犹豫了一下，终于被徐长林豪爽举动融化感染，举起酒碗喝了一口，酒太呛，他咳嗽了一声。

"慢慢喝，不着急！"徐长林夹起一块鸡肉，自顾自吃了起来。

那人放下酒碗，夹起盘中的鸡肉，狼吞虎咽地嚼起来。

吃了一会儿，徐长林抓起酒瓶，又往自己碗里倒了小半碗，说："老乡，第一碗酒要喝完，这是喝酒的礼数！我陪你，咱们一起喝！"也不碰了，他端起碗一饮而尽。

盛情难却，来人有点无奈，只好端起剩下的酒，咕噜咕噜一口气喝干了。

徐长林拿起酒瓶往他碗里倒酒，他赶忙伸手拦住了，说："不喝了，不喝了，我酒量不行。"

"老乡，吃肉要喝酒呢！酒肉酒肉，自古以来就分不开！酒和肉就是亲兄弟！就是哥俩好！不喝酒，肉怎么在肚子里消化？鼓鼓囊囊的，难道让它像石头一样卧在胃里？"他拿着酒瓶子，举在半空，坚持要倒。

来人用手盖住酒碗说："我真不能喝了，再喝就醉了！"

"醉就醉呗！多大点事！下雪天这荒郊野外的，连鬼都碰不上！今晚哪儿也不去了，醉了就睡我床上，我睡沙发。"徐长林往他碗里倒酒，酒洒在他手背上，滴落到碗里。

"酒要倒上，这是咱新安人喝酒待客的规矩，不能让酒碗空着，这样显得好像我对客人不礼貌！"他喷着满嘴酒气，絮絮叨叨说。

来人只好抽回盖住酒碗的手，他对这个热情得有点过分的守墓人，有点无可奈何。现在他只好随遇而安，听从徐长林的摆布。

"这就对了！这就对了！酒斟时，须满十分！这是老祖宗说的话！我一个人从来不喝酒，今天你来了，我真是高兴！高兴就要喝酒！朋友来了有好酒！朋友来了就是过年！过年哪有不吃肉不喝酒的！"他扬起酒瓶，哗啦啦，将酒碗倒满。酒在灯光下闪着洁白晶莹的细密碎花。

"来！吃肉！咱两个有缘分，今天是今年最后一天，明天就是牛年了，我今天抓了鱼，炖了大盘鸡，你就上门了，你真有口福，平常我都是瞎对付，随便炒一个菜、烧一碗汤就算一顿饭，一个人的饭，真不好做，做多了吃不完，做少了又不够吃。哎！快动筷子，不要停，趁热吃！"他又拿起筷子，给他夹了两块鸡肉。来人也不再推辞，低头吃了起来。

"你没有家人？"他迟疑地问了一句。

"都不在了！老爹老娘、岳父岳母、老婆都不在了，都埋在木里河边了。一个孩子在内地，也不回来了。"

"人就这么回事，活着的时候无论贫穷富贵，还是高低贵贱，死了都一样，都是埋一堆白花花的碱土！"徐长林叹了一口气，深有感慨地说。

"不说这个了！不说这个了！我们活着的人嘛，还要继续生活！你动筷子，筷子不要停！这鸡是吃苜蓿草吃虫子长大的，在荒野地里跑了整整一个夏天一个秋天，鸡肉密集瓷实得很！味道和街上卖的肉鸡味道绝对不一样！那些鸡天天圈在铁笼子里，不见天日，是吃饲料添加剂长大的，肉吃起来松松垮垮，嚼在嘴里像棉花套子！咱这土鸡筋道有劲，嚼都嚼不烂，你尽管加油吃！过了这个村，就没这个店，你以后想吃这么好的鸡肉，恐怕也没有机会了！"他一边口无遮拦地说，一边大口啃着一条肥胖的鸡腿。

对面的人听了这话有些惊疑，嘴巴停止了咀嚼，紧紧地看着徐长林。

"老乡，不要停！不要停！肉凉了就不好吃了！要趁热吃！"徐长林见他停了下来，就再次举起酒碗和他相碰。

"酒是粮食精，麻雀喝了敢叨鹰！"徐长林两眼发红，喷着酒气，开始说醉话。

"你喝多了。"那人说。盘子里的鸡肉在油腻的菜汤里凝固了，像涂了一层厚厚的蜡。两人桌前积了一堆肉骨头。

"慢慢喝，老乡，不急，晚上反正也没有啥事！等会儿喝好了，我揪一锅、羊肉揪片子，放上葱花、菠菜、香菜、西红柿酱，菜都是我种的，在菜窖里放着。这些东西放进去，那味道真是绝了！你在别处吃不上，咱俩一人来一碗，又解酒，又驱寒，还顶饿，那个舒服劲，给老子个董事长都不干！"徐长林醉醺醺地说。

可能热了，又喝了酒，来人下意识地取下鸭舌帽，用手梳理了几下头发，又把帽子戴上。

坐在正对面的徐长林，看似漫不经心，一双醉眼一眨不眨地看着来人，在他取下鸭舌帽梳理头发的瞬间，他看见来人左耳朵上有一个花生米大的肉瘤，颜色枯黄发红，耷拉在左耳垂下，像一颗被酷霜打过的红枸杞。

在这惊心动魄的几秒钟里，徐长林睁大眼睛，时而热血沸腾，嘴里冒着丝丝热气；时而血液停滞，两眼像凝固的火山。他装作酒喝多了的样子，内心翻江倒海，外表却纹丝不动，波澜不惊。

现在他可以确认，面前的这个人，毫无疑问就是谢福根！

十一

"老乡，热了吧？把帽子摘下来，消消汗。"少顷，徐长林沉静下来给他说。

这次来人很听话，他脱了鸭舌帽，转过身，想把手中的帽子放到一个合适的位置。耳垂上的小肉瘤真真切切，刺激着徐长林的双眼。他打量着屋子里的物品，窗户上挂着淡蓝色的窗帘，一张单人席梦思床，放满了被褥和衣服，一个写字台，摆放着笔墨砚台，一对破旧帆布沙发露出粗硬的弹簧，门口是水缸水桶。他看到了自行车，似乎想把帽子放过去，挂在车把上。这时，他突然像触了电一样，两眼傻愣愣直呆呆看着前面。

来人突然定定地看着前方，脸上充满了狐疑和不安。徐长林顺着他的目光看过去，看见了停放在门口的自行车，自行车上横七竖八搭着他的衣服，一个明晃晃的手铐挂在后座椅，在昏黄灯光照耀下，两个钢圈无精打采地耷拉着，闪着幽暗诡异的金属光泽。

糟糕！徐长林暗叫一声不好。刚才只顾打招呼，只顾炒菜喝酒，没有把手铐遮掩好，现在说什么也来不及了！

一瞬间，来人的脸骇然失色，因为紧张激动惊悸而更加通红。

来不及思考，几乎就在同一瞬，徐长林大叫一声："谢福根！"声音如同洪钟，一个猝不及防的响雷，突然在狭小逼仄的小砖房炸响。

那人惊慌失措回过头，嘴里不由自主地"哎"了一声，像冷不防被人扇了一记响亮的耳光，面孔一下子变得狰狞恐怖。说时迟，那时快，徐长林一秒钟也没有犹豫，隔着饭桌电光石火般扑过去，张开双臂紧紧抱住了谢福根的两个胳膊，伴随着桌子上的盘子碗筷呼啦啦翻倒在地下，他把谢福根压在身下。

谢福根一愣神，开始拼命挣扎，桌子板凳东倒西歪，两个人在地下厮打起来，一会儿徐长林在上面，一会儿谢福根在上面，两个人抓挠撕扯，吭哧吭哧，互相往对方脸上喷着浓浓的酒气。岁月不饶人，徐长林很快便显得乏力，而谢福根到底是常年干活的，力气很大。几个回合下来，谢福根挣脱了，他挥拳狠狠朝徐长林头上砸了几拳，徐长林眼冒金花，松开了双手，谢福根站起身，抓起案板上的菜刀向徐长林砍去。徐长林躲开，菜刀砍到了地上的红砖。谢福根又举起菜刀，这时，房门突然被撞开了，谢福根一回头，黑色的年糕闪电一样扑了过来，大叫一声，上前咬住了谢福根的左臂。谢福根疼得龇牙咧嘴，他举起菜刀，猛地朝年糕砍去，年糕呜咽了一声，顿时血流满面，却仍然死死咬住谢福根的左臂不放，谢福根气急败坏，抽出菜刀，继续朝年糕头上砍着。

躺在地上的徐长林，头晕脑胀，浑身的血管像突然爆裂了，汹涌的血液洪水般喷涌出来，迅速灌满了他的全身。危急之中，他看见一道黑影扑向谢福根，知道是年糕听见动静救他来了。趁着谢福根砍年糕这个空档，他喘了一口气，一跃而起。身体站稳后，徐长林用尽全身力气挥拳重重砸向谢福根。这一拳似有万钧之力，挟带着他心中几十年愤怒仇恨的火焰结结实实打在谢福根的后心上。他听见一声沉闷的声音，像大柳树枯枝断裂的咔嚓声，接着谢福根"哎呦"了一声，像一条死狗一样倒在地上，松开了手里的菜刀。徐长林因为用力过猛，身体倾斜倒了下去，像装满的麻袋一样重重压在谢福根的身上。

后来X光证明这一拳打断了谢福根的两根肋巴骨，那是多大的力量啊！

徐长林拿下自行车上的手铐，前腿跪在谢福根身上，紧紧反铐住了谢福根的双手。隔了整整36年，徐长林终于将手铐戴在了谢福根的手上。铐上手铐的那一瞬间，金属撞击出轻微的脆响，片刻后徐长林瘫坐在冰凉的地上。

谢福根像一头斗败的公牛，身体斜躺在地上，犹如一摊烂泥。他的眼里，射出阴冷仇恨的光，比外面的冰雪还要刺骨瘆人。

年糕浑身浴血，仍然死死咬住谢福根的左臂。徐长林心疼地把奄奄一息的年糕抱在怀里，抚摸着它的头，让它慢慢松开口。年糕目光柔软，头靠在徐长林胸前，像个孩子似的一声不吭。它身上的血已经凝固在毛发上。徐长林咬咬牙，把刀取了下来，血又从伤口处流出来，年糕疼得嚎叫，他的心也跟着一起疼。这个挨千刀的谢福根，下手这么狠！今天如果不是年糕危机之中扑过来，后果真是不堪设想。徐长林找来一块床单，撕开缠在年糕的头上，把年糕放在沙发上休息，他现在还没有时间照料年糕，只能先让它休息一会儿，待处理好谢福根后再管它。

徐长林解开上衣口袋的扣子，掏出那个粉红色的小日记本，日记本因为年代久远失去了光泽，显得陈旧而遥远。徐长林打开日记本，扉页上的黑白照片赫然在目，与眼前的谢福根虽然看上去不是一个人，但仔细分辨，眉眼仍有几分相似，脸部的大致轮廓是一样的。

谢福根乜着眼睛，漫不经心看了一眼照片，像被火烫了一般，他眼睛转向徐长林，闷声闷气地问："你到底是什么人？"

屋子里一片沉默，挂在房梁上的马灯，灯捻子暴闪了一下，光线有点昏黄。

"我是黄渠乡派出所民警徐长林！"徐长林突然提高了嗓门，像打了一个响雷。

谢福根眼中闪过一丝绝望，像一只泄了气的皮球，瘫痪在地上。

"你怎么在这里？"半晌，谢福根又问了一句。

这不是一句话能说完的。往事浮现，历历在目。"我怎么在这里？老天爷让我在这里等你！你知道吗？人在做，天在看，抬头三尺有神明！你犯了大案，天理不容！我在这里等你，我在这里等待死亡！"徐长林哈哈大笑，像威虎山的座山雕遇到栾平，他几乎用咆哮的声音大声说。

"你难道没听说过这样一句话？不是

不报，时辰未到，时辰一到，必须要报！"徐长林停顿了一下，好像在思考另一个问题，然后说："谢福根，你放心走吧！剩下的事情我来办。"

谢福根不解地看着徐长林，他不明白他话中的意思，但他也没有问。

徐长林也没有给他解释："喝了这碗酒，咱们上路！"他捡起地上的小碗，又拿了一瓶酒，给谢福根和自己倒了一小碗酒，端到他嘴边。

他表情呆滞，低垂着脑袋，像一个死人，没有喝酒。

"不喝？我告诉你，这是你最后一碗酒，等进了看守所，你想喝也喝不上！"

他抬起头，两眼死鱼眼一样鼓鼓看着徐长林，里面是惊慌、不甘和凶狠，像浑浊冰凉的井水。

"来！像个男人的样子！你有本事做，就有本事当！我明明白白告诉你，你今天遇到我是死定了！把你当年的狠劲拿出来！我本来不想告诉你，看你这个熊样子，我现在告诉你，你的后事我包了！"

谢福根眨巴着眼睛，不解地望着他。

"你放心走！给你父母立碑的事，我包了！你尽管放心，你的事，我也包了，一点麻达没有！"徐长林说。

谢福根好像听懂了，头颤巍巍伸过来，嘴对着酒碗，咕噜噜一饮而尽。

徐长林也端起酒碗，喝干了碗中酒。

"走！咱们上路！"徐长林找出美玲给他寄的暖宝，套在谢福根戴手铐的手上，他害怕谢福根的手在路上冻着。

十二

屋外，夜幕漆黑，风雪正紧。徐长林用一根捆柴火的麻绳牵着戴着手铐的谢福根，麻绳的一头拴在谢福根腰上，系了一个牢牢的死结，另一头紧紧拽在徐长林手里。徐长林在前，谢福根在后。两人的脚步一个沉重笃实，一个迟疑拖沓，像两个轻重缓急旋律迥异的音符，混合敲打着黑沉沉的荒野。

顺着土路，徐长林雄赳赳、气昂昂，在飘荡的风雪中昂起花白的头颅，年轻时的蓬勃朝气再次在这个临近耄耋之年的老人身上迸发。刺骨的风雪呼啸着迎面吹过来，像一蓬蓬干枯的骆驼刺，猛烈地拍打着他的脸颊，扎得他生疼，冲撞着他的躯体，他的身体像一个灌满风而鼓胀的船帆，呼呼啦啦喧响着。他一边迎着风雪跟跟跄跄走着，一边依仗着胸膛内滚热翻涌的酒精，开始放开喉咙大声唱歌，唱的是在他心中回响了无数遍的熟悉旋律：

大河向东流哇
天上的星星参北斗哇
说走咱就走哇
你有我有全都有哇

路见不平一声吼哇
该出手时就出手哇
风风火火闯九州哇
……

歌声高亢嘹亮荡气回肠，一句接着一句，一句追赶着一句，挟带着热辣辣的醉人酒气，在荒野风雪中碰撞追逐交汇。他被歌声感动着激励着，唱得热血沸腾激情荡漾，英雄豪情勇往直前充满肺腑。他从来没有这样慷慨激昂扬眉吐气过。

茫茫的天，茫茫的地，是平展辽阔的舞台，天地之间，只有一个演员，一个观众。他一会大声吼叫，一会低声吟唱；一会义正词严，一会仰天大笑，他手舞足蹈，宠辱皆忘。甚至有些后悔刚才忘了带一瓶酒在路上喝。

荒原上，一望无际的积雪泛着白晃晃的光，徐长林和谢福根一前一后，缓缓前行，从远处看是两个蠕动前移的小黑点。

黎明时分，天空一片黑暗，大雪不知何时停了，西北风却更肆虐了，卷起一股股冰冷的雪花，搅得昏天黑地。

天空渐渐亮了，露出昏灰暗淡的颜色。四周突然响起了鞭炮声，噼里啪啦响，一开始是零星的响声，接着是一连串噼里啪啦，此起彼伏，最后整个黄渠乡都传来了鞭炮声。这是早起的孩子们开始放炮了，鞭炮声之后便是大人叫孩子吃饭的声音，新年的第一顿饭毫无疑问是饺子，家家户户的人们围坐在一起，吃着热腾腾的饺子，孩子们喜气洋洋地接过用红纸包着的压岁钱。

白色的雪耀眼明亮，鞭炮残屑红色的碎粒，像绽放的一朵朵梅花花瓣，漂浮在厚厚的积雪上，给新年的第一天增添了喜庆和欢乐。

徐长林跌跌撞撞，一步一摇，用绳子牵着谢福根来到排子县公安局刑警大队时，他浑身上下被冰雪裹着，像一个雪白坚硬的冰疙瘩，只有嘴里呼出的热气证明他是一个活人。到了公安局门前，他几乎瘫倒在地。他用身体撞开了值班室的门，值班民警吃惊地看着他。

徐长林身体不断哆嗦着，舌头打结一般给值班民警说完过程，再将绳子交给民警，这时的他几乎要跌倒在地。民警立即将谢福根控制，又给局长打电话报告。接到电话不到十分钟，局长就驱车赶来了。局长看见徐长林，快走几步，上前紧紧抱住他，声音悲切地叫了一声："师父！"然后，徐长林就倒在刘局长宽大温暖的拥抱中了。

三天以后，年糕死了，死在徐长林的怀里。

三天来，年糕气息奄奄，不吃不喝，仅剩一口微弱的气，像游丝一样若有若无。徐长林找来兽医，兽医看了年糕的伤情，摇摇头说:"恐怕没救了,刀口很深,再说年龄也大了,救不活了。"

徐长林抱着年糕,呆呆地坐在沙发上,内心犹如万箭穿心。他想起初次和年糕见面的情景,想起他们相依为命在一起的日子,眼睛一阵酸热。年糕紧紧贴着他的胸膛,偶尔艰难地睁开眼睛,满是对主人的留恋和无奈,使他更加心酸和难过。

第三天中午,年糕最后一次睁开眼睛,看了一眼徐长林,它的眼睛定定的,仿佛期待着什么,又显得非常满足,最后慢慢闭上了眼睛。徐长林潸然泪下,滚烫的眼泪滴在年糕身上,濡湿了它的皮毛。

第四天,他把年糕埋了。在木里河边,他用十字镐一点一点撬开冻土,挖了一个墓坑。他从柜子里找出一个他和柳叶梅结婚时朋友送的丝绸被面,把年糕包裹起来,埋进了墓坑。开春后他给年糕刻了一个大理石碑。碑文上竖写着工整的篆体字:

年糕之墓。

左侧书:纪念一只勇敢的狗,我亲爱的朋友。徐长林立。二〇二一年一月三日。

在木里河边,徐长林为众多死者刻碑立碑,如今为一只忠诚勇敢的狗刻碑立碑却是第一次。他心里想,今生今世也只有这一次了。

他在年糕墓前供奉了它最爱吃的年糕。他从上衣口袋里掏出一张纸,那是他曾经写的《领养年糕注意事项》:

亲爱的朋友:您好!如果您领养年糕,请注意以下事项:

1. 年糕喜欢喝水,水盆里的水不能断;记得冬天是温水。

2. 年糕老了,请每天喂三次食物,每次半盆,不能多喂。

3. 食物太咸、太甜不要喂,肉不要喂多,它牙口不好,不能喂带骨头的肉,鱼不喂(有刺)。

4. 每天小便至少三次,大便一次。年糕知道地点,它不会在房子和院子里大小便。

5. 年糕喜欢摸头,摸尾巴它会不高兴。

6. 年糕早起后喜欢舔人,是想和您亲近玩耍。

7. 如果年糕犯大错要挨打,请轻轻打它屁股。

年糕是一条好狗,请善待年糕。再一次谢谢您!

看着纸条,徐长林再次悲痛大哭。许久,他掏出打火机点燃了纸条。

十三

第二年10月,最高法院关于谢福根执行死刑的通知书下来了,是刘局长派人到墓地告诉他的。

临刑这天,徐长林租了一辆厢式货车,又高价雇了民工,早早来到刑场边等候着。刑场在黄渠乡西面的一处鸭洼沟,洪水冲刷出来的大沟三面是高悬着的苍黄土崖，土崖上有鸟打的洞筑的巢，密密麻麻像黑洞洞的枪口。中间是平坦开阔的大荒原，长满了骆驼刺、铃铛刺、红柳和稀稀拉拉的苇子丛。太阳刚从地平线上跃起，潮湿的雾气从一堆堆灌木丛中腾起，沿着参差不齐的崖壁散逸开去。看着宽阔的荒原，说不上为什么，徐长林的心里空落落的，像眼前空空荡荡的大荒原。

太阳出来一杆子高时，枪响了，一声沉闷短促的声音惊得栖息在灌木丛中的麻雀"轰"地飞了起来，像一团突然腾起的黑色烟雾。四周涌来一群群黑压压的人流。抬着谢福根尸体的担架在蜂拥的看热闹人群到来之前离开了土崖，然后装上车，拉到一条水渠边的林带里。工作人员用渠水仔细清洗了谢福根的身子，给他穿上崭新的衣服裤子，换上新买的袜子皮鞋。

知了在柳树上一刻不停鸣噪。徐长林蹲在大渠边，看着滔滔流水，双手颤抖着点燃一根烟，一个人吸了起来。少顷，他转过身，透过淡蓝色的袅袅烟雾，看着谢福根五官扭曲、变形，面色苍黄如沙的脸，在斑驳明亮的阳光下像一颗丑陋不堪的黄南瓜。左耳下垂的那颗肉瘤，像一颗秋季未成熟而被阳光吸干了水分的干瘪萎缩的葡萄粒，苍白无血，几只绿头苍蝇叮在他的脑袋上。他比去年第一次在墓地时见他胖多了，可能是一直悬浮漂泊战栗着的心终于安定下来，嶙峋的颧骨变得饱满，尖削的下巴变得浑圆，枯枝一般的双手白白嫩嫩，脸上是一副事不关己饱食终日的混蛋样子，有一种欲望得到满足后的平静安详。

猪不晒的南瓜脸！一种深深的仇恨和极度的厌恶涌上徐长林的心头。38年前惨不忍睹的杀人现场，血腥残忍的一幕，又一幕幕在他脑海里轮番回放，那个手里攥着鲜红西红柿的可爱小姑娘，清晰地定格在他眼前。如果活着，她的年龄应该是40多岁，早结婚了，现在也是拖家带口的家庭主妇了。他泪眼模糊。真是心狠手毒！背负了四条人命，临死前还砍死了可爱的年糕。坏怂！王八蛋！真是罪该万死千刀万剐！今天一颗子弹就解决了他，真是太便宜他了，应该把他打成筛子网才解恨！他看着穿戴一新却遭人唾弃的谢福根尸体，真想一脚把他踢进湍急浑浊的水渠里，让鱼儿吃了他的腐肉，尸骨去做沤地的肥料。他浑身打摆子般颤抖不止，沉浮淤积在胸中愤怒的火焰再一次被点燃，随着强烈炽热的光线愈加熊熊燃烧，五脏六腑在胸腔里噼里啪啦碰撞翻响。一群麻雀贴着树梢飞过，一坨麻雀屎落到谢福根的脸上，散得花花搭搭，看着谢福根此刻像一个丑陋的鬼脸，徐长林厌恶地转开了眼睛。

但是他毕竟当了一辈子警察，现在又上了年纪，早已不是当年血气方刚的愣头小伙。过了一会儿，一根烟抽完了，他把烟蒂弹进水渠，烟蒂在水里"嗞"了一声，冒了一小股烟，随着波涛滚滚西去。顺着渠道帮子走了一会儿，干热的微风混杂着渠水的清凉，吹拂在脸上，徐长林心中的火气渐渐消了，心情慢慢平静下来。谢福根已经死了，为他曾经的罪恶付出了生命的代价。人死了，世间一切恩恩怨怨都了结了。如果有来生，但愿谢福根能做一个好人。

现在，他还要按照预想的方案，做完这一切，对谢福根和自己都是一个交代。再说，他等待了几十年，不就是今天这个结局吗？这不是他期待的结果吗？

尸体拉到火葬场火化后，骨灰盒埋葬在谢福根父母坟地的脚后旁。徐长林又以谢福根的名义，给他父母刻了一块石碑，立在坟前。

这些事情办完以后，徐长林破天荒在墓地放了一次鞭炮。鞭炮是一万响的，红艳艳的像一串喜庆娇艳的红辣椒。鞭炮噼噼啪啪轰响着，惊得墓地里的鸟兽惊慌逃遁。

鞭炮放完了，墓地弥漫着一股浓烈的火药味和烟火气，氤氲在墓地上空。看着满地火红的碎屑，徐长林内心翻涌不止，他是在祭奠谁？死去的父母、岳父母？柳叶梅，还是年糕？抑或是恶魔谢福根？他说不清，可能是，或者不是，一切都结束了，只有自己的生命还存在？百年之后，谁为自己立碑，谁为自己守墓？谁为自己燃放鞭炮祭奠？一群麻雀呼啸着飞过头顶，栖息在墓地旁的一棵沙枣树，打断了他的沉思。

一切都结束了，他的生活又恢复了往日的平静。他依然守着这块遥远苍凉的墓地，守着这个寂静破旧的小院子，有刻碑的就刻碑，有丧事就办丧事，日子就这样一天天过去。他的背微微有点驼了，但精神矍铄，步伐笃定，眼中透露出一种安详和宁静。没事的闲暇时间，他就到河边转悠，看远处的风景，看近处的墓地，听荒野上风吹的簌簌响声，到年糕墓前坐一会儿，隔着碱土和它说一会儿话，或者一句话也不说，就默默地坐着。太阳西斜的时候，他顺着小路往小院走，一缕缕灿烂余晖洒在无垠荒野上，洒在起伏的墓地上，洒在他敦实的身上，荒野和墓地覆盖了一片金黄霞光，他浑身上下镀满了耀眼金光，像一尊移动前行的赫红雕塑。只是没有了年糕忽前忽后的嬉戏陪伴，他每天蹒跚缓慢的佝偻身影，在空旷寂寥的荒野上显得有点孤单。

山不转路转

◇ 何生如 / 文

一

孙母为儿子回来，心情万分激动，激动得整夜翻来覆去睡不着。

丈夫早逝，丢下两个儿子：老大孙同青4岁，老二孙玉青3岁。25年前，4岁的孙同青在水塘边玩水，久久不见回家。孙母拉着小儿子孙玉青在水塘边及四周呼喊找寻，后来全村老少都出动了，大家把葫芦沟翻了个底朝天，甚至有会游水的青年人直接下水去捞。所谓人要见人，死要见尸，结果人找不到，尸体更无着落。孙母日夜痛哭，可哭天天不应，跪地地不灵，

无论这对孤儿寡母如何悲痛，孙同青也再未出现过。从此，孙母与小儿子孙玉青相依为命，面朝黄土背朝天，过着日出而作日落而息的生活。

孤儿寡母，孤儿者，并非无父无母无兄无妹才是孤。农村中对父死母在，没有其他兄妹也叫孤，甚至还取上绰号叫"皮塌瘩"。寡妇就更难做人了，没发言权的"受气包"。可孙母为了儿子的成长坚持不二婚，常年受冷言冷语也忍气吞声。无奈"寡妇门前是非多"，同村的周海，五十岁丧妻，总想继娶孙母，而孙母心里本就不愿意再婚，周海也根本算不上良配。周海是全村有名的懒人，仗着有女儿、女婿都有不错的工作背景狐假虎威，高高在

上的大爷们天天上街坐茶馆打麻将，烟酒不离，连家务事都干不成的懒人，孙母怎么可能看得上他？可周海有事无事就去纠缠孙母，孙母为这事与他吵过架，找过村干部调解都没太大效果。以至于后来孙母走过路过总提高戒心或躲避，晚上睡觉都要反上锁。长此以往，孙家与周家似仇非仇，基本上不来往。

孙玉青读到高中时遇改革开放大潮，于是他毅然离开葫芦沟随潮流外出打工，他没有去东南沿海的开放城市，而是鬼使神差地来到新疆，来到新疆又鬼使神差地在新疆生产建设兵团某团场打工。从做小工到砌砖墙、承包土地、种棉花种红枣、搞城镇水暖安装、搞广告设计招牌等活，只要有活干，有钱挣，他都来劲。因为脑子灵光手脚麻利，孙玉青渐渐攒下不少家底，对母亲与家乡的思念也越来越重。最终，他如当年离开家乡时一般决然，收拾行囊踏上了回家的路。

孙母为儿子回来激动得几乎整夜睡不着，索性早早地起了床。凌晨4点她便精神抖擞，洗菜切菜，搭着木梯爬上房梁去取下年前存的腊肉、香肠及腊味猪头。她根本不去计较吃多吃少，直接全部放进锅里煮。孙母没饮酒习惯，但她做醪糟又甜又香又耐存放，在村里还有不小的名气。她拿出自制的醪糟给儿子当酒喝，然后擦洗厨具桌椅、整理床铺、房前屋后统统打扫了一遍，做完这一切天才麻麻亮，而孙玉青要下午才到家。

这真是"不见儿身影，唯闻母叹息。问母何所思，问母何所忆"呀。孙母从四点就开始干活，做完家务事便时不时站在门廊左顾右盼，大半天下来没吃东西更没喝上一口水。但见到儿子后，肚子不饿，口已不干，实乃心甘情愿。

孙玉青见到母亲苍老的脸，没人照拂的面庞满是沟壑，每一道皱纹都在讲述着孙母多年守着空荡荡的老屋的辛劳与孤独。

在察看了葫芦沟的绿水青山后，孙玉青决定不出去了。那回村的第一要务就是改变自家的住房条件。他与母亲商量，修建自己的乡村别墅。拆掉自家老屋，来一个"脱掉旧衫换红颜"。

第二要务则是买一台中型客车，他准备搞客运，专跑乡村公路。

再是为村上捐献20万元，重新粉刷村委会房屋墙壁，办公的桌椅全部换新，还要新增开会用的全套办公用品，务必使村委会内外都焕然一新。

"山不转路转呀！要是过去年代，想都别想。"周海看着孙家的新房，院子旁停着孙玉青新买的客车，路口是孙玉青捐资翻新的村委会，他不由得高看这个年轻人。周海背着手转悠到孙玉青跟前对他说："外出多年回家，表示一下哟。"他说的表示就是要孙玉青摆桌吃饭喝酒。

一旁看热闹的乡亲也附和道："修新房、买新客车，还拿钱去帮村委会，这得花多少钱呀？这娃混得风生水起，在外挣大钱当老板啦。"

"我那人真没本事，跑出去5年了，没见挣出几分几厘来。"

"玉青挣大钱了回家来该为我们邻里表示一下呀。"

男女老少你一言我一语，含羡慕、含嫉妒，又含想占一点便宜。

孙玉青开新车拉上母亲，来回跑了五六趟，以建新居住新房为名把全村里男女老少拉到乡上一家像样的饭店，摆了十来桌请大家大吃大喝了一顿。还了人情，闭了人嘴，又聚了人气。孙玉青也趁此机会散发印有自己电话号码和拉客、拉货信息的名片，为自己的生意广开门路。

二

葫芦沟的不少人因为外出做生意、在县城打临工或者搬迁等原因，留下还在种地的人已经不多，其中的绝大多数还是老人、妇女和儿童。孙玉青开的七座小客车成了当地小班车，为民众送货拉货，真还方便了当地民众办事出行，乡村公路中又多了一道便民利民的"风景线"。

"山不转路转呀。"周海只要坐上孙玉青的车，他都爱说这句话。这句话是赞赏，是褒贬，还是顺口说？孙玉青发现，周海好像只在自己面前说这句话，而在其他人面前却三缄其口。

"周叔，山不转路转，山肯定不转，但路真还在转，道路弯弯曲曲，高低不平，围着山围着地而转。你坐在车里，不更体验山不转路转吗？"孙玉青开着车似理非理地问道。

"小伙子，我不是这意思。"周海说。

"不是这意思？那还有啥意思？"

周海叼着烟道："过去是啥样，现在是啥样？过去是啥人，现在是啥人？"

孙玉青看着前方："哦，知道啦。过去穷，特别是我在别人看我不起的环境里长大。一个没爹的受气包穷光蛋脱胎换骨，现在有新房有新车所以是山不转路转！"

"有这层意思。"周海说。

"我家跟你也算不上有多大仇怨，都是一个村的，再说你们家条件那么好，嫉妒我作甚？"孙玉青笑了。

周海沉默片刻，想说又不想说，但还是说道："你从小没了父亲，你哥又……你妈把你拖大，不容易啊。你叔母走得早，我那时若能与你妈组成一家一起生活，对你们来说再好不过。但看看现在，你长成人了而且还挣了大钱，修房买车，样样都强过我周家。与过去相比，不是山不转路转吗？"

孙玉青琢磨着周海说的话，片刻后将车停在路边："周叔，原来山不转路转是嫉恨我现在这样？我妈可以给我找个后爹，可你不合格呀！你的心术不正，总去赌，你懒惰不勤劳，养子女是为了回报。现在看见人家凭劳动而改变了心里还不舒服，你人品不行呀。"说这话时周海脸朝车窗外还努嘴，孙玉青反而笑起来，笑得周海直接自己打开车门，不高兴地下了车向前方步行而去。孙玉青连忙奔过去强拉他上车来。"玩笑都开不起还当叔，还想当爹？快进城了，我是送你去麻将馆，还是送你到女儿家？这么些年我还没见过姐呢。"

"还没见过你姐夫呢。"周海返回车上说。

到了周海女儿家楼下，孙玉青本只想客套两句就走，耐不住周海硬要拉他上去。

周霞开门迎接，见着孙玉青还愣了片刻，随即便高兴地说："我爸经常提到你呢，说你在新疆找上钱了，还说这小子以前穷得响叮当，现在当上了大老板，真是山不转路转。"

"又山不转路转？"孙玉青话音刚落，就看到一年轻男人从屋里走出说，"这位就是姐夫吧？"

周海答道："是我女婿张川，在县民政局，如今已是科长。周霞，张川，就站在门口说话？"四人笑着会意后进屋。

张川与孙玉青握手客气道："啥转不转的，过上好日子是今天新时代的福。听说你在新疆务工，新疆哪个地方？"

孙玉青："新疆兵团第三师四十九团。"

张川吃惊地笑了："四十九团？这真是奇了，我就是在那儿长大、读书，在新疆大学毕业的。"

孙玉青："那我们居然没有在四十九团认识，反而在四川见面了，这还真是缘分啊！不过你应该在新疆工作呀！也不至于像现在这样远离父母兄妹。"

张川："我……"

周海突然抢过话："张川现在是公务员，周霞也进了事业编，两个人属铁饭碗，工资高。"

周霞反而不高兴起来："啥铁饭碗，工资高，显罢啥呢。"说着还掏出几张百元钞塞给父亲："我们后头生孩子就有负担了，你也自己去找点事干，不要成天去赌。这人还是得靠自己，老爸，你说呢？"

"我不靠你靠谁？"周海理直气壮。

张川反而笑了："周霞，老爸嘛，乡下就这样，应该。孙——玉青，我也赞成山不转路转！你看我远在新疆长大，现在来到四川工作，又在这里成家立业，难道不是山不转路转？"

孙玉青笑道："这山不转路转还成了大家的座右铭了。你父母干什么工作，叫啥？"

"叫张少西，连队承包户职工。认识？"

"老张叔？我和你父亲经常喝酒，说来也怪，只要一谈到我的家乡和出生地，他喝酒还猛些。"孙玉青说。

"除了种那几十亩棉花地，就是喝

酒。"张川从茶几上拿过烟抽上。

就在张川侧头点烟的时候，孙玉青发现张川右耳下方有一黑疤痣痕，但碍于目前的场合不适合问，他也就继续和几人谈论起在团场时的务工经历。

三

孙玉青从小就听说自己还有个哥哥，但关于这个失踪的哥哥是死是活，甚至失踪的原因，他至今都不知道，只是听到母亲经常唠叨说大儿子的耳朵下边长有一颗黑疤痣痕，但到底是长在左耳还是右耳，这么多年他也记不住了。

张川的黑疤痣痕让孙玉青颇为在意，为此还特地在村里打听了一下张川的情况。听说张川与周霞谈恋爱到结婚，特别是第一次来葫芦沟到周家做客那次，村里好些人说这客人长得像孙玉青，但孙母并没在意。孙玉青长大外出务工更没去想这事。再说，世上长得相似的人也不算少见，人家是大学生又是公职人员，不同地方不同姓名不同家底，从何说起？谈起过去失儿的往事，孙母除了对儿子的那颗黑疤痣记忆深刻外，也就还记得儿子从小最喜欢吃醪糟蛋，曾经为偷吃醪糟爬上楼，还差点摔断了腿。

县城芙蓉酒店，张川和周霞因孙玉青从新疆同一地方回来，专门请他娘儿俩吃饭。孙与周两家坐着等上菜，孙母把一布袋放在旁边后不住地上下打量着张川。

其实孙玉青自从怀疑张川的身份后一直都在想这件事，并且将自己的疑惑和猜测一并告诉了母亲。

儿子的丢失一直是扎在孙母心头的一根刺，如今一个可能是儿子的人出现了，激动、忐忑、不安的情绪搅着孙母成宿地睡不着。可她也就记得耳朵记号，其他的都随着时间淡忘了。如果真的是，那要怎么补偿儿子？如果误会了，又会怎样失望。还是孙玉青安慰母亲，以后大家都是一个村里的人，即便张川不是孙同青，自己与他也有着同在新疆兵团和葫芦沟的缘分，全当认个新的亲人吧。于是孙母拿上一个布袋随儿子第一次来县城与周家同桌。

饭桌上，张川和周霞都热情地一边为孙母夹菜，一边招呼孙玉青。

"你经常来这饭馆吧。"孙玉青边吃菜，一边看似没话找话。

"是经常来。我喜欢打牌，算是找点乐子。但是我牌技太差，好些时候都输。不过我打牌也不是冲着赢钱去的，有时候是跟朋友，有时候是和同事，也不能太计较输赢。但后面我们考虑要孩子了，还是决定不打了。得给下一代做个好榜样嘛。来，我们一起喝一下。大娘您多吃点，玉青是个好兄弟，欢迎你们经常来我家做客。"张川举着酒杯说。

孙母心中隐隐高兴，有几分小心翼翼地试探说："张川和周霞呀，待你们回村来让大娘亲自给你煮醪糟蛋吃。"

"醪糟蛋？嗨哟大娘，我从小就喜欢吃。在新疆，我爸一见我哭闹就煮来醪糟蛋，吃上这个我马上就不哭啦。"张川兴奋地与孙玉青对笑。

周霞也笑道："跟这种人结婚几年，你们不要笑话，醪糟和鸡蛋，我妈在世时腿都跑断。"

孙母立即起身去旁边拿过布袋打开，将早准备好的用玻璃瓶装好的醪糟取出来放在桌上，又掏出一包鸡蛋："小伙子，拿回家吃吧，土鸡蛋。"边说边去盯张川的耳朵。

张川接过醪糟和鸡蛋，连声道谢。

"你为什么不在新疆工作，好照顾你父亲，反而选择来四川这里？是奔我们村周霞而来？"孙玉青问。

"说来话长。"张川喝上一口道："我只有父亲，母亲咋样，父亲至今都不和我说。大学毕业那年，我和父亲在就业问题上分歧很大，父亲一点都不依我意见，硬要我到四川去找工作。我说：'你呢？我这当儿子的远走他乡，丢下你个孤身老人这像话吗？'他说他有退休工资，不靠我养活，还把话说得狠——'滚回四川去好好做事'。我说你为什么这样硬赶我走，还滚，我不是你亲儿子吗？我爸说：'管他亲儿子假儿子，你必须去四川。你飞去吧，你有出息我高兴，你有本事我沾光啊！哪有儿子不干正事跟爹的屁股转？'那次，

为赶我回四川，他一夜都在床上翻身子。"张川感慨不已，端起酒杯猛灌了一口，许是这酒又辣又呛，张川的双眼都氤氲着水汽。

"怎么到我们县城工作？"孙玉青同周霞、周海碰一杯又接着问道。

"我们到成都报到后先是作为志愿者到了南充，然后又被分配到这县城民政局工作，志愿者期满之后我就通过了考试这才正式进编上岗。县政府每个部门就那些人，周霞就成了我的'笼中之鸟'。"张川与周霞对视一笑。

孙玉青抓住了张川话里的关键字眼，紧紧追问："你爸为什么非要你回四川呢？"

"我爸也是四川人啊。哎？玉青，你咋这么追根究底？"说罢，张川摆摆手，没有不耐烦，反而认真回答孙玉青的问题："那个年代生活困难，我爸是生活所迫，无奈之下才带着我离开的。后来他在新疆安了家，养育我成长，培养我读书。让我回来应该是出于对家乡的念想吧。"

"把你耳朵给我看看。"孙玉青边说边朝张川右耳伸手，一旁的孙母更是迫不及待地走近察看起来，把张川整得莫名其妙，又显尴尬。

孙母仔细观察张川右耳上长的黑疤痣痕，按捺不住激动的心情，问："你今年多大呀？"

"我28岁。"张川又转头问孙玉青，"大娘这是怎么啦？"

孙玉青没有回答张川的话，而是问母亲："几月几日生，记得吗？"

"那年是农历七月，对，七月初九。三岁那年是八月，天热，要不怎么到塘边玩水。"孙母使劲回忆着当年，在桌边来回踱步喃喃自语道。

"快坐下来吃菜吧。"张川和周霞一头雾水，想赶紧打断母子俩的奇怪举动，"说啥七月八月的，还北国之春呢。"

孙母满眼泪意跌跌撞撞地走到张川面前，双手颤动不已，想要一把将面前的年轻人抱在怀中。最终她仿佛用尽全身力气抓住张川的手臂，张川的脸逐渐与孙母心中孙同青稚嫩的模样重叠。孙母再也忍不住了，对着张川叫出了声："你是我儿子呀！你是我的同青啊！"

孙玉青同样激动不已，拉着张川不愿放手，那声熟悉又陌生的"哥"迟迟未能喊出。

张川大惊，仓皇起身后推开孙玉青，他睁大双眼看看孙母和孙玉青。片刻后，他走向一边将身子靠在窗台，仰望着天花板思考好一阵。然后掏出手机拨通电话，听了许久，许久……

电话里讲了许多，张川终于明白了。他明白那个年代的困惑，明白养父为什么坚决要求他回四川找工作。人生蹉跎，人生有缘，山不转路转，路不转情转。

放下电话后，他"扑通"一下跪在地上，大声喊出一声"妈"，在孙母面前磕头不起。孙母立马上前抱住张川："孩子，我的孩子，你终于回来了……"

那一年，张少西因为生意失败欠了一屁股债。一位远房亲戚正好从新疆回四川，告诉张少西，新疆遍地都是机会。为了还债，张少西带着仅剩的100元从四川出发。也是为了躲避债主，他一路走的都是山郊野岭。

那天，他和几位同乡路过葫芦沟附近，看见一个小孩躺在水塘边，他赶忙上前将孩子抱起来。那时4岁的孙同青因为玩水踩到了长满苔藓的石头，脚下一滑摔倒在地上，头撞到石头晕了过去。张少西看见他的时候，孙同青头上因摔倒流的血都快凝固了。

张少西忙着赶路，同乡们还在不远处不断催促，可怀中的孩子不能就放在这里不管，孙同青过于年幼，受了伤还发着烧。无奈张少西对葫芦乡并不熟悉，不知要到哪里才能找到人家。

最终，张少西只得带着伤病的孙同青一起上路。一路的颠沛流离让孙同青反复发烧，几乎到了新疆才好转。旁人都说这是老天爷送给张少西一个儿子，这样的话听多了，张少西好像也真的相信，孙同青就是老天爷送给自己的。于是他给孙同青起名张川，悉心地照顾他长大，供他读书。

可每次看见孙同青耳边的黑疤痣痕，他总会想起那个水塘，但毕竟二十年过去了，他连那个水塘在哪里都不记得了，只知道是四川。

后来张少西认识了孙玉青，在看见孙玉青那张与张川过分相似的脸时，他几乎就能肯定张川与孙玉青有关系。他恐惧、害怕，害怕张川会离开自己，害怕这么多年的真心相待最后变成一场空。

所以每次孙玉青来找自己喝酒聊天，他都不会提起张川，更不会让孙玉青和张川见面。而每当听见孙玉青提起自己的家乡，他更是揪心。

多年来，张少西早已把张川当成自己的亲儿子了，可远在四川的一户人家，不知因为丢失孩子会有多悲痛。两种情感不断交织，让张少西痛苦不堪。最终，他想通了。

在张川大学毕业后，他强硬地让张川回到四川，回到他的家乡来。

听完这个故事，孙玉青沉默着，慢慢掏出手机拨通张少西的电话号："老张叔，谢谢你。若不是你，我们可能真的会失去我哥。我们不会怪你，是你救了他的命。你放心，他回来了，是我的哥哥，是我妈的孩子。但他也还是你的孩子，你还是他的爸爸。我也要说，山不转路转哟。"

突然，在一边喝酒的周海站起来，双手抓住孙玉青的手。"玉青，嫂子，原谅我，25年前同青失踪，我其实远远地看见有陌生人出现，还抱了孩子，但当时因为嫂子你看不上我，我心里气。再加上也不确定那个孩子就是同青，我就想赌气。后来警察都来了，我心里虚，就更不敢说了。我……我对不起你们。"

"爸呀！都是一个村的，你干这事有良心吗？"周霞推开父亲连忙去抱住早已哭得瘫软的孙母。

孙玉青有些愤慨，对周海吼着："我妈伤心了20多年！20多年啊！你就这么看着吗？"

孙母一边拉着张川，一边拽回孙玉青，安抚两个儿子："好啦好啦，都过去了，我们能团聚就是天大的喜事了。"然后又叫上周霞说："走，我们现在就回去，去给你们爸爸坟上磕个头。"

周海看着他们走出，连忙追上来："我也去，让我求得原谅吧。哎，山不转路转，转得我周海丢人呀。"

附录

唐王城文化
第一卷
TANGWANGCHENG
WENHUA

在促进师市经济社会高质量发展中展示"文化师市"品牌

——师市党委常委、副师长 宣传部部长 范荣新
在第三师图木舒克市文联五届三次全委会上的讲话

（2023年2月22日）

◇ 范荣新/文

各位委员、同志们、朋友们：

在师市深入贯彻党的二十大精神，贯彻落实师市党委八届四五次全会精神之际，今天，我们在这里召开第三师图木舒克市文学艺术界联合会第五届委员会第三次会议，主题是学习贯彻党的二十大精神，按照师市党委工作要求，总结师市2022年工作，安排部署2023年重点任务。首先，我代表师市党委向会议的召开表示祝贺！向各位委员并通过你们向师市广大文艺工作者致以诚挚的问候！

师市第五次文代会、五届二次全委会召开以来，广大文艺工作者在师市党委的领导下，坚持以习近平新时代中国特色社会主义思想为指导，深入贯彻党的十九届历次全会精神，深入学习贯彻习近平总书记关于文联文艺工作重要论述和重要指示批示精神，坚持"二为"方向和"双百"方针，围绕师市改革发展稳定大局，解放思想，勇于探索，创作了一批富有思想性、艺术性和观赏性的文艺作品。2022年师市文艺工作者获国家级奖励7个，省级奖励7个，开展了一系列有规模、有影响、有成效的艺术活动，涌现出了一批文学艺术创作人才，展示了"文化师市"品牌的风采，陶冶了各族职工群众道德情操、丰富了各族群众精神生活，凝聚了各族群众力量，为推进和谐社会发挥了重要作用、作出了

重要贡献。

师市广大文艺工作者一定要深入学习领会党的二十大精神，更好担负起举旗帜、聚民心、育新人、兴文化、展形象的使命任务，在促进师市经济社会高质量发展中切实增强责任感、使命感和紧迫感，更加自觉、更加主动地投入到火热的社会实践，以坚定的理想信念、昂扬的精神状态和出色的艺术劳动，积极为书写中国式现代化兵团实践三师篇章，贡献师市文联文艺工作者的智慧和力量。

党的二十大强调要坚持以人民为中心的创造导向，推出更多增强人民精神力量的优秀文艺作品，培养造就大批德艺双馨的文学艺术家和规模宏大的文化文艺人才队伍，对做好文联文艺工作提出了新要求。我们一定要认真贯彻落实党的二十大精神，按照师市党委八届历次全会精神部署，围绕大局，服务中心，深入落实文化润疆工程，努力创作更多的文艺精品、打造文化强师市，推动师市文艺事业发展繁荣。下面，就做好2023年新形势下文联工作讲几点要求。

一、深入学习贯彻党的二十大精神，巩固成果，不断增强文化强师市的责任感、使命感和紧迫感

文艺事业是党和人民的重要事业，文艺战线是党和人民的重要战线，文艺工作，是党和人民事业的重要组成部分，是精神文明建设的重要内容。在师市建设、改革年代，师市文学文艺始终承担着启迪思想、陶冶情操、传承文明、凝聚力量、鼓舞斗志的神圣使命，师市文艺工作者响应党的号召，倾情服务人民，倾心创作精品，热情讴歌师市人民追梦圆梦的顽强奋斗，创作了一批反映师市发展变化成就的优秀作品，弘扬了兵团精神、胡杨精神和老兵精神，凝聚了师市力量，奏响了时代之声、爱国之声、人民之声，取得了丰硕成果，主旋律更响、正能量更强，为各族职工群众提供了丰富的精神食粮，为师市经济发展、社会稳定和长治久安作出了贡献。

要深刻认识到，繁荣文艺事业，是打造文化强师市高质量发展的内在要求。文艺历来是经济社会发展的一个重要领域和有力支撑。兵团党委八届四次全会作出了推进高质量发展的战略决策，师市党委八届四次、五次全会又对师市的高质量发展作了具体安排部署，既是全力加快经济发展，实现物质财富上的新跨越，更是全面加强文化建设，实现精神财富上的新要求。习近平总书记指出："中国式的现代化是物质文明和精神文明相协调的现代化。"因此，我们在加快经济社会高质量发展的同时，始终把文化高质量建设放在更加突出的位置来抓，为实现高质量发展提供强有力的思想保证、精神动力和智力支持。

要深刻认识到，繁荣文艺事业，打造文化强师市，是增强整体竞争力的迫切需要。看一个地方的综合实力，既要看经济、技术等"硬实力",也要看精神、文化等"软实力"。随着经济的不断发展、改革的不断深化、科技的不断创新,文化与经济的交融程度不断加深、与科技的相互结合更加紧密,经济的文化含量日益提高,文化的经济功能越来越强,文化已成为综合竞争力的重要因素。实践证明,打造文化强师市,同样能够在激烈的竞争中争取主动、赢得先机。因此,我们必须把提高文化软实力作为增强综合实力的一个极其重要的方面,突出特色,发挥优势,全力培育,做大品牌,不断增强师市文联文艺的影响力、吸引力和竞争力。

要深刻认识到,繁荣文艺事业,打造文化强师市,是全面建设中国式现代化的迫切需要。文化的进步反映着社会的文明进步,文化的发展推动着人的全面发展。全面建设社会主义现代化,既需要殷实富足的物质生活,也需要丰富健康的文化生活。当前,各族群众对精神文化的需求日趋旺盛,求知求乐求美的愿望更加强烈。与之相比,师市文化发展水平与经济社会高质量发展的要求不相适应、与全面建设社会主义现代化的目标不相适应、与各族群众日益增长的精神文化需求不相适应。这就迫切要求我们把经济高质量发展与提高师市、团镇文明程度结合起来,不断以文化建设的新成果,更好地满足人们的精神需求、丰富人们的精神世界、增强人们的精神力量,促进人的全面发展。

二、牢牢把握时代主题,深入落实文化润疆工程,提升打造文化强师市的能力水平

习近平总书记指出:"文化自信,是更基础、更广泛、更深厚的自信,是更基本、更深沉、更持久的力量。"新时期新征程的文化建设的主题是:胸怀两个大局,心系"国之大者",自觉肩负起举旗帜、聚民心、育新人、兴文化、展形象的使命任务,用心用情用力抒写新时代新征程中高质量发展成果,努力铸就中华民族伟大复兴时代的文艺高峰。我们必须紧紧围绕这一主题来推进新时期的文艺工作,紧紧围绕打造文化强师市的目标任务,丰富文艺形式,开展文艺活动,创作更多文艺作品,做到以文化人,以文润心。

一是把握内涵,自觉实践,切实构建文化强师市。要牢牢把握社会主义先进文化的前进方向,传播中华文化理念,弘扬伟大的建党精神,营造铸牢中华民族共同体意识氛围。社会主义核心价值体系是先进文化的本质体现,是建设中华文化的根本所在。师市广大文艺工作者要带头学习领会社会主义核心价值体系的科学内涵和基本要求,自觉地担当起宣传者、推行者、实践者的职责,发挥好文艺服务大众、引导社会、教育人民、推动进步的功能,不断巩固师市各族群众团结奋斗、共建和谐的思想基础。要大力培育自强不息、苦干实干、开拓创新、开放包容的人文精神,通过自己的文艺实践，把高尚的精神境界、健康的人生追求、美好的艺术情趣传递给广大群众，使各族群众从中得到教益、陶冶和鼓舞，不断激发师市人民干事创业的激情。

二是深入生活，关注民生，大力创作具有兵团特色的文艺作品。第三师图木舒克市历史悠久、文艺源远流长、人文底蕴深厚，多年来，各族群众在这片土地上辛勤耕耘，创造了宝贵的物质财富和精神财富。新世纪新阶段，建设富裕、文明、和谐、强大的师市，是师市各族群众的共同愿望，也是新时代的最强音。各级文艺工作者要围绕打造文化强师市，深入实施文艺精品工程和民族民间文艺保护工程，扎实推进新时代山乡巨变创作计划和新时代文学攀登计划，主动联系对接全国文学文艺大家，经常组织各类文艺人才深入到团场、社区、连队等基层一线，体验现实生活，整理历史文化，挖掘文化资源，努力创作富有兵团特色、民族特色和时代精神的文学艺术作品，广泛开展广场文化、社区文化、企业文化、连队文化等群众性文艺活动，不断满足各族群众多层次、多样化、多方面精神文化需求。每一位文艺工作者都应当以提高师市的文化软实力为己任，坚持以人为本，热情关爱民生，通过形式多样的艺术形式和艺术创造，为各族群众放歌、为各族抒情、为各族群众呼吁，为建设文明富强和谐美丽的社会主义现代化国家贡献文艺工作者的力量。

三是善于传承，勇于创新，创造性地推进文联文艺的各项工作。推进文艺事业大发展大繁荣，基础在传承，关键在创新。不善于传承，就没有创新的基础；不善于创新，就缺乏传承的活力。我们所处的新时代，各族群众对生活的新追求，对文艺创新提出了更高要求。只有坚持解放思想、实事求是、与时俱进，大力推进文艺观念、机制、风格、流派的改革创新，大力推进文艺体裁、题材、形式、手段的充分发展，才能创作出更多符合时代要求、各族群众满意的优秀作品，断增强文艺的时代感和吸引力。要进一步深化文联体制改革，不断完善团场文联管理体制机制，充分发挥团场文联联系基层文艺工作者的桥梁纽带作用，加快建立覆盖连队、有效链接城乡的公共文艺服务网络。要坚持文艺事业与文艺产业协调发展，广大文艺工作者一定要焕发创造激情、激发原创能力，善于从优秀文化传统、火热社会实践、科技创新成果中汲取营养，博采众长，推陈出新，为繁荣师市文艺事业注入新的活力。各有关部门、各单位要努力为文艺创新创造条件，尊重差异，包容多样，鼓励和推动文艺工作者的创造精神和创造活力竞相迸发。

四是加强修养，提高境界，努力造就一批德艺双馨的文艺人才。繁荣文艺事业，关键要有一支德艺双馨的文艺人才队伍。目前，师市已有一批深受人民群众喜爱、在师市内外享有较高声誉的作家、艺术家，他们有着深厚的艺术功底和丰富的实践经验，是师市文艺事业发展的宝贵财富。各级组织要更加关心、爱护、支持他们，发挥好他们的作用。同时，希望广大文艺工作者把创作优秀作品与培养高尚人品结合起来，自觉践行社会主义荣辱观和中国文艺工作者职业道德公约，坚持正确的文艺观和创作思想，忠于党，忠于祖国，忠于人民，坚定社会主义信念，恪守职业道德，弘扬职业精神，倡导真善美，鞭挞假恶丑，做德艺双馨的人类灵魂工程师；要严肃认真地考虑自己作品的社会效果，传播先进文化，弘扬人间正气，塑造美好心灵，为人民群众奉献最好的精神食粮；要加强学习，潜心钻研，为文艺创作提供丰厚的知识储备；要进一步加强团结，弘扬团队精神，形成文人相敬、相亲、相勉、相学的良好风气；要更加关心、支持、帮助青年文艺工作者的成长。

三、进一步加强党对文艺工作的领导，为推进文化强师市提供强有力的保障

兴起文化建设新高潮，是党的二十大对各级党组织提出的新要求。坚持党的领导，是文艺工作者坚持正确方向、充分发挥作用的根本保证。师市各级党组织要把提高文化软实力作为推进高质量发展的战略任务，加强领导，深入研究。周密部署，抓好落实。

一要高度重视文艺事业。要把加强和改善党对文艺工作的领导作为提高执政能力的重要内容，纳入团镇的重要议事日程，坚持用科学发展观统领文艺事业发展，善于用符合文艺规律的办法来领导文艺工作，制定规划，完善政策，热心服务，大力支持，不断提高领导文艺工作的能力和水平。要全面贯彻党的文艺方针政策，充分发扬艺术民主和学术民主，努力形成社会责任和创作自由相统一、弘扬主旋律和提倡多样化相统一的文艺工作新格局。

二要不断完善工作机制。要优化管理机制，健全各项规章制度，用制度管理、引导、鼓励各种文艺创作和文艺活动，促进工作的科学化、制度化、规范化。要完善协调机制，各级领导干部和宣传文化部门，要重视发挥各类文艺团体的作用，密切同广大文艺工作者的联系，政治上充分信任，创作上热情支持，生活上真诚关怀，使他们能够最大限度地释放精神创造力和艺术生产力。要完善激励机制，制定措施，增加投入，积极扶持和表彰奖励优秀文艺作品和文艺人才，形成优秀人才脱颖而出的良好环境。

三要加强团场文联建设。文联作为党领导的文艺界人民团体，要肩负起促进文艺繁荣发展的神圣使命，坚持正确方向，发挥自身优势，履行好联络、协调、服务、指导等职能，起好桥梁和纽带作用，使文联成为温馨和谐的文艺工作者之家。要团结师市各文艺工作者，围绕中心，服务大局,深入基层,积极指导和推动群众性文艺活动,并经常走出去开展文艺交流。要转变思想观念,加强调查研究,积极探索新形势下团场文联工作的新思路、新途径、新办法,不断增强吸引力和凝聚力。有关部门、各单位党委要关心支持文联的工作,为文联履行职能创造必要的条件。

各位委员、同志们,师市经济社会正处在高质量发展关键时期,师市各族群众火热的发展实践,必将给我们展现出一个火热的社会生活,这为文艺事业的发展提供了广阔舞台。希望广大文艺工作者牢记使命,高举中国特色社会主义伟大旗帜,在师市党委的正确领导下,团结协作,与时俱进,扎实工作,为师市文艺事业的大发展、大繁荣作出新的更大的贡献!

承担责任使命　繁荣发展师市文艺

——三师图木舒克市文联的工作报告

（2023年2月23日）

◇ 刘伟林 / 文

今天，我们在这里召开师市文联五届三次全委会。会议的主要任务是，以习近平新时代中国特色社会主义思想为指导，全面贯彻落实党的二十大精神，全面贯彻落实习近平总书记关于文化文艺工作的重要论述和重要指示批示精神，全面落实兵团文联、师市党委重要决策部署，认真总结过去两年的工作，研究部署2023年文联的各项工作。

一、近两年的工作回顾

两年来，面临严峻复杂的经济形势，特别是新冠肺炎疫情的严重冲击，我们坚定以习近平新时代中国特色社会主义思想为指导，在师市党委的坚强领导下，师市文联自觉承担责任使命，认真履行"团结引导、联络协调、服务管理、自律维权"职能，坚持与时代同步伐、以人民为中心、用明德引领风尚，按照围绕中心、服务大局，壮大队伍、履职尽责，创新创作出精品的工作思路，团结带领师市广大文艺工作者努力出作品、出人才，繁荣发展师市文艺，持续深入开展文艺惠民活动，不断满足人民群众美好生活需求。

（一）围绕文化师市建设，铸就文艺新辉煌

一是办好了第一届图木舒克（中国）历史文化论坛——唐王城遗址与中国屯垦历史学术研讨会。邀请120多位嘉宾出席会议，其中国内知名文物、考古专家学者66名，共完成15项工作，包括"六场仪式"（启动仪式、开幕仪式、揭牌仪式、文化顾问聘书颁发仪式、河北和北京两大学两个合作协议签订仪式），"五场活动"（主旨报告、交流发言、论坛对话、古迹现场考察、文艺晚会），"四个主题讲座"（三星堆考古发现与巴蜀文化、图木舒克刀郎文化及母亲刀郎形成与意义、从图木舒克犍陀罗艺术到云冈石窟、文物与文化自信），新华社、中新社、《人民日报》等13家媒体全国范围内全方位报道宣传，论坛新闻点击量达4000多万人次，取得了7个方面的成果，达到了师市党委提出的"小规模、高规格、大影响"的目标要求。二是办好了"郭小川诗歌朗诵会"。在41团草湖镇举办了郭小川诗歌朗诵会，谢映周书记到会讲话，郭小川的女儿、中国人民大学副教授郭晓惠和郭小川诗歌诵读团队9人，自治区文旅厅、自治区文联的领导和兵团党委宣传部、兵团文旅局、兵团文联出席，喀什地区文联、兵团各师市文联部分代表和师市机关相关部门等共计178人参加朗诵会。新华社、中新社、《人民日报》《新疆日报》《兵团日报》《喀什日报》等10余家媒体进行报道，师市融媒体和喀什电视台实行网上现场直播，圆满完成了朗诵会议程，受到兵团领导、师市主要领导、郭小川朗读团队和各部门、各参加单位的普遍好评。三是办好了两届音乐节。2021年举办了师市庆祝建党100周年"兵团儿女心向党"首届音乐节合唱比赛，文联统筹指导做好41团、49团、图木舒克3个分区赛，共计开展预赛290场、分区赛3场和总决赛1场，累计328个队1.5万人次参加比赛，活动覆盖师市各级各族党员干部职工群众，涉及37万人次。2022年举办了"喜迎二十大 奋进新征程"第二届音乐节红歌比赛，师市所有团场、连队积极参加，共计开展预赛290场、总决赛2场，共328个队，累计参与演唱人数达1.5万人次，涉及师市37万人次。189个连队参赛，参赛歌曲416首次，参赛总人数11653人，涉及连队群众5万余人，参赛少数民族群众5935人，观众21248人。四是办好了形式各样的文化活动。参与兵团文联"喜迎党的二十大"文艺作品线上展播活动，报送作品100多篇幅。与兵团日报联办"唐王城杯·我眼中的图木舒克散文大赛"征文活动，发表文章100多篇。和师融媒体中心联合举办"庆祝建党100周年"文学征文评比，收到参赛作品189篇，评选出获奖作品21篇（首）。与兵团摄影家协会共同举办"唐王城杯·醉美图木舒克"摄影大赛。历时八个月，共征集摄影作品1120余幅，"兵团摄影"微信公众号刊发16期853幅作品，大赛评选出获奖作品33件，其中，金奖2件、银奖4件、铜奖6件、佳作奖21件。举办"构建各民族共有的精神家园 筑牢中华民族共同体意识"为主题的民族团结教育书法、美术、摄影作品展，共征集作品200余幅，经筛选装裱100余幅，展出作品79幅，评选出获奖作品12幅。举办"喜迎二十大 礼赞新时代"摄影展览，展出作品120余幅。配合做好"第三师图木舒克市维稳戍边70年（1950—2020）"图片展工作，展出图片380余幅。

（二）围绕文化惠民活动，深入生活、扎根人民

一是助力丰富群众文化生活。连续两年组织师市书协、美协开展"送万福、送春联、进万家"活动，累计走进21个单位，服务职工群众近1万人次，共计送春联1.2万余副、"福"字1.1万余张，覆盖基层连队76.9%，受教育群众达23万人。二是助力乡村振兴，丰富连队文化内涵。在41团开展"圆梦工程"舞蹈、农民画培训班活动，培训文艺骨干52人，其中舞蹈骨干32人、农民画骨干20人，并与中国文艺家服务中心的国内知名舞蹈、音乐家在41团同台展演，活动分别在中国文艺报、中央电视台、兵团日报等全国媒体播发；在53团举办"圆梦工程"国画、书法骨干培训班，培训骨干53人，其中，国画20人，书法33人。2022年师市文联先后6次到48团、49团、伽师总场和托云牧场的连队进行文化采风调研，与团、连领导一起商议，对乡村振兴工作中关于推进文化建设工作进行交流，分别在48团5连、6连创建"笑脸墙"，在49团6连、7连帮助创建"文化墙"，在伽师总场2连、4连助力文化广场建设。组织师市音、舞、戏剧、曲艺家协会赴基层慰问演出，全年完成文艺演出活动117场次，同时为地方乡镇开展送欢乐联谊活动。三是助力校园文化建设。举办首届中小学师生书画作品征稿、评选、装裱、展览工作，征集作品353幅，评选150余幅装裱展出；配合唐锦纺织做好职工子女书法美术培训班教师安排。投资10万元，为师市二中赠送图书1万册、摄影作品500幅，赠送少儿书法、美术作品工具1000套。为推进教育优质均衡，师市文联联合兵团舞蹈家协会争取中国舞蹈家协会文化惠民项目新农村少儿美育、舞蹈工程，资金总额预计27万元，计划每年为师市培训少儿4670名。四是在舞台上弘扬中华传统文化。积极参与师市网络春节文艺晚会演出活动，落实网络春晚主持词、逛新城创意修改，由曲艺、舞蹈、音乐、戏曲和民间文艺家协会策划、参与师市网络春晚节目的编审和撰稿工作。

（三）围绕文艺精品创作，推进文艺繁荣发展

2021年师市文联及各协会获得国家、省级奖励35项。李婷婷《再回首忆往昔》获全国"三亚杯"文学大赛金奖。王彦彪获2021年中国文艺杯三等奖。刘章军《毛泽东心之力》入选当代书画名家庆祝建党100周年献礼《百年华诞 盛世典藏》并获得银奖，荣获中国书法联欢晚会金奖。赵鹏亮《卜算子·咏梅》获兵团公安书法大

赛三等奖。刘红文编导的《远方的客人请你留下来》《红太阳照边疆》分别获得"舞蹈世界"全国网络舞蹈大赛金奖、银奖，刘红文个人获得金牌舞蹈编导。谢家贵长篇小说《竟是人间城廓》荣获兵团文学征集评比三等奖，电影《图木舒克》荣获二等奖。唐志文的摄影作品《烈火勇士》《胡杨》分别荣获兵团公安摄影大赛二、三等奖。王俊龙的《钢铁洪流》、杨长远的《沙漠一抹红》《永安坝秋意》分别荣获"漠北庄园杯"兵团首届无人机航拍摄影大赛二、三等奖和佳作奖。胡崇富的《山不在高》获得兵团摄影大赛三等奖。孙一新、艾买提分别荣获兵团通俗声乐比赛三等奖。

2022年获得国家、省级奖励8项。唐志文《桃花开处是故乡》荣获"笔歌神州杯"全国原创征文大赛三等奖。杨蕾小说《南山南》荣获"喜迎二十大·讴歌新时代"贵州作家进行时征文活动三等奖。杨建国组诗荣获西部征文优秀奖。张三里诗集《天空的麦地》荣获第二届唐刚优秀诗集奖。诗人唐云入选全国诗刊评选人物。刘章军书法作品《念奴娇·昆仑》荣获2022年春晚书法作品金奖。张建永《兵团记忆》荣获兵团精品项目工程奖。刘红文、赛纳瓦尔等多部作品获网络舞蹈大赛银奖。

一是打造师市文艺精品。两年来，完成"唐王城文化"系列丛书共计16部。审核通过出版《兵团第三师图木舒克市在南发展七十年》《莫道天山远》、摄影集《醉美图木舒克》和诗歌散文《生命的犄角》《图木舒克散记》《图木舒克好味道》《图木舒克随笔》等多部专著。已报国家出版总署审核三部，即纪实文学《在"军垦第一犁"诞生的地方》、长篇小说《兵团谣》《驻村轶事》。二是创新创作出成果。2021年师市作协共创作反映师市变化成就的散文、诗歌、小说、报告文学217篇，分别在《兵团日报》《绿洲》《西部》《叶尔羌报》等刊物印发。完成报告文学《在"军垦第一犁"诞生的地方》、纪实文学《大风歌——兵团三师图木舒克市在南发展七十年》两部书创作工作共60万字，完成摄影作品《大美图木舒克》作品征集，完成长篇小说3部手稿。2022年创作完成反映师市乡村振兴、托云牧场为选题的2部纪实文学作品。完成反映41团军垦历史的长篇小说《兵团谣》和反映托云牧场戍边守边的长篇小说《白雪歌》。跟踪国家乡村振兴局出版反映脱贫攻坚的长篇纪实文学《绣花功夫深》。反映推进乡村振兴的报告文学《为了八千户群众住房》在兵团《绿洲》杂志刊发。搜集整理了三师红色革命故事12万字，完成了21万字长篇纪实文学《鹰站过的地方，脚下的冰是热的》。三是申报兵团文艺精品工程。谢家贵的《品味图木舒克》获兵团文艺精品工程项目资金20万元。申报2022年兵团文艺精品工程项目11个。申报2023年度兵团文艺精品工程扶持项目14个。四是建好师市文学阵地。

办好《唐王城文化》季刊，共完成8期征稿、编辑、审校、出版、发行工作。五是拓展文艺新渠道。完成《家在兵团》30集电视连续剧和5集《唐王城纪录片》援疆资金项目申报，《家在兵团》电视剧大纲获兵团党委宣传部审读通过，并给予高度肯定。完成江苏幸福海蓝影视公司《定远侯——班超》摄制组刘嘉靖一行14人的接待、拍摄现场考察工作。协助做好上海祥盛彩视公司电影《昆仑山上大医生》在师市的拍摄。协助完成《在那遥远的地方——图木舒克》歌曲创作。协助做好《神秘唐王城》纪录片拍摄工作。协助做好反映中巴公路建设的电影《最美天路》剧本审读工作。六是深入推进唐王城文化研究活动。督促做好"图木舒克学"系列研究丛书17部著作的翻译出版工作。协助师市文旅局推进国家考古中心基地的建立，与河北师范大学签订考古实习基地协议。师市民协深入51团、53团、伽师总场，采集各类民间歌曲45首。完成《中国民间文学大系·新疆兵团卷》采集工作，收录军垦故事、传说、歌谣、谚语共358篇。

（四）围绕外引内联工作，加强对外交流沟通

一是兵地融合发展。与喀什地区文联联合举办"胡杨礼赞"美术作品展览工作，师市10幅作品参展获奖，遴选72幅优秀胡杨画在师市巡展。组织师市10名舞蹈骨干，参加中国文联在喀什市佰什克然木乡举办的农民丰收节演出。组织师市书协、美协主席参加阿克苏地区的书法、美术评展评比活动，推动师市文联文艺家与地方文联文艺家的交流互动合作。师市《唐王城文化》季刊，共刊发乌鲁木齐、喀什、阿克苏、巴楚、泽普等地方作家文学作品50篇。深入麦盖提县3、7、9乡及其"访惠聚"工作队调研，完成兵团连队融合地方乡镇调研报告。举办师市与喀什、克州文艺交流融合座谈会和文艺作品线上展览、评比活动，师市20幅作品参展，参加七师文联、喀什文联联合线上展选送5幅。与六师、十三师开展交流各1次。二是强化合作交流。做好中国美术家协会志愿服务小分队一行26名艺术家，到师市开展"送欢乐、下基层"采风写生慰问活动，完成写生作品30余幅，并促成了兵团美术家协会唐王城艺术创作基地在师市落地揭牌。与中国作协会员李成林长篇小说《兵团谣》创作协议签订工作，完成20万字的创作任务。完成与河北师范大学的框架合作协议和关于图木舒克历史文化专著翻译实施办法，并签订协议，实施17部英、德、俄、日等多种文字的图木舒克历史文化专著翻译出版工程。完成师市文联与湖南怀化文联、宁乡文联和陕西武功文联的对接，签订友好文联协议。邀请中国书法家协会、兰亭奖2次获得者樊利杰到师市讲课和交流座谈，捐赠书法作品4幅。与贵州省博物馆合作，投资10万元，支持举办徐悲鸿

画展，吸引师市内外美术爱好者、职工群众3万多人前来观看。与喀什文联、东莞文联签订文艺文学合作协议，形成合作纲要。

（五）围绕文联队伍建设，时不我待求发展

一是抓好文艺工作理论培训。通过以会代培、线上线下集中学习的形式，深入学习贯彻党的十九届六中全会精神、二十大精神，学习习近平总书记关于文化文艺工作的重要论述和指示、批示精神，先后参加了兵团干部网络学院、中国文联网络培训云平台和师市党委组织部、兵团干部学院等线上线下文艺理论知识培训。二是抓好文艺骨干建设。2021年充分发挥协会经费激励作用，先后完成了摄影、书法、美术、音乐、戏剧、作协、舞蹈协会成员、骨干的培训、征稿活动11场次151人次。支持杨蕾参加鲁迅文学院高研班学习，推荐刘伟林参加毛泽东文学院创作培训，古再努尔参加上海戏剧学院培训1年。2022年先后安排师市文艺家参加了中国作协在伊犁举办的全国少数民族作家培训班、东莞文联举办的喀什地区文艺骨干培训班、兵团文联在十三师举办的美术、书画交流培训以及兵团美术家协会喜迎党的二十大主题创作培训等，共计参加培训20余人。师市刀郎文化非遗传承人培训班培养了24名刀郎文化非遗物质传承人。发挥张建永、张讨论、唐云3个名家工作室的作用，每个工作室培养10名文艺骨干。三是抓好协会队伍壮大发展。2021年，召开了师市文联五届二次全委会扩大会，增补师市文联副主席1名，增补师市作协、美协副主席各1名。全年发展书协、美协、作协、舞协、音协、摄协会员50多人，吸纳山西、陕西、甘肃等内地艺术家22人加入师市美协。推荐师市文艺工作者加入中国民协会员4名，推荐加入兵团摄协、作协、舞协、民协会员37人，自治区作协1名。贺明君、古再努尔、林华分别在兵团广电协会、音乐家协会、舞蹈家协会改选中当选副主席。刘伟林当选兵团作协、评协理事和兵团民协副主席。2022年，新增文艺评论家协会1个，6月30日组织召开师市第一届文艺评论家协会成立大会，选举评协理事、主席、副主席，4篇文艺评论文章入选省级刊物。全年新增作协、书协、摄协、美协和舞协、音协会员50多人，推荐师市文艺工作者加入兵团摄影家协会23人，新增自治区级、兵团级各协会会员12人，国家级会员2人。

（六）围绕党委工作部署落实，助力疫情防控

在师市《叶尔羌报》《唐王城文化》季刊、中国公安文艺精选网发表抗疫文艺作品20篇。在"兵团摄影"公众号、三师融媒体、兵团公安网和师市网信办上发布三师抗疫摄影图展，累计展演17场；美协会员积极创作抗疫作品共计180个；舞蹈家协会积极排练以舞抗疫节目并演出。文联常务副主席刘伟林2个多月来深入疫情防控一线贯彻疫情防控政策，带队伍、抓服务。

　　成绩的取得，离不开师市党委的正确领导、各级领导和同事的关心支持，离不开师市广大文艺工作者的团结奋进和辛勤耕耘。借此机会，向同志们表示真诚敬意和衷心感谢！

二、2023年工作任务

　　2023年是全面贯彻落实党的二十大精神的开局之年，是贯彻落实习近平总书记视察新疆和兵团重要讲话重要指示精神，完整准确贯彻新时代党的治疆方略，推进新疆社会稳定和长治久安的重要一年。师市文联将继续坚定坚决贯彻执行师市党委决策部署，坚持以习近平新时代中国特色社会主义思想为指导，深入学习贯彻党的二十大精神和习近平总书记对文化文艺工作的重要讲话精神，贯彻落实中国文联十一大和十一届二中全会精神、中国作协十大和中国文联文化润疆专题工作会议精神，贯彻落实兵团党委八届三次、四次全会精神和师市党委八届三次、四次、五次全会精神，按照围绕中心、服务大局，壮大队伍、履职尽责，创新创作出精品的工作思路，围绕一个主题，抓好一个阵地，带好两支队伍，落实三项任务，推动六项活动，完成一套丛书，参与两个计划，实施一项工程，重点在加强文联自身建设和文艺阵地建设，加强协会的组织协调、服务管理，落实文化润疆，唐王城文化研究，组织各类采风、写生活动，发挥名家工作室作用，推动文化丛书、影视文化事业发展、兵地文艺交流融合、文艺人才培训，出作品、出精品、出人才，推动发展好文学文艺事业，为文化师市建设发挥更大作用。

　　1.文联自身建设要持续加强，提升工作能力

　　打铁先得自身硬，没有金刚钻，别揽瓷器活。推动师市文艺繁荣发展，建设文化大师市，广大文艺工作者义不容辞，重任在肩，大有作为。要进一步团结引导师市文艺工作者胸怀"两个大局"，心系"国之大者"，发挥文艺事业凝心聚力作用，积极参与"乡村振兴""文化润疆""边境文化长廊"工程和向南发展文化建设，担当作为，组织主题鲜明的文艺实践活动。发挥"两个优势"，大力唱响时代主旋律，以人民群众喜闻乐见的方式传播好党的声音，讲好新时代中国特色社会主义的故事、讲好师市故事，不断丰富师市职工群众文化生活，我们比历史上任何时期更加坚定文化自信，更有信心，更有能力铸就兵团精神、三师文艺新辉煌。

　　2.文艺活动要持续推进，落实"春风行动"，组织好各类采风及研讨活动，为文化润疆助力

　　深入实施"到人民中去""中国一日""作家走基层"等品牌互动，组织召开"春风行动"文艺工作者座谈会，组织作协、摄协、美协、书协赴巴州画家村、深圳大芬油画村、塔里木大学进行交流考

察。联络协调国内知名作家、艺术家到师市进行采风考察活动，举办1次"国内著名作家看图市"采风活动，举办1次大型"文化润疆·中国著名书画家走进图木舒克市"采风文化活动，进一步扩大师市文化影响。积极推进"书香师市""书香团场""书香校园"建设，组织开展"经典文艺进基层"，促进中华优秀传统文化的传播，以丰富多彩的文艺形式奏响向南发展"大合唱"。

3. 文艺名家工作室要持续发挥作用

充分发挥张建永、张讨论、唐云3个文艺名家工作室的作用，在出作品、出精品的基础上下功夫。积极做好基层文艺人才结对、培训等各类文艺服务活动，发挥3个工作室专业人才队伍培养作用，提高文艺人才素质。

4. 图木舒克历史文化研究要持续推进，培育三师特色，三师风格，三师气派的文学文艺事业

充分发挥唐王城历史文化研究院和"中国屯垦历史文化研究基地"的作用，围绕师市党委提出"屯垦古城、丝路绿洲、区域中心"城市定位，"图木舒克学"系列研究，适时举办历史文献翻译书籍的丛书发行仪式。与河北师范大学联合举办"图木舒克学"学术研讨会。协助师市文旅局推进国家考古工作出成果，努力扩大"中华文化、汉唐古韵、兵团特色"文化形象品牌影响力，积极挖掘整理图木舒克屯垦历史资料、佛教文化资料、人文历史资料和丝路中道历史资料，进一步丰富师市屯垦文化内容，构建"悠久的历史文化、千古屯垦文化、兵团红色文化、新疆独具特色的民族文化"师市文化研究体系，为打造图木舒克历史文化名城奠定基础。

5. 文艺阵地建设要持续加强

积极争取兵团文学院南疆屯垦分院建设，打造成文艺骨干培训基地。争取兵团文学院南疆"深入生活、扎根人民"中心的落地。申请《唐王城文化》内部出版刊号，并努力提升《唐王城文化》季刊和"唐王城文化"微信公众号的质量，在介绍、宣传师市屯垦历史文化、唐王城历史文化上着墨，将《唐王城文化》办成体现师市特色的历史文化刊物和历史知识普及的刊物，尽可能地满足师市党员干部对刊物的文化需求，努力提高办刊质量，扩大刊物影响力。

6. 协会的组织协调、服务管理要持续加强，为文化师市建设发挥更大作用

把壮大协会队伍、提升协会工作水平和服务师市经济社会发展能力作为主要内容，争取新增国家级会员人数达到5人以上，省级会员人数新增30人。发挥好文艺评论家协会引导创作、引导审美的导向性作用，师市文艺工作在新征程上取得新突破。发挥民间文艺家协会在挖掘民间文艺作品、人才培养、传承优秀文化等方面有新成就。组织协调作协、书协、美协、摄

协和舞协、音协对内推进文化师市、文旅融合和连队文化建设有更大作为，对外在省级、国家级文艺征文、评选活动上取得更大的成就。

7. 文艺创作要持续繁荣，推出一批有筋骨、有道德、有温度的优秀作品，编辑一套高质量的文化丛书

深入落实"经典润乡土"工作要求，以凸显兵团精神为主题，以扶持师市文艺人才为导向，认真做好"唐王城文化"系列丛书第三辑的征集、审核、编辑、出版发行工作，全套丛书10部专著200多万字，其中长篇小说《一路繁花向未来》《白雪歌》，报告文学《红色记忆》，长篇纪实文学《鹰站过的地方，脚下的冰是热的》，诗集《雪域牧歌》《胡杨之恋》、油画《兵团记忆》、音乐集《飘荡在叶尔羌的音符》《文艺评论集》《唐王城杯摄影作品集》，为兵团成立70周年献礼。持续努力推动影视文化事业发展，完成30集电视剧《家在兵团》拍摄、制作及播出工作，在影视事业上实现突破，加快师市文艺工作及影视工作的发展，大幅度提升师市文化软实力和师市文化影响力。

8. 兵地文艺交流融合要持续深入

广大文艺工作者要紧跟时代步伐，从时代的脉搏中感悟艺术的脉动。积极融入中国文联文化润疆工程、新疆文联文艺发展大局，探索文联与新疆《西部》杂志，与喀什地区、东莞、河北文联、毛泽东文学院在精品创作、人才培养、志愿服务、民族民间文艺建设等领域的有效合作路径和发展形势，形成长效合作机制。深入推进兵地文艺与对口援疆省市东莞文联在创作、展演、人才培训、资源共享等全方位合作，构建文联工作新格局，凝心聚力推动文艺人才辈出、主题精品涌现、活动精彩纷呈局面的形成。适时举办师市与《西部》杂志、东莞、喀什、阿克苏、十三师、七师的文艺交流座谈会。

9. 文艺人才培训要持续落实

追求德艺双馨标准，实施师市文艺人才培养培训计划，联合中国文联、中国作协、兵团文联、兵团文学艺术院高质量、高规格、高水平地举办"鲁迅文学院文化润疆兵团培训班"。联合师市党委宣传部、文旅局、融媒体中心开展文化能人、文艺骨干培训活动，年内培训文艺人才100人，发展地师级各类会员100人，选送师市文艺工作者20人以上参加中国文联、兵团各类文艺骨干培训班。加强与兵团作协、兵团文学院的合作，联合举办文学培训班、改稿会、研讨会，不断提高文艺素质和创作水平。积极协调援疆工作队，推进师市文艺骨干赴东莞文学院培训的落实，树立师市文艺工作者的大历史观、大时代观、大文艺观。

同志们，百花妆点新征程，凯歌响彻新时代，党的二十大吹响了全面建设社会主义现代化国家、全面推进中华民族伟大

复兴的奋进号角。作为文艺工作者，我们责任无比重大，使命无上光荣。让我们更加紧密地团结在以习近平同志为核心的党中央周围，全面贯彻习近平新时代中国特色社会主义思想，自信自强、守正创新，踔厉奋发、勇毅前行，为师市文化文艺事业的繁荣发展展现新作为、作出新贡献。

四十一团交流发言材料

——四十一团党委副书记、副政委、总工会主席、宣传部部长　何慧

（2023年2月27日）

◇ 何慧 / 文

41团草湖镇文联在师市文联及相关部门的关心支持下，紧紧围绕团镇中心工作，服务大局，守正创新，锐意进取，紧贴时代脉搏，确定了"抓队伍、出精品、搞活动、创品牌"的工作思路，取得了良好成效，现将相关情况汇报如下。

一、加强队伍建设，文艺人才培养呈现新气象

一是完善文联机构，建设"1+5+N"文艺人才培养机制，"1"即"一个文学艺术人才库"，对团镇文学艺术人才的总体情况进行全面深入详细的掌握和了解，随时可以发挥作用，保证"召之即来"；"5"即"5个文艺人才队伍"，即书法、绘画、摄影、文艺、豫剧，基本涵盖了团镇文学艺术队伍的种类。团镇本着德才兼备的原则进行充实和调整，既保持了原来各协会人员骨干的衔接传承，又注入了新鲜的血液，使各文艺人才队伍焕发出勃勃生机，保证"来之能战"；"N"即N名文学艺术人才，成为团镇文学艺术骨干，保证"战之能胜"。二是对文学艺术队伍开展培训。团镇文联在抓好文学艺术队伍组建的同时，注重加强队伍学习培训工作。先后开展书法交流活动、石头画培训、摄影展、豫剧培训等20余场次，惠及2000余名文艺爱好者。

二、弘扬主旋律，文艺精品创作取得新成绩

团镇始终坚持"立足本土、贴近生活、

兼顾历史、讴歌时代"的宗旨，充分发挥优秀作品的引领示范作用，不断挖掘推出文艺作品，创作出了一批反映时代精神、题材丰富、形式多样的文学艺术作品，积极组织文艺人才参加师市基层文化能人大赛、美术征集大赛、演讲比赛等，在演讲比赛中获个人三等奖、优秀奖，团镇获"优秀组织奖"；在师市第三届基层文化能人大赛中，团镇文艺人才的美术作品《藏民》《繁荣昌盛牡丹图》《民族石榴图》；摄影作品《航拍草湖》《连队篝火晚会》《荷》等先后获得师市一等奖、二等奖、三等奖、优秀奖等多项名次。

三、打造文化品牌，重大文艺活动再上新台阶

一是积极创建"军垦草湖情"文化品牌。围绕重大节庆和党委中心工作，开展以"喜迎二十大·军垦草湖情"为主题征文比赛、演讲比赛、摄影比赛、古诗词大闯关等，增强了文艺工作者的凝聚力，扩大了文联的影响力。二是政府搭台、文艺唱戏。由文联牵头，坚持开展文化能人艺大赛、职工文艺演出等各类文化文艺活动。2022年成功承办郭小川诗歌朗诵会，组织文艺爱好者编排了反映团镇变化的小品、舞蹈、戏曲等在各类文化活动上进行展示，参加师市举办的红歌比赛、民族广场舞比赛等，在红歌比赛中获二等奖和最佳组织奖，在广场舞大赛中获最佳表演团队奖和优秀奖。通过团镇微信公众号、抖音等平台给文艺爱好者提供了一个展示自我的机会，使之成为推出文艺新人、弘扬军垦文化、丰富群众文化生活的有效平台。三是积极开展兵地文艺人才村、连结对活动，联合喀什、疏勒县、疏附县、泽普等文艺团体，开展读书交流、贴对联·剪窗花、"兵地融合共发展·庆元宵"联谊会、"品味端午·传承文明"等各类活动，进一步加强兵地文化交流交往交融。

四、打造精品项目，文艺志愿服务开创新局面

一是已建成1所14站，打造67支文艺志愿服务队伍，培育孵化"六点半"课堂、"红色管家"等精品服务项目，2022年团镇新时代文明实践所"六点半课堂"志愿服务项目荣获第三师图木舒克市文明实践志愿服务项目大赛一等奖、荣获"兵团·我为群众办实事"新时代文明实践志愿服务大赛银奖；"青鸽"青年志愿服务项目、"红色管家"志愿服务项目荣获第三师图木舒克市文明实践志愿服务项目大赛参与奖。目前团镇正在孵化"五色光芒"志愿服务队、"军垦草湖情"志愿服务队，为传承红色基因，讲好军垦故事，发扬兵团屯垦历史奠定基础。二是依托"线上+线下"服务平台，广泛组织开展新时代文艺志愿服务活动，通过线上服务线下孵化，累计开展各类志愿服务活动1538余场次，21987小时，受众群众达2.4万余人次。已在三师App云平台发起活动180场次，参与1.5万余人，在全师200个团队中排名第一。

下一步，团镇将继续以学习宣传贯彻党的二十大精神为主线，在师市党委的坚强领导下，紧紧围绕此次会议精神，坚持百花齐放、百家争鸣，不断加大工作力度，进一步创新工作方式方法，奋力谱写"新时代兵团特色新草湖"高质量跨越式发展新篇章。

守正创新铸"文"魂·奋发作为谱"艺"篇
——四十六团党委常委、副团长、总工会主席 杜风雪

（2023年2月26日）

◇ 杜风雪 / 文

各位领导、同志们：

大家好！

46团永兴镇文联认真贯彻落实习近平总书记关于文艺工作的系列重要论述和重要批示指示精神，积极发挥文联桥梁纽带作用，培养文艺人才，开展文艺活动，繁荣文艺创作，不断提升文化软实力和影响力，现将文联工作汇报如下。

一、主要做法

（一）抓建设，育人才，文艺阵地、队伍逐步壮大

一是累计投资1000余万元打造图书馆1个、职工之家1个、妇女儿童之家1个、文体广电演播大厅1个、文化长廊3个、健身广场2个、"兵团老党员银发工作室"1个，为文化文艺活动提供了场地。二是加强网上阵地"永兴排头兵"微信公众号建设，紧紧围绕习近平新时代中国特色社会主义思想，结合团镇实际，开设"永兴视觉""永兴美文""志愿之声"等栏目，搭建文艺互动交流平台，2022年诗歌、散文等刊稿376篇。三是加强文艺工队伍建设。着重打造文化文艺队伍，成立裁云剪水兴趣班、花木兰腰鼓队、舞龙舞狮志愿服务队等特色队伍10个，在元旦、春节、端午、七一、中秋、国庆节、重阳节等节假日，开展送文化下基层活动40余场次，实现"一连一场"节目全覆盖。

（二）抓服务、重惠民，唱响时代主旋律

一是开展喜迎党的二十大系列主题活

动,举办庆元旦迎新年"兴光大道"唱响兵团欢动永兴歌唱比赛活动、"粽香话端午 温暖民族情"民俗活动、"喜迎二十大·我爱我的祖国·坚定信念跟党走"主题演讲比赛、"倡新型婚育文化·促人口均衡发展——喜迎党的二十大""喜迎二十大 我爱我的祖国"等主题文艺汇演活动、"喜迎二十大 奋进新征程"大合唱比赛、"国庆吃面—为祖国庆生"等主题活动20余场次。二是传承中华优秀传统文化,铸牢中华民族共同体意识。开展舞龙舞狮、威风锣鼓、扭秧歌、春晚及"村晚"、猜灯谜赏花灯传统民俗活动6场次覆盖4000余人次;春节期间赴泽普县、麦盖提县结对共建村开展社火表演、文艺表演10余场次;古尔邦节开展"民族团结一家亲 共庆古尔邦节"文艺汇演2次,进一步加深了兵地文化融合。三是群众性体育活动接续不断,举办拔河比赛15场次、唐王城杯篮球比赛56场次、乒乓球比赛15场次、趣味运动5场次、劳动技能竞赛1次、兵地足球联赛5场次,在团镇营造了追求健康文明生活的新风尚。

(三)抓创作、促繁荣,文艺成果不断丰硕

一是投资16万元制作《西域明珠四十六团》专题宣传片,在中央新影发现之旅频道——《美丽家园》栏目中播出3次累计45分钟;中央电视台17套农业农村频道播出我团1分钟的宣传片1次。二是文艺创作者评论作品《用心热爱这片土地》、诗歌《人生就像一首歌(外二首)》、散文《忆外婆》等作品入选《西部作家》2022年度选稿优秀作品;摄影作品《奠基》被《兵团摄影》采用。三是邀请师市文联老师前往团镇开展"迎新春·文艺进万家 健康你我他"送春联活动,赠送春联等300余副,团镇文艺骨干前往兵地连村共建村写春联、送春联100余副;邀请师市文工团来团开展送文化下基层文艺汇演2场次。四是文艺爱好者们在春晚上创造了一批深受观众喜爱的作品,舞蹈《祖国你好》、小品《永兴卫士》、长笛独奏《骏马奔驰保边疆》、诗歌《青春献祖国》等节目得到了大家一致好评;在连队创作文艺墙体彩绘画53幅,充分展示团镇精神文明面貌。

二、下一步工作计划

46团永兴镇文联坚持以宣传贯彻党的二十大精神为主线,打造文艺精品。一是坚决落实意识形态工作,坚持马克思主义在意识形态领域指导地位,严格落实意识形态责任制,牢牢把握好文艺作品、文艺活动、文艺阵地等的政治方向、舆论导向和价值取向。二是继续做好微信公众号"永兴排头兵"的征稿、发布和维护,创办高质量、有特色的团镇文艺展示平台,使其成为全团文艺工作者的精神家园。三是组织开展丰富多彩的文艺活动,秉持"文艺惠民、文艺为民、文艺乐民"的宗旨,发挥文学爱好者特长，做好文艺走基层、文艺采风和文艺志愿服务活动，丰富群众精神文化生活。四是扶持形式多样、质量上乘的精品文艺作品，为团镇文艺工作者提供良好创作环境，鼓励他们进行创作和投稿，充分展示团镇风貌。五是进一步加强文艺队伍建设，积极邀请师市文艺名家与团镇文艺工作者进行面对面交流，全方位提升文艺工作者的业务能力，拓宽视野，提升人才队伍的素质，提高文艺作者创作水平。

福润千万家　欢乐迎新年
——三师图木舒克市"迎新春·文艺进万家 健康你我他"文艺志愿服务暨"我们的中国梦——文化进万家"活动启动

1月5日,第三师图木舒克市"迎新春·文艺进万家 健康你我他"文艺志愿服务暨"我们的中国梦——文化进万家"活动仪式在50团夏河镇启动,传达学习党的二十大关于文联文艺工作的指示精神,传达学习该师市党委书记、政委谢映周同志在师市党委八届四次全会上所作的工作报告,大力唱响主旋律,品味传统习俗的深厚韵味。

活动现场人头攒动,师市书法爱好者现场挥毫泼墨、各展所长,书写并赠送春联,提前把浓浓的新春祝福送到群众手中。职工群众或驻足观赏书法创作,或三两结对品评春联寓意,挑选着自己心仪的春联,喜悦之情溢于言表。当日累计为群众送出1100余副春联和福字,并向五十团夏河镇赠送书籍1000余册。

据了解,此次活动由师市党委宣传和师市总工会、文体广旅局、妇联、文联组织,师市书法家协会、美术家协会联合开展,旨在发挥文联组织专业和人才优势,发挥工会、妇联的桥梁纽带作用,紧紧围绕学习宣传贯彻党的二十大精神,不断满足职工群众精神文化需求,大力弘扬中华优秀传统文化,大力营造文明祥和、团结奋进的节日氛围,凝聚奋进新时代新征程的强大精神力量,增进文化认同,铸牢中华民族共同的精神家园。

50团文体广电中心主任瞿明为表示:春联一写,过年的氛围就来了。一幅幅火红的春联，一张张吉祥的福字，不仅承载着师市暖暖的祝福，还描绘着广大职工群众对美好生活的憧憬和向往，接下来，他们将创新活动内容和形式，带领师市文艺爱好者进机关、进团镇、进社区，将文艺文化送到千家万户，全面抓好文化润疆在师市落地生根，深入民心。

第三师图木舒克市党委常委、第三师副师长范荣新出席活动并讲话。希望师市广大文艺工作者坚持以人民为中心，紧扣"做人的工作"这一任务，聚焦服务基层、服务群众这一重要环节，着眼于满足基层群众文化需求、增强人民精神力量，把两者有效贯通起来，锻炼一支崇德尚艺、乐于奉献的高素质文艺志愿者队伍。

希望师市文艺工作者在服务大局中担当作为，在长效推进中创新发展，在完善机制中行稳致远，把文化惠民、文化为民、文化乐民作为根本宗旨，完善工作机制，创新工作载体，叫响文化师市建设品牌，进一步挖掘"文艺进万家　健康你我他"文艺志愿服务模式的内涵，让更多基层群众感受到文化文艺带来的获得感幸福感。

希望各团场各单位既要积极配合搞好此次"迎新春·文艺进万家健康你我他"志愿服务和"我们的中国梦——文化进万家"两项活动，也要在两节期间自行组织职工群众开展各种形式的文化活动，丰富群众节日文化生活，提高群众文艺文化素养，推动团场、连队、社区大力弘扬中华传统优秀文化，铸牢中华民族共同体意识，形成爱党爱国爱团爱家的浓厚氛围，增强文化自信，展现新时代师市各族群众小康生活新图景、职工群众奋斗不息的精神状态。

关于 2022 年度获得国家级、省级荣誉的文艺作品和文艺工作者的表彰通报

(2023 年 3 月 29 日)

◇ 第三师图木舒克市文联 / 文

各单位文联、各协会：

2022 年，在师市党委的领导、关爱、支持下，师市文联围绕党委中心工作和文联新职能定位，各协会、文艺工作者勠力同心，取得了较好的成绩，累计获奖 15 项，其中国家级奖励 8 项、自治区和兵团奖励 7 项。为鼓励先进，激发师市广大文艺工作者精品创作热情，推动 2023 年文艺工作更上一层楼，现对 2022 年度获得国家、省级荣誉的文艺作品及工作者通报表彰。

一、国家级奖励

1. 刘伟林被中国作家协会授予"深入生活、扎根人民"主题实践先进个人。

2. 唐云入选《辽河杂志》全国诗刊评选人物。

3. 刘章军的《念奴娇·昆仑》荣获 2022 年春晚书法作品金奖。

4. 唐志文的《桃花开处是故乡》荣获"笔歌神州杯"全国原创征文大赛三等奖。

5. 杨长远的《红山谷初雪》入选中国摄影艺术年鉴 2021—2022 年港澳圈·自然风光篇。

6. 王俊龙的《44 团十八连居民新貌》《图木舒克市经济技术开发区产业园区鸟瞰》《图木舒克市铁路全线贯通》摄影作品入选《人民日报》专版。

7. 崔显朝的《图木舒克市南北湖》《图木舒克市棉花丰收》摄影作品入选《人民日报》专版。

8. 古再努尔荣获亚洲国际比赛第九届

亚洲区总决赛声乐类成人组金奖。

二、省级奖励

9. 张建永的《兵团记忆》荣获2022年度兵团文艺精品工程扶持项目工程奖。

10. 刘红文的《汉唐舞韵》《红太阳照边疆》舞蹈作品获得兵团第三届舞蹈大赛优秀创作奖。

11. 张春玉的《黑鸢》获2022年生物多样性保护优秀摄影作品生物多样性之美（Ⅱ级保护动植物）鼓励奖。

12. 杨蕾的《南山南》荣获"喜迎二十大·讴歌新时代"贵州作家进行时征文活动三等奖。

13. 张利农的《天空的麦地》荣获第二届唐刚优秀诗集奖。

14. 杨建国的《被雨打湿的沙丘》《油菜花开》《人生就像一首歌》组诗荣获西部征文优秀奖。

15. 马月莹《吹向南边的风》荣获"聆壹阁杯·西部作家奖"。

对以上15位获得国家级、省级奖励人员予以表扬。

希望获得荣誉奖项的文艺工作者戒骄戒躁，在2023年发挥好自己的特长，力争取得更好的成绩。师市广大文艺工作者要积极主动向获奖文艺工作者学习，后发赶超，成就自我，为师市文艺文学事业努力增光添彩，创作更多更好的精品力作，为师市文化事业进入"兵团第一方阵"贡献智慧和力量。

2022年度新疆托库孜萨来遗址（唐王城遗址）发掘新成果

国家文物局考古研究中心

新疆维吾尔自治区文物考古研究所

2022年11月

托库孜萨来遗址（唐王城遗址）坐落于新疆塔克拉玛干沙漠西北边缘绿洲带上，位于南北走向的图木休克山与包尔其山形成的巨大豁口北部，图木休克山南端。行政区划上位于图木舒克市（新疆生产建设兵团第三师）与喀什地区巴楚县交界处，北距图木舒克市中心13公里，东北距巴楚县城45公里，遗址西侧紧挨218省道，向北25公里为吐和高速（G3012），向东1公里为三师51团4连所在地。遗址现存古城址一处、古佛寺址一处，为第五批全国重点文物保护单位，中心地理坐标为东经79°02′9.8701″，北纬39°58′41.979″。托库孜萨来遗址（唐王城遗址）战略位置重要、文化内涵丰富、保存状况良好，目前较为明确的构成部分有城址、佛寺址、古墓葬群、古河道等，待进一步工作确认的疑似遗存包括大外城、居住区、古窑址、古道路、小型佛寺、成列佛塔、古农田、古水利系统等，是不可多得的一处综合性遗址。

在文化润疆背景下，2021年5月，在文旅部、国家文物局对口援疆工作会议上，兵团文旅局与国家文物局考古研究中心签订了《战略合作协议》。以此为框架，在国家文物局的指导下，在新疆维吾尔自治区文旅厅、兵团文旅局的大力支持下，在兵团第三师文旅局、喀什地区文旅局的密切配合下，有关托库孜萨来遗址（唐王城遗址）考古、研究、展示、利用工作就此有序展开。

2021年10—11月，国家文物局考古研究中心联合自治区、兵团及地方文物考古单位组成项目组，对遗址进行了初步调查和基础测绘工作，取得了部分地层堆积认识和形制信息，并采集了遗址基础地理信息。

2022年6—10月，经国家文物局批准，国家文物局考古研究中心联合新疆维吾尔自治区文物考古研究所、新疆屯垦历史博物馆、巴楚县博物馆等单位正式开展遗址发掘，发掘面积500平方米。发现古河道、主干道、疑似城门、窑址（疑似琐罗亚斯德教宗教建筑）、灰坑等遗迹现象，并对城门墩台进行解剖。出土大量陶器、动物骨骼、玻璃器、古钱币、铜器、铁器、石器、玉器、矿物遗存、植物遗存、各类饰品、少量佛像等。提取了大量有机物标本、土样等。从发掘出土器物特征判断，本发掘区的时代为唐—宋。本次发掘，为进一步了解城址形制提供了重要线索，为探讨城址性质、时代、宗教信仰、社会生活情况等提供了重要材料，同时，为下一步各功能区划的发掘打下基础。

通过两年工作，进一步认识到该遗址蕴含的丰富历史信息和深层文化滋养，开展该遗址的考古工作对于实证中央政府对新疆的早期管辖、屯垦史、宗教史，以及东西方文化交流和南疆区域古代文化研究有重要意义。现将2022年工作情况总结如下。

遗址介绍

（一）自然环境

遗址地处地理学上所谓"中亚干旱区"，年降雨量低于200毫米；在文化地理上属所谓"内亚"（inner asia），传统上是游牧民族活动区域。从区域地貌上看，唐王城遗址坐落在塔克拉玛干沙漠边缘，是典型的绿洲城邦，遗址向南5公里左右即为喀什噶尔河、克孜勒苏河、叶尔羌河等。遗址北部即为大片戈壁，向南越过图木舒克市即为大沙漠。从历史地理上看，遗址地处古代丝绸之路上，从《汉书·西域传》《新唐书·地理志》中记载推测，此地在汉代属西域北道，在隋唐属西域中道。同时也是龟兹、疏勒来往的必经之路。

2022年，通过遥感考古成果，考古队初步确定了遗址南侧古河道位置，即在图木秀克山与包尔其山之间的巨大豁口处从西向东流。这也与《新唐书·地理志》中记载"赤河来自疏勒西葛逻岭，至城西分流，合于城东北，入据史德界"。该古河道应是喀什噶尔河古河道。

（二）历史背景

成书于光绪三十四年（1908）的《巴楚州乡土志》记载："今九台（即图木舒克）北山有废城，樵牧者拾开元钱，因呼唐王城，载籍无可考，或谓西辽鹰州。本年法国学士伯希和，访寻古迹，询土人，告以城为蒙古所筑，故老相传，今500年矣。"这是"唐王城"最早出处。托库孜萨来是维语"九座宫殿"的意思。既往遗址研究者对遗址性质的判断主要有以下方面。

1. 西汉尉头国说

2003年，托库孜萨来遗址文化层最底层木炭送至社科院考古所检测，测年结果为距今2175±36年，即公元前220年左右，说明其建城年代应在前后不远。对应《汉书·西域传》载："尉头国，王治尉头谷……南与疏勒接，山道不通……田畜随水草，衣服类乌孙。"推测此地为尉头国。

2022年，考古队将2021年调查中采集的部分有机质标本送北大考古文博学院科技考古实验室进行年代测定，获取了初步绝对年代数据，根据测定结果，托库孜萨来遗址年代在公元前20世纪—11世纪之间。

2. 东汉盘橐城说

林梅村先生通过实地调查及验看文物后考证，此地为班超驻守的盘橐城。林先生的主要依据是在出土文书研究成果。

3. 唐代尉头州（据史德城、握瑟德城）说

黄文弼先生在《塔里木盆地考古记》中根据《新唐书·地理志》及《边州入四夷道里记》记载结合实地踏勘考证，古城址应为"唐代内附诸胡之郁头州也""又为古龟兹国西境据史德城"。其后又有学者就此说从不同角度进行了论证。

（三）既往工作

1. 19世纪末20世纪初西方探险家考察与盗掘

主要包括：①英国印度行政官福西斯1870年、1873年两次到中亚调查。第二次调查报告《1873年Yarkant派遣的报告书》提到图木舒克遗址（疑为本遗址），这是在西方最早介绍图木舒克有古遗址的报告。报告称"那里是有石墙和造像碎片的广大的古代城市遗址"。

②瑞典人斯文赫定1895年在图木舒克进行试掘，认定为穆斯林时代的遗址。

③法国人伯希和1906年10—12月在托库孜萨来佛寺进行试掘，发掘了大量精美佛教造像，发掘品集中收藏于法国吉美博物馆。后其学生韩百诗整理其手稿于20世纪60年代分别出版了两卷本的《图木舒克》（图版一卷、解说与研究一卷）报告。

④德国人勒柯克1913年考察本遗址，并试掘位于遗址南侧的图木舒克佛寺，发掘品集中收藏于德国柏林亚洲艺术博物馆。

⑤英国人斯坦因1908、1913年两次到图木舒克进行了盗掘活动。

此外，日本人大谷光瑞、俄国人马洛夫等也曾在遗址进行了盗掘。

2. 中国学者开展的工作

主要包括：① 1928 年黄文弼先生的考察。黄先生在《塔里木盆地考古记》中将本遗址与遗址南侧的图木舒克佛寺统称为"托和沙赖"，指出本地称此城为"托和沙赖"，汉人称此城为"唐王城"。黄先生在此工作主要是：第一，试掘了图木舒克佛寺；第二，考察了托库孜萨来古城址，认为古城有三重城，分别是内城、外城、大外城，并测量了三城的周长，分别是 756 米、1008 米、1668 米；第三，考证了古城遗址性质为唐代郁头州（龟兹之据史德城）。

② 1959 年李遇春先生的调查和试掘。为配合农田建设，李先生于 4 月 23 日—5 月 31 日，在遗址进行调查和试掘，主要对象是古城遗址。按照不同地区，分为 A、B、C、D 四个点分别进行，试掘面积 1053 平方米，发现了陶器、木器、骨器、铜器、塑像残块、书、钱币、陶钱范、丝织品等文物。此次工作是新中国成立后第一次对遗址开展科学考古工作，可惜报告未发表，当时的记录也已残缺，仅余部分手稿，照片和图纸均不存。1979 年，李先生又到古城址开展调查，征集了一批文物。现自治区博物馆内藏 4000 余件本遗址出土文物，主要是这两次调查、试掘所获。

此后，本遗址未再经系统考察，20 世纪 80 年代至今陆续有文物出现，主要收藏在巴楚县文管所和图木舒克市新疆屯垦博物馆中。

3. 近年工作

2021 年 10—11 月，国家文物局考古研究中心联合自治区、兵团及地方文物考古单位组成项目组，对遗址进行了初步调查和基础测绘工作，取得了部分地层堆积认识和形制信息，并采集了遗址基础地理信息。2022 年进行了考古发掘。

（四）保存状况

遗址保存现状整体尚可，城址仍部分保留有北侧和东侧两道城墙，城墙的角楼、马面等保存较好；山坡上依然清晰可辨大小不一的居址；佛寺址建筑基础仍存，门庭四壁仍有断壁矗立，寺院分区清晰可辨。

但遗址也长期遭到了人为和自然因素的破坏。人为因素破坏主要是 20 世纪六七十年代，当地农民在遗址内大量取"阿沙土"（实为文化层土，因富含草木灰、碳粒、骨渣等，十分肥沃，可直接用作肥料），从而对古城址的地面部分、依山而建的大部分房址造成了极大破坏。此外，此地 20 世纪 70 年代还进行过炸山取石，对遗址尤其是城址有部分损害，同时，可能有部分摩崖石刻造像也被湮没在山脚碎石堆中。自然因素主要受包括风化、冲沟、坍塌、剥落等影响，直观来看，冲沟对遗址影响较大，雨水冲刷已在城址与佛寺址中形成了数道较大冲沟。

遗迹现象

（一）古河道

开口于①层下，在发掘中被命名为G1。西北—东南走向，宽10米左右，在发掘区内最深3.6米，在N30处；最浅3.2米，在N28南部。整体呈南高北低态势，南北最大高差0.6米，判断原河道为从南向北流。同时在发掘区中可见，在N31北端，G1开始转弯向西北流。

G1内的层位基本为圆弧形或弧形分布，同时每层或多或少都有细密的沙，显示出明显的水相堆积的特点。共分为4大层，其下G1①层分为a、b、c三个亚层，G1④层分为a、b、c、d四个亚层。每层的堆积情况已在前文中描述，此处不赘。

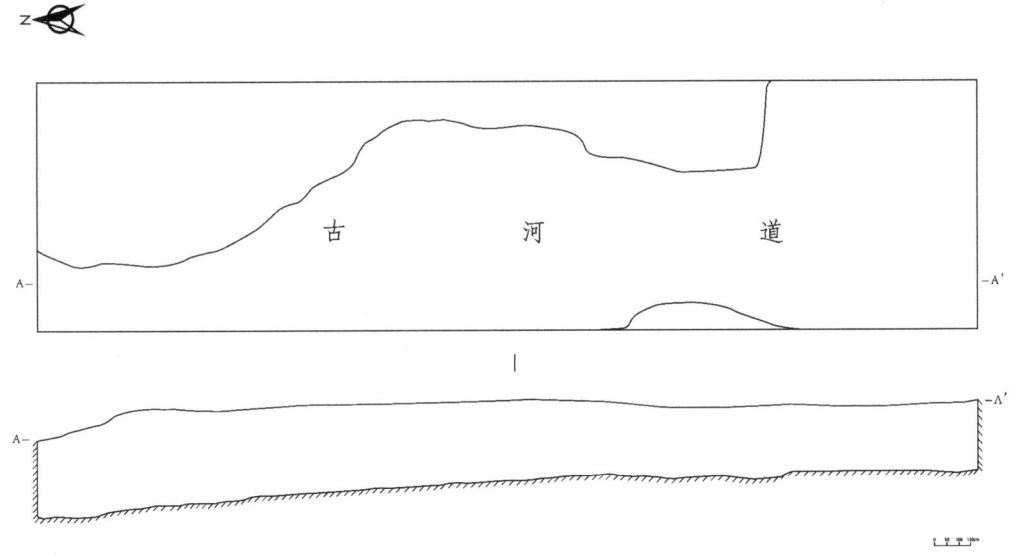

2022年托库孜萨来（唐王城）遗址古河道平剖面图

（二）城门及主干道

经发掘清理，发掘区东西两侧土堆，为西南—东北相对的城门墩台，经发掘，基本完整揭露出内城北城门。北城门由墩台、墩台支撑建筑、主干道构成。两侧墩台相对形成城门主体，主干道从其中穿过。

东西城门墩台原貌

1. 城门墩台

（1）东侧墩台。

分为地表部分和探方内部分。地表墩台大体呈西南—东北走向，呈圆角梯形状，上部平面进深约 6.5 米，南北宽约 4.9 米，上部距地表约 2.5 米，北侧坡面长约 2.7 米，南侧坡面长约 5 米。墩台至古路面高差约 6.7 米。地表墩台南北边缘各有一道宽 50 厘米的砖墙，在两侧砖墙内的 3.9 米范围内为夯层。

探方内墩台上部已被现代路面及城墙倒塌堆积所叠压，未从上连下。墩台探方内东西长约 7.9—8.5 米，南北宽约 4—7 米，厚约 2.6 米，沿路面斜线距离 15.5 米。

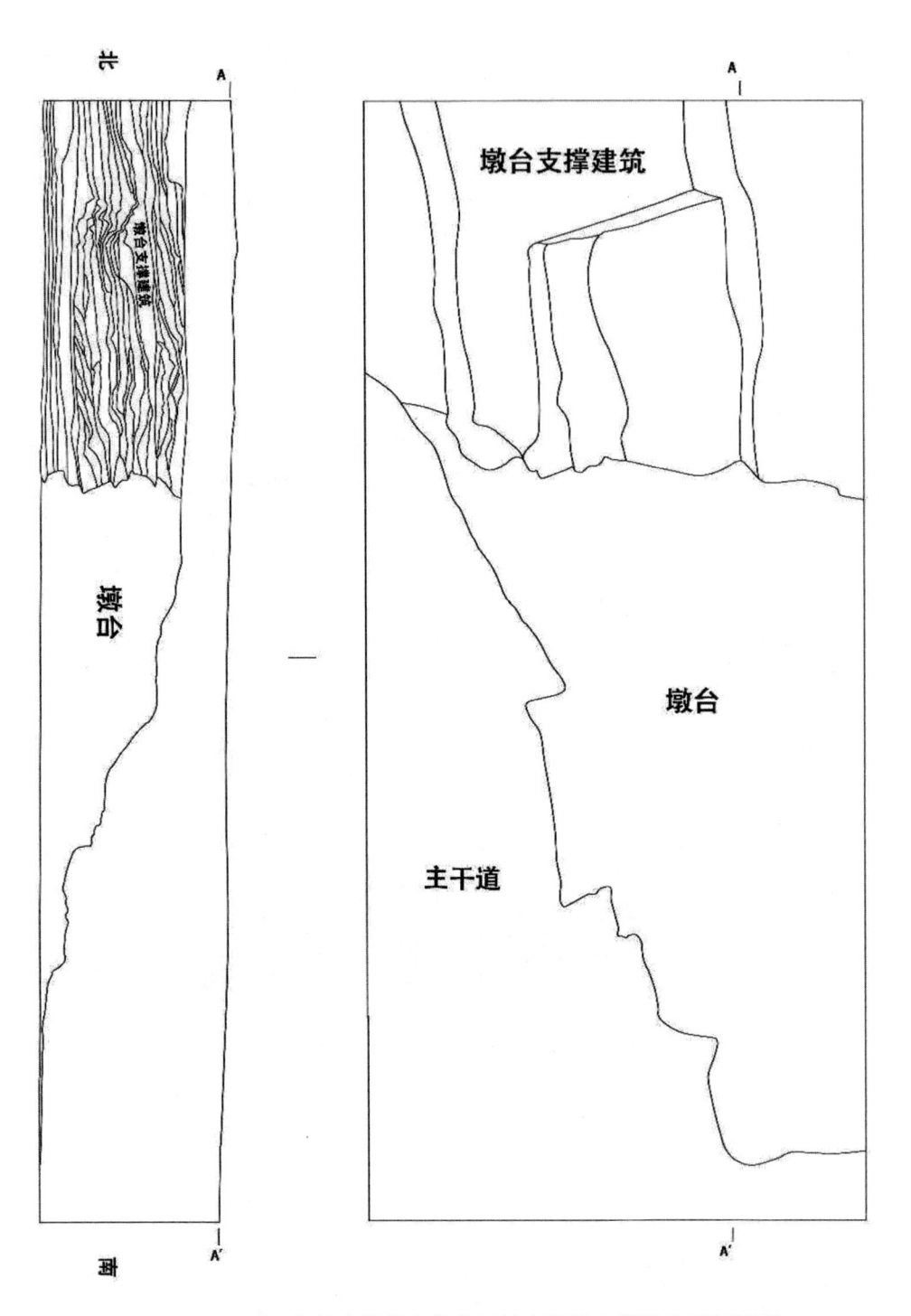

2022年托库孜萨来（唐王城）遗址东侧墩台平剖面图

（2）西侧墩台。

在本侧墩台进行解剖。解剖墙整体高约5.7米，上部有后修补墙体厚约0.7米。其下为夯层，共65层，夯层总体厚约4.5米，每层夯层厚度不一，5—25厘米均有发现，夯层土质土色也各不相同，较致密黄褐色泥质沙土、致密夹砂褐色土等均有发现。夯层下③层致密红褐色黏土疑为生土，未见人工加工痕迹，已清理厚约0.5米。

在墙体东侧接有两道墙体，与东侧墩台结构相类似，两座墙体之间距离宽5米，是墩台的组成部分。北墙大体呈西南东北走向，长约5米，宽约0.85米，现存地表高度约1米。北墙上部现存墙体为砖块垒筑，下部以砖块和夯土相加构筑。上部砖块因后期破坏，均有断裂破碎，相对无完整土坯砖，砖块为红褐色土坯砖，土坯砖长约40厘米，宽约30厘米，厚约10厘米。下部夯层与砖块相加构筑，即一层砖块一层夯层，下部砖块为红色泥质砖块，以长45—50厘米，厚6—10厘米为主，因此处砖块为剖面，故砖块宽度暂无；包括土坯砖在内，夯层总厚约1米，每层夯层厚6—10厘米，该处夯层为黄褐色沙土，土质较致密。

南墙大体呈西南东北走向，长约2.6米，宽约1米，现仅存一层土坯砖，为红色泥质砖块，且保存较差，已无法确定砖块的具体尺寸，仅可知厚度约10厘米。砖块下部为夯层，总厚约72厘米，夯层为灰褐色沙土，土质较致密，每层厚度11—17厘米。南北墙相距5—6米，南北墙壁面可知，叠压西侧墙体，年代上晚于西侧墙体。

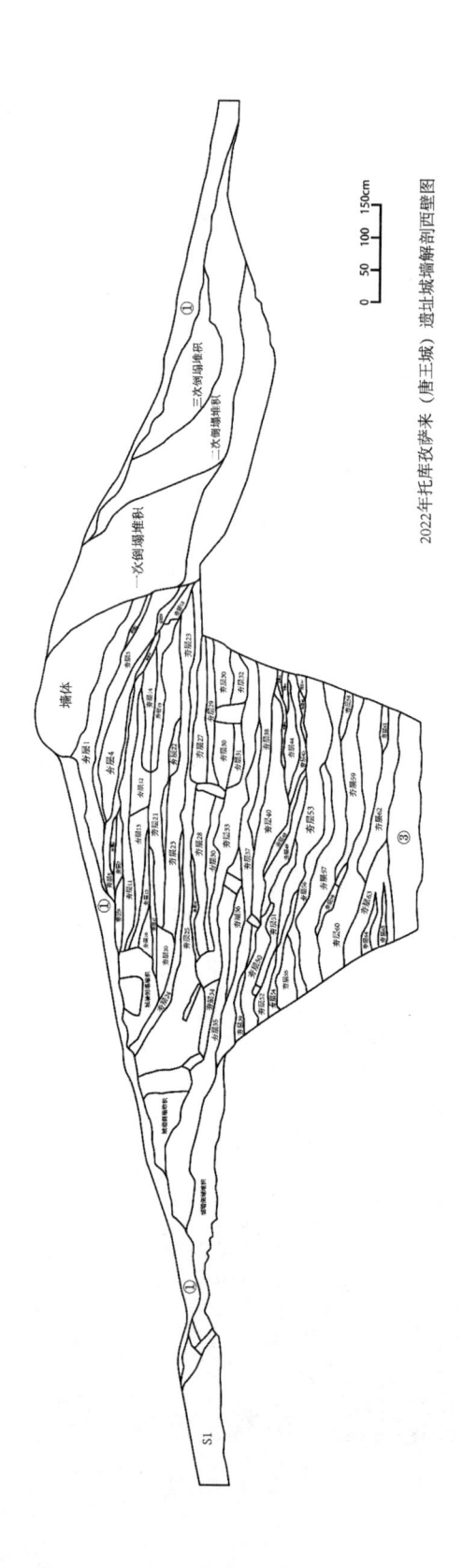

2022年托库孜萨莱（唐王城）遗址城墙解剖西壁图

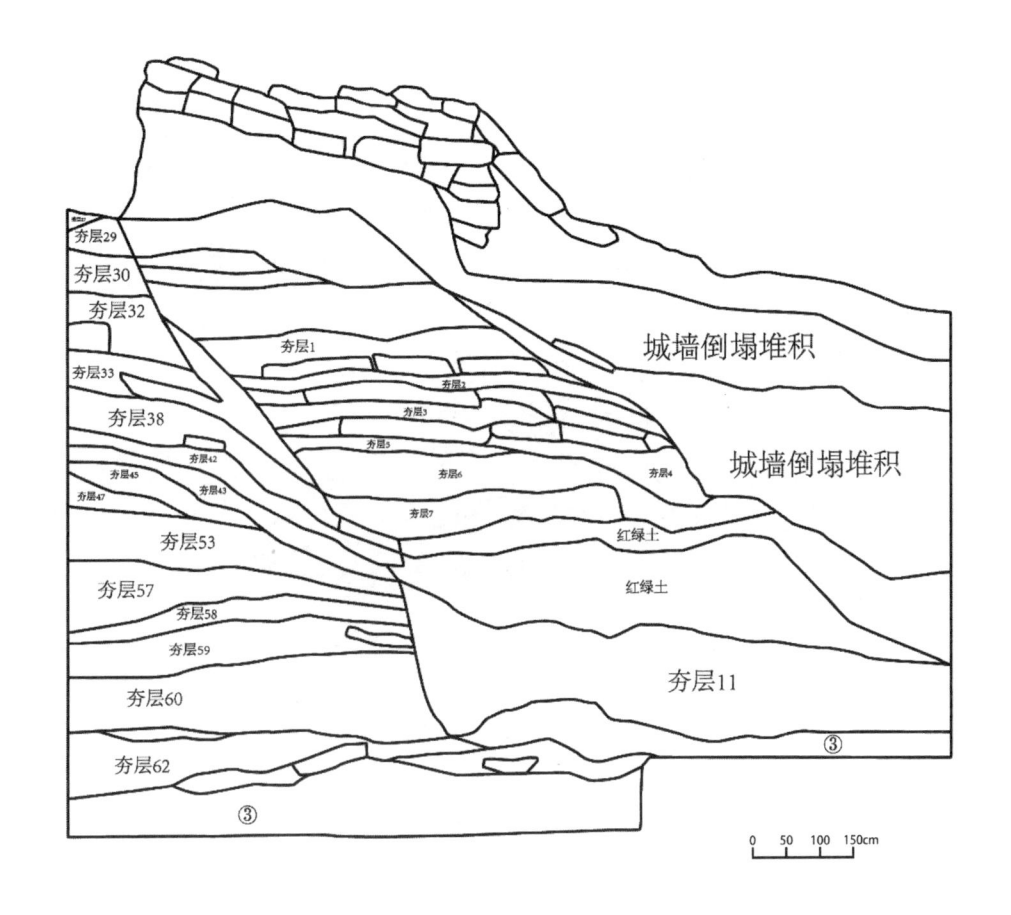

2022年托库孜萨来（唐王城）遗址城墙解冲北墙南壁

（3）在探方内。

东、西城门墩台前端各有一处突出的近方形建筑基座，东侧基座长、宽，西侧方形基座长、宽，两方形基座交错相对，主干道从其间通过。

在城门墩台两侧未发现排叉柱，墩台间未见门限。

2. 墩台支撑建筑

墩台支撑建筑仅见于东侧墩台的探方内部分。水平分布，为逐层夯筑而成的建筑，与墩台并列分布，叠压墩台。探方内东西长约8米，南北宽4—7米，厚约2.6米，支撑结构为夯层，夯层土质致密，多为红褐色泥质土，也有黄褐色泥质沙土和灰色沙土夯层，夯层共26层，每层厚度不一，15—25厘米不等。

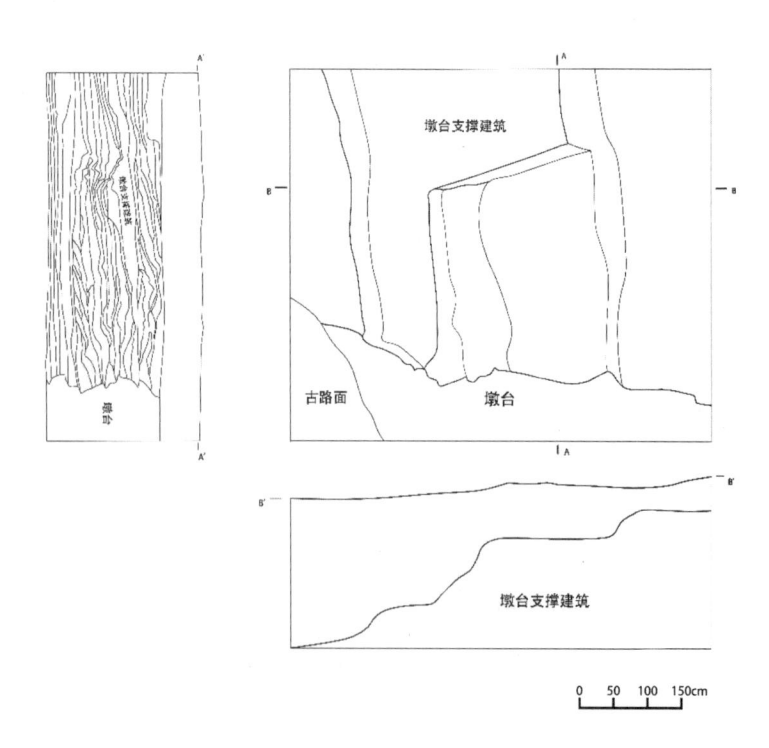

2022 年托库孜萨来（唐王城）遗址墩台支撑建筑平剖面图

3. 主干道

开口于④层下，见于全发掘区。西北—东南走向，穿城门墩台而出。水平分布，整体平整。厚40厘米，在探方内长 米，最宽处7.4米，最窄处3.3米。在N30尚存部分平整的黄色路面，大部分路面不存，在残存路面上未发现车辙痕迹。

在路面不存的主干道表面随处可见裸露的黄色及红色砖碎块、大量直径3—5厘米的碎石子、陶片、少量宽20—30厘米的石块、大量沙土等。

从解剖情况看，主干道的建筑方法是先铺设一层20—30厘米宽，厚5—10厘米厚的石块作为路基，其后在路基上铺以沙土、大小石块、红黄砖块，形成一个平面。在平面上铺以黄土，作为路面。黄土路面厚3—5厘米。

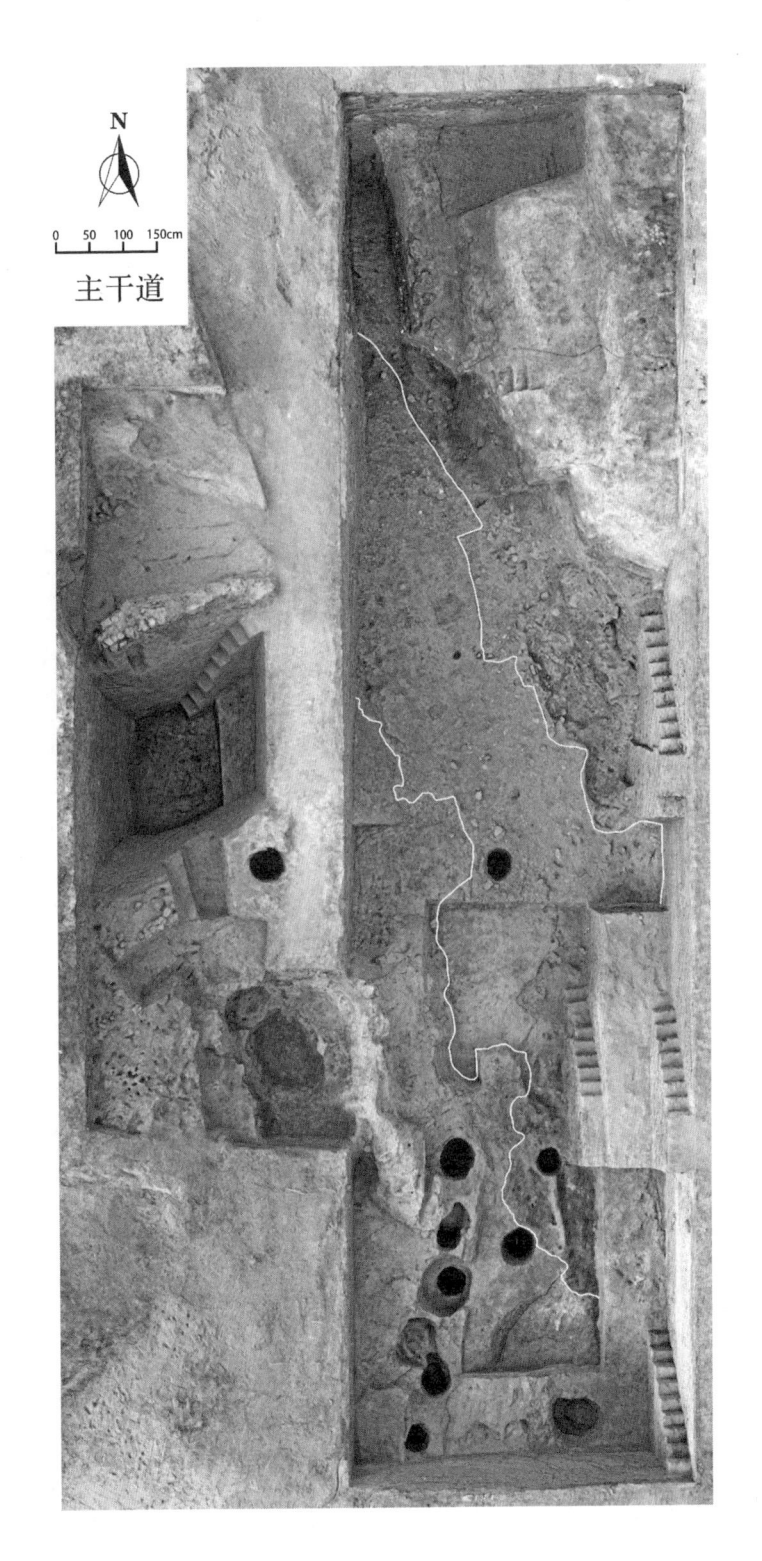

主干道

013

（三）寺庙

寺庙命名为S1，开口于G1下，西侧直接出现在①层下，北侧被城墙叠压，整体建于寺庙支撑台基上，平面呈不规则形状，西南—东北向分布。最长处为34米左右，最宽处为15米左右，最大面积近500平方米。西高东低，落差最大达4米。

S1 平剖面图

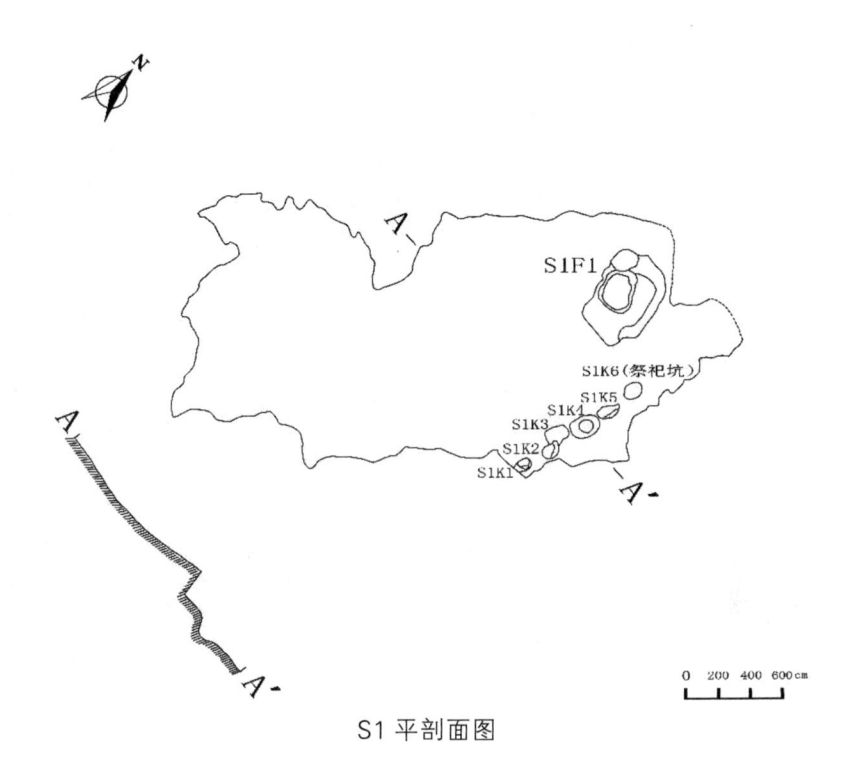

寺庙地面上有一层倒塌堆积，不规则坡状分布，为杂乱土块堆积而成。包含大量的红烧土块、碳块、灰烬等，较疏松。包含物较少，有少量陶片、烧骨。

目前发掘区域为S1东侧区域。发现6个灰坑及一座房址，由南向北、由东向西编号为S1K1、S1K2、S1K3、S1K4、S1K5、S1K6、S1F1。另有体量较大的红烧土区，由东北部S1K6顶部向西侧延伸至S1F1，被S1F1打破，之后继续向西侧延伸，红烧土区在已发掘区域东西最长处为6.5米左右，南北最宽处为3米左右，最厚为0.8米。S1出土较多陶器、陶片、动物骨骼、炭粒、串饰，其他还有钱币、石器、骨器等。陶片以夹砂红褐陶及夹砂灰陶为主，可辨器型有罐、钵等。

S1K1开口于寺庙倒塌堆积下，打破寺庙，内壁凹凸不平，平底，坑口近椭圆形，口径0.92米，底径0.7米，深0.84米，底呈近圆形，底略平，坑底距地表3.94米。填土应为河流向填土，以灰绿色及灰白色夹红褐色黏土为主，较疏松。内壁无分层，均为寺庙土，致密，含较多炭粒及红烧土。S1K1出土少量夹砂红陶、夹砂灰陶及动物骨骼、炭粒与一片玉石器，个别陶片局部有火烧痕迹，无脚窝。

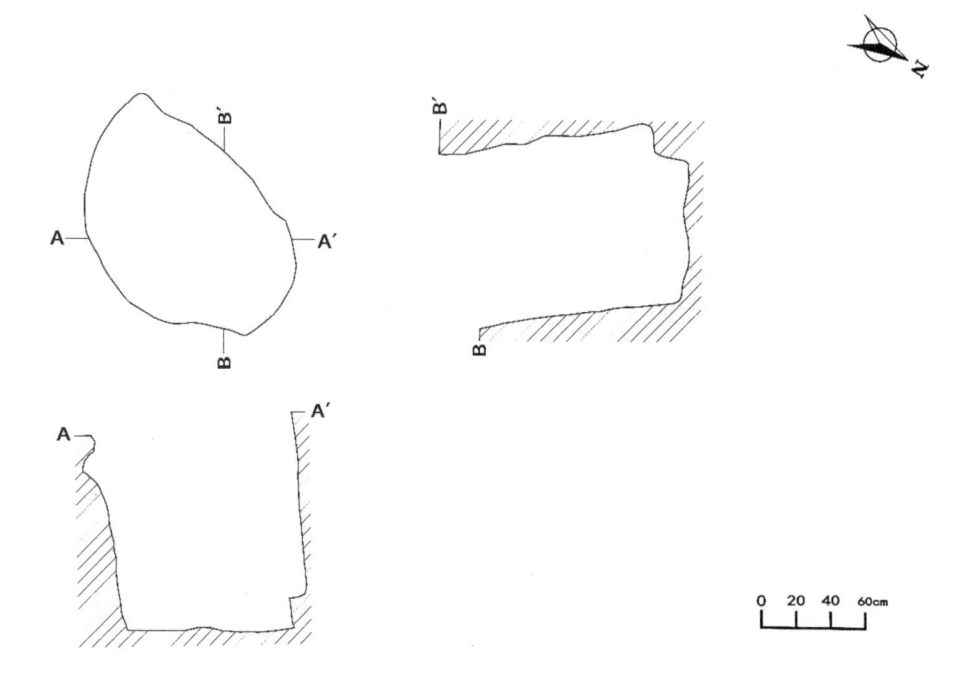

S1K1 平剖面图

S1K2开口于寺庙倒塌堆积下，打破寺庙，南侧内壁较平直，北侧打破S1K3，呈台阶式向下延伸，平底，底部南侧有一向内延伸的坑道，填土为河流向填土，考虑到S1K2的整体安全，未继续向内清理，仅清理至距坑壁0.3米左右。坑口近椭圆形，口径1.24米，底径0.62米，深1.06米，底呈近圆形，底略平，坑底距地表4.16米。填土应为河流向填土，以灰绿色及灰白色夹红褐色黏土为主，较疏松。内壁无分层，均为寺庙土，致密，含较多炭粒及红烧土。内壁隐约可见有分小地层，均含较多炭粒及红烧土，小地层应与寺庙土有直接关系。S1K2出土少量夹砂红陶、夹砂灰陶及动物骨骼、炭粒，个别陶片局部有火烧痕迹，无脚窝。

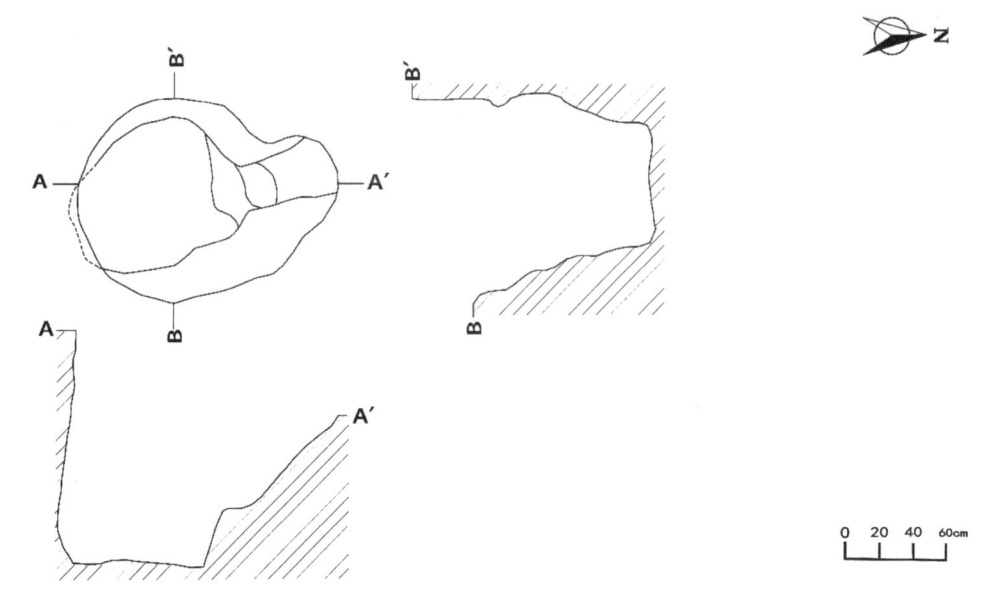

S1K2平剖面图

S1K3开口于寺庙倒塌堆积下，打破寺庙，内壁斜直，整体略呈袋状。被S1K2打破。底部西侧、北侧环一条截面为半圆形的凹槽，坑口近圆形，南部被S1K2打破。口径1.5米，底径1.6米，深0.72米，底呈近圆形，底部凹凸不平，坑底距地表3.5米。填土应为河流向填土，以灰绿色及灰白色夹红褐色黏土为主，较疏松。内壁无分层，均为寺庙土，致密，含较多炭粒及红烧土。S1K3出土少量夹砂红陶、夹砂灰陶及动物骨骼、炭粒，个别陶片局部有火烧痕迹，无脚窝。

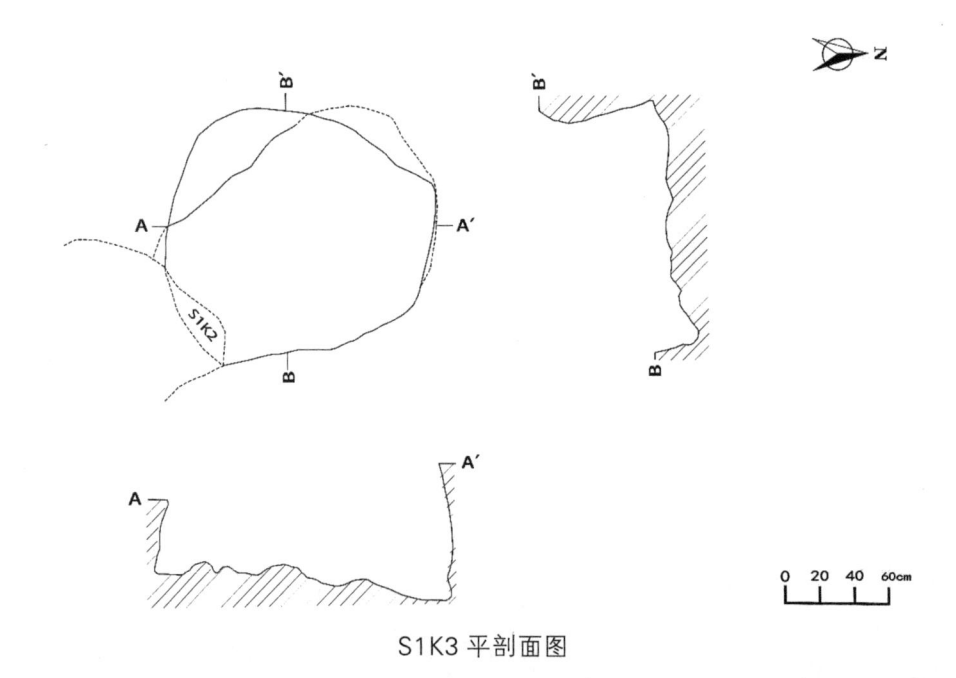

S1K3平剖面图

S1K4开口于寺庙倒塌堆积下，打破寺庙，内壁较平直，平底，坑口近椭圆形，距南壁深0.4米有一斜向下的二层台，二层台为灰绿色砂土，较致密，使得S1K4呈大坑套小坑的形制，小坑坑口呈近圆形，大口径1.86米，小口径1米，底径1.08米，深2.8米，底呈近圆形，底略平，坑底距地表5.8米。S1K4填土应为河流向填土，以灰绿色及灰白色夹红褐色黏土为主，较疏松。内壁无明显分层，均为寺庙土，致密，含较多炭粒及红烧土。S1K4出土少量夹砂红陶、夹砂灰陶及动物骨骼、炭粒，个别陶片局部有火烧痕迹，无脚窝。

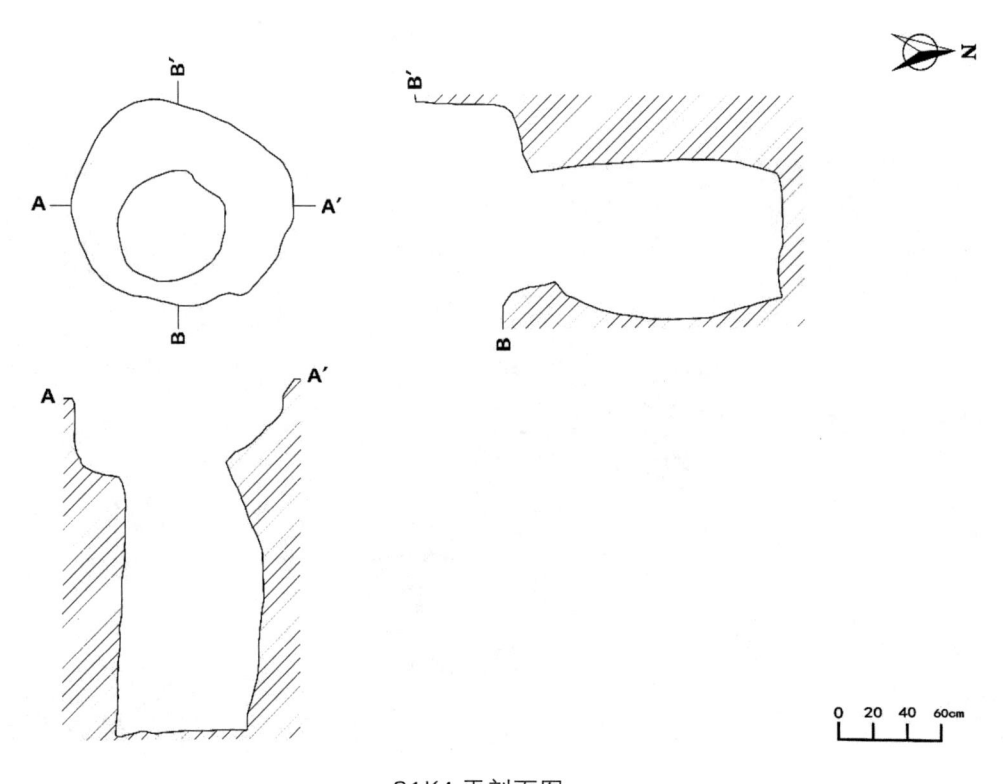

S1K4 平剖面图

S1K5开口于寺庙倒塌堆积下，打破寺庙，内壁斜直，整体呈袋状。坑口近椭圆形。口径1.32米，底径1.4米，深1.02米，底呈近椭圆形，底部北高南低，坑底距地表3.9米。填土应为河流向填土，以灰绿色及灰白色夹红褐色黏土为主，较疏松。内壁无分层，均为寺庙土，致密，含较多炭粒及红烧土。S1K5出土少量夹砂红陶、夹砂灰陶及动物骨骼、炭粒，个别陶片局部有火烧痕迹，无脚窝。

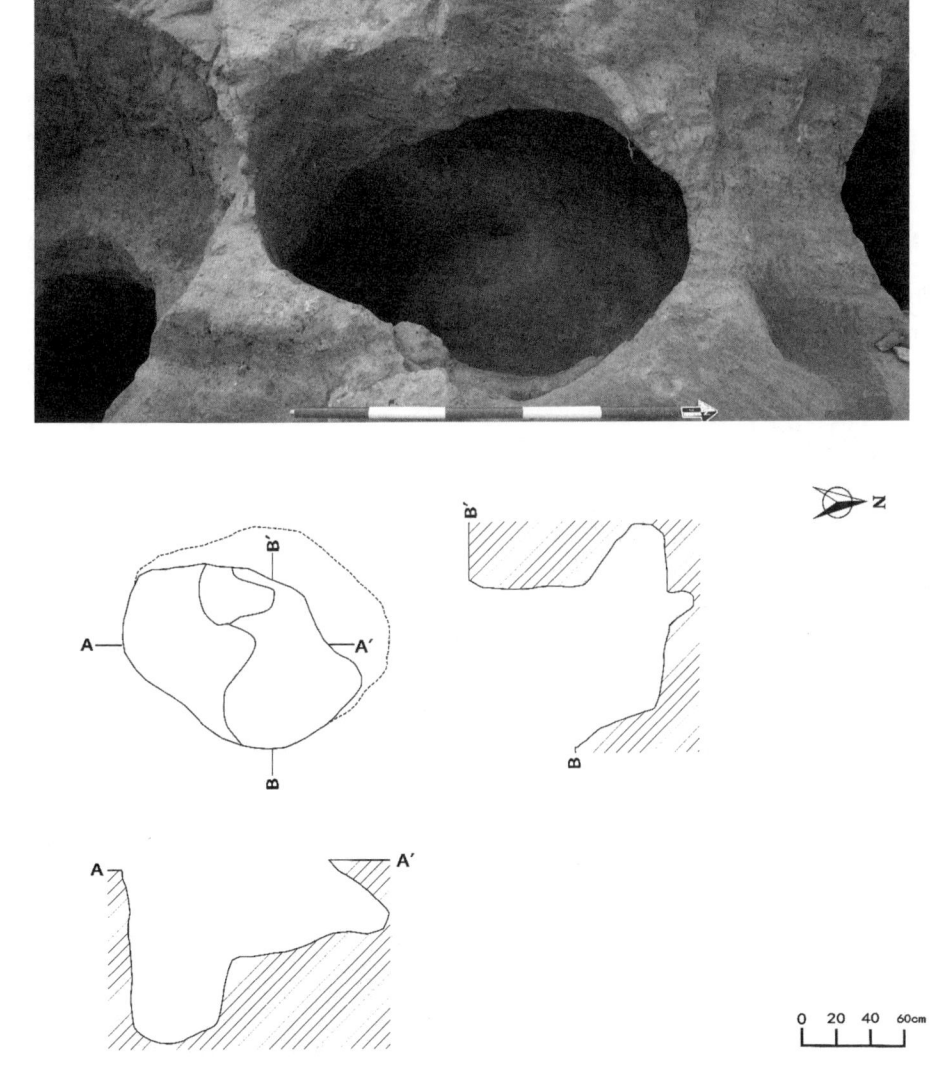

S1K5平剖面图

S1K6（祭祀坑）开口于寺庙倒塌堆积下，打破寺庙，内壁斜直，整体呈口小底大的袋状坑。口径1.2米，底径1.4米，深1.9米，底呈近圆形，底部较平整，坑底距地表5.1米。填土应为河流向填土，以灰绿色及灰白色夹红褐色黏土为主，较疏松。顶部西侧有大量极致密的红烧土，红烧土下为致密的灰黑色砂土，东侧内壁为较致密的灰黑色及红褐色砂土，其他无明显分层。底部出土半具马骨，脊椎呈南北向放置，马头在南部颈椎处调转头向朝北，整体较完整。马骨东侧有一铜镜及青铜勺共出，在马骨上出土一较完整陶罐，夹砂灰陶，尖唇，侈口，直领，溜肩，鼓腹，圈足，肩部可见有一个器耳断口。其他出土器物包括夹砂红陶、夹砂灰陶等。出土器物有 2022XTITE013N028S1K6：1.陶罐；2022XTITE013N028S1K6：2.铜镜；2022XTITE013N028S1K6：3.青铜勺。

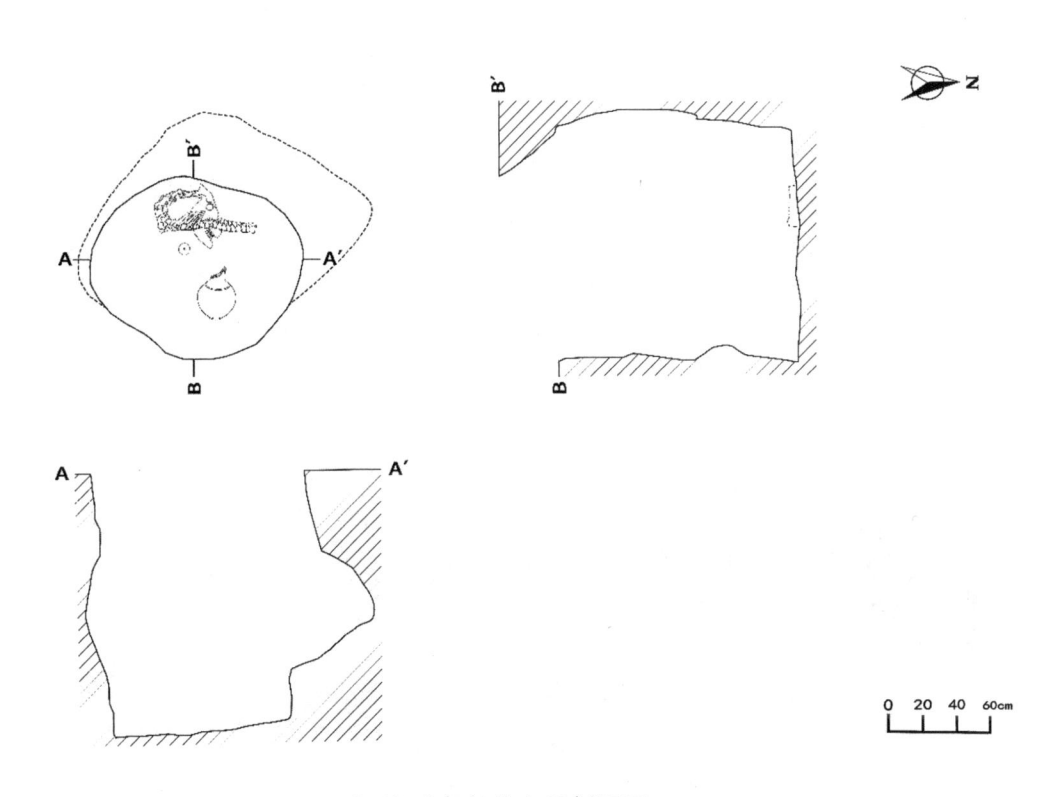

S1K6（祭祀坑）平剖面图

S1F1开口于④层下，打破寺庙，主要由南北两个坑及活动面、三道墙组成，S1F1整体南北长4.4米，东西宽3.5米，底径南北长4米，东西宽3.1米，深1.7米，底部距地表2.3米。北坑为洞龛，坑口、坑底近圆形，整体为圆形坑，内壁外鼓且凹凸不平，底部较平整，坑口直径1.5米，内壁最大径为1.7米，底径1.5米，深1.2米左右。洞龛填土为浅灰黑色及灰黑色砂土，疏松；南坑坑口、坑底近圆角长方形，斜壁，口大底小，底部较平整，坑口最大径2.3米，最小径为1.9米，坑底最大径1.8米，最小径1.3米，填土为含大量炭粒及红烧土粒的灰黑色砂土，疏松。从发掘情况看，洞龛与南坑互不成叠压打破关系，应同属S1F1，为S1F1内的两个独立部分，分属不同的功能区。活动面分布于S1F1东部及南部，地面较平整，为红褐色致密砂土。S1F1北墙、东墙、西墙利用S1做墙，底部及墙面均为红褐色致密砂土。北墙墙面隐约可见有砖印，残长2.3米，宽0.35米，残高1.14米；东墙亦隐约可见有砖印，另因被S1打破的原因，有大量红烧土，残长4米，残宽0.2米，残高0.56米；西墙因被S1破坏，仅存墙面，残长2.85米，残高0.67；南墙限于实际发掘面积未做。S1F1出土少量陶片，几乎都有火烧痕迹，多为夹砂红褐陶及夹砂灰陶，另有少量烧骨及大量炭粒、红烧土出土，其他出土物还有石器等。

S1F1 平剖面图

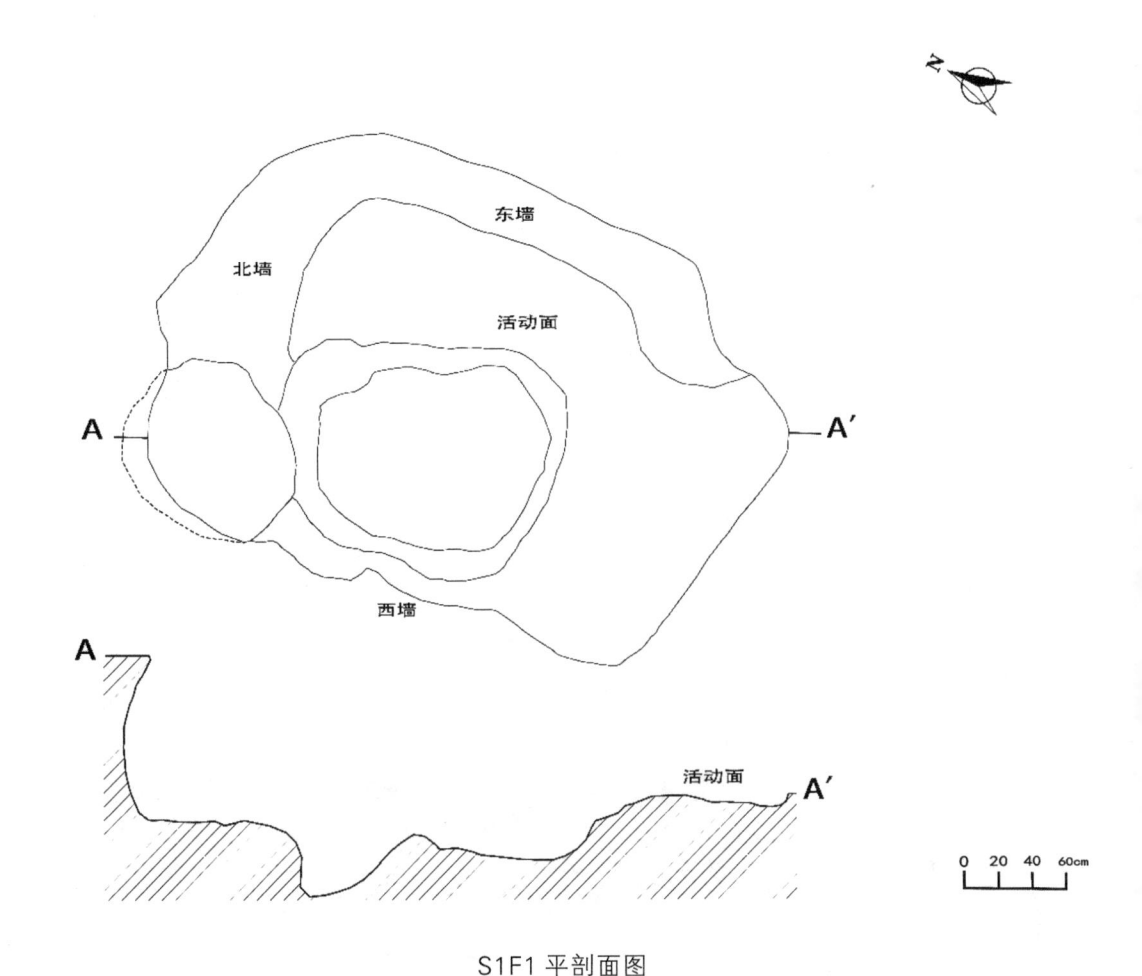

　　寺庙支撑台基叠压于寺庙下，因发掘面积受限，以及需保留城墙整体面貌，因此只露出东侧剖面，长 4 米左右，高 1.6 米左右。从东侧剖面可见台基存在夯层，且夯层内可见有砖块。台基可基本分南北两部分，南端夯层较为密集且较薄，共分 20 层，厚度为 5—45 厘米，地势较低；北端夯层较宽厚，共分 8 层，厚度为 10—50 厘米。台基整体土质极致密，为红褐色砂土。

（四）灰坑

1.H1（疑似酿酒坑）

在解剖方发现，开口于①层下，打破城墙。圆筒状坑。直壁平底，有人为加工贴筑痕迹，坑壁呈绿色，无脚窝。坑口呈圆形，口径1.1米，底径1.1米，底呈近圆形，底略平，坑底距地表1.4—1.65米。内有分层，分层现象未挂壁，H1①层土为红褐色泥质沙土，土质较致密，厚约0.5米，呈块状，应为上部城墙的倒塌堆积坠落所致，H1①层出土少量陶片，夹砂红陶为主，并有一器底出土，以及少量动物骨骼；H1②层为灰绿色沙土，土质疏松，厚约1米，H1②层内有较多植物种子（经初步鉴定为葡萄籽），并有较多陶片和动物骨骼出土，陶片以夹砂红陶为主，少量泥质陶。坑内②层出土小件串饰一件。推测为酿酒坑。

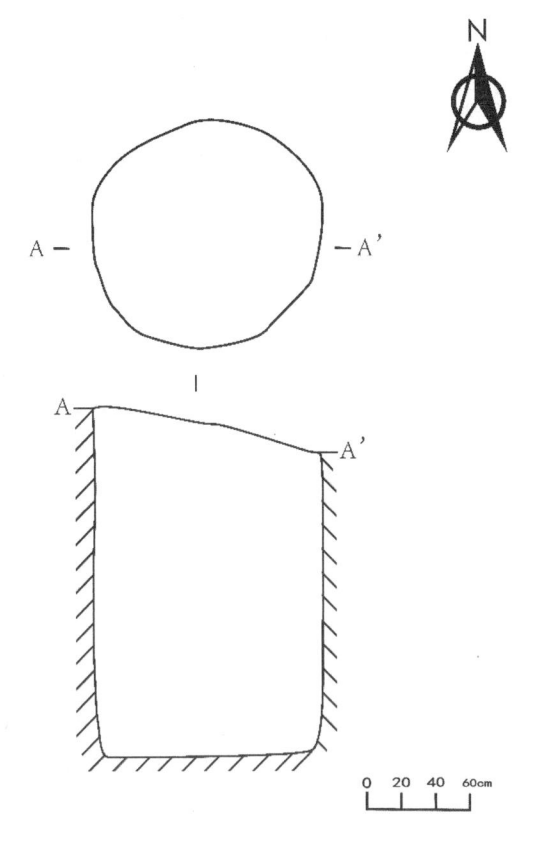

2022 年托库孜萨来（唐王城）遗址 H1 平剖面图

2.H2

在 N29 发现，开口于 G1 下，打破②层、④层、主干道。直壁平底，坑口呈近圆形，口径 1.02 米，底径 0.8 米，底呈近圆形，底南高北低，坑底距地表 3.6—3.86 米。内无分层，H2 填土为浅黄绿色砂土，土质较疏松，厚约 1 米，H2 包含一定数量的烧土块、炭粒与陶片。坑壁较平直，无脚窝。

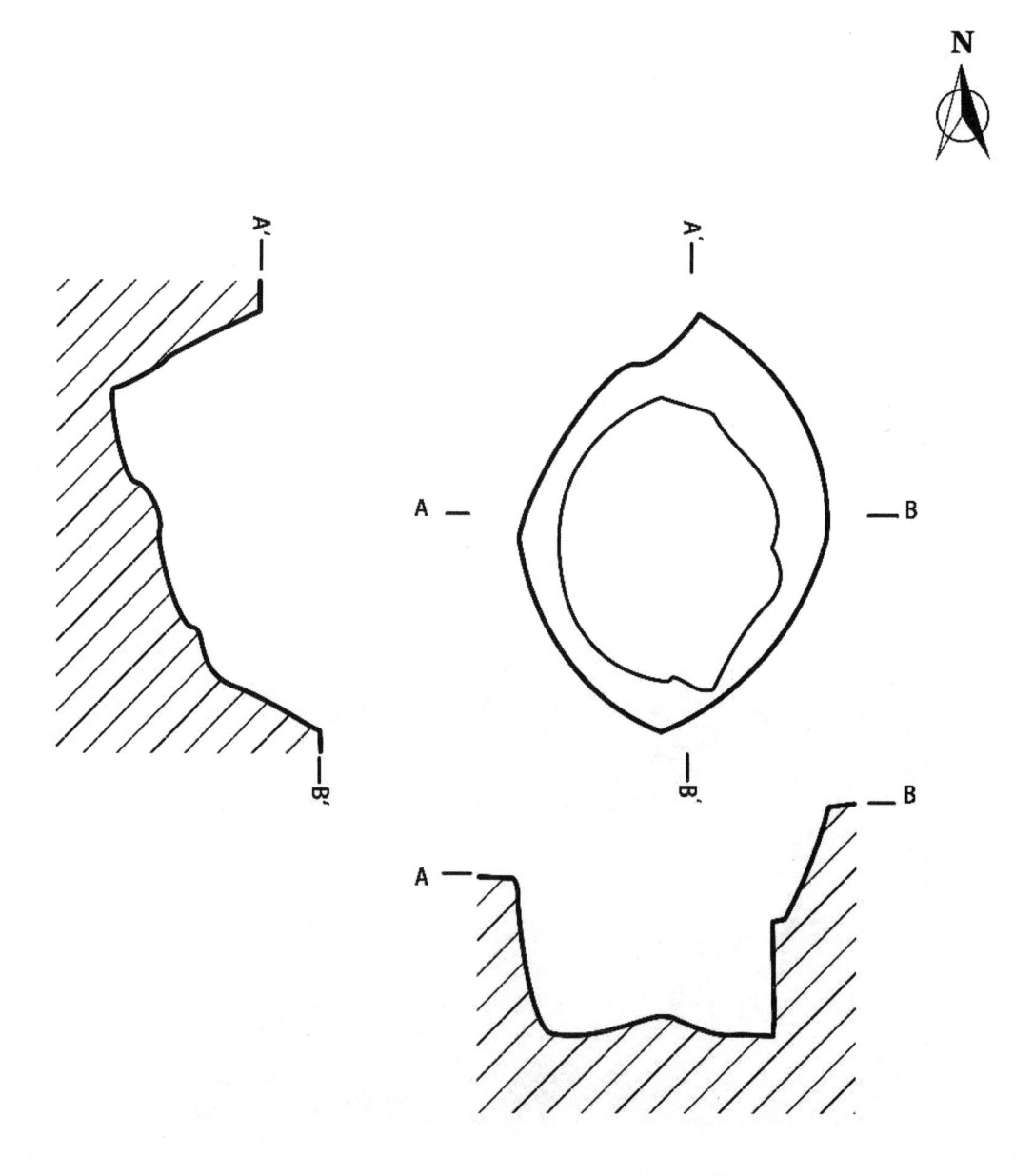

3.H3

在N29发现，开口于②层下，打破④层与主干道．直壁平底，坑口呈近圆形，口径1米，底径0.8米，底呈近圆形，底部较平，坑底距地表4.12—4.22米。内无分层，H3土为浅黄绿色砂土，土质较疏松，厚约1米，H3包含一定数量的烧土块、骨骼与陶片。坑壁较平直，无脚窝。

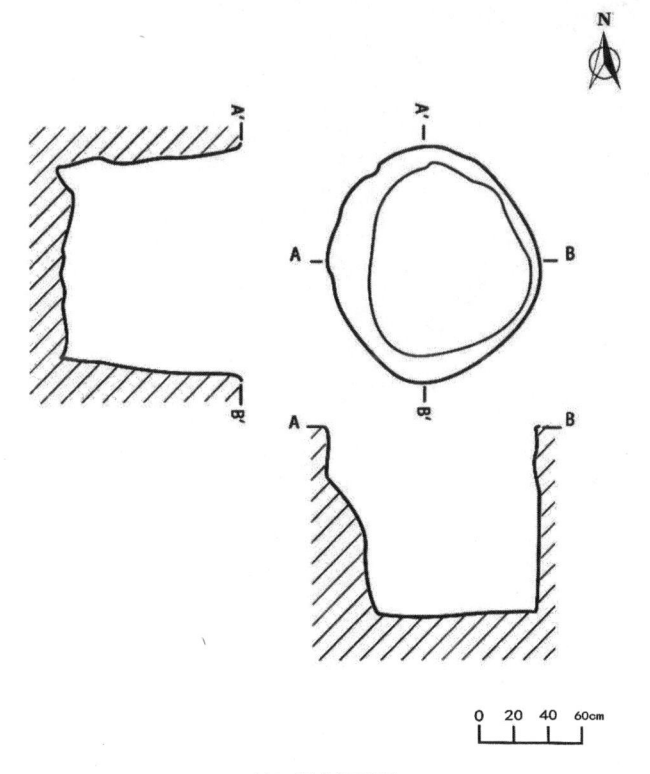

H3 平剖面图

4.H4

在 N28 发现，开口于④层下，打破主干道、⑤层。内壁较平直，平底，坑口呈圆形，口径 0.8 米，底径 0.72 米，深 1.1 米，底呈近圆形，底略平，坑底距地表 4.9 米。填土较杂乱，应为河流向填土，主要为灰绿色及灰白色沙土，较疏松。内壁分层可见主干道及⑤层，坑壁较平直，无脚窝。出土少量陶片、动物骨骼及其他铜器、串饰等。

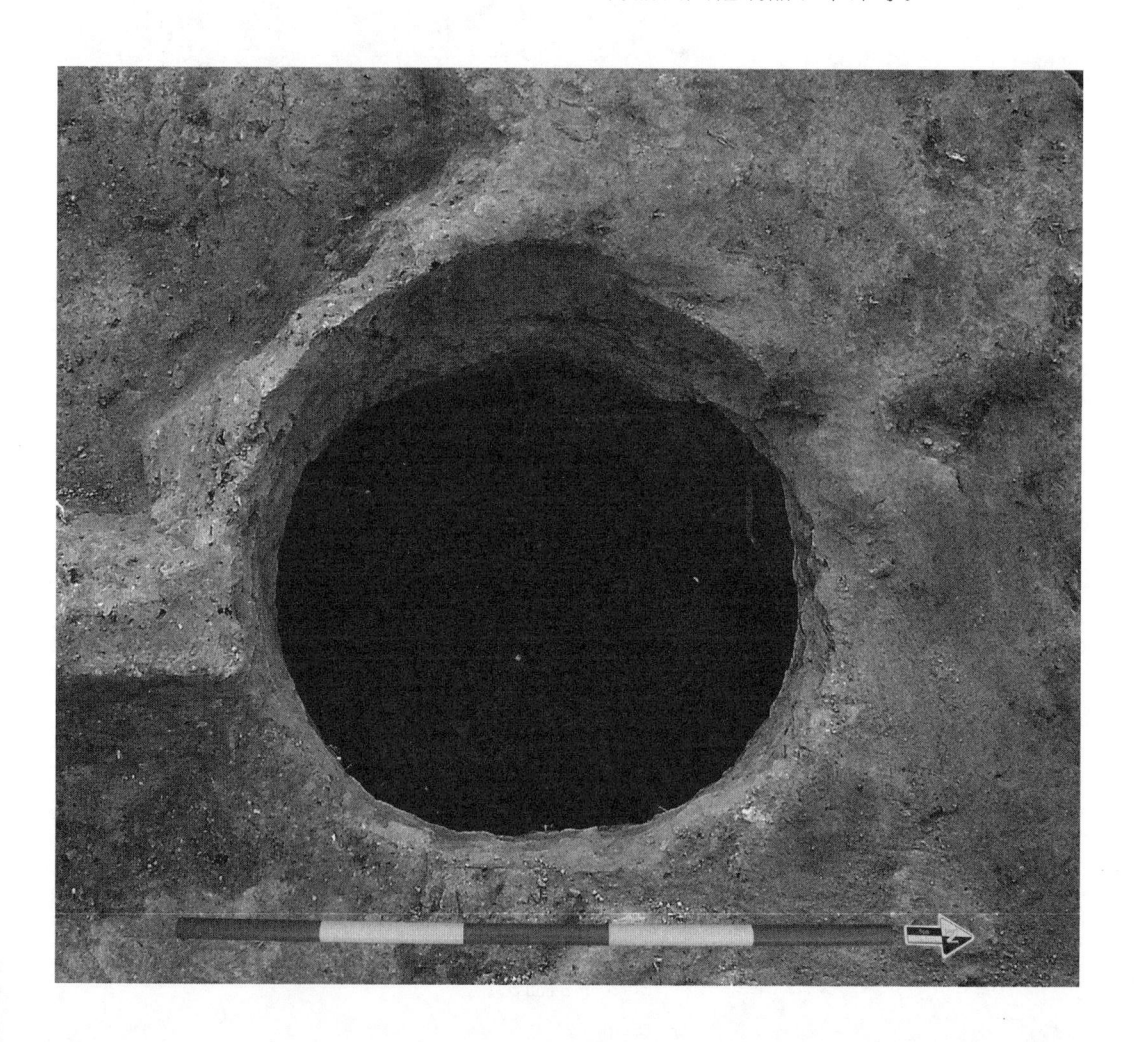

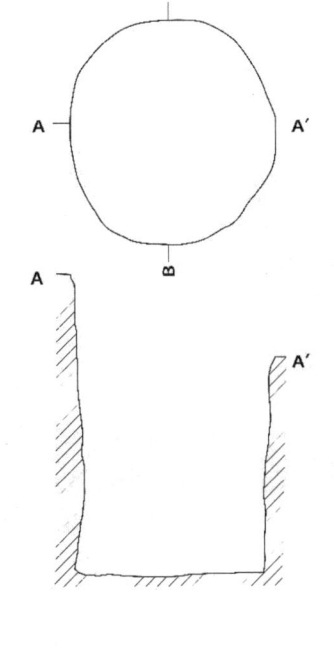

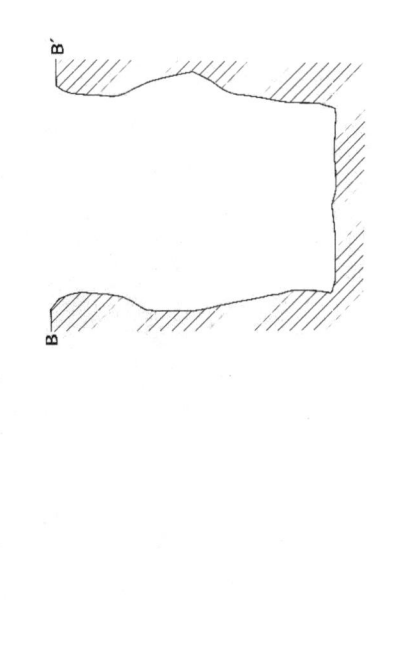

H4平剖面图

5. H5

在N28发现，开口于④层下，打破主干道、寺庙、⑤层及其他未发掘的地层。直壁平底，坑口呈圆形，口径1.12米，底径0.9米，深3.5米，底呈近圆形，底略平，近底部有疑似壁龛，坑底距地表7.7米。填土在距坑口1.5米内应为河流向填土，以灰绿色及灰白色夹红褐色黏土为主；1.5米下填土亦较为杂乱，主要为灰绿色及灰黑色填土，均较为疏松，出土少量夹砂红陶及泥质红陶。内壁分层，H5①层为主干道，黄褐色夹较多砖块，致密，出土少量泥质红陶及动物骨骼，厚0—0.35米；H5②层为遗址⑤层，灰绿色砂土，较致密，出土零星夹砂陶，厚0.25—0.45米；H5③层遗址目前未发现有对应地层，初步分为遗址⑥层，灰黑色砂土，较致密，含少量夹砂陶，厚0.3—0.4米；H5④层遗址目前未发现有对应地层，初步分为遗址⑦层，灰褐色砂土，较致密，含少量夹砂陶及炭粒厚0.5—0.9米；H5⑤层遗址目前未发现有对应地层，初步分为遗址⑧层，浅灰黑色砂土，较致密，含少量夹砂陶及较多炭粒，厚0.8—1.1米，坑底为灰黑色较致密砂土，含较多炭粒。H5坑壁较平直，对应的两侧有脚窝，西南壁有4个脚窝，东北壁有6个脚窝。

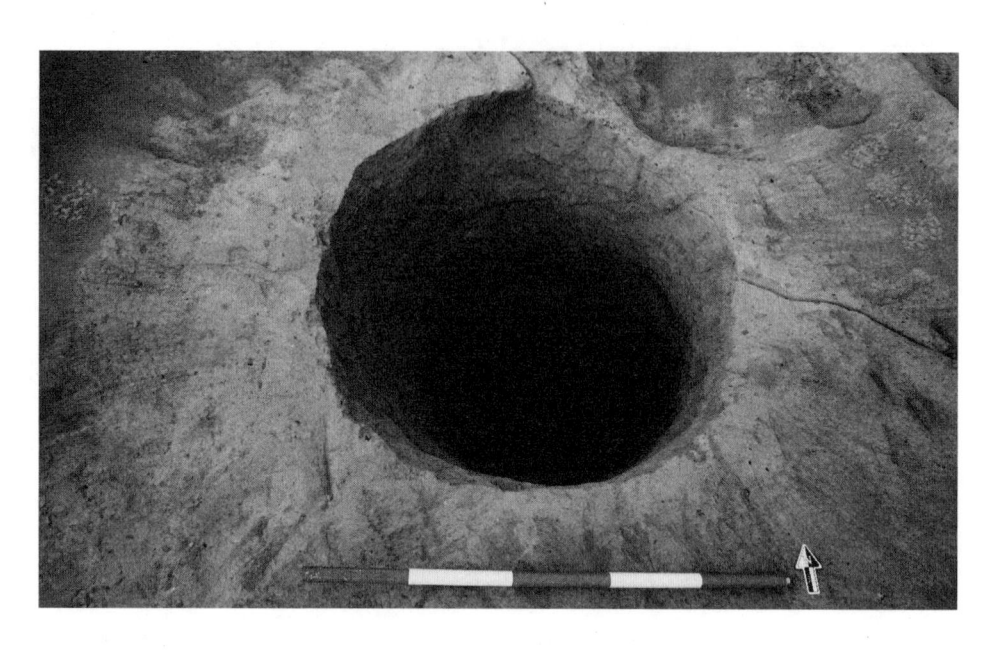

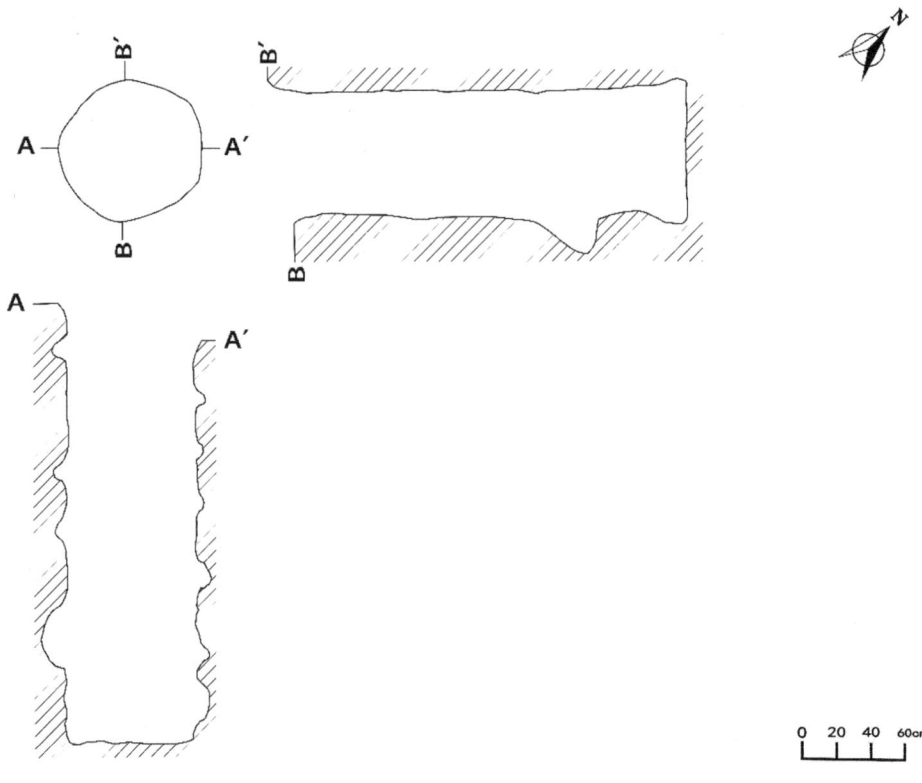

H5 平剖面图

032

6.H6

开口于②层下,打破⑤层,斜壁平底,由坑口向坑底内收,坑口近圆形,口径1.3米,底径0.8米,深0.7米,底呈近圆形,底略平,坑底距地表4.2米。填土应为河流向填土,以灰绿色及灰白色夹红褐色黏土为主,较疏松。内壁分两层,分别为遗址②层及遗址⑤层,遗址②层为红褐色黏土,致密,厚0.2—0.4米;遗址⑤层为灰绿色砂土,较致密,厚0.5—0.8米。H6无出土遗物,无脚窝。

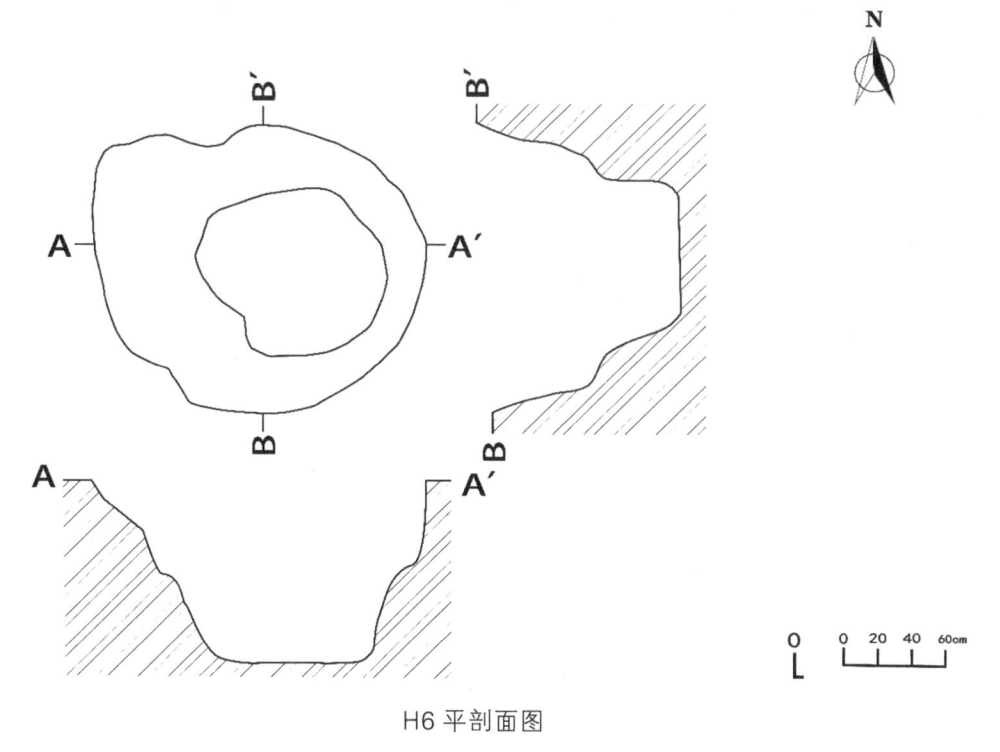

H6平剖面图

出土遗物

(一) 陶器

陶器是出土物的大宗。从陶色上看，以红陶为主，仅有少量的灰黑陶；从陶质来看，以各种夹细砂的陶器为主，泥质陶次之，也有少量夹粗砂的陶器；从纹饰上看，以刷黄色陶衣为主，继之以弦纹、附加堆纹、刻画几何纹、戳印圆点纹、联珠纹。同时发现人像陶器及动物塑像陶器。从器型看，可辨的有各类罐、瓮、钵、壶、瓶、器盖等，以罐为主。因目前陶器尚未拼对修复，可能会有更多器型出现。需要说明的是，有大量陶器标本因篇幅原因，无法一一列举，仅举数例如下。

1. 罐

(1) B2022XTITE013N028S1：5（总号：2022XTI：B114）。高领罐口沿。夹砂红陶，侈口，卷沿，沿下饰两道凹弦纹，束颈，颈下饰一道凹弦纹，可见颈部接口处。残宽10.75厘米，弦纹宽0.2厘米，器壁厚0.9厘米，残高7.95厘米。

（2）B2022XTITE013N028S1：4（总号：2022XTI：B113）。小罐底部。夹砂红陶，直腹微鼓向下斜内收，小平底，素面，内外均饰黄绿色陶衣。内底径4.4厘米，器壁厚1.1厘米，底径4.5厘米，底厚1.9厘米，残高4.7厘米。

2. 壶

B2022XTIE013N028G1①a：13（总号：2022XTI：B20）泥质灰陶，敛口，卷平沿，斜肩，鼓腹向下内收，平底，两侧残留器耳及流口根部，器表饰青绿色陶衣，无纹饰。口径5.15厘米，腹径9.4厘米，底径6.1厘米，底内径3.7厘米，器耳断面直径1.5厘米，流口断面厚1.1厘米，高3.6厘米，器壁厚1.3厘米，器底厚1.1厘米，通高5.35厘米。

3. 瓶

2022XTITE013N028S1K6：1（总号：2022XTI：222）。夹细砂红褐陶，器表附黄色陶衣，侈口，卷折沿，直颈略内收，溜肩，圆鼓腹向下内收，小圈足，圈足形制与口沿一致，平底。肩部有一处疑似为器耳断口，断面呈近椭圆形。肩部饰两圈凹弦纹，罐内颈部位置可见轮制痕迹。口径8.1厘米，口沿宽1.1厘米，颈长6.8厘米，器壁厚0.9厘米，凹弦纹宽0.3厘米，耳部断面长直径4厘米，短直径3厘米，腹径28.8厘米，底径10.3厘米，圈足沿宽1.1厘米，器深37厘米，器底厚1.5厘米，通高38.5厘米。

4. 器盖

2022XTITE013N029④：40（总号：2022XTI：248）。泥质红陶，平面呈圆形，圆心处附蘑菇形器钮，顶部为圆形，向下内弧后外撇至盖面，盖侧面斜向下内收，平底，器表部分剥落，无纹饰。器盖直径 7.7 厘米，钮径 2.2 厘米，钮颈直径 1.7 厘米，钮高 1.5 厘米，盖厚 1.1 厘米，底面直径 7.5 厘米。

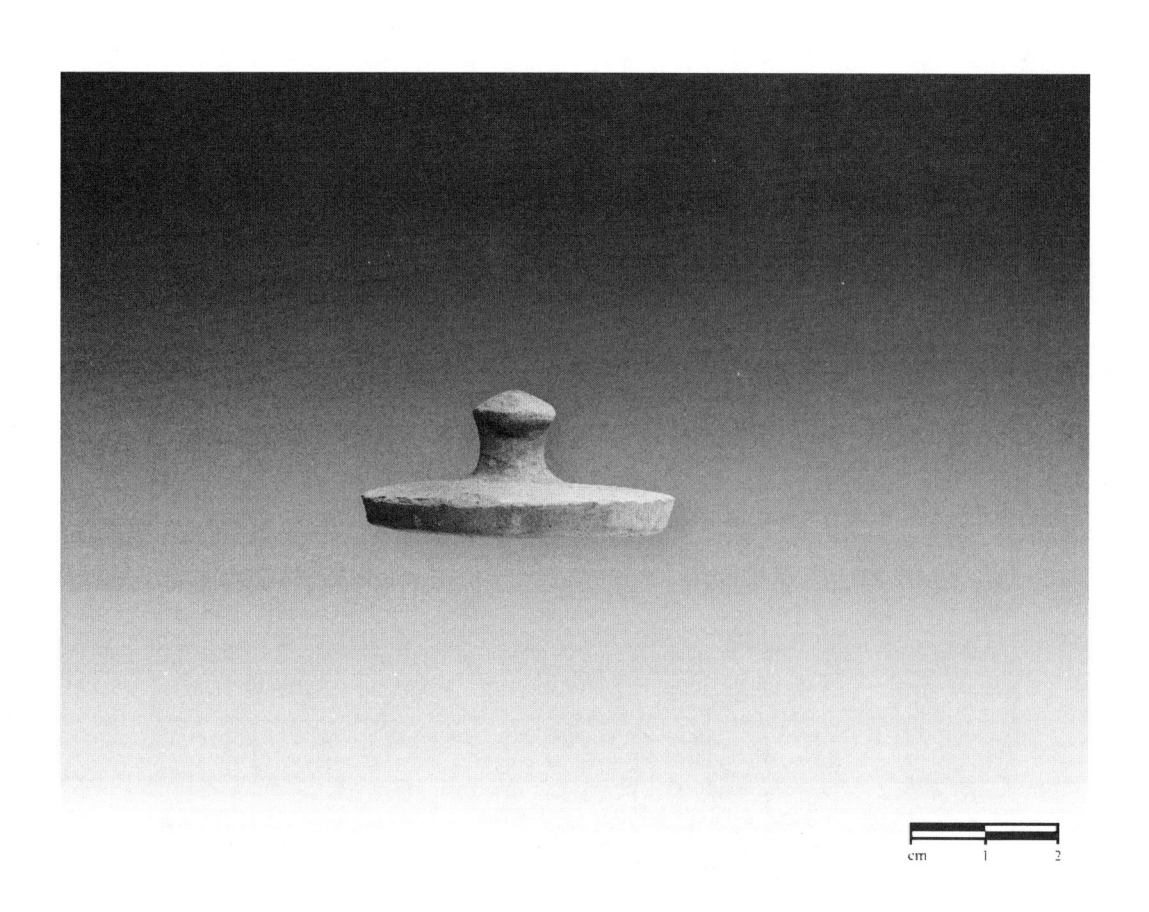

5. 人像陶器

（1）戴冠人像陶片，B2022XTITE013N030④：22（总号：2022XTI：B215）夹砂红陶，仅存一部分，器表施黄色陶衣，上饰一圈连珠纹作画框，内有戴冠人像，冠饰为月牙形，周边环绕多个圆点，长发，方脸，拧眉，高鼻，怒目，长髯，大耳。陶片直径9.1厘米，纹饰直径8.6厘米，厚0.5厘米。

（2）人像陶片：B2022XTITE013 N031G1④c：7（总号：2022XTI：B239）。夹砂红陶，平面呈近圆形，表面施黄色陶衣，饰一圈连珠纹，内部为人像。外部隐约可见细线纹。陶片残长7.2厘米，残宽6.85厘米，连珠纹直径6.3厘米，连珠直径0.5厘米，人面长2.7厘米，宽2厘米，陶片厚0.8厘米。

6. 刻字陶片

B2022XTITE013N031 城墙倒塌堆积：2（总号：2022XTI：B241）。泥质红陶，表面有一阴刻"冏"字。陶片残长4.15厘米，残宽4.4厘米，厚0.68厘米。

7. 动物塑像陶器

B2022XTITE013N029④：5（总号：2022XTI：B168）。夹砂红陶，表面残存器耳断裂部分，有骆驼首，顶部残，球形眼，面中部竖向凹槽至鼻头，圆形鼻孔，吻部凸出上翘，口微张，口下饰一圈竖向刻画纹为须，陶片表面有线形刻画纹数道，器表施黄色陶衣。陶片残长5.65厘米，残宽6厘米，骆驼首长4.5厘米，宽2.1厘米，高1.2厘米，眼径0.45厘米，眼间距0.51厘米，凹槽宽0.11厘米，鼻孔孔径0.25厘米，孔深0.1厘米，口长1.6厘米，唇间距0.12厘米，须长0.6厘米，宽0.18厘米，深0.1厘米，须间距0.48厘米，刻划纹宽0.2厘米，陶片厚0.68厘米。

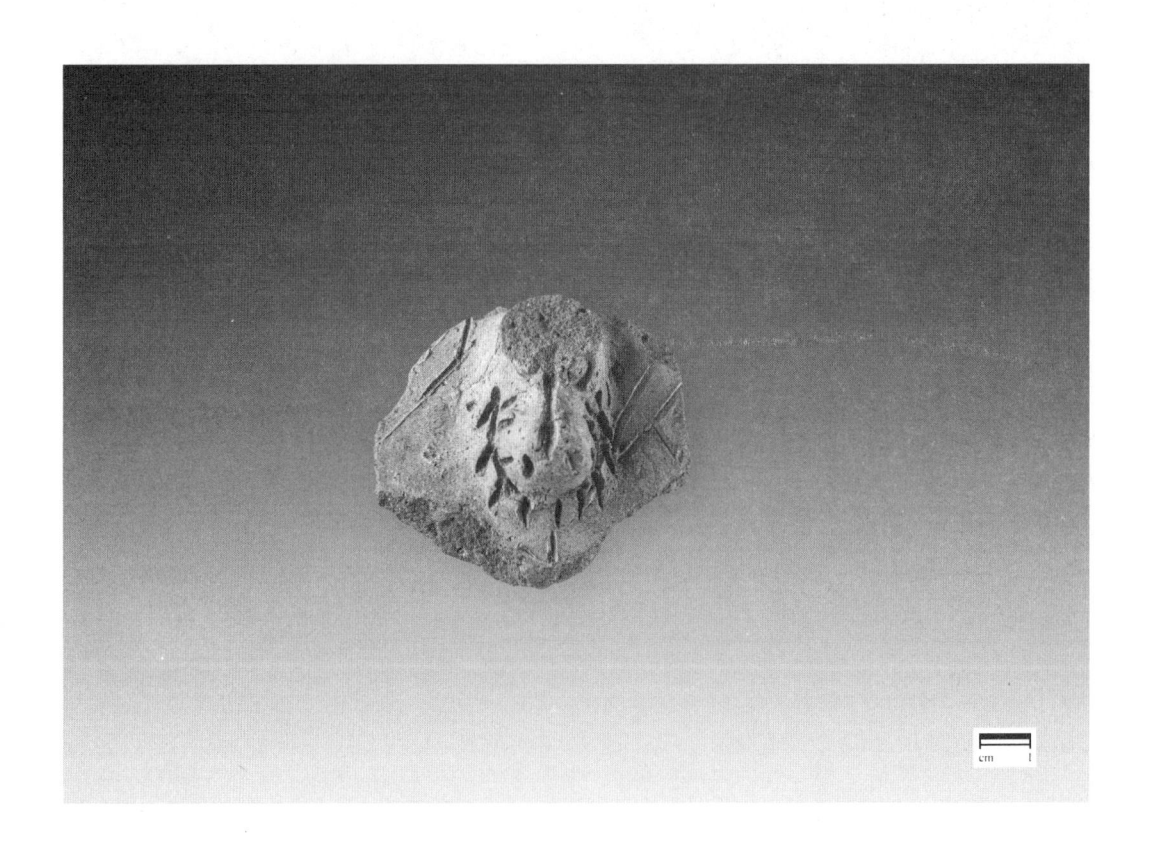

（二）铜器

可辨器型有铜镜、带扣、环、容器口沿、钥匙形、勺形器等。

1. 铜镜

（1）无钮铜镜：2022XTITE013N030G1③：4（总号：2022XTI：143）平面呈圆形，残缺一角，锈蚀严重，不见铭文。直径8.7厘米，厚0.25厘米。

（2）带钮铜镜：2022XTITE013N028S1K6：2（总号：2022XTI：223）。祭祀坑中出土。平面呈圆形，长方形钮座，中部穿孔，外沿一圈突起，器表锈蚀严重，不见铭文。直径7.6厘米，钮座长0.8厘米，宽0.35厘米，高0.4厘米，穿孔孔径0.2厘米，外沿厚0.35厘米，镜面厚0.15厘米。

2.带扣

（1）铜带扣：2022XTITE013N029G1④b：1（总号：2022XTI：68）。近长方体，四边平直有棱，一面下凹，四角隐约可见圆形柱状凸起，另一面中部微微凸起，平面呈不规则形状，表面锈蚀严重，器形难辨，通过科技手段，初步推测为带扣。长3.12厘米，宽2.8厘米，棱宽0.2厘米，凸起直径0.42厘米，通高0.72—1.12厘米。

（2）铜带扣：2022XTITE013N030④：24（总号：2022XTI：251）。平面呈长方形，中有窄长方形孔，器表锈蚀严重，无纹饰。孔长1.65厘米，宽0.5厘米，器长2.8厘米，宽2.45厘米，厚0.4厘米。

3.铜环

2022XTITE013N029④：5（总号：2022XTI：165）。环状体，平面呈椭圆形，截面呈近圆形，仅存四分之三，器表锈蚀严重，无纹饰。短环径4.3厘米，残长5.7厘米，截面直径0.5厘米。

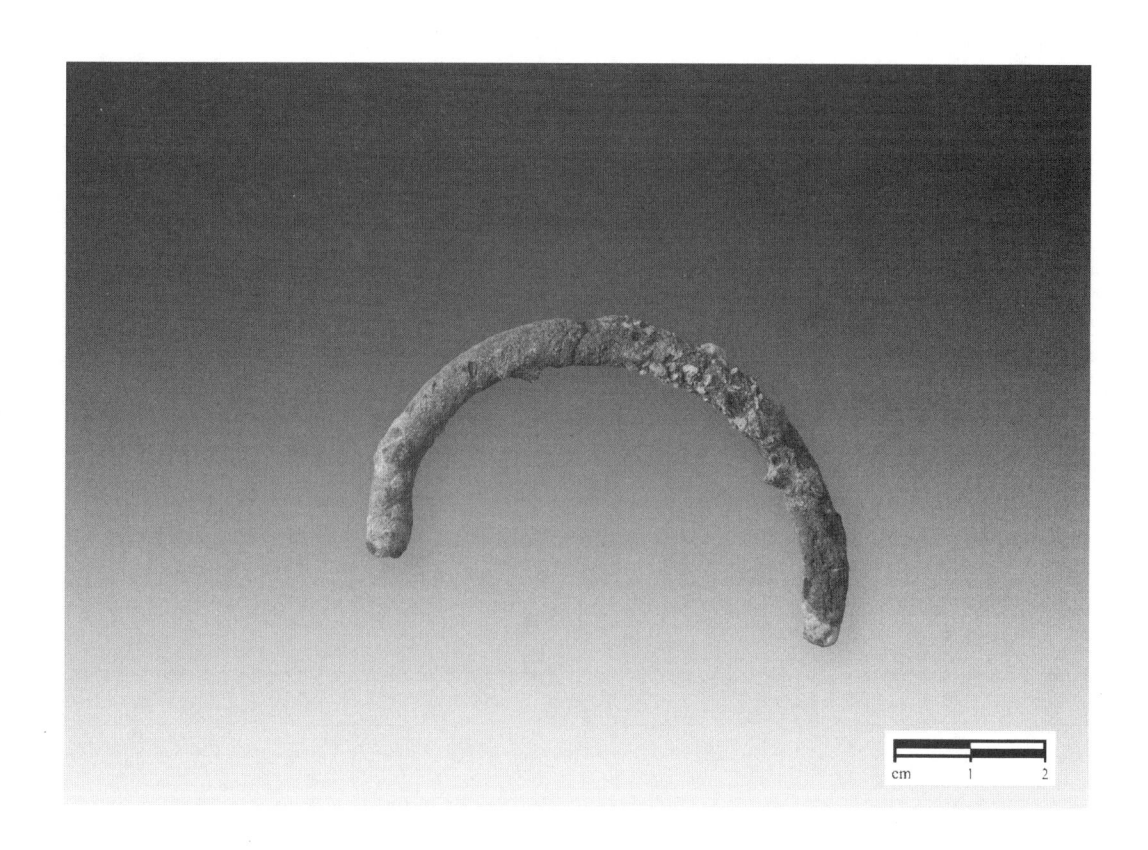

4. 容器口沿

2022XTITE013N030④：6（总号：2022XTI：184）。直口微内敛，平折沿，斜肩微弧，器表锈蚀严重，无纹饰。口沿残长9.5厘米，沿宽0.3，口沿高2厘米，器壁厚0.2厘米，残宽9.3厘米，通高4.6厘米。

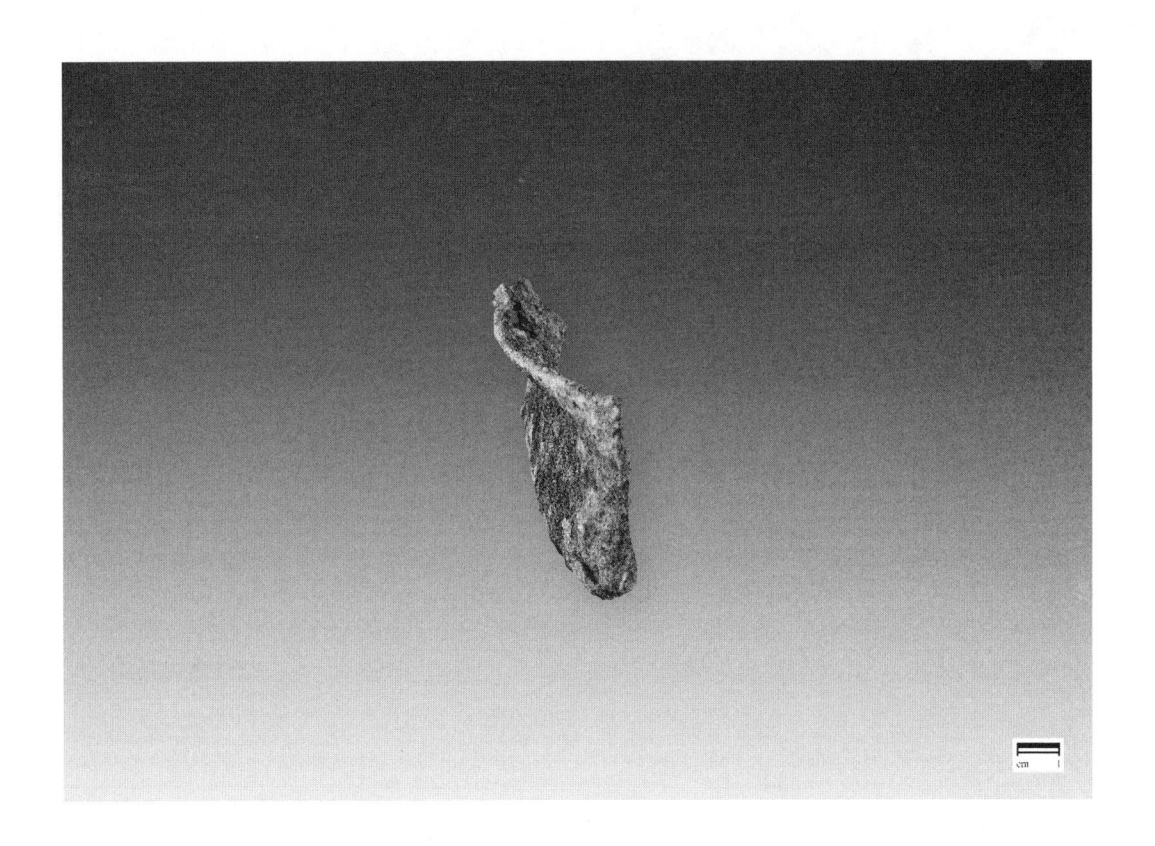

5.钥匙形器

2022XTITE013N028G1②:1(总号:2022XTI:69)。环状匙首,平面呈圆形,每四分之一圆处有一圆形凸起,匙柄平面呈近长方形,远端渐斜向内收,表面有两处圆形凸起,器表锈蚀严重,无纹饰。匙首外径1.8厘米,内径0.6厘米,凸起直径0.4厘米,匙柄长1.8厘米,宽1厘米,凸起直径0.5厘米,器体厚0.6厘米,通高3.6厘米。

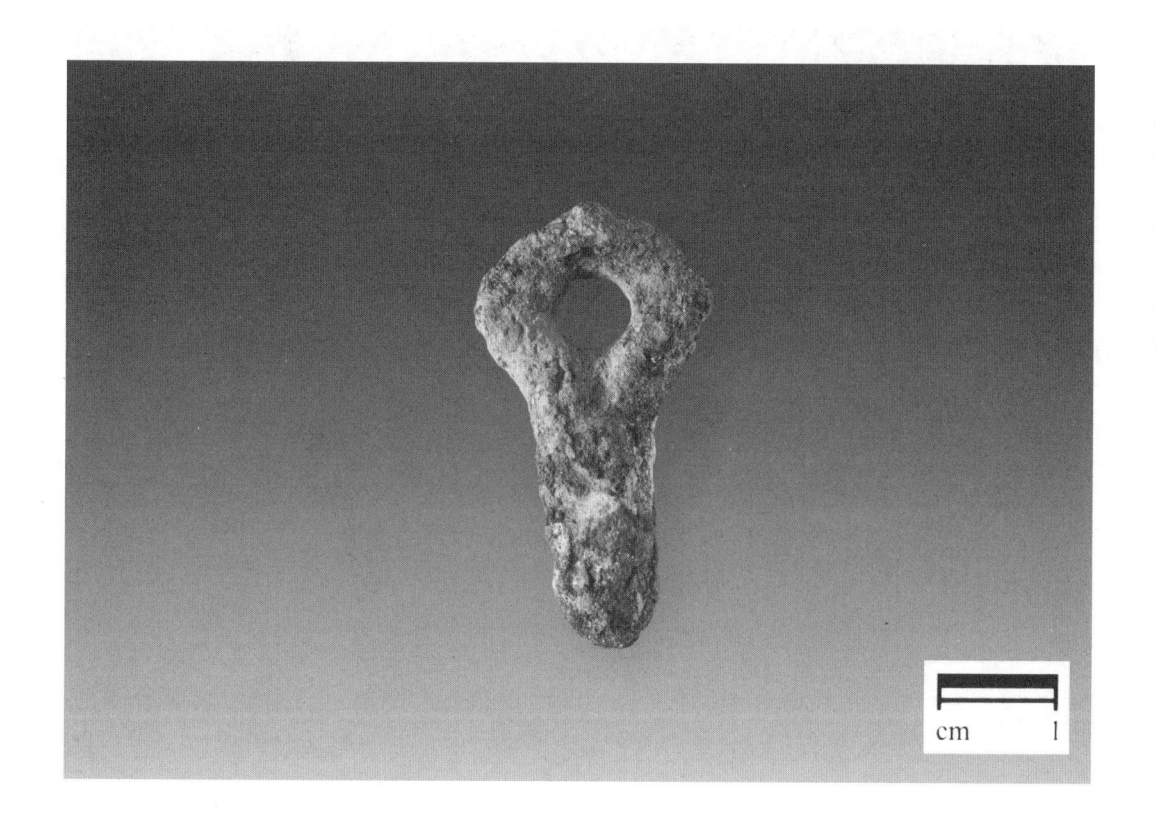

6. 铜勺形器

2022XTITE013N028S1K6：3（总号：2022XTI：262）。平面呈叶片状，由中心向边缘上翘，叶根茎位置连接勺柄，柄已断裂，圜底，器表锈蚀严重，大量剥落，无纹饰。勺长7.8厘米，宽5.2厘米，深1.6厘米，壁厚0.3厘米，柄残长1.7厘米，宽1厘米，厚0.8厘米。

（三）铁器

主要是各类残铁器，可辨者有铁钉、铁制容器腹部残片等。如：铁钉，2022XTITE013N029G1②：5（总号：2022XTI：39）。锥形柱状体，截面略呈椭圆形，锈蚀严重，表面凹凸不平。最大径0.95厘米，最小径0.8厘米，通高4.35厘米。

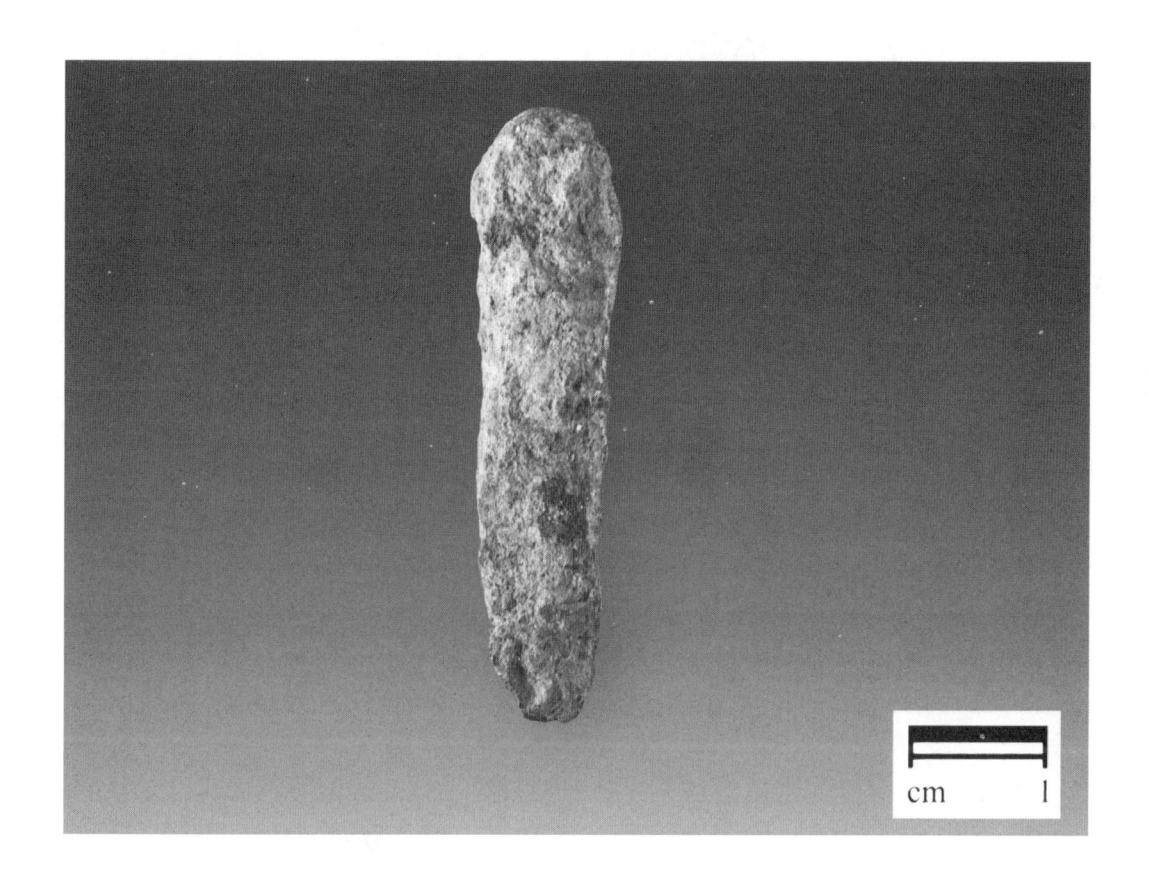

（四）玻璃器

除大量玻璃珠外，出土大量玻璃器残片，有以黄绿色、墨绿色、褐色为主，也出土大量黑色玻璃质炼渣。可辨器型包括杯等小型器物。

1. 口沿

2022XTITE013N029G1③:13（总号：2022XTI:136）翠绿色玻璃器口，口沿残，隐约可见侈口，平折沿，束颈，斜向下外撇，断裂，似束颈瓶瓶口，器表光滑，大量剥落，无纹饰。口径6.1厘米，口沿厚1.7厘米，器壁厚0.6厘米，颈长5.2厘米，断口最大径5.65厘米，通高6.7厘米。

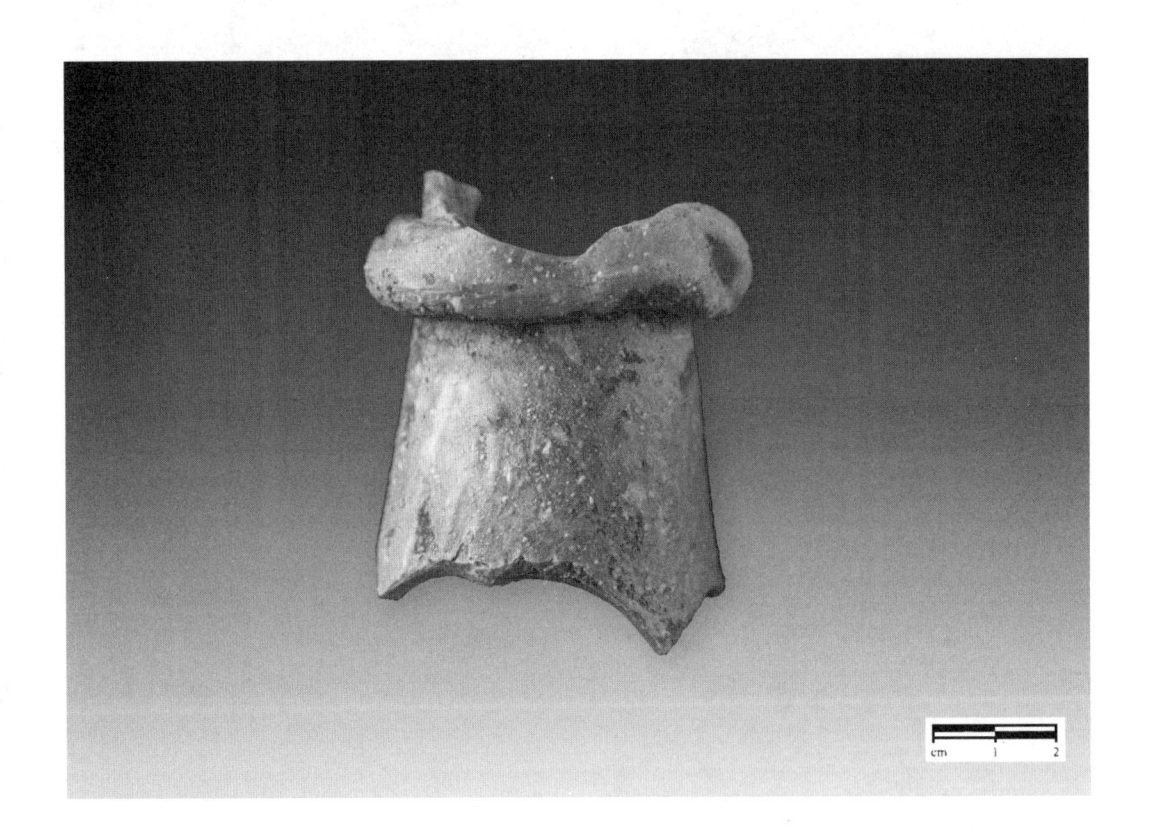

2.器柄

2022XTITE013N029G1③：18（总号：2022XTI：147）黄绿色半透明柱状体，首端接不规整半球体，尾端残，器表光滑，无纹饰。半球直径1.45厘米，圆柱残长3.4厘米，直径0.9厘米，通高4.35厘米。

（五）古钱币

出土古钱币完整者42件，主要包括喀喇汗钱币、方孔钱币、剪轮钱、银币。

1. 喀喇汗钱币

如2022XTITE013N028G1①a：4（总号：2022XTI：25）圆形无孔，锈蚀严重，不见钱文，直径2.3厘米，厚0.6厘米。

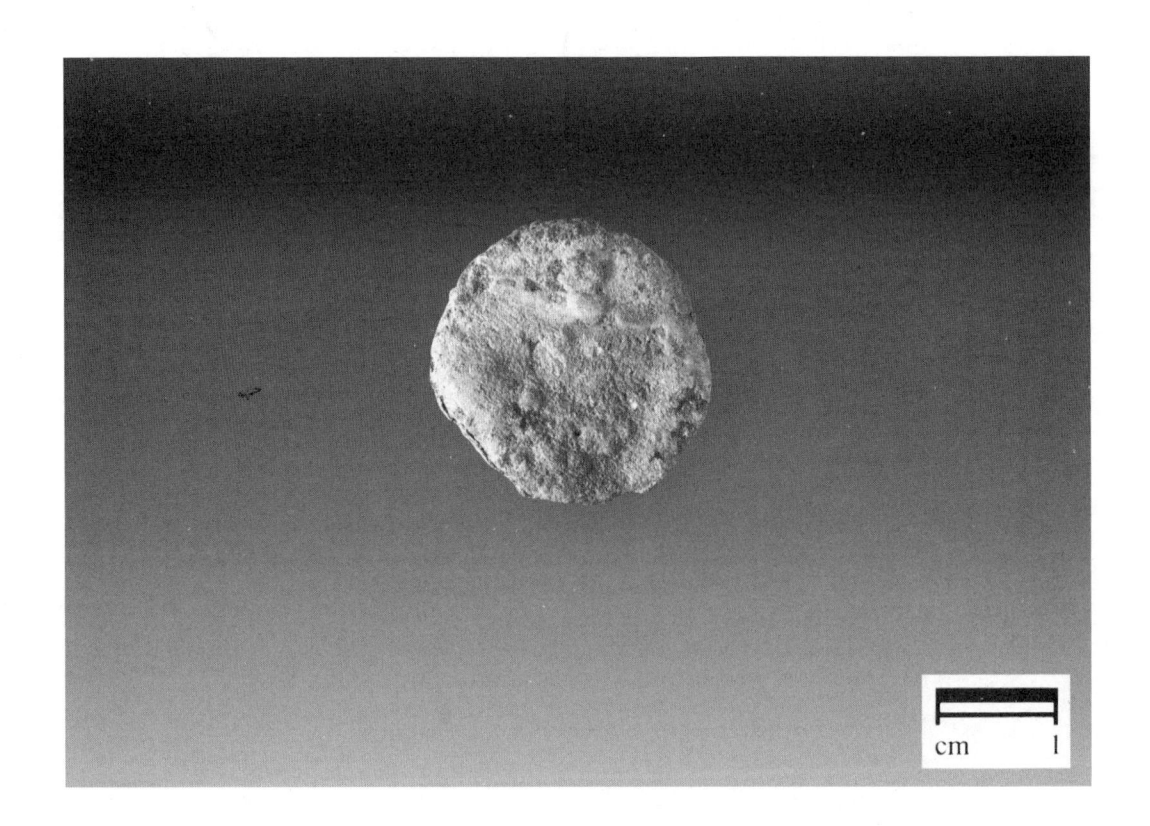

2. 方孔钱币

（1）乾元重宝：2022XT1TE013N029G1④b：5（总号：2022XT1：90）圆形方孔，锈蚀较严重，"乾元重宝"钱文，隶书直读，直径2.75厘米，孔径0.45厘米，厚0.4厘米。

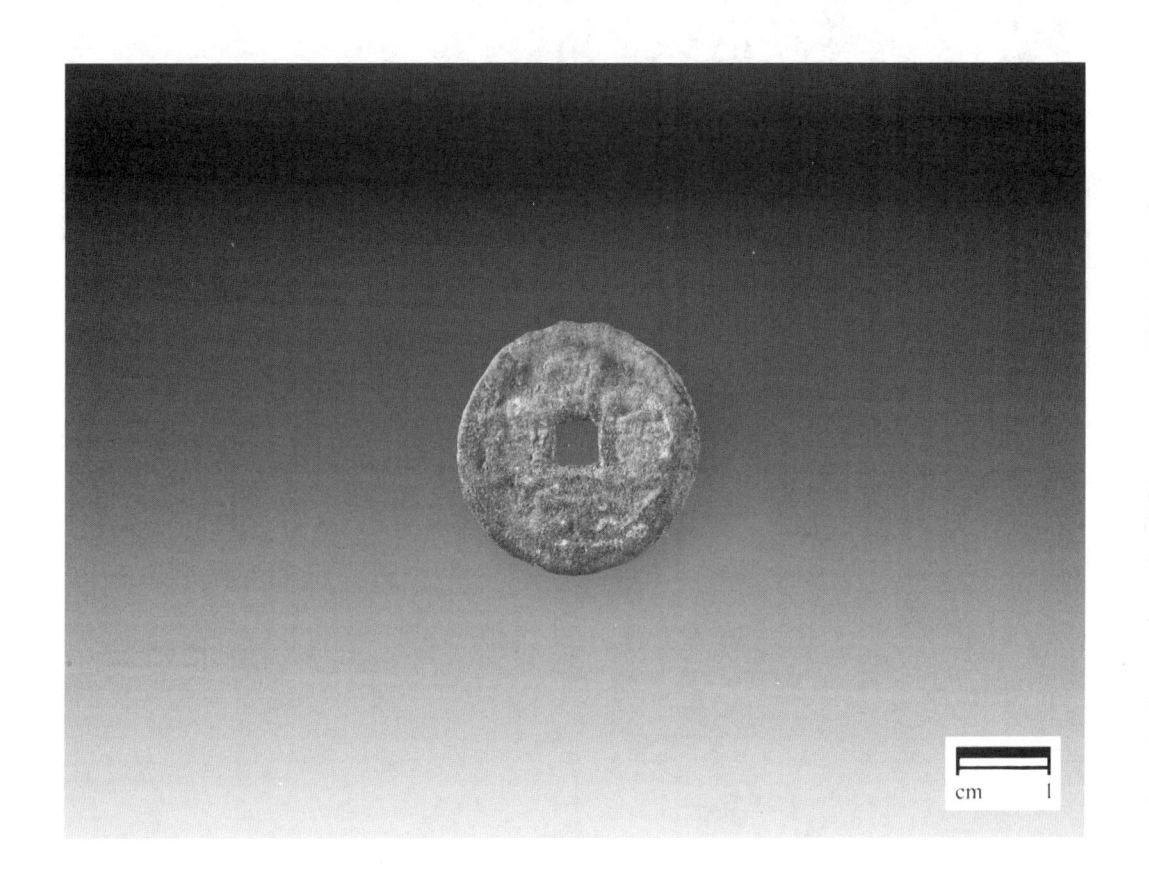

055

（2）开元通宝

2022XTITE013N028G1④a：6（总号：2022XTI：259）圆形方孔，"开元通宝"钱文，隶书直读，直径2.65厘米，方孔边长0.6厘米，厚0.2厘米。

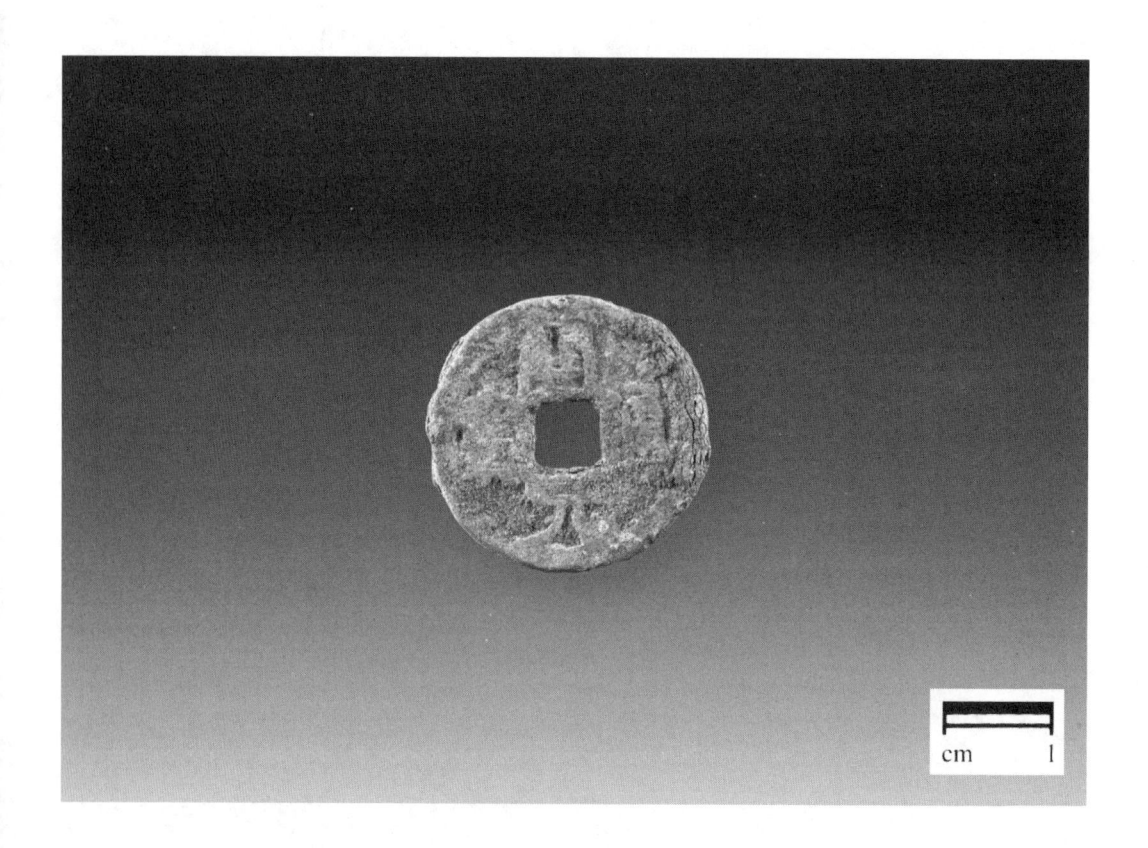

3. 剪轮钱

2022XTITE013N030④：16（总号：2022XTI: 234）。圆形方孔，直径较正常钱币小一倍，但孔边长近似。应为剪轮钱。锈蚀严重，不见钱文，直径1.1厘米，孔径0.5厘米，厚0.2厘米。

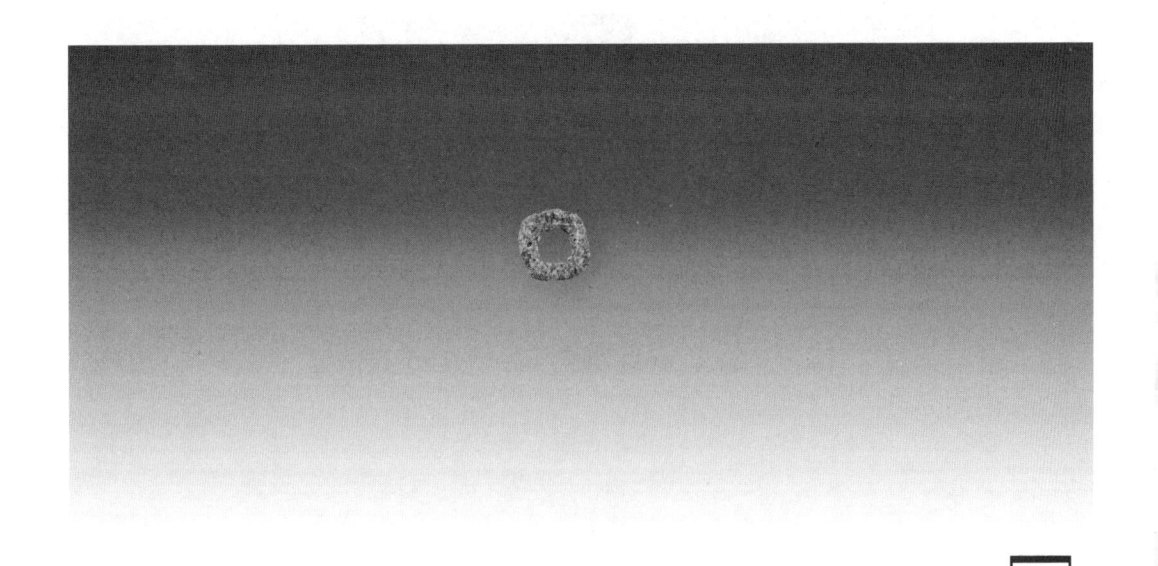

4.银币

2022XTITE013N028G1④a：4（总号：2022XTI：190）。圆形无孔（出土时无孔，后锈蚀脱落，形成不规则圆孔），直径3.25厘米，厚0.65厘米。

（六）佛像

共出土4件佛像，其中小型佛像3件，1件为雕塑上的佛面。

1. 红陶猴形佛像

2022XTITE013N029G1④a：6（总号：2022XTI：208）。泥质红陶，通体无拼接痕迹，头部正中一道线条，无发，两侧对称雕出耳朵，浓眉，眼部突出，吻部突出，鼻口连为一体，嘴角左边微向下撇，面部整体似猴，颈部粗壮，溜肩，右手放于右胸前，五指清晰呈抓握状，左手按于左腿膝盖处，右腿下跪，左腿下蹲，直背，不见服饰，整体呈单膝跪姿，平底中部有穿孔，底部平面呈近方形。头径2.35厘米，肩宽3.4厘米，身长3.2厘米，厚2.2厘米，下体长2.25厘米，宽2.2厘米，厚2.75厘米，底边长2.1厘米，底孔径0.4厘米，孔深1.5厘米，通高7.8厘米。

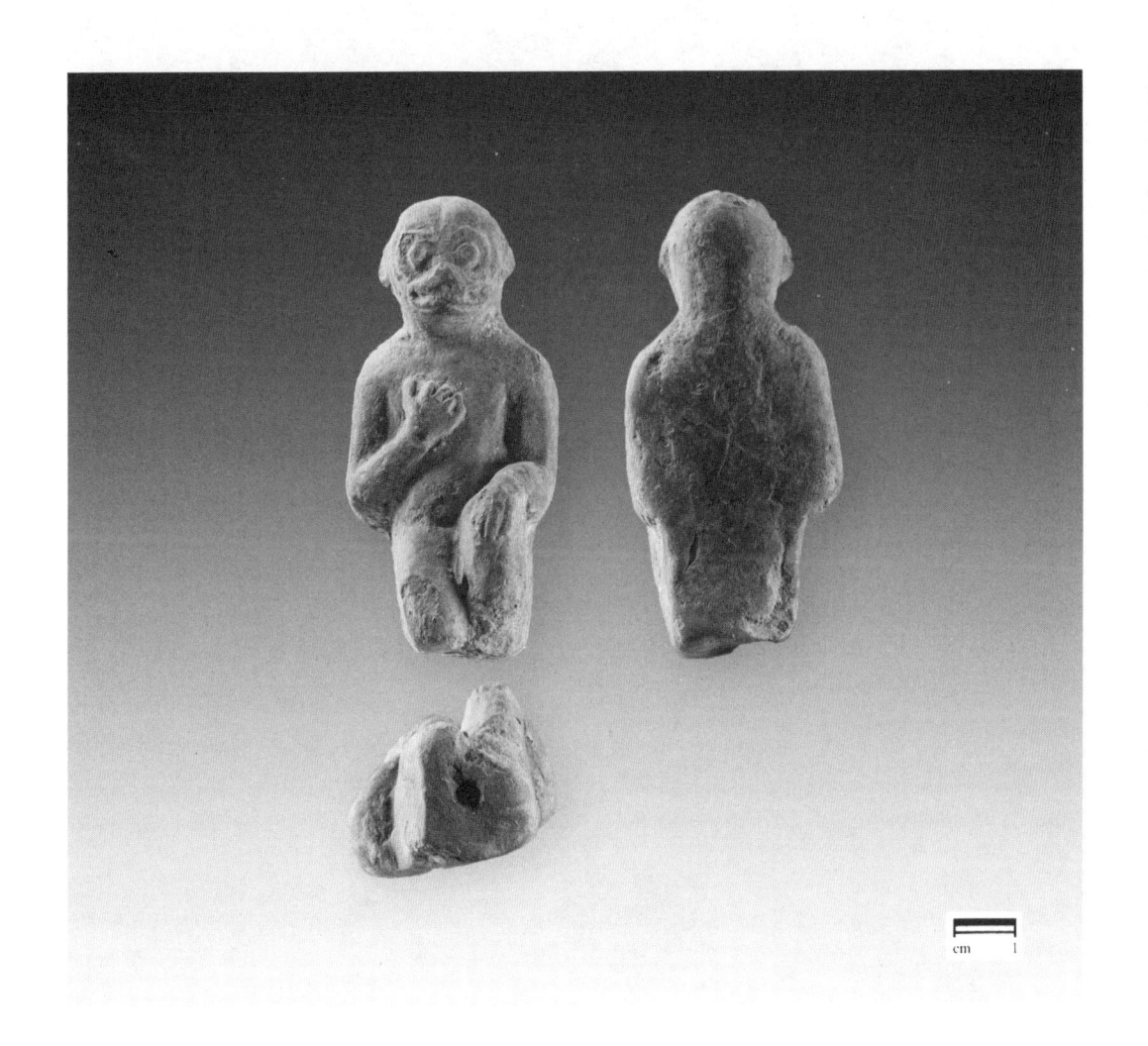

2.陶佛面

2022XTITE013N029④:22(总号:2022XTI:203)。夹细砂红褐陶,通体白灰敷底,仅存颧骨至下颌部分,高鼻,鼻尖一侧微残,面颊两侧各两道平行阴刻弧线,似笑纹,薄唇,口微张,牙齿清晰可见,下颌一侧微残,面部较宽。残宽9.95厘米,厚1.1厘米,弧线宽0.35厘米,残高7.2厘米。

3. 红陶猴形佛像

2022XTITE013N031G1 ④：7（总号：2022XTI：157）。泥质红陶，面似猴，无冠，深目，吻部突出，两鬓雕出轮廓，耳较残，颈以下残。长2.1厘米，宽2.1厘米，通高2.7厘米。

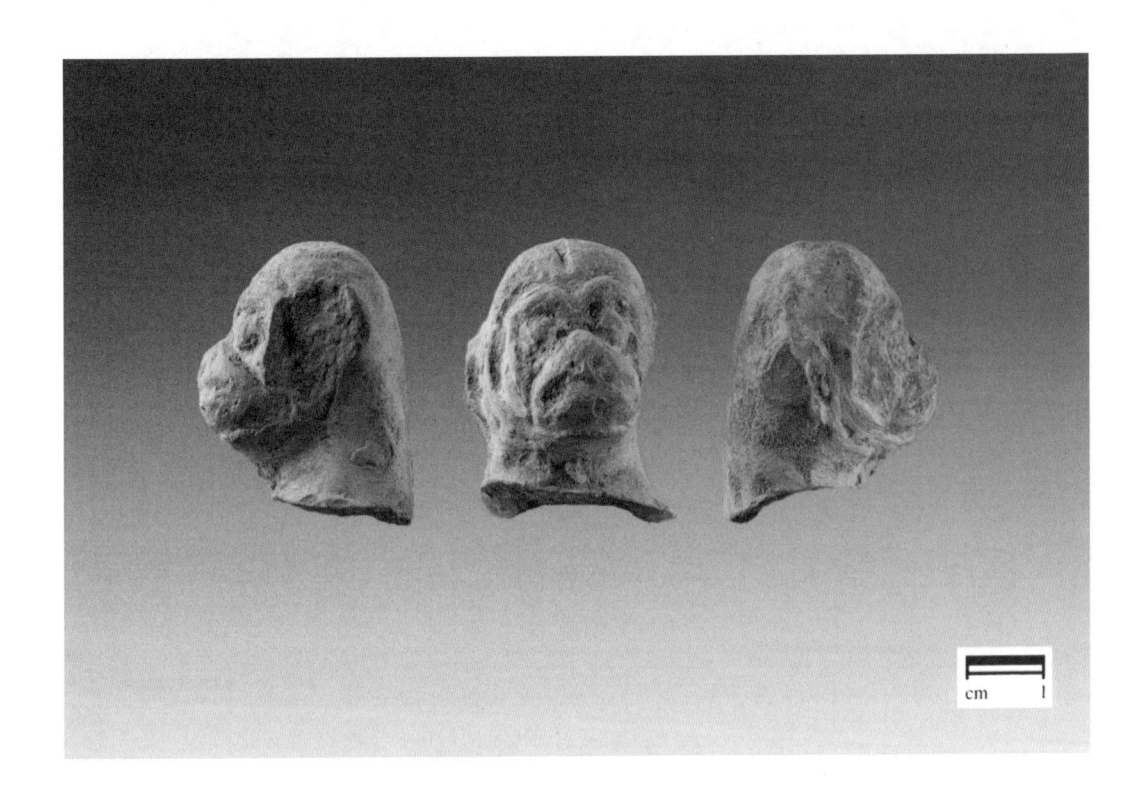

4.黑陶人面佛像

与上一件在同一处出土。2022XTITE01 3N03lG1 ④∶7（总号∶2022XTI∶157）。泥质黑陶，面似女性，背梳短发，眉宇清秀，面容慈祥，双耳贴发雕出，颈以下残。长2.25厘米，宽2厘米，通高3.3厘米。

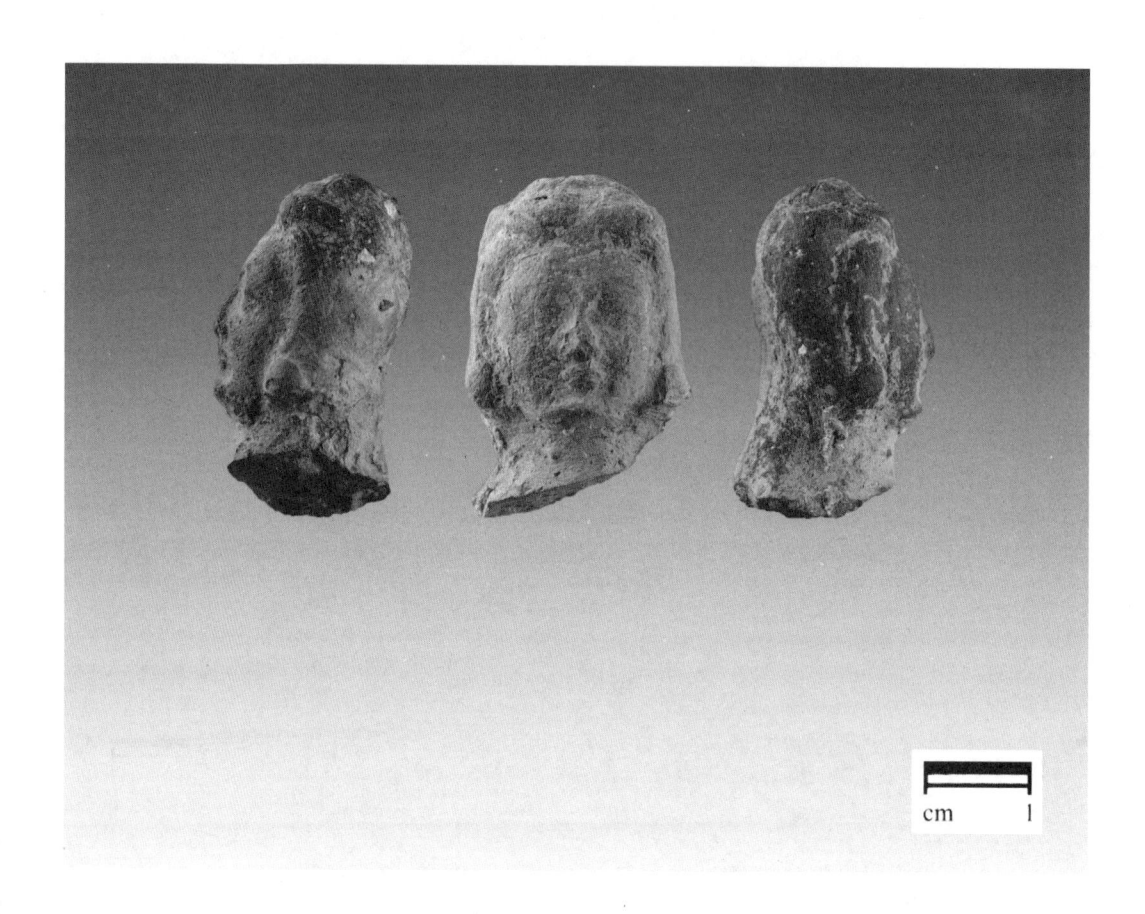

（七）釉陶器

分为酱釉陶器和绿釉陶器，器型可辨者为壶。

釉陶壶：2022XTITE013N031城墙倒塌：1（总号：2022XTI：266）。黄褐色酱釉壶，由三部分组成。第一部分为壶体，仅存一半，侈口，卷沿，斜肩，肩部贴半球形装饰两个，圆形平面冲上，直腹，平底。口径2.6厘米，口沿厚0.55厘米，肩宽0.7厘米，圆形平面直径1.6厘米，腹径5.8厘米，底径5.8厘米，器壁厚0.5厘米，器深3.3厘米，通高3.8厘米。第二部分为壶肩至壶底间圆环形耳，外廓平面呈近圆角三角形，底边接壶底，斜边向上接叶片形装饰。耳宽1.4厘米，厚1.8厘米，三角形底边长3.3厘米，斜边长3厘米，孔径1.4厘米，高3.7厘米。第三部分为叶片形装饰，立于肩部半球形装饰之上，叶尖向上，叶片微弧，叶面饰四道弧线凸棱，"米"字形相交，其余部分凹陷，分别饰有菱形、圆形、花瓣纹。叶长4厘米，宽3.5厘米，厚1.4厘米，凸棱长0.9厘米，宽0.3厘米，凹陷处深0.4厘米，菱形纹边长0.95厘米，圆形纹直径1.9厘米，器物通高7.85厘米。

（八）瓷器

主要有青瓷和黑釉瓷两种。

1. 青瓷碗（残）

2022XTITE013N028G1④：2（总号：2022XTI：37）青釉瓷器，胎为浅红褐色，胎土夹细砂。内外均施青釉，外侧青釉已大部分脱落，内侧青釉已有剥落迹象。口沿残长8.8厘米，器壁厚0.7厘米，残高5.3厘米。

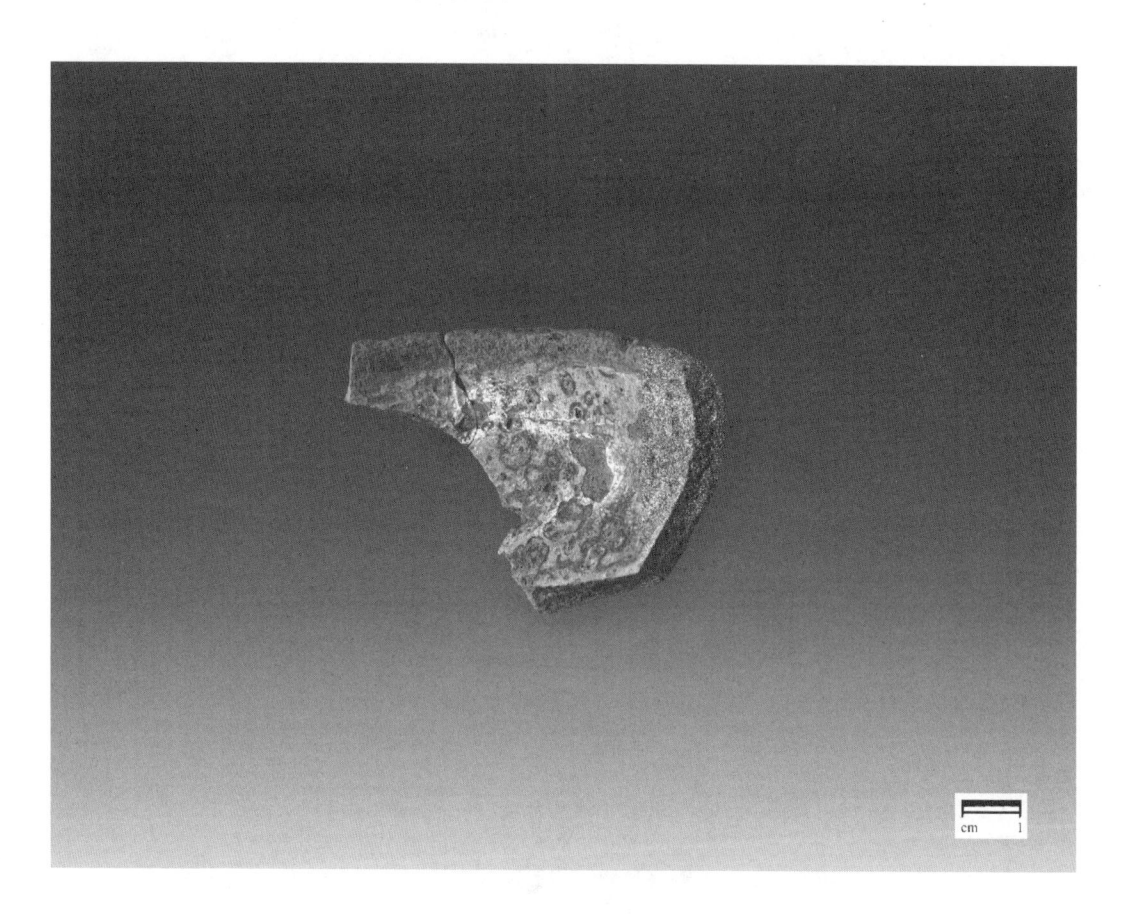

2.黑釉瓷片

B2022XTITE013N030G1①a：15（总号：2022XTI：B22）器腹残片，黑釉瓷器，器型应为碗。玻璃质黑色釉面，与胎结合紧密，胎为浅黄色。斜弧腹，平底，无纹饰。腹残宽2.3厘米，底残宽3.95厘米，底厚1.3厘米，器壁厚0.6厘米，残高2.5厘米。

（九）石器

器型可辨者主要有纺轮、砺石、雕塑等。

1. 石纺轮

2022XTITE013N028①：13（总号2022XTI：148）。鼓腹向两端渐内收，截面呈不规则圆形，圆形对穿孔，穿面其中一面磨平，器表剥落严重，凹凸不平，无纹饰。最大径6.65厘米，孔径0.9厘米，穿面直径3.6厘米，通高1.6厘米。

2.砺石

2022XTITE013N029 ④：15（总号：2022XTI：175）砂岩材质。青灰色圆角长方体，两端断裂，器表磨光，较粗糙，部分剥落，无纹饰。长8.8厘米，宽3.1厘米，通高3厘米。

3. 石雕塑

2022XTITE013N030①：3（总号：2022XTI：78）。疑为骆驼石雕，已残，器表饰戳印花瓣纹、斜向篦点纹、同心圆点纹和凹弦纹。残宽8.1厘米，凹槽间距0.5厘米，器壁厚1.2—2.7厘米，残高14.7厘米。

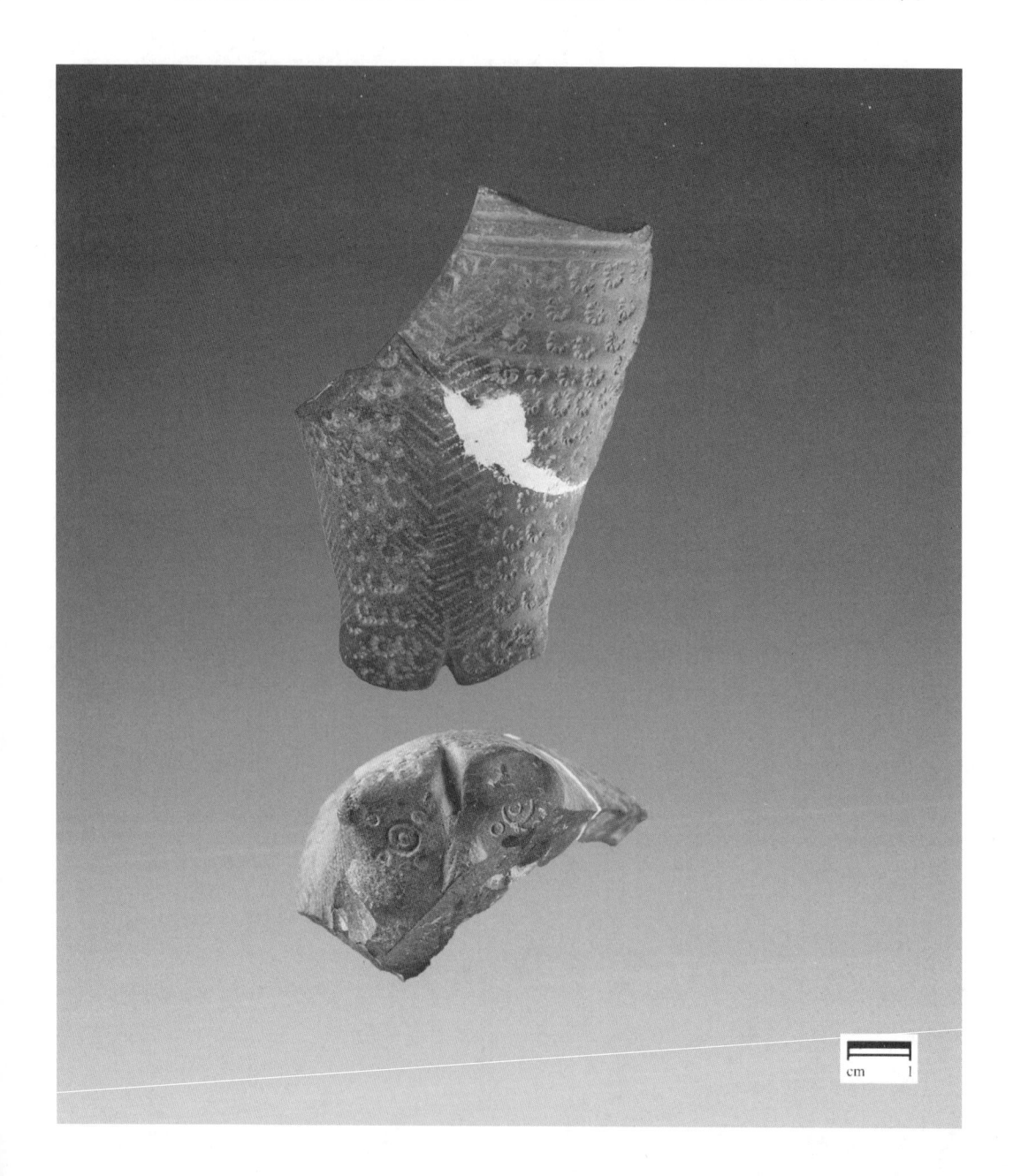

（十）玉器

主要有指环、玉料等。

1.玉指环

2022XTITE013N028G1④：1（总号：2022XTI：36）乳白色玉环，大部已残，仅存一段，平面呈近长方形，截面为近圆角梯形，外部微鼓、圆润，内部有密集线状加工痕迹。长1.65厘米，宽0.65厘米，厚0.3厘米。

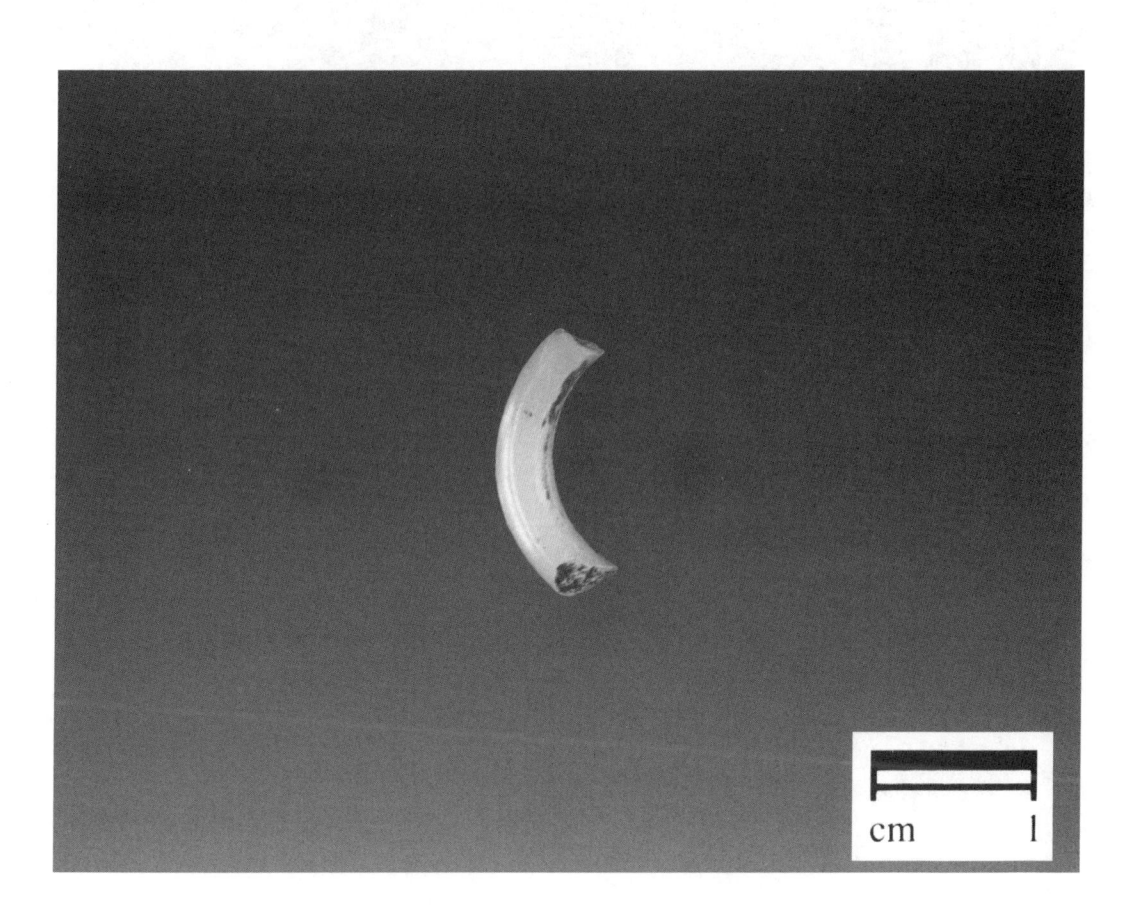

2. 玉料

2022XTITE013N028 ④：11（总号：2022XTI：263）青绿色，平面呈不规则形状，有两面平直，似有加工痕迹。表面光滑，部分剥落，有多处裂痕。残长16.5厘米，残宽13.9厘米，厚7.15厘米。

（十一）各类饰品

1. 各类珠饰

遗址出土了大量串珠，材质有玉、石、玻璃、玛瑙、水晶、青金石、绿松石等多种材质，并且有球形、圆柱形、多棱形、算珠形、方形等多种形制，装饰方法有磨制、琢制、蚀花等多种方式，大小0.1—1.5厘米不等。举例如下：

（1）琅玕（蜻蜓眼玻璃珠）：2022XTITE013N028①：5（总号：2022XTI：15）青灰色长方形柱状体，近方形穿孔，器表主要由四个方形平面组成，每一平面均在中央位置挖出小坑，点缀以红褐色圆点，通体磨光。其上装饰的蜻蜓眼已掉落。口径1.05厘米，孔径0.32厘米，图案直径0.56厘米，通高1.12厘米。

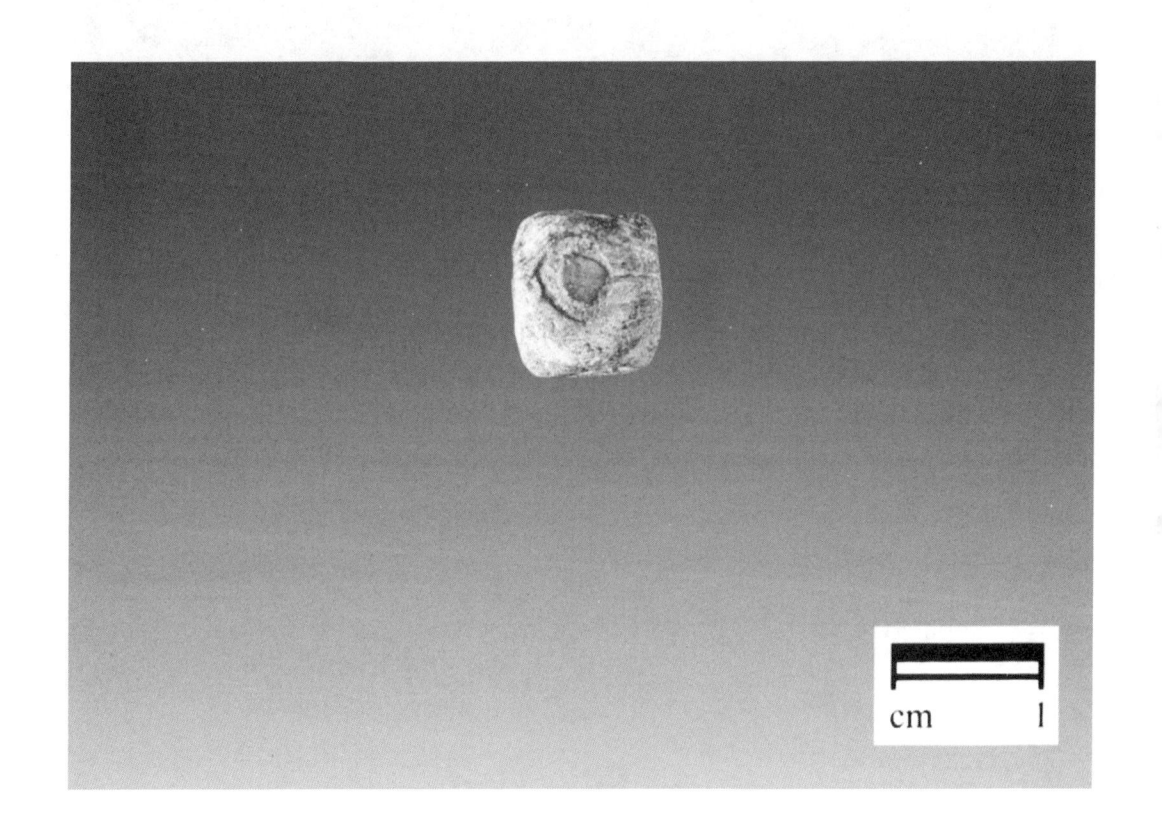

（2）青金石坠饰：2022XTITE013N028G1①a：20（总号：2022XTI：104）。平面近水滴形，顶部平直，横向对穿穿孔，底部扇形为两条斜向直线相交，形成五条边组成的近菱形。器表磨光，沿器缘平行分置两条刻画直线。顶部边长0.7厘米，侧边长2.6厘米，底部斜边长1.1厘米，穿孔孔径0.15厘米，刻画纹宽0.2厘米，器宽1.8厘米，器厚0.55厘米，通高3厘米。

（3）蚀花珠饰：2022XTITE012N030H1：1（总号：2022XTI：101）。单向穿孔，器表光滑，穿面磨平，柱体表面通体施黑色釉为底，上绘青蓝色不规则连珠纹。最大径0.6厘米，大穿孔孔径0.29厘米，小穿孔孔径0.25厘米，通高1.9厘米。

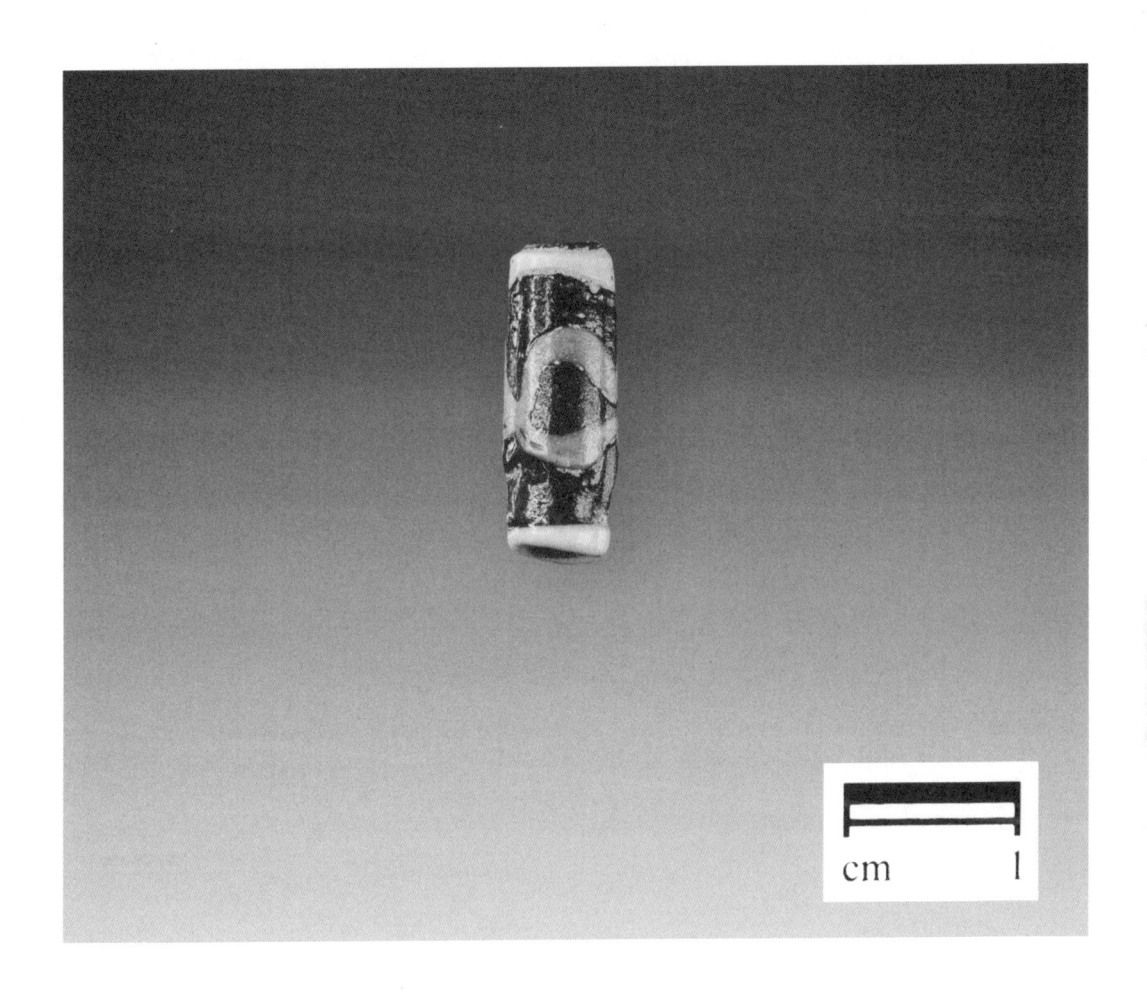

2. 银饰品

扭丝银镯：2022XTITE013N031G1 ②：2（总号：2022XTI：96）不规则环状体，平面呈近圆角三角形，末端搭叠，通体由4股银条拧成麻花状，末端束紧，表面无纹饰。环径4.4—5.1厘米，截面直径0.5厘米。

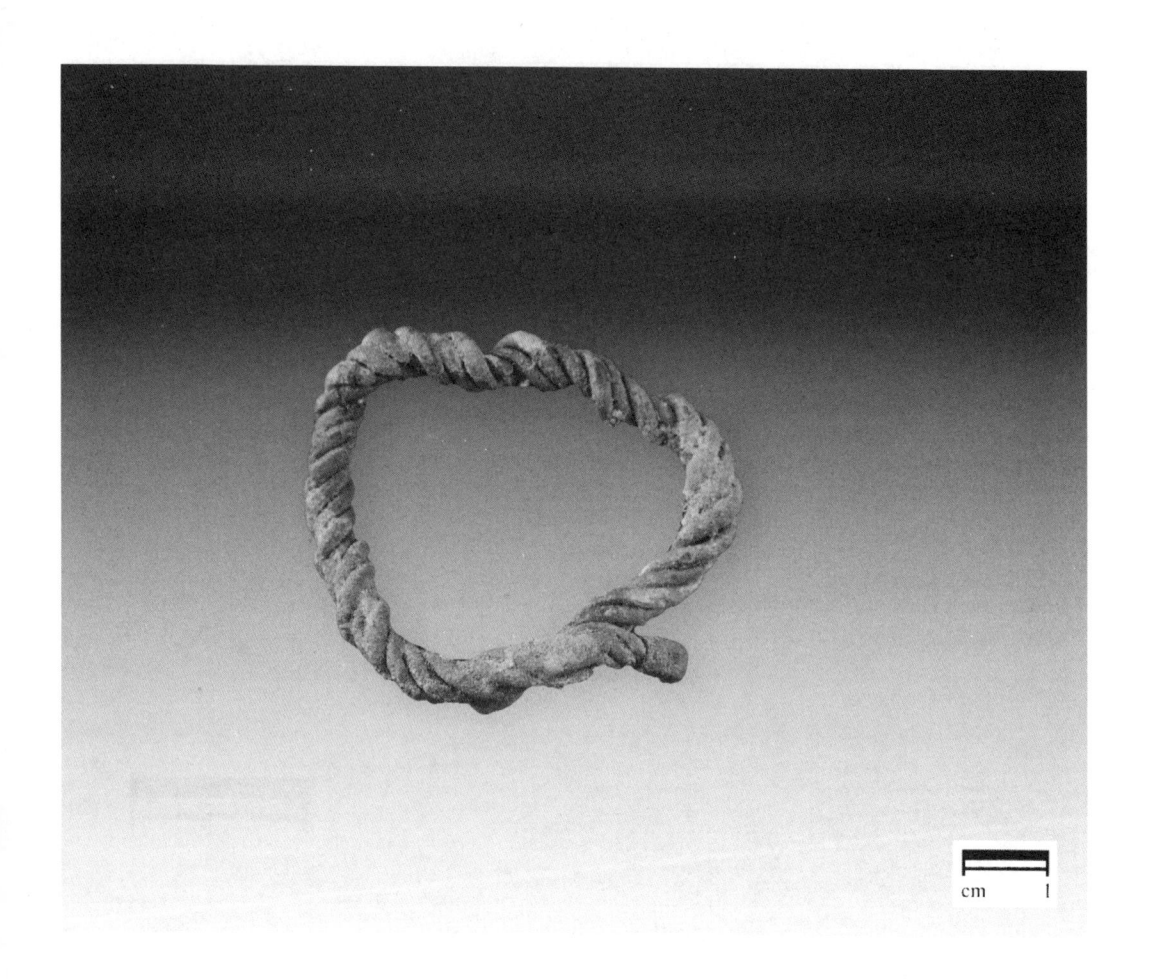

（十二）动物骨骼

出土大量动物骨骼，初步判断有羊、牛、马、骆驼、啮齿类动物骨骼。有待进一步鉴定。

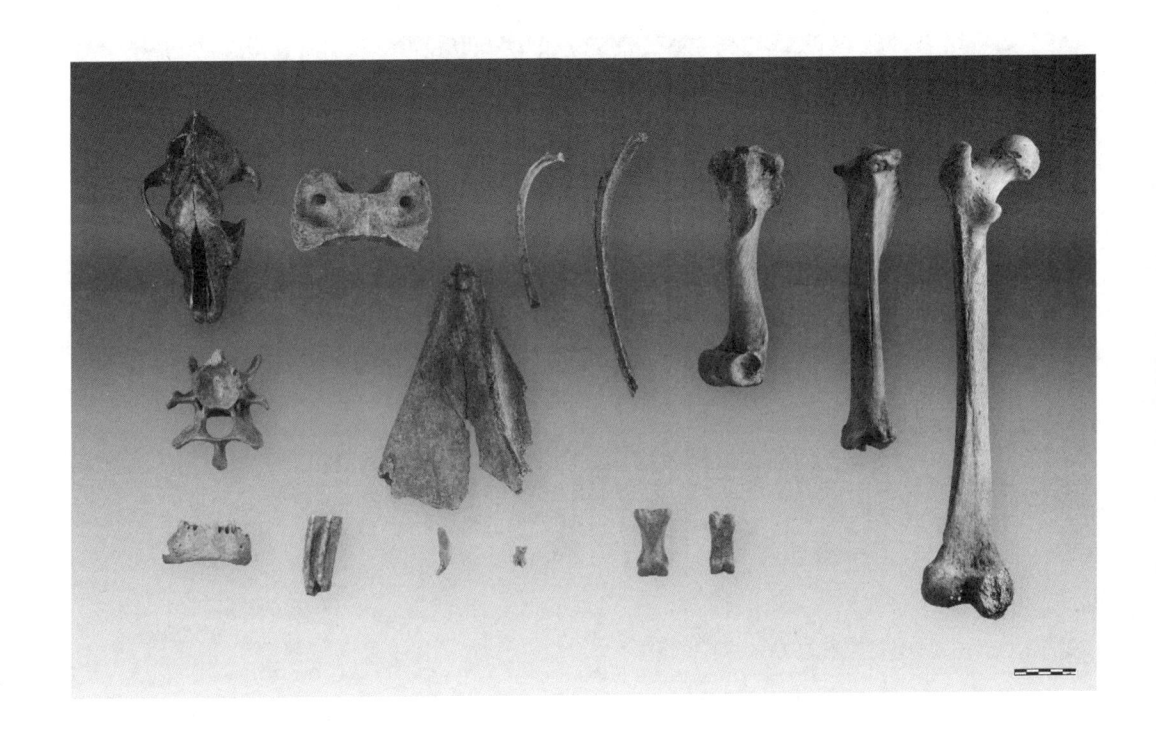

（十三）植物遗存

出土葡萄籽、各类果核、葫芦等，其中葡萄籽集中出土于 H1。另提取了大量土样，尚未浮选，有待进一步鉴定。

（十四）矿物遗存

出土大量水晶原石，大部分为夹有紫色的透明水晶。同时还有铁矿石等。有待进一步鉴定。

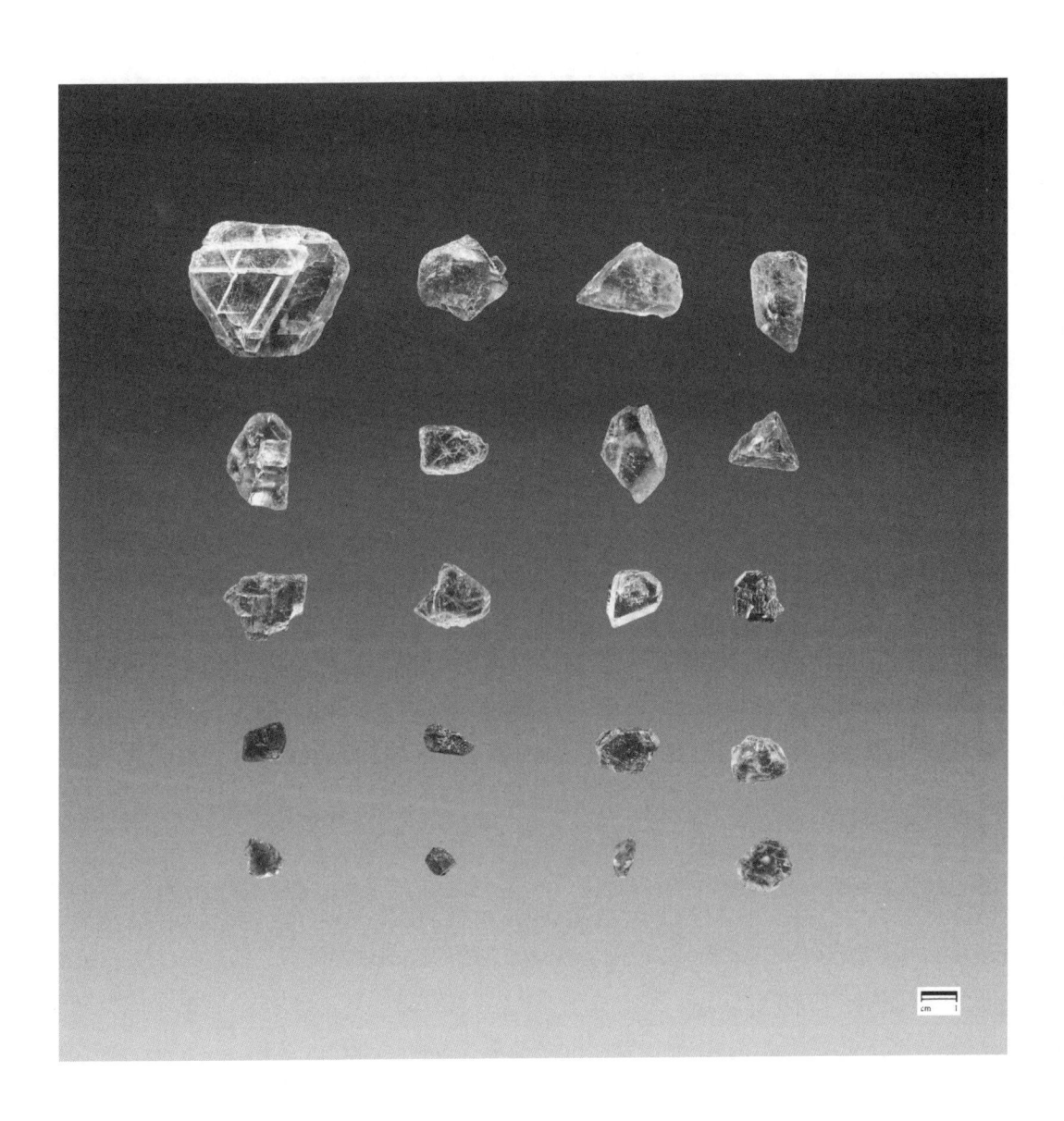

（十五）其他

出土了部分金属炼渣，表示周边可能存在冶炼厂所。有待进一步鉴定。

总结与初步认识

（一）主要收获与认识

2022年度考古发掘工作，对城址形制、年代、堆积性质、遗址古环境等均取得了一定认识，主要包括如下。

1. 城址形制认识

按目前认识，城址分为四重，分别是小城（古城）、内城、外城、大外城。其中，小城居于山上，在山脚处疑似有一道城墙，南北向分布，从南侧内城城墙接北侧内城城墙。小城为居住区，或宫殿区，应处于遗址的核心地位。城墙位置有待勘探、发掘进一步确认。内城城墙依山而建，从山巅绕下，南侧、西侧以山险为墙，东侧、北侧城墙立于地面上，城圈范围整体呈梯形。内城开北门、南门，疑似有东门。外城城墙依山而建，从山巅绕下至平地，仅存南、北部分城墙，其余城墙需勘探、发掘确认。外城开北门，其余门不清。大外城仅在外城外东北方向600米左右处存有一段84米左右的东西—南北向拐角，2022年在佛寺址南侧300米处植被分界线附近发现在地表下50厘米处有一道宽至少2米的城墙基础，土质极为致密，有砖形，有可能是大外城城墙。考古队推测，佛寺应被包含在大外城城圈范围内。同时，通过2022年调查发现，在遗址东侧约500米处，与51团4连居住区分界的南北向沟渠西侧，有一处面积在500平方米以上的建筑基址，有可能也属大外城的范围。

经过2022年的发掘，考古队主要是对内城的形制有了新的认识，主要是确认了城门和主干道的存在和基本形制。门、道是城址的纲领，是遗址内功能区划的重要区分界限，是认识城址形制、性质的基础。经发掘，内城北城门有城门墩台，墩台西南—东北相对，具有一定规模。主干道西北—东南走向穿行于两侧墩台之间。从走向看，大致连向外城城墙缺口处和内城东侧城墙缺口处。

2. 发掘区时代推断

2021年，考古队在遗址不同区域采集了一批有机物样品，送北大碳十四实验室检测，其结果显示，就样品数据来看，遗址的存续年代为公元前20世纪至公元11世纪，跨度达3100年。

据出土物特征，考古队推测本发掘区的时代为唐—宋。其中，宋代地层为G1①层、G1②层；G1其他层位堆积直至主干道均为唐代，其中，③层的时代上限为公元758年，④层至主干道均为758年之前；寺庙整体早于其他地层，但遗物特征与晚期地层相似，其年代仍需进一步确定。

G1①层、G1②层时代的推断主要依据出土器物的特征上：在以上层位中出土了喀喇汗钱币。而喀喇汗铜钱因其圆形无孔的造型，具有很强的辨识度，在南疆地区，尤其是喀什至巴楚一带多有发现。喀喇汗王朝影响至本遗址的年代最早应在公元9世纪末10世纪初喀喇汗王都东迁至喀什噶尔之后，即唐末宋初。而本遗址出土喀喇汗钱币的年代应在此之后，因此，推测应为宋代。但值得注意的是，在宋代层位中出土的陶器以夹砂红陶、泥质红陶、刷黄色陶衣红陶为主，有少量夹砂褐陶，不具有与其他地层出土物分开时代差异的典型特征，其器型、制作工艺、火候等均与更早地层中的陶器相类似。疑为：其一，本地区唐—宋之间的陶器特征变化并不大，有相当的延续性；其二，古河道冲刷作用，往往将早期地层的包含物混至晚期地层内。

从G1③层至主干道的堆积单位，判断均为唐代。主要理由是：第一，陶器的类型学特征。主要是以上地层出土的陶器以刷黄色陶衣红陶、泥质红陶、夹砂红陶为主,器型以各类平底带柄罐、带錾罐、瓮、碗为主,与南疆其他唐代遗址陶器的特征相似。第二,"开元通宝""乹(乾)元重宝"等具有断代意义的古钱币出土。"开元通宝"钱通行于唐代,而"乾元重宝"则有重要的指示意义,这种钱币是在唐肃宗乾元元年(公元758年)时发行,至唐代宗宝应元年(公元762年)时即已退出流通领域,前后不过5年时间。即遗址出土"乾元重宝"(小件编号:2022XTITE013N029G1④b:5)的G1④b层的时代上限为公元758年,即该层等于或晚于公元758年。

同时需要指出的是,G1④b层与遗址的③层在土质土色特征上有诸多的一致性,从沉积学角度初步判断,应是③层部分堆积被古河道冲垮、冲毁,被水流裹挟后沉积于G1④b层。即考古队认为③层的时代应与G1④b层包含物显示的时代相同。因而,早于G1④b层、③层的④层、城墙、主干道、寺庙等堆积单位的时代下限应是公元758年。

结合安史之乱的时间为公元755—763年,合理的推测是城墙、城门、主干道的形成均此之前,应是盛唐时期修建,是中央政府对西域统治最稳固、交通最频繁的阶段。

需强调的是,考古队采集了可供测年的样本,将以测年出的绝对年代对以上判断进行修正。

3.重点遗迹、遗物认识

(1)祆教寺院的发现,丰富了城址的宗教信仰情况。在祆教寺院处发现了大量用火遗迹,烧骨、房址和祭祀坑等,且在内城范围内发现祆教寺院且面积有约500平方米的规模,暗示祆教在当时城址中是一种地位较高的宗教。

结合琐罗亚斯德教用寂灭塔天葬作为埋葬方式,则内城最高处的梯形塔基形建筑,在原研究认为的角楼、烽火台的基础上,又增加了寂灭塔的可能性。而据遗址文保员回忆,在该塔基的附近经常发现人骨,但不排除是后期埋葬的结果。

(2)H1出土的种子经初步鉴定是葡萄籽,这也与20世纪50年代发掘出土的汉文《葡萄园交易》文书记录相吻合。H1坑壁用绿土进行坑壁加工后,圆壁光滑、较致密,有一定隔水性能,且放置了大量的葡萄,其合理推测应该是用来酿酒。这一结论有待进一步对坑壁、所采土样的微量元素进行测定,才能有定论。

(3)四件佛教造像在城门位置被发现,说明佛教是当时流行的一种宗教。不仅在佛寺中有造像,在城址的内城生活区,人们也会随身携带小型佛像,还有明显应用于居址等建筑的浮雕陶制造像。

猴形象佛像的出现,说明当时的佛教传统应是小乘佛教;而浮雕陶制造像,表现的是露齿微笑的面部表情,写实、优美,具有犍陀罗风格,其时代应较早,属北朝时期。

4. 出土遗物反映的东西方交流

本次发掘出土物有大量实例，反映了东西方文化交流的昌盛，兹举数例如下。

（1）刻字陶片出现在城门倒塌堆积中，而所刻之字经识别是"門"，即门闩之意，除进一步证明此处为城门遗址外，也说明遗址在唐代时汉字的流行。而从刻字的内容看，似乎可以引申出有专门的城门管理机构，而管理机构的主导权被使用汉字的人所掌握。这与本遗址同时代的《悟空入竺记》里记载的悟空"次据瑟得城，使卖诠"相对应。据瑟得城即为据史德城，即本城址。从上下文看，所谓使，即为镇守使。而"次至于阗……镇守使郑据""次威戎城，亦名钵浣国……镇守使苏岑"等推测，城使是汉人无疑，此处的"卖（賣）"应是通假"窭（寶）"。而上下文中都提到了王、国，本城址仅提到镇守使，说明了本城有其特殊之处，而汉人似乎有本城的主导权。

（2）"开元通宝""乾元重宝"及其他汉式钱币的出土，不仅具有鲜明的时代指示意义，也说明了唐钱在此地的使用。货币无疑在经济生活中占有主导位置，掌握一地货币即掌握一地经济命脉。从这个角度讲，至少在唐时，中央王朝对本城址应当具有管辖权。

（3）人像陶片中的形象有明显的胡人特征，其中的一件，人像戴冠，高鼻深目，眼、髯清晰，图形写实，极有气势。这类陶片无疑是东西方文化交流的重要佐证。而将人像刻画在陶器上的做法，目前在其他新疆遗址中未见。

（4）遗址出土的饰品也有较强的西方输入的特征，如各类珠饰与银饰。珠饰大都带有西来风格，而其中一件青金石材质的珠饰，其来源应在中亚；扭丝银镯与南海一号南宋沉船遗址出土的一致，具有较强的伊斯兰风格。

5. 遗址古环境

虽然本年度因疫情封控没有开展深入的古环境调查，但通过遥感考古和实地发掘，还是对遗址古环境特别是古河道有了初步的认识。

（1）通过遥感考古，基本上可以确认遗址南侧有古赤河河道的认识在前文中已涉及，不赘述。

（2）对古河道的利用。在遗址生活的古人，对古河道进行了充分利用。从锁眼卫星图上观察，在遗址保护围栏内的外城城墙外侧即为一道平直的河道，疑似为护城河。而护城河水来源即通过引水渠导来的古赤河水，即很大可能已有水利工程的存在。因此也可以合理推测，如果有水利设施和农田存在的情况，那应该会围绕古河道及其支流开展，为下一步屯田考古打下了基础。

（3）发掘区古河道。发掘区古河道是古赤河的分叉支流，穿城而过，从剖面看，应是从南向北流，在N31探方向西北转弯而去，这也与发掘区南高北低的整体地形相符。根据探方中古河道剖面地质分析，相关学者认为了此古河道时而缓慢、时而急促，水动力、河流搬运能力在不时变化，也曾以此河道为载体发生过洪水。

（4）对河道变迁过程的观察。根据古河道出土器物判断，古河道分为两期。一期为 Gl ①、Gl ②，时代为宋代；二期为 Gl ③、Gl ④，时代为唐代。②层为自然间歇层，应是 Gl 的底，而③层的时代应在唐中期。也就是说，河道的初次形成应是在唐中期以后。

洪水层主要分布在唐代期，当时的河流流量、流速和河道宽度、深度相对于宋代期均大，包含了大量文化层的碎块、大小石块等，显示了较强的搬运能力。

到了宋代期，古河道的宽度、流量、流速等已大大缩减，已经不见唐代期河道中的搬运力。

到 Gl ①层时，表现尤为显著，河水的冲击、搬运能力已明显减弱，已经弱化成一条半圆形水渠，水量也逐步减小，经过一层一层地搬运沙子，形成一层层 2—3 厘米的砂层，最终这条古河道终于被沙填平，彻底掩埋消失。

值得注意的是，在 Gl 消失后，其上没有发现比宋代更晚的文化层直至现代表土层。可以视为，城址到宋代时期，随着古河道的消失，遗址已经不再适合人类生存，城址也就退出了历史舞台。这也与 2021 年调查所采样品的测年结果相吻合，即遗址年代下限在公元 11 世纪。

6. 建筑技术

为了解当时的建筑技术，本次发掘在西侧的城门墩台处开设 2022XT 1 TE012N029、2022XT 1 TE012N030，统称为城门墩台解剖方（以下简称解剖方）。经解剖并结合探方内城墙情况，对当时的建筑技术观察如下：

城门墩台高 7 米左右，以 5 米左右为分界线，可分为上下两部分。上部 5 米为夯层、下部 2 米左右为城墙台基。建筑方式为平地起建，以大小 20—30 厘米长、7—10 厘米的石块作基底。

以西侧墩台为例，经解剖，上部共发现 65 层夯层，夯层厚度总厚 4.5 米。夯层排列大致有序，但极不均匀，5—25 厘米均有发现。在第一夯层上有后期修补的墙体痕迹。

探方内所见城墙台基极致密，但未见夯层，怀疑是红绿土这种特殊的建筑材料使然。据观察，城墙台基材质基本上是由红土、绿土杂糅而成，也有用红土与黄沙杂糅的情况。经观察，红土是一种红黏土，是一种在当地河岸中常见的土，泥质极细腻，密度高，硬度也高。本发掘区的②层（自然间歇层）即是这种红黏土。但根据初步观察，这样的红土因为极坚硬，因此溶解度低，其加工难度也大，一旦将其分离后，黏合程度不高，难以成形。因此，推测古代筑墙工匠就使用绿色沙性黏土作为天然黏合剂进行黏合。这种绿色黏土在探方中的 Gl ②层、Gl ④d 层都有发现，可以塑形，但也有一定硬度。H1 疑似酿酒坑的坑壁即用这种绿色黏土进行加

工。判断这种绿土与河沟常年沉积有密切关系，或者含有某种特殊的矿物质。这两种土掺杂在一起后，可以捏合成型，成形后极为坚固，表面有光滑感。

（二）存在问题及对策

1. 能力不足的问题

主要存在初次接触新疆古遗址经验不足的问题。如对出现的古河道遗迹长时间认识不清，对出现的器型不够敏感，对发掘过程中的一些遗迹现象、地层堆积判断不清、反复修改，在一些不该耽误时间的细节问题上反复纠缠，等等。

下一步，考古队将进一步加强学习：一是在明年疫情得到控制的情况下，尽量多去新疆其他工地现场观摩，积累经验，学习其他考古队好的做法；二是尽量多邀请在新疆经验丰富的专家来本工地指导，以讲座、现场研讨会等形式加强交流；三是进一步加强考古队自身的学习，进一步加强田野考古技术，加深对《田野考古工作规程》的把握。

2. 研究不深入的问题

主要是遗址内涵十分丰富，遗迹现象认识难度大，出土物品种类纷繁复杂，总信息量巨大，需要分析、综合、比较研究的问题非常多，而限于能力与精力，对本次发掘出土的遗迹、遗物的认识仍浅薄。需强调的是，不排除随着研究的深入，对目前的认识修正乃至颠覆的情况。

下一步，考古队将设立研究方向，有针对性地开展以下十项课题研究，以期在研究方面进行补强：（1）南疆地区历史时期陶器类型学研究；（2）遗址出土陶器制作工艺研究；（3）"说一切有部"佛教考古及佛教艺术研究；（4）新疆祆教遗存研究；（5）南疆地区古代军镇设置研究；（6）以古动物、古植物、古气候、古河道为重点的遗址人地关系研究；（7）新疆古城址布局、建筑技术研究；（8）以带扣、串饰为重点的新疆古代服饰研究；（9）遗址出土玻璃器、铜器、铁器及矿物遗存成分分析；（10）遗址出土古钱币研究。

下一步，考古队准备将今年未来得及开展的相关工作做优先安排，将遗址古环境调查、科技考古工作放在时间表前列，保障其在2023年时如期启动。